2020
最美铁路人

中 共 中 央 宣 传 部 宣 传 教 育 局
中国国家铁路集团有限公司宣传部（党组宣传部）

学习出版社

图书在版编目（CIP）数据

2020最美铁路人 / 中共中央宣传部宣传教育局，
中国国家铁路集团有限公司宣传部（党组宣传部）编
. -- 北京：学习出版社，2022.1
　　ISBN 978-7-5147-1089-2

　　Ⅰ．①2⋯　Ⅱ．①中⋯　②中⋯　Ⅲ．①报告文学－
作品集－中国－当代　Ⅳ．①I25

　　中国版本图书馆CIP数据核字(2021)第248785号

2020最美铁路人
2020 ZUIMEI TIELU REN

中 共 中 央 宣 传 部 宣 传 教 育 局
中国国家铁路集团有限公司宣传部（党组宣传部）　编

责任编辑：张　俊　朱仕娣
技术编辑：胡　啸

出版发行：学习出版社
　　　　　北京市崇外大街11号新成文化大厦B座11层（100062）
　　　　　010-66063020　010-66061634　010-66061646
网　　址：http://www.xuexiph.cn
经　　销：新华书店
印　　刷：北京新华印刷有限公司

开　　本：710毫米×1000毫米　1/16
印　　张：29
字　　数：323千字
版次印次：2022年1月第1版　2022年1月第1次印刷

书　　号：ISBN 978-7-5147-1089-2
定　　价：90.00元

如有印装错误请与本社联系调换，电话：010-67081356

微笑的背后

——读报告文学集《2020最美铁路人》（代序）

李春雷

前几天，我乘高铁从成都回河北。

琉璃杯中放一簇绿茶，从饮水机里冲满开水，放置在小桌板上。杯中阳光明媚，青青翠翠。袅袅白雾飘散，淡淡茶香弥漫。一边品茶，一边欣赏窗外的山山水水，煞是惬意。但是，车厢里的女乘务员却频频前来打扰，提醒我小心杯水倾洒。

我心里好不乐意：我是儿童吗？难道不会照顾自己？于是，便暗暗责怪她热情过度，大煞风景。

车过汉中，上来一个小伙子，坐在前座。他猛地放开座椅，向后仰去，导致小桌板骤然倾斜，水杯打翻，茶水全洒在我身上。可幸，水温不高，陈皮粗糙，没有造成烫伤。

我大吃一惊。

如果杯中是开水，会怎么样？

如果我是儿童，会怎么样？

如果我是孕妇，会怎么样？

如果我是老人，会怎么样？

如果行李架上的重物掉下来，会怎么样？

如果旅客在厕所里抽烟，会怎么样？

这样联想，不禁愕然。

这看似安静、祥和的高铁车厢里，藏匿着多少隐患啊。

这些隐患，在这人员密集的特殊场所，无时无刻不存在，随时随地会发生。稍有疏忽，便有可能发生事故！

而这些年轻的乘务员，每天重复着这些简单却又极其必要的工作。满面微笑，一丝不苟，从始至终，夜以继日，排除隐患，平安旅行。

但是，"事故"还是发生了。

有一个女旅客的行李箱，体积大、分量重，只能放在车厢后端座位之后的地面存放处。正常情况下，箱体应该平放才能平稳，但这个旅客是直放。高铁在崇山峻岭和隧道里行驶，时而加速时而缓行，直立的行李箱不可避免地滑行出来。这时候，服务员赶紧跑过来，高声询问，却又无人应答。于是，她只好上前扶住，把活动的行李箱放平，推回原位。

这一系列动作，规范而又自然，并无不妥。不料，仍然触发了"隐患"。

行李箱的女主人刚才在洗手间，没有听到询问。现在，当发现行李箱有所挪动后，便厉声责问乘务员不经她同意，为什么移动行李箱？为什么把行李箱放倒？

乘务员微笑着，上前解释。

但这位女乘客显然是一个厉害的主儿，大吵大闹，声言服务员不尊重顾客，粗暴服务。

列车长也赶紧过来，满脸微笑地说明情况。

只是那个女乘客，仍是不依不饶，声言行李箱里装有高级化妆品，不能平放。

年轻的乘务员和列车长，仍是微笑着，并提示她检查一下化妆品，看看是否有所损坏，如有损坏，再查询责任，考虑赔偿。

终于，面对列车长和乘务员的耐心和微笑，这个乘客沉默了。

高铁上的人和事，千奇百怪。而高铁上的工作人员，却只能有一种态度，那就是热情。用耐心和微笑，去应对，去化解。

这一幕，只是一个小小缩影，好比海面的一朵浪花，而海面之下的深度和内容，更是一个复杂的系统世界。

近年来，高铁已经成为中国名片、世界标准，正在大跨步走向全球。西方国家的科学家们，眨着蓝色的、棕色的、绿色的眼睛，带着迷雾般的疑惑，频频发问：Why（为什么）？ Why on earth（到底为什么）？

的确，高速且更安全，这是一个极其复杂的系统工程。列车时速 300 公里以上，其车体设计和空气动力学、高速道岔、板式轨道、列控系统等难题，都是前所未有的全新挑战。

诸多核心技术，虽是世界难题，却是中国专利。

这些，只是高铁的科研攻关。而高铁的正常运行和安全维护，又是一个庞大系统。

以上这一切，仍然属于高铁范畴。

而高铁，只是中国铁路的一部分。

的确，中国铁路是国家综合交通运输体系的骨干，是连接各大经济区域之间、城乡之间的大动脉。无论客运还是货运铁路，其对国民经济发展和人民群众正常生活的保障作用，至关重要。

铁路，在国家安全战略中的作用同样重要。历史发展轨迹表明，亚欧大陆始终是国际政治的中心舞台。亚欧大陆板块的腹地，历来是各种政治力量角逐的战略要地。我国已有和正在规划、建设的国际铁路运输通道，对于资源、物资的输入输出，具有重要的经济、政治、军事意义。

铁路系统，是一个由千万个板块和链条组成的国家重器的国家保障。而每一个板块和链条上，都坚守着螺丝钉般坚定的工作人员。

只是这一切背后的千辛万苦和千难万险，外界看不到，甚至想不到。

鉴于此，2018 年开始，中共中央宣传部和中国国家铁路集团有限公司在全国铁路部门开展年度"最美铁路人"评选，请广大铁路职工和家属广泛进行投票，选出自己的模范，选出自己的英雄。

于是，在极不平凡的 2020 年里，我们看到了高寒驭"龙"人——中国铁路哈尔滨局集团有限公司三棵树机务段动车组司机邢云堂在世界第一条高寒高铁上"精彩"的生活和工作。

我们看到了中国铁路济南局集团有限公司青岛车务段董家口南站副站长孟照林在"打赢蓝天保卫战"中的汗水和收获。

我们看到了中国铁路成都局集团有限公司成都客运段 5633/5634 次慢火车列车长阿西阿呷在"慢火车"上的奇异故事。

我们看到了中国铁路兰州局集团有限公司兰州西车辆段轮轴装修工刘晓燕亦苦亦甜的"飞旋的青春"……

我们看到了奋战在疫情最中心地带的中国铁路武汉局集团有限公司武汉站"头雁"党团员突击队的成员们。

2020 年度"最美铁路人"，还有中国铁路乌鲁木齐局集团有限公司派驻和田县工作队第一书记亚库甫·阿沙木都、中国铁路青藏集团有限公司格尔木工务段望昆线路车间党支部书记于本蕃、中国铁道科学研究院机车车辆研究所副所长张波、上海铁路公安局上海公安处虹桥站公安派出所副所长周荣亮、中国中铁建工集团雄安站二标段项目部总工程师吴亚东、中国通号研究设计院集团公司安控院总工程师陈志强。

他们分布在铁路系统的各个岗位，他们是这个长长链条上最坚实的螺丝钉，他们共同维护着这个庞大的国家重器的良好运转。

他们，构成了全中国最便捷、最幸福的生活。

他们，呈现了全世界最美丽、最文明的风景。

他们，就是最美铁路人！

他们，就是最好的中国故事！

是的，我们平时看到的，只是中国铁路表面的风光、表面的风景、表面的微笑。

而这种永恒微笑的背后，是苦恼、是科学、是创新，是泪水、是汗水、是血水，是责任、是严谨、是坚守，是200多万"最美铁路人"共同维护的中国铁路的先进与文明、精准与稳定！

谨以此，向"最美铁路人"致敬！

谨以此，祝贺《2020最美铁路人》出版！

作者为中国报告文学学会副会长、河北省作家协会副主席

contents 目 录

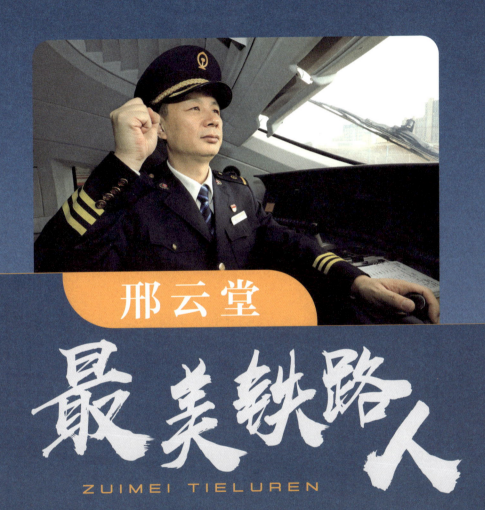

邢云堂

最美铁路人

ZUIMEI TIELUREN

高寒驭"龙"人

——记中国铁路哈尔滨局集团有限公司
三棵树机务段动车组司机邢云堂

韩玉皓　李　敏

引　子

2020 年哈尔滨的冬天，比往年来得要早一些，且冷的程度更强势一些。

清晨。雪花飞舞，寒气逼人，地上刮起了白毛风，这是一天里"鬼龇牙"的时辰。当地天气预报，昨夜今晨零下 25 摄氏度，更有专家预测：黑龙江 60 年一遇的"寒冬"已经到来。

哈尔滨西站，正处在市区西北面的风口。一列银白色高速动车组，就像一条长龙静卧在那里。三棵树机务段高铁司机邢云堂快步来到站台，信步登上了动车组。47 岁的他，奋斗正当年。

他戴上雪白的手套，坐在司机座椅上，望着车头前面飞舞的暴风雪，预想着运营中可能出现的问题：牵引力不能太大，容易造成列车空转；制动停车的时候，制动力也不能过猛，容易造成列车制动力减少；隧道口极容易形成积雪，造成列车空转……他紧握手柄，目视前方，一种出征的仪式感在心头升起。

邢云堂所跑的高铁线路，蜿蜒穿越大湿地、大油田、大森林、大隧道，地质条件十分复杂。零下几十摄氏度的严寒，长达 5 个多月的漫长冬天，轨面上覆盖着厚厚的雪霜，出站起车难，运行瞭望难，停车对标难，水土不服调理难，应急故障处理难……

哈大、哈齐、哈牡、哈佳和牡佳高铁交织于高寒黑土地上，一并编织成"八纵八横"的中国高铁路网。"正因为我们开的是世界级高寒高铁，所以必须为中国铁路工人争气！"邢云堂和他的伙计们，以顽强的意志、坚韧的毅力砥砺前行，把世界上最难开的高铁开出了精彩。

邢云堂驾驶动车组 14 年，安全行驶 1700 多趟、320 多万公里，相当于绕地球 80 圈，安全运送旅客超过百万人次。继荣获"全国劳动模范"称号后，2021 年元月，他被中共中央宣传部、中国国家铁路集团有限公司联合授予 2020 年"最美铁路人"光荣称号。

成功之花，人们惊羡其鲜艳夺目。然而，其成长过程，却浸透了奋斗的汗水……

少年火车梦

邢云堂的火车梦是从少年开始的。它是在黑土地里春耕时节埋下的一粒种子。

1973 年，邢云堂出生在黑龙江省五常市的一个偏远山村，距离哈尔滨 300 多里。如果不是多年以后，五常大米远近闻名，这一带藏在山窝里的小村庄无人知晓，更别提他出生的村子了。

小小村落被大片大片的庄稼包围着，但怎么也阻隔不了火车发出的吼叫。村子离铁路线有 20 多里，火车高亢的汽笛声时常穿越田野，划过上空，落在庄稼院里。尽管有时听到的是汽笛声渐行渐远的尾音，但它还是对这些山里娃们产生了巨大的诱惑。

那是上小学二年级的时候，邢云堂父亲一个在铁路上开火车的张姓同学来家串门。坐在热炕头上，他边和父亲喝着小酒，边绘声绘色地聊起开火车的那些事。"小烧"（火车司炉）、"油包"、闸把，还有哈尔滨、长春、五常等这些新鲜的物件和地名，让趴在炕沿上的小云堂听得入了神。"离地三尺三，赛过活神仙"，张叔叔的话，每一句都记在了邢云堂心里。

"火车头长啥样啊？开火车的人真是杠杠滴。"月光下，小伙伴们围坐在地上，听着小云堂的"白话"，个个跃跃欲试。恰好，从远方传来火车长长的吼叫，催生了他们一定要看看那个"会喘气的大家伙"到底是个什么样子的强烈愿望。

小学毕业后的那个寒假，邢云堂和几个小伙伴再也耐不住性子，放学后，背着书包，蹚着大雪，顶着白毛风，跟头把式地跑到了离火车道最近的地方去看火车。遗憾的是影影绰绰中只看到火车的一个尾巴。轰隆隆……那家伙只顾一路向前，好不气派。

孩子们悻悻然，饥肠辘辘地往家里跑。尽管没有看到火车的尊容，但也是见过火车的人了。回到家，小云堂的帽子上、眼眉上挂满了霜，嘴上结了冰碴。本来想打孩子一顿的父亲，看到儿子这般模样，又听说是为了看火车才如此这般。晚饭，父亲特意做了个酸菜炖血肠，算是奖励了。从那以后，邢云堂想坐火车的想法愈发强烈。

　　上了初中的邢云堂，火车梦也随着一下子长大了。他和伙伴们隔三岔五就跑到镇上看火车。每次看着蒸汽火车像巨人一样，气势磅礴地从远方驶来，驶过田野与树林，然后停下，然后再开走，他的心、他的灵魂、他的梦想，仿佛也和那风那雪那声声震耳欲聋的汽笛声裹挟奔向了远方。

　　如果说，开火车的梦想就像苞米籽一样，在心里只是发芽，那么，火车救了他的命，则让这芽长了根、拔了节。

　　初中二年级的那年冬天，10多岁的邢云堂得了急性阑尾炎并高烧不退，疼得在炕上打滚。家里人急忙套上马车，冒着大雪赶往镇卫生院。大夫说，这里治不了，还是去哈尔滨吧！家里人又顶风冒雪、一溜小跑地赶往火车站，幸运地赶上了当天最后一趟开往哈尔滨的火车。邢云堂伴着火车"咣当咣当"有节奏的声响，昏昏沉沉睡了过去。等他醒来的时候，已经躺在了医院的病床上。这是他第

◆ 邢云堂驾驶动车组驰骋在高寒高铁上（原勇、王昱图　摄）

一次真正地见到火车、坐上火车。"孩子，是火车救了你的命。"妈妈的一句话点燃了邢云堂的理想之火。老师布置一篇作文《我的理想》。好多孩子想要当教师，当医生，当科学家，而邢云堂却不假思索地写道："我要开火车！"

栽什么秧苗结什么果，撒什么种子开什么花。转眼到了1991年，18岁的邢云堂初中毕业，填报志愿，开始选择自己的未来。他不假思索地选择了中专学校，因为他早就打听过，中专里有能开火车的学校，上了中专就能早点开上火车。他一连报了4个志愿都是铁路院校，并被第一志愿录取，兴高采烈地走进了沈阳铁路机械学校，专业是内燃机车。老实巴交、没有多少文化的父母，也只认一个理儿，只要你想学，我们就供。

4年的学习时光是美好的，对于一个有梦想的孩子来说，也是逐梦的开始。他一头扎进书堆，如饥似渴地汲取知识的营养。转眼到了实习阶段，邢云堂第一次登上了内燃机车，他心里怦怦直跳。望着车内的设备，看着前方延伸的轨道，他像见到了亲人和梦中的小伙伴。

一天晚上，寝室就要关门熄灯了，同在机务段实习的同学突然发现邢云堂不见了。大家找遍了食堂、图书馆、教室的每个角落，可就是不见他的踪影。同学们议论着："不知道又钻到哪里啃书本去了。"第二天凌晨，邢云堂才一脸疲惫、一身油渍地回到宿舍，笑嘻嘻地出现在大家面前。

原来，为了真正熟悉和了解机车各部件的功能，邢云堂跑到了机务段检修车间的车库里，软磨硬泡地请求修车师傅收他当徒弟。他拿着一个小本子，在修车师傅旁边不停地记着一些数字和名称。

几位检修工人看到这个年轻人这样痴迷，也被他的真诚所打动，不忙的时候就耐心地为他讲解。他也真是会来事，还在旁边主动为这些师傅"打下手"，帮他们拿拿工具，跑跑腿，满不在乎地蹭了一身油渍。天快亮了，一台机车也修好了，师傅们把邢云堂"赶"出了大库。从那以后，邢云堂也成了那里的常客，成了编外修车人员。

邢云堂以优异的成绩毕业了。老师望着志向满满的邢云堂，拍拍他肩膀说："小邢啊，你差不多啃了学校全部的内燃机车专业书，还跑去机务段当学徒，你是花了4年的学费，上了6年的学啊！"

老司机的新驾照

1995年，邢云堂被分配到了哈尔滨机务段。这里是中国铁路工人第一次爱国主义劳模运动的发源地。在1946年哈机率先开展的"死机复活"运动中，诞生了"毛泽东号"和"朱德号"两台领袖号机车。从人民解放战争到改革开放，这个机务段涌现出"朱德号"机车组以及郭树德、杜先扬、宋国才等一大批先进模范，他们成为邢云堂学习的榜样。

走进哈机，邢云堂像走进了一所大学校、一座大熔炉，这里是他人生向上、事业奋斗的起点。2001年6月，邢云堂光荣地加入了中国共产党。面对党旗庄严宣誓，他热泪盈眶。2006年10月，哈尔滨铁路局党委在机务段召开了隆重的"朱德号"命名60周年纪念大会。邢云堂作为代表参加了大会，终于见到了拉响"朱德号"第一声汽笛的司机长陈希友。回到家里，他在日记本上写道：一个农家孩子能迈进铁路大门，实现了我开火车的愿望。但是，对照身边典型，看看师傅和伙计们，我还是差得很远。开火车，就要像"朱德号"机车组那样，"敢挑重担，永当先锋"，做火车头中的火车头。

"接手的活，就要闷头干。"哈尔滨机务段配置 DF4C 型机车的时候，面对新车型、新技术带来的新难题，邢云堂埋下头来，从熟悉机车部件、掌握应急故障处理方法入手，一点一点地摸索，和机车较上了劲儿。别人下班回家，他却继续与机车亲密接触，摸爬滚打在一起。往往为了弄明白一个操作原理，他要琢磨好几天，有同事劝他，就你这点文化水平，还是算了吧。一向性格温和的邢云堂第一次对同事发脾气："咋地，越说不行，我就越要试试。看看南墙到底能不能撞出血来！"正是凭着不服输的犟劲儿，邢云堂在最短的时间里熟练地掌握了新车型的全部特性和所有应急故障处理方法。

邢云堂刚上班那阵子，都是"包车制"。每 8 个人"包"一台机车，固定交路、固定人员。每次开车回到单位的检修库里，得先把机车上上下下、里里外外擦洗干净，下一个班接班开车时机车才能焕然一新。东北旷野风沙大，火车穿山越岭，一趟回来就灰头土脸的，造得没"人样"。机车里面到处是油污，特别是机器间内除了油污还有高温，部件排列紧密，没个容身的地儿。比起开火车，很多火车司机都不愿意擦车，跟师傅走班一段时间后，邢云堂也对擦车起了厌烦。

"老闸把"代亚杰是邢云堂的第一个"走班"师父。他看出了端倪，和邢云堂唠嗑："别看它不说话，火车头其实也知道好歹。你好好擦车、好好对它，你才知道它的毛病它的秉性。别学有的机班，就把机车'大帮'擦了，车底也不管不顾，忙三迭四就奔家。"听了师父的话，邢云堂脸红一阵白一阵。再看师父，擦车从来不藏奸耍滑、从来不惜力气。特别是夏天，车刚"熄火"，机器间得有 50 多摄氏度。代师父就光着膀子，跪在地板上"抠扯"旮旯胡同。三九天里，他一样下地沟，仰着头把车底的积冰一块块敲下来，裹着泥沙的冰碴冰沫子经常掉一脸、一脖梗子。这让邢云堂心生敬畏，也慢慢领悟了师父的话，觉得火车头有生命，你爱它，它就听你的话，就能驾驭好、驯服好这个大家伙。

邢云堂不仅把红色基因、把师父的敬业、把对火车的执迷，把这一切都记在了心里，而且转化成强大的动能，推动着他在追梦路上不停地运转：2001 年，邢云堂一次性考取了内燃机车的驾照，终于可以独自一人开车上路了；2001 年，邢云堂所在的机务段机车更新换代，他第一个报名参加考试，当年就考下了电力机车驾照，完成了从内燃机车大车到电力机车司机的又一次转型。也因为这一次提前抓早，为邢云堂后来开高铁奠定了基础、提供了必备条件，也为逐梦之路插上了翅膀。

热爱与勤奋造就了邢云堂出众的业务能力。2004 年秋天发生的事，至今都被同事们当成传奇。那一次乘务，他驾驶韶山电力机车牵引重载货车奔驰在哈尔滨至长春间的哈长线上，货物总重近 4000 吨。在列车 8 个电机坏掉 4 个的情况下成功一次对标停车。"开货车和客车有区别，最主要是在坡底、坡顶不超速，防止脱钩。"邢云堂说，那天牵引车是一台"韶山"，挂了 60 节车厢。车开到陶赖昭至姚家区间时，忽然出现供电问题，邢云堂判断为主断路器故障。这个设备是负责从接触网取电后供给机车电流的，它坏了，就会导致整列车无电，无电后就无动力，车就会原地"趴窝"。一列货车"趴窝"倒是不打紧，打紧的是它"趴窝"的地界，如果在正线上，那其他货物列车、旅客列车都无法正常通行，运输秩序也就乱了，旅客列车势必大面积晚点。所以，当车站指令邢云堂在姚家站通过时，邢云堂果断要求侧线停车。

邢云堂知道，自己的想法是好的，但如果停不好，可能就会受处分。如果按照指令通过，不管怎么样，自己都没错儿，更不会受处分。邢云堂事后说，已经预测到"通过"的后果，我就得试试。如果行，线路全部畅通；不行，我顶多就是受个处分，没有其他方面更恶劣的后果。

邢云堂请求侧线停车，是想把主道让出来，可这又有相当大的难度。首先，因为主断路器故障，机车上存有的电量已经不足，制动下闸就必须"一把成"，否则没电量可供再次下闸使用。除了电量，还有一个大问题。侧线长度为 1050 米，整个列车加上车头 957 米，前后一共只能留出 43 米，在列车正常运行下，要做到把车正正道道"摆"在两个信号机中间才行。不行也得行。邢云堂没有半点儿犹豫，确认信号、减速、下闸，一气呵成，把车稳稳摆在了股道中间。他悬着的心放了下来，松开闸的一刹那，他满手心都是汗。为此，他受到了单位的通报表扬。

谁说塞北无神速，春风度过山海关。2006 年，高铁、动车组等一些新名词成为铁路人的热词。技术上不甘寂寞的邢云堂多么渴望在自己的职业生涯中，能开上时速 200 公里的"子弹头"，在黑土地上驾驶"CRH"。也就是这一年，哈尔滨铁路局从 6000 名火车司机中海选精英，为高铁开通秣马厉兵。消息像长了翅膀，迅速传到了"大车"们的耳朵里，激动地像孩子般跳了起来。但是人员有限，只

◆ 邢云堂核对运行揭示不错不漏（原勇、王昱图　摄）

有 20 人，而且条件近乎苛刻，年龄、学历、身体素质、走行公里、驾龄、内燃机车驾驶证、电力机车驾驶证……

激动之余，邢云堂更多的是信心百倍。他暗下决心：机会来了，一定得抓住！邢云堂逐条对照报名资格条件，一个又一个，他屏住呼吸，天啊，全部"够格"！他风风火火跑回家，一进门就跟妻子说："整俩菜，今晚得喝两口儿！"妻子看着邢云堂发愣："咋地，太阳从西边出来啦。从来滴酒不沾，今天想喝点？！""报名的条件我都够了，我要开高铁啦！"

2006 年 12 月，幸运再次光顾了邢云堂。20 名电力机车司机过关斩将后，被哈尔滨铁路局选派到西南交通大学学习高铁技术。也就是从这时，邢云堂离开了以货车牵引为主的哈尔滨机务段，调到即将配属动车组、牵引旅客列车的三棵树机务段。如果合格，他们将要成为哈尔滨铁路局第一代动车组司机。

学技走四方

仰视中国高铁运行图的最北端，是以哈尔滨为原点的哈大（哈尔滨至大连）、哈齐（哈尔滨至齐齐哈尔）、哈牡（哈尔滨至牡丹江）高铁以及哈佳铁路（哈尔滨至佳木斯）构成的骨架。在中国高铁版图中，哈尔滨铁路局1022公里的高铁里程占全国高铁里程3.79万公里的2.7%，似乎"微乎其微"。但是，这里却是中国高铁向世界亮出的"高寒高铁名片"，是世界上里程最长、穿越林海雪原、运营场景最丰富的高寒高铁。哈大高铁是我国首条高寒高铁，哈齐高铁是我国第一条穿越大湿地、大油田的高铁；哈牡高铁是高寒地区穿越隧道最多、风速最疾的高铁。哈大、哈齐、哈牡、哈佳和牡佳高铁将共同完成中国"八纵八横"高铁网的最北一横。全新的装备，全新的技术，世界上第一条高寒高铁……"每当想起来这些的时候，往往是压力大于兴奋。"其实，真正让邢云堂们感到压力的，还是中国铁路工人的那份使命感和责任心。

其实，这份使命感和责任心从向动车组"进军"就开始了。邢云堂一下子感到肩上的担子重了，"肚子里的墨水儿少了，本事不够用了。"尽管自己曾经驾驶过内燃机车、开过电力机车，但是对高铁技术还是一片空白，需要从零学起。尽管这样，邢云堂和伙计们没有丝毫的懈怠，对明天充满了信心，盼着，盼着，盼着"子弹头"能早点来。带着希望、带着信心，他们踏上了"学艺"之路。

近在北京、沈阳，东到广州，远赴武汉，辗转沪宁、武广等已开通的高铁线，南征北战、如饥似渴地"拜师学艺"。邢云堂把所有的精力都用在了学习高铁技术上了，大年三十还在跟车练习的路上。回到单位，他就钻进模拟驾驶室熟悉各种按键、练习操纵。白天跟车练习，晚上学动车组机械构造、电气原理，他们像陀螺一样转个不停，每天只有三四个小时的休息时间。从烧煤、烧油，再到电网驱动，从火车头与车厢一节节摘挂到 8 节车体一体化，"动车组"带给他们从未有过的体验，也让他们来了一次"头脑革命"。

为了能成为动车组司机，邢云堂提早准备，把动车组相关资料都借来，见缝插针学习动车组业务知识。大声背诵、默写、核对，一遍二遍三遍，半年时间下来，400 页巴掌大 10 万字的《高速铁路技术规程》，都记得非常熟练。

动车组相对于内燃机车、电力机车更加智能，对司机操纵要求也就更高。2007 年 1 月，邢云堂第一次登上动车组。高铁轮轨间的摩擦声、气流的冲击声震撼着邢云堂。第一次体会到每小时 120 公里与 350 公里风驰电掣般的速度变化，明显感觉到了轮轨间摩擦时发出的声音和气流的声音比普速列车要强烈得多，"心里怦怦直跳"。他知道，速度上来了，更需要握紧手中的闸把子；他更知道，在这之前的 13 年火车司机经历，不足以支撑现有的动车组驾驶，除了学习、学习、再学习，没有任何捷径可走。他下定决心，想成事，必干成！

邢云堂随身携带一个书包，里面装着技术书籍，走到哪里，就带到哪里。无论在家还是在待乘公寓，只要有时间，他就会把书包里的资料拿出来看看，弄不明白的地方，做好标记，查资料，直到弄明白为止。这一点，不仅工友们知道，就连邢云堂的女儿也顽皮地"笑"他："一到家就叨叨咕咕，没完没了地背，真烦人。"邢云堂笑着对女儿说："你背东西可以有差错，爸爸背的东西差一点也不行，必须打100分。"他不仅从书本上学，还向高铁的行家里手学。在哈大高铁开通前，邢云堂通过电话或拜访外局有高铁经历的同学，请教驾驶经验，交流操作要领。

为了尽快掌握高铁驾驶技能，邢云堂真是下足了功夫。正是凭着这股不服输的钻劲，他取得了"真经"，扎扎实实地掌握了驾驶动车组的本领，成为伙计们心目中的"技术大拿"。

每当攻克一个技术难关的时候，邢云堂总是想起拿到动车组驾驶证的那一刻：2007年年末，凤凰涅槃，浴火重生。邢云堂和其他19个伙计取得了动车组操纵的驾照。他的驾照代号是007，伙计们都说詹姆斯·邦德风度翩翩，举止文雅，射击、飞刀、驾驶，无所不能；而朴实淳厚的邢云堂抿着嘴笑："我啥爱好也没有，就是想上车。"

拿到驾照的那一天，邢云堂回了趟老家。他把驾照摆在父母双亲的遗像前，点上一支烟。坐在父母亲的墓碑前，想起了小时候父亲和他聊的那些关于火车的故事，想起旷野上那些自由自在的风和风带来的梦，邢云堂感到了一丝欣慰。但是，在告慰亲人的同时，也有些许遗憾和自责。自从"跑"上火车，就很少回到村子里看望父母双亲，没有年节之分，只有时常的通话问候。父亲弥留之际，还在念叨："啥时候能坐上你开的火车，去一趟北京看看。""爸，等你好了，一定能坐上的。"子欲孝，而亲不待。此时，怎不让他潸然泪下。他暗下决心：一定平稳地开好新时代的火车，让黑土地上更多的父亲、母亲坐着火车去北京。

试验车上当先锋

试验车，就是每一条高铁在满足正式运营前很长一段时间的、不载客的试验车，铁路上的术语叫"联调联试"。

"什么叫第一代高铁司机，就是先遣队、排障器、数据库！"这是邢云堂和伙计们的一致共识。邢云堂也就成了这"先遣队"里最重要的队员，多次参加高寒高铁的联调联试。

2012年1月，我国首条高寒高铁哈大高铁进入开通倒计时，迎来了第一台动车组试验车上线联调联试。新线路、新接触网、新信号、新车体，首趟试验车意义重大，风险性自在其中。主抓动车组安全的副段长郭国建在动员会上说："东北跑高铁，这是大姑娘坐轿——头一回。我们跑的高铁是世界上第一条高寒高铁，说世界目光都在看着我们，一点儿也不夸张。还是那句话，拿出三机人的精气神儿，跑出争气车！"谁来跑？怎么跑？大家在讨论中，平时沉默的邢云堂第一个站出来，坚定地说："我是党员，我来跑第一趟！"

首趟试验圆满完成，邢云堂也为其他高铁司机助了威、打了样、鼓了劲。

邢云堂的自信来自他的底气。

2007年年初，他们辗转到沈阳，参与CRH5型动车组在沈阳与山海关间的试验项目。2007年4月，由北京铁路局动车组司机担当牵引任务的D25/26开行，邢云堂与其他4名动车组司机，负责小名"大黄蜂"的CRH2型综合检测车的开行。虽然一个月只有3次任务，邢云堂他们却异常珍惜，每次与"大黄蜂"见面，大家都格外小心，不敢有丝毫怠慢。每次任务结束，他们都要开个总结会，重点是"会诊"。因为，大家心里清楚：我们"贴地飞行"的梦不远了。

2008年1月20日，哈尔滨铁路局正式开行了D28/27次（哈尔滨至北京）旅客列车，邢云堂承担了首趟操纵任务。"既神气又紧张，但是，必须淡定。"回忆起那趟乘务，邢云堂至今还引以为自豪。也就在这一年，邢云堂和哈铁300多名劳模一起参加了全国铁路"乘高铁，看发展，迎国庆"主题参观活动，坐上了从北京南站至天津的高铁。

那个激动的心情真是无法形容。劳模们挤着、抢着拿起相机、手机涌到车厢门头，对着时速显示器边数数边拍照："150、190、230……"当时速显示290的时候，车厢里沸腾了。人们欢呼跳跃，目不暇接，连连称奇好生羡慕。当很多人还没有来得及喝上一杯茶的时候，甜美的广播声用中英文预告了："旅客朋友们，天津站到了！"好家伙，从北京南站到天津站只用了22分钟，神速啊。在他身边一名三棵树车辆段的劳模兴奋地说："我家住在道外，离单位没多远，天天坐车上班，也得半个点儿啊！"这时候，为了中国铁路拼搏的北疆铁路人满含泪花，像问别人也是在问自己：国家发展得这么快，啥时候咱也能有自己的高铁啊？！

这次参观，对邢云堂后来的思想和理念产生了深远影响。2012年12月，随着哈大高铁开通，哈尔滨铁路局才真正进入高铁时代。作为哈尔滨铁路局第一批动车组司机，开好动车组，唯有奋起直追。

"作为高铁司机，我们的每一次试验，每一个操作，都在为高寒高铁提供数据、积累经验。"邢云堂如是说。2012年，我国首次动车组低温耐寒试验在哈尔滨铁路局进行。由于没有任何经验和技术参数可以借鉴，其安全开通、平稳运营，意义不言而喻。邢云堂和同事利用22点至次日4点的低温时段，驾驶动车组在哈尔滨西至德惠西之间转圈运行，采集了极寒条件下牵引、制动等操纵数据，并与常态运行参数进行对比分析，为高寒高铁安全运行提供了丰富的第一手资料。哈大高铁开通前，邢云堂牵头编制了《CRH380B动车组司机作业指导书》《京哈高铁司机岗位安全风险提示卡》等3书1册1卡。

从2008年到2012年哈大高铁开通前的4年时间里，邢云堂和伙计们积累了更多的操纵经验。本以为可以驾轻就熟了，可是没想到，哈大高铁以及更多的新线开通，其技术难题不期而遇且接踵而至、防不胜防。刚拿到驾照的时候，邢云堂和同事们就接到命令试验国内首列CRH5型动车组。前后半年时间，他带队辗转于北京、沈阳至山海关之间进行动车组环线试验、正线试验。也正是无数次的试验换来了2008年京哈动车组的顺利开行，也为哈大高铁的开通摸索了规律，积累了经验，成为东北高铁开行的"先遣军"。

这只是高寒高铁联调联试的序幕，"大戏"才刚刚开始。白天，他担当动检车值乘任务，晚上总结试验情况，制订第二天运行方案。第二天凌晨5点多，再次踏上值乘动检车的征程，睡眠严重不足。特别是在2月的低温试验中，在20时到次日凌晨的"鬼龇牙"时段，他开着动车组在朔风狂吼的东北雪原上转圈跑，收集极寒天气下动车组运行的各种珍贵数据。邢云堂咬着牙完成低温试验又忙春运。几个月下来，他的体重下降了20多斤。加之东北高寒天气，久坐且饮食不规律，很多乘务员患上了痔疮，邢云堂也不例外。联调联试开始后，他的病更重了。一直用外用药"顶"着的痔疮也终于发展成了肛瘘。车间主任关志军动情地说："他瞒着我们不说，直到一次退乘后，同事发现了他外裤上的一片污迹，一问他才说是肛瘘。又是脓又是血的，隔着棉裤都渗出来了，同事们这才知道，为啥他总是坐个游泳圈式的小垫子，为啥他时常锁一下眉毛。"被同事架到医院的邢云堂立马就被医生"囚禁"，"病灶部位深，已经重度感染了，再不治就会得败血症。"而做完手术没几天，邢云堂又跑回了单位。

◆ 邢云堂讲授动车组应急故障处理（原勇、王昱图　摄）

就凭着这股东北汉子三匹马都拉不回来的犟劲，邢云堂圆满完成了国内首次高寒高铁的联调联试，特别是联调时试验车紧张，用的是 CRH2 型，与 CRH5 型完全不"搭界"，邢云堂硬是给琢磨明白了，把它治"服"了。首次联调联试的成功，也为日后哈齐高铁、哈牡高铁、哈佳快速铁路的联调联试积累了丰富的经验。

哈大高铁开通后，中国东北的高铁事业一次又一次迎来了巅峰时刻：2015 年 8 月 17 日，哈齐高铁开通；2018 年 9 月 30 日，哈佳高铁开通；2018 年 12 月 25 日，哈牡高铁开通运营。邢云堂在风起云涌的高铁时代，以尖兵的姿态，义无反顾地一次次踏上了破冰之旅。

联调联试是新线动车组开行前的必经程序。对于动车组司机来说，联调联试是最锻炼人的，更是"扒一层皮"的工作。联调联试是指在高铁开通前对线路、设备等进行一次真车上线的试验，说白了就是正式开行不载旅客的动车组，其风险系数极大。

联调联试时，原有的动车组自动控车模式都不能使用，操纵机车没有任何智能提示，只能靠动车组司机凭借精湛的技术"下闸""调速"，这种活儿又苦又累又不招人待见。而邢云堂却每次都主动请战，因为他知道，只有提早介入新线，才能更全面熟悉和掌握线路、标识、操纵要领和突发事件处置。

哈齐高铁跨越大湿地、大油田，早晚温差大，对高铁运行的要求更高。联调联试期间，邢云堂从凌晨第一趟动检车跑到深夜。夜半，回到车间等着他的就是泡面和一桌子的材料。但他没有退缩，开好首条全线高寒高铁的巨大信念支撑着他和伙伴们奋不顾身。半个月不回家，一周不洗澡，胡子拉碴，食欲骤减。有时同事间都能闻到彼此身上的汗酸味，大家相视一笑："伙计们一个味儿，谁也别嫌弃谁。"

联调联试期间，哈齐间各个车站停车标距出站信号机距离近，靠标停车困难，如果采取两段制动不但会耽误运行时间，还会造成"运缓"。邢云堂就琢磨，怎么才能一闸对标呢？经过不断实践，他终于摸索出一套适合哈齐高铁精准对标停车的方法。

哈佳铁路穿越三江平原，翻山越岭，越涧跨河。气候、温度变化频繁。联调联试期间，邢云堂接连驾车"跑趟"，掌握行车数据，协助专家和技术人员完成了我国高寒地区最长、首条使用客货混线快速铁路的操纵规程。针对哈牡高铁全线 39 处隧道，邢云堂协助制定了隧道行车办法等规章制度，向集团公司建议加大哈佳、哈牡新线关于隧道行车、接触网结冰等应急演练项目。

寒来暑往，昼夜不歇，连续 6 年，邢云堂先后参加了哈大高铁、哈齐高铁、哈佳快速铁路、哈牡高铁 4 条新线的联调联试工作，每一次他都站排头、打冲锋，践行着自己的庄严承诺：我是党员，我来跑第一趟。

墙内的花墙外依然红。2017 年 6 月，呼和浩特铁路局集团公司首条高铁张呼（张家口至呼和浩特）高铁进入联调联试阶段，邢云堂所在单位的几位动车组司机应邀参加，邢云堂则在黑龙江远程指导。面对全新的环境、复杂的地理条件和人员，他笃信淡定，从容自若，通过电话、视频等全力指导参与联调联试的伙伴们平稳操纵，讲解动车组开行中突发事件如何处理，规范操纵行为，高品质地完成了试验任务并协助制定了作业指导书。参与试验的铁科院一位专家，一向严谨，不苟言笑，这回也幽默了一把："昔有昭君出塞，今有云堂操控，皆为美谈啊！"

"为有牺牲多壮志，敢教日月换新天。"邢云堂和他的伙计们正是以这种敢想敢试、敢为人先的大无畏精神，为世界高寒高铁安全运行创造了条件、积累了经验。

冰面高铁"华尔兹"

您见过在冰面上跳"华尔兹"美轮美奂的场景，但是，您见过在冰面上开火车的惊险吗？您能想象得到在 250 公里及以上时速下，疾驶的动车组稳稳地停靠在站台，而且就停在您的站位线上吗？

这不是一个传说，邢云堂和他的伙计们打破神话，把这一切都变成了现实。所以，我们有一万个理由去"迷信"动车哥，欣赏一群男子汉的"华尔兹"。

高寒高铁技术，中国是领跑者。在没有任何规律可循、任何经验可以借鉴的情况下，如何能在极寒地区将动车组开起来，又能停得下，这是中国高铁发展史上的一大挑战，也是世界高寒高铁的一大难题。

哈大高铁有人叫它"雪国列车"，冰面上就是高寒下的钢轨，有的是横跨在几米、十几米甚至是几十米的高架桥上。听起来很浪漫，但是开好这趟雪国列车却没那么容易。众所周知，东经 121 度，北纬 43 度，冬夏温差可达 70 摄氏度以上。气候寒冷，一年有近 6 个月时间被冰雪覆盖，哈大高铁沿线土壤最大冻结深度为 205 厘米，给动车组行车安全带来极大的挑战。在高寒地区开行时速 300 公里高铁列车，可见难度之大、挑战之严峻。

哈大高铁开通后，段里安排邢云堂在值乘休息时，到应急指导台值班。有一天他接到电话报告："0H6265 出库转线制动力弱，无法在规定位置停车。"邢云堂立即赶往动车所，反复对这列车进行转线试验，故障却像捉迷藏一样不见了。第二天，邢云堂对出库的每一台车进行试验，同样的故障在个别车上又出现了。他苦思冥想，一直没有找到病根到底在哪儿。这时同事从检修库外进来，眼镜上结了一层霜，他激动地一拍大腿："霜，肯定是霜造成的！"

东北地区冬天检修库内外温差达 50 摄氏度，动车组入库时制动盘结霜，有的车在库内停留时间短，霜没有完全融化时开出库，就会出现制动力减弱的现象。病根找到了，怎么治？同事擦眼镜的动作再次启发了邢云堂。他赶紧上车试验，操纵制动盘结霜的车出库，在没有加速前先下一闸，让制动盘摩擦生热，把霜融化掉，再制动时，车服服帖帖停在了预定位置。邢云堂和同事们都长出了一口气，困扰出库制动力弱的问题终于解决了。

冰面上开高铁，看司机的"手把"就是两个字：稳和准。高寒高铁动车组平稳起车和对标停车，是对高铁司机综合技能的检验。高寒高铁技术，中国属于领跑者，许多难题没有规律可循，为了让高寒高铁开得更好，邢云堂带头边开车边摸索。

2015 年 11 月的一天，正奔驰在哈大线上的 G723 次动车，忽然出现 ATP 死机现象，动车组非正常停车在铁岭西站前 10 公里。待重新起机后，ATP 无法读取定位数据。值乘司机借助前方设有的"公里标"，及时人工输入位置数据后，动车组故障解除。知道这件事后，邢云堂在庆幸之余出了一头冷汗。这个事件停车位置前方在火车站附近，线路旁设有公里标，如果 ATP 死机在前不着村后不着店不设公里标的位置，那根本没法准确定位。虽然 ATP 故障发生率很小，一旦发生错误输入数据，会造成二度停车，引发行车秩序紊乱。这事又成了他的心病，没事就琢磨。回到家吃饭时也叨叨咕咕，妻子就笑："咋啦，癔症啦？"出乘时，他看见大街上电线杆都标着编号，顿时眼前一亮。他立即向相关部门求教，被告知接触网支柱上有编号。

为此，邢云堂带着劳模工作室的几个伙计，将区间和站场两组数据进行整合。还利用休班时间跟车再次确认编号，对 22 个站场正线出站信号机后第一个、下一车站出站信号最后一个接触网柱上的编号进行特别标记。整整半年时间，邢云堂团队完成了支柱编号与对应车站、区间公里数的对照图，彻底解决了动车组 ATP 故障后无法准确定位的问题。2016 年，邢云堂牵头将这一成果制作成查询软件，误差不超过 50 米。

为了减小动车组在车站起车时的推背感，让旅客乘坐更舒适、体验更美好，邢云堂熟练地掌握各种车型性能，把它们的"脾气"都摸透了。只要有空，他就握着手柄反复练习，每一个细小位置的手感越来越准了。在实际操作中，邢云堂能用头发丝般的触感，平滑推动手柄起车。有时自己都感觉不到车动了。列车开得稳，更要停得准。为了精准对标，他不停地琢磨不同车型速度、制动力、电控转换时间之间的关系，根据站场、天气情况，把握制动时机，一闸一闸地试，一趟一趟地练，总结分析规律。随着时间推移，停车越来越准了，实现了一把闸零对标。这项技术在哈大线上得到广泛推广运用。"神闸"的雅号由此而来。

骏马需要在草原上展示风采，"神闸"在一次全路的模拟表演赛上再显身手。

2014 年 10 月，全路机务系统高铁技能大赛在武汉高速铁路职业技能学院举行。邢云堂作为哈尔滨铁路局唯一的一名高铁司机，与来自全路的 15 名高铁司机一起，在 CRH380B 型动车组模拟仿真器上，为总公司、湖北省领导及参赛选手们进行了 20 分钟的模拟操作驾驶表演。

邢云堂所驾驶的模拟仿真器中内设的线路区段，虽然是他从未到过的"武广线",但凭借着精湛的技艺和应变能力,顺利闯过了一道道难关,安全正点地到达终点站"武汉",停车对标误差不超过 10 厘米。当观摩的领导和专家得知邢云堂是来自东北驾驶"雪国列车"的高铁司机时,拍着他的肩膀说:"小伙子,你是目前全路唯一既在冰面上,又在火炉旁开过高铁的人。""邢式停车法"在全路叫响,冻土地上的高铁"华尔兹",邢云堂和他的团队"跳"出了华彩。

穿越虎峰岭

滨绥线穿越林海雪原,既有传奇色彩,又有传奇的故事。20 世纪 50 年代初,曲波创作的长篇小说《林海雪原》的故事就发生在这一带。高铁穿行在横道河子、"威虎山"、"夹皮沟"间,剿匪英雄杨子荣陵园坐落在海伦火车站附近。这里,山高林密,坡长岭大,风寒雪猛,有着"一夫当关,万夫莫开"之关隘。

哈牡高铁驶出哈尔滨,不多时就开始爬大岭,先是经过长达 8755 米的虎峰岭隧道,接着又钻进 7152 米的威虎山隧道。这里地处张广才岭的制高点,也是地质意义上的分水岭。常常出现"雪打墙"现象,且是常年冻害地段。"朔风吹,林涛吼,峡谷震荡……"现代京剧《智取威虎山》里的唱段,正是对这一带冬季的生动写照。从前,跑过这段既有线的司机们很是"打怵"。老司机们说,爬上虎峰岭,险处不须看。一向善于挑战的邢云堂和他的高铁伙计们说:"当年,杨子荣打虎上山;今天,咱们开高铁,再向虎山行。"

　　为了研究奇寒条件下大雪对行车的影响，邢云堂这个从小就与雪为伍的人，现在对雪更是着了迷。休班的时候，他坐上公交车，来到松花江北岸的哈尔滨冰雪大世界，软磨硬泡地钻进施工现场，向专家取经，望着吹雪机发呆。左比划、右转悠，一泡就是大半天，冻得在地上直跺脚。在这里，他了解到雪还有等级之分，在风速、方向、地理环境不同因素影响下，一天内早晚风对雪的影响也不一样，他们探讨风雪之下的高铁速度掌控办法。

　　进隧道，出隧道，一亮一暗，除了眼睛不适应，对耳压也有一定影响。同时，隧道内还要"过分相"，这些造成隧道内行车操纵异常复杂。由于地貌特殊，隧道两侧"一线天"，这也给机车操纵带来了极大的风险隐患。"隧道这头晴着，出了隧道却是大雨倾盆。"这不是诗人笔下的神奇，而是动车运行中的风险。

　　"再向虎山行"，这既是攻坚克难的誓言，也是又一次破冰之旅的大胆实践。哈牡高铁开通后，39处隧道贯通在林海雪原、高坡大岭上。早晚时段，雪光的反射异常刺眼，造成动车组司机进入隧道后瞬间"失明"。为此，邢云堂建议雪天全程佩戴偏光镜，彻底消除了这一雪天隧道内行车的安全隐患。四季分明的黑龙江除了有极寒暴雪，春秋大风，汛期暴雨，初冬团雾缠绕隧道，有时还会赶上台风登陆。对每种自然现象自然灾害，邢云堂和伙伴们都不敢掉以轻心，都要制订相应的预案和操纵方法，以确保任何恶劣自然条件下的平稳操纵。

　　寒冬腊月，"风吹雪"会造成动车组瞬间制动力消失，危及行车安全。就为这，邢云堂反复跟车200多趟，总结出了防止冰雪天气下制动力消失的操纵方法。2018年11月初，虎峰岭隧道由于隧道内

◆ 邢云堂检查仪表（原勇、王昱图 摄）

外温差大，产生了团雾现象。动车组开进团雾后，高铁司机眼前就是白蒙蒙一片，能见度为零。如果操纵不当，易引发弓网事故，以及列车冲动，降低旅客乘车舒适度。为此，邢云堂开车时留神，添乘时注意，退乘后切磋，记下大量笔记，摸索总结出了进入隧道前"观"落石倒树，运行中"查"隧道有无透水，"看"接触网状态，团雾里穿行"听"异音等方法，确保了动车组安全通过 8849 米的长大隧道。

高寒高铁技术，我们属于领跑者。许多难题没有规律可循，为了让高寒高铁跑得更好，邢云堂和伙计们见招拆招，出现什么问题就解决什么问题。一次黑龙江连降大雪，路基下积雪深达半米。邢云堂驾驶 G48 次列车在双城北与扶余北区间会车时，积雪被强大的气流卷起，瞬间车载设备报警，头车牵引丢失，导致列车晚点。退乘之后他感到非常懊恼，反复回忆操纵细节，可总想不出问题在哪儿。接连几天，其他动车组会车时也出现了同类问题，故障在运行中无法处理，只有入库重做系统才能解除。能否尝试着从操纵上想办法来解决问题呢？邢云堂又钻进了书堆，翻阅了很多资料，分析了大量数据，多方请教技术专家，一趟趟跟车观察，最终确认是会车时扬起的雪沫落在轨面上，头车车轮严重空转导致系统误判，自动切除头车牵引力。于是，他摸索着雪天会车时回手柄，当牵引力降到 50% 以下时，空转现象彻底消失了。后来，他总结整理出雪天会车操纵法，在全局推广。

高寒高铁的难题被邢云堂团队一个个攻克了，大家越干越有成就感，越干越起劲。退乘后，伙计们偶尔也聚在一起抒发一下自己的情绪，唱上几句《智取威虎山》的唱段："穿林海，跨雪原，气冲霄汉；抒豪情，寄壮志，面对群山。党给我智慧给我胆，千难万险只等闲……"

线上"坐堂"

"你好！我是邢云堂。"接起电话后，他总要如此自报家门。除日常走班外，邢云堂每月要在车间的"110 信息台"坐岗 5 次。这个信息台是高铁值班室，随时接听动车组司机们的求援电话，并能准确解答提出的问题。就像一个坐堂的老中医，接诊、切脉、开出药方。邢云堂与郎中先生不一样，他是隔空切脉，电话问诊，线上"坐堂"。

2013 年，邢云堂所在的车间成立了这个"110 信息台"，由技术精湛、经验丰富的动车组司机坐岗，以电话沟通方式，为线上突然遇到难题而束手无策的动车组司机出谋划策。交路已经很忙的邢云堂，主动提出自己休班时就来车间值班中心坐岗，为在线上的伙计们壮胆、出招、破解难题。从那以后，只要一休班，邢云堂就来值班中心坐岗，像当班一样接听伙计们的求援电话。在他的带动下，身边好多"手把高"的伙计，也志愿加入到这个"遥控指导"的行列中。

邢云堂坐岗时，每天早6点到晚上12点，他要随时准备接听来自铁路线上高铁司机的电话。哪怕是睡觉的那6个小时，也要把电话机放在值班室的枕头旁边，随响随接。

这个信息台设立快10年了，和哈大高铁同岁。在这里坐岗的除了邢云堂之外，还有4位"话务员"，他们或是全路技术能手，或是职业技能大赛的获奖者。每个人对于动车组的各个方面、各种情况都了如指掌。

尽管每一名高铁司机都是严格筛选出来的，但是，毕竟能够遇到故障或问题的机会不多，不少司机在遇到非正常情况的时候，还是会有少许的紧张。因此，邢云堂和其他信息台"话务员"的存在就是在问题出现时，为在路上驾车的高铁司机稳定情绪，做应对提示。

为了确保解答的权威性，在哈佳快速铁路和哈牡高铁联调联试的时候，邢云堂带着建设部门提供的所有资料把两条线路重新"跑"了一遍，记录下了每一个斜坡、山洞等技术难点。

每次新线开通之初，都是接打电话最多的时候。碰到一些雨雪天气，他还要主动给穿越风雪区的司机打电话做技术提示。

"开车人想着坐车人"，这是三棵树机务段几十年开好旅客列车的服务理念。即使进入高铁时代，也一点不能走样。为这，邢云堂不敢有丝毫懈怠，平日里坚持多想一点、多看一眼、多走一步。除了司机手账，邢云堂还随身携带记事本，写满了自己和同事们出乘遇到的各种问题，以及应急故障处理的心得，400余条5万多字，大大小小十几本。这些手写的"技术宝典"，也为邢云堂坐岗信息台提供了最权威的支持。

在外人眼里，邢云堂是个闷葫芦。可一聊到动车组，他就打开了话匣子：各种动车组的车型、性能特点如数家珍。一聊到动车组在线故障或在信息台值班时，邢云堂更是思维敏捷，反应快速，果断有力。

云堂坐堂，伙计们说"大师干了话务员的活"。电话设在邢云堂所在车间一个不足20平方米的办公室。两张对面的办公桌，两部座机电话、两台电脑。这也是三棵树机务段最废电话的地儿，平均半年就得换一部话机。

"吃饭的时候我就带着这个手持终端过去。"邢云堂和他的同事们就这样保证这条生命线24小时畅通。

关于邢云堂的电话热线，这里还有个小故事。邢云堂的女儿报考高考志愿的最后一天，正巧邢云堂在信息台值班。妻子王金娣接连打了若干个电话就是接不通，"对不起，占线"。金娣发了个微信："急死我了。限你10分钟内必须回话，耽误了孩子的大事，看你怎么交代！"邢云堂抽空看了一眼微信，还没有打上两个字，刚退乘的伙计们又打进电话，不是一个，而是一个接着一个。等他醒过神来的时候，"黄花菜都凉了"。他爱人和孩子商量着填报了志愿，打车送到了学校。如今女儿大学快毕业了，还时常调侃："是我妈把我送进了大学！"

2019 年，春运开始的第二天，一趟由哈尔滨开往大连的列车出现了撞鸟的情况。"一般来说，要是'砰'的一声，撞击声音很沉闷，说明是撞在车头的厚重部位了，不用停车。如果是比较清脆的'啪'的一声，说明是撞在灯上了，这个时候就要考虑是不是需要停车检查了。"在听取列车司机的汇报后，邢云堂告诉他，可以继续行驶到下一个车站再进行检查。"机械师下车检查前，别忘了向调度员汇报。"邢云堂提示道。

2020 年的最后一天。寒潮袭击了哈尔滨，天空雪霜混沌，脚下卷起了白毛风。笔者在动车车间"邢云堂劳模工作室"采访了我们的主人公，看到的是这样的场面：邢云堂一边接受采访，一边接听着线上的电话，采访不时被打断，故事往往开了头，却没有下文。中午，我们刚刚打开盒饭，隔壁值班中心喊了一声："师傅"，邢云堂跑了过去。过了近 30 分钟，邢云堂的盒饭已经凉了，只好冲了冲开水，加加热。这一天，邢云堂接诊电话 11 个，逐一得到解答。见天色已晚，采访只好中断，邢云堂一脸疲惫地笑了笑："不好意思啊！"没有侃侃而谈，没有激动人心，甚至没有听到"催人泪下"的故事，似乎还有些"冷淡"。但是，当笔者被裹挟到风雪中的时候，还是感到心头暖暖的，采访已是凯旋。

2020 年，黑龙江省遇到了 60 年不遇的暴雪，一连下了 3 天。两天两夜 48 小时，邢云堂一直坐岗，就睡了不到 4 小时。成功提示提醒在线的 98 名动车组司机，确保了所有动车组"未塌网""未断电""未趴窝"，安全抵达终点站，将暴雪造成的损失降到了最小。

"总教头"的"粉丝群"

"开好高寒高铁动车组是我的本分，让更多的司机开好车是我最大的心愿。"这是邢云堂的肺腑之言。近几年来，他为高铁司机义务授课1000多课时，哈尔滨铁路局500多名高铁司机跟着他学习过，教过的徒弟占全局动车组司机总数的90%。因此，邢云堂被媒体称为高寒高铁"总教头"。

邢云堂带徒弟没私心，从不藏着掖着，是三棵树机务段公认的。新职司机抢着跟他走班儿，争着给他当徒弟。还有些新职司机甚至托关系、找人，入在邢云堂的"门下"。问，不厌其烦；教，不辞辛苦。在他的言传身教和精心培训指导下，如今，邢云堂有9个徒弟获得了全路技术能手称号，走上管理岗位的就有4人。

众人划桨才能开动大船，邢云堂常把这话记在心里，挂在嘴上，用到劲儿上。

车间党总支书记吕双玉是邢云堂的师兄，"中华人民共和国国家铁路机车驾驶证铁机驾字D010000001号CRH准驾机型A"的驾照足以让他自豪一生。吕双玉对高铁同样是情有独钟，且是"拼命三郎"。2010年他获得了全国劳动模范称号，在三亚受到了时任中共中央总书记胡锦涛的亲切接见。

吕双玉、邢云堂哥俩同时进入哈尔滨铁路局第一代高铁司机矩阵，他们在高寒高铁的竞技场上开始了一场持久不息的"安全竞技"，一路"拼杀"过来，一路凯歌高唱。

"技术数一数二，就是性子慢！"吕双玉笑着介绍邢云堂。那两年，吕双玉没少"收拾"这个师弟。师弟性子慢，吕双玉就设定技术课题，限期"交作业"；师弟说话"慢半拍"，吕双玉让他当兼职教师给大伙讲课；师弟电脑操作差，吕双玉就手把手教他做PPT；师弟做事总爱"往后站"，吕双玉就让他坐镇110故障台，在线指挥行车。一来二去，邢云堂越来越"像样儿"了。在吕双玉的"调教"下，邢云堂不再畏手畏脚，越来越有魄力。

也是通过这种"传帮带"，邢云堂更加意识到，在探寻高寒高铁安全操纵奥秘的道路上，在白山黑水间，需要的不仅仅是一个好司机，更是需要一名传播者，将梦想的种子，撒播在每一个动车司机心中。

随着中国高铁里程不断刷新、设备不断提档升级，人才培养也迫在眉睫。2012年至今，哈尔滨铁路局的动车组司机，从20人增加到500人。邢云堂知道，一个邢云堂再能，也打不了几颗钉，只有

◆ 邢云堂指导模拟驾驶（原勇、王昱图　摄）

教会更多的人，才能为高寒高铁安全运行注入不竭动力。

邢云堂是哈尔滨铁路局特邀兼职教师，每一年全局的高铁新司机培训，他的课时就占到 1/2 还多。随着哈大、哈齐高铁运营对数的不断增加，牡佳、哈牡高铁开通在即，哈尔滨铁路局现有的高铁司机储备严重不足，这个车间责无旁贷成了实训基地，而邢云堂这个生性腼腆的东北爷们，一分钱不多拿就乐呵呵地当起了老师。

"东北的高寒高铁既是中国的，也是世界的。我们不仅要开好车，还要填补驾驶世界高寒高铁的技术空白，让那些用半拉眼睛看中国的老外们，看看咱们中国铁路工人的智慧！"邢云堂一边开高铁，一边挑大梁，成为哈尔滨铁路局高寒高铁科技攻关带头人。对于哈大高铁这个世界上首条穿行冻土带的高铁，面对零经验，他先后主持编写了《CRH380B 动车组司机作业指导书》《京哈高铁应急处置指导书》《CRH380 型动车组故障处理指导书》《京哈高铁CRH380B 动车组司机操作手册》《京哈高铁司机岗位安全风险提示卡》。填补了高寒地区高铁司机作业标准空白，不但成为高寒地区高铁司机的必修书目，更是世界级的独版教科书。哈大高铁开通前，邢云堂牵头编制出极寒天气下风险提示、应急处理、操纵方法等 10 余项近 4 万字的哈大高铁风雪天气作业标准，成为动车组司机操纵的"工具书"。他爱人自豪地说："俺家老邢啊，也能著书立说了！"

邢云堂带领哈大高铁司机团队奋斗不息，把人生出彩的梦想熔铸到筑梦高寒高铁的历史征途之中；如今，他培养的学员个个顶硬，人人出彩。

邢云堂的"朋友圈"越来越大，"粉丝群"越来越壮观。一向沉默寡言的邢云堂，偶尔也拿自己调侃一下："粉丝不少，都是爷们啊！"

徒弟牟洪亮比邢云堂小 5 岁。小牟理论功底扎实，差在手上总有小动作，下闸不利索，速度掌控就有偏差。邢云堂就像老大哥一样，陪他在模驾室反复操纵手柄，讲解操作要点。每次出乘，便不厌其烦地"下一闸"讲一闸。半年下来，他练就了"一把闸"的功夫。2018 年，牟洪亮在全路动车组司机技能大赛上，拿了第一名。2019 年，牟洪亮的徒弟陈威，又拿了个第二名。公布成绩那天，牟洪亮跑到工作室，大声对邢云堂说："师父，我也行，我也带出个全路技术能手。"

以邢云堂名字命名的"邢云堂技能大师工作室"成立后，培养技术骨干成为他退乘之后的主要任务。很多人说，教会徒弟，饿死师父。邢云堂却不以为然，偏偏要把徒弟们都带成将。

带小徒于海跃，邢云堂从留题考试、带着走班、手把手教操作、谈人生、讲未来整整 3 年。2016 年冬天，于海跃走上车间副主任的岗位。拿到人事令的那天，正好邢云堂在信息台坐岗。于海跃冲进屋，"师父，你厉害啊，给自己培养了一个主管主任！"他像个求表扬的孩子一样，把人事令"拍"在邢云堂桌子上。邢云堂高兴地说："好样的！师父替你高兴！"

梦想就在眼前，雄鹰欲高寒飞翔。2012 年 12 月 1 日，哈大高铁正式开通运营。那一天，各大媒体在哈尔滨西站"长枪短炮"。一切就绪，就待展翅。最精彩最荣光的时刻到了，可邢云堂却因为生病住院了。他的徒弟，年轻的动车组司机于海跃担当了首发列车的牵引任务。头一天，于海跃就打电话给邢云堂。"没事，放心大胆开，按着平时我教你的，别紧张，加上联调、试运行，咱都跑了多少圈了。"

于海跃一路平安，邢云堂露出了笑容。

2021 年 1 月 22 日，注定要载入中国铁路哈尔滨铁路局的史册——

这一天，北京至哈尔滨高速铁路全线贯通；

这一天，红神龙、金凤凰"复兴号"动车组先后同时飞到黑土地；

这一天，邢云堂和他的爱徒们将接受历史的检阅。

其实，在这之前的几年里，邢云堂和伙伴们已经数十次和复兴号"亲密接触"，早就掌握了操作要领，摸透了它的"脾气秉性"。那天晚上，哈尔滨的气温降到了零下 28 摄氏度，正是嘎嘎冷的时候。邢云堂和伙伴们把"复兴号"从沈阳接进了哈尔滨，开始了为期一周的低温试运行。邢云堂深知，这次低温试运行就是为了采集"复兴号"在低温下的运行数据，为以后正式入驻哈尔滨提供技术支撑。所以，他们像宝贝似的呵护着这个新来的"宠儿"，既怕水土不服，又怕"感冒发烧"，整天围着它转，不好离开半步。这"宠儿"果然长脸，在极寒天气下竟然是活力十足。正是这番精心呵护，让邢云堂对这天开行"复兴号"有了一定把握。

7 时许，哈尔滨西站一站台。年轻的动车组司机陈超，脸上还有稚嫩，拉起箱包时眼神却异常坚定。他是哈尔滨铁路局的第二代高铁司机，是邢云堂的 90 后爱徒。他要承担京哈高铁实现全线贯通后，北京至哈尔滨高速动车组列车的首趟乘务。他要代表具有百年历史的哈铁，代表一代又一代哈铁人，再次刷新世界高寒高铁领跑的纪录。

上溯到 1903 年，自中东铁路开通运营、第一声汽笛划破了亘古疆土到今天，一代又一代铁路人的梦想终于在新时代、新征程的新起点上实现了。

当镜头、闪光灯，热情的媒体和"长枪短炮"拥上站台的时候，邢云堂坐镇在几百米之外的信息台前，时时关注着发车情况。早在头一天，邢云堂就单独给担当乘务的陈超团队开了"小灶"，反复叮嘱操纵上的注意事项。看着自己的徒弟们都开上了首趟，邢云堂激动之余又有些不安。

"我是邢云堂！请你注意下一区间，风大，加强瞭望……"

"陈超明白！"

"红神龙"稳稳地驶出了车站，驶向了北京。邢云堂握着电话，望着窗外的站台，泪水顿时流了下来。

14 时 56 分，在冬日的暖阳中，CR400BF-G-5168 号"金凤凰"驶进冰城哈尔滨。只见它车体白色，金色彩带绕身。站台上，身穿笔挺制服的陈亮，站在停车标位置，望着远远驶来的列车。驾驶室里坐着的，是陈亮的双胞胎弟弟陈威。在完成了相关的交接任务后，哥哥陈亮驾驶着动车组风一样奔向北京……

"指挥中心邢云堂，注意下一区间，风大，加强瞭望……"

"G913 次司机明白。"邢云堂这才觉得口渴了，想喝水。"杯子里怎么一点水也没有？"定神一看，他端起的不是水杯，而是电话机……

爱，一路同行

这几年，邢云堂接受的采访越来越多，说起高铁他滔滔不绝；

但是说起家人，邢云堂却停住了话语，好长时间都默不作声。

邢云堂的妻子王金娣说："高铁就是他的家，做梦都想着开高铁。"

邢云堂的女儿邢佳钰说："我爸挺不简单的。我和同学都是他的粉丝。"

邢云堂则说："其实，我也挺对不住家人的。"

邢云堂的妻子王金娣，比邢云堂小两岁，打小就受父母和两个哥哥的宠爱。性格外向的王金娣不知怎的就喜欢上了段里这个话语不多、稳当儒雅的邢云堂。1998年，两人携手走进了婚姻殿堂。刚结婚那会儿，他们在哈尔滨南站附近租的房子不到30平方米。没有天然气，需要换罐。一楼还挺潮湿，王金娣却不在意、不埋怨。两年后，他们买了属于自己的房子。王金娣的娘家在哈尔滨市，娘家人自然也就成了邢云堂这个小家的靠山。

"俺家云堂，在家就是'戚'（东北方言，客人的意思），啥也指不上。"同为铁路职工的王金娣非常理解丈夫，这话里并没有嗔怪和埋怨。

"我觉得挺对不住我岳父母一家人的！"岳母在世时，每天不到6点就从自家出门，坐公交车到他家楼下接孩子上学，晚上再把孩子从学校接回来，还要帮他们把饭菜做好。"天冷时，让她打车，她都不舍得！"哈尔滨的冬天零下近30摄氏度，年近七旬的岳母自己带个坐垫跟跟跄跄往返于公交车、学校、自己家和女儿家之间，一晃就是11年。

岳母不但帮着带孩子，对邢云堂也特别好。东北有句俗话叫"一个女婿半个儿"，可是岳母把邢云堂当成了亲儿子。

　　那是邢云堂结婚的第三年，手机普及起来。一家人吃饭时，邢云堂的大舅哥、二舅哥开心地接打着电话，摆弄着手机。饭后，岳母把邢云堂叫进卧室，偷偷塞给邢云堂2000块钱："人家都有手机了，别吱声，这个钱你拿着买个手机，不够妈再给你。"邢云堂用岳母的钱，买了他的第一部手机，一部诺基亚的直板机。一晃快20年了，邢云堂手机换了快10部了，只有这个诺基亚现在他还珍藏着。

　　2012年年初，岳母病倒了，经诊断是肾癌晚期。岳母生命的最后时光里，也正是哈大高铁联调联试，为开通做最后准备的最繁忙、最关键时段，其中的许多工作都由技术过硬的邢云堂来完成。通情达理的岳母知道女婿的工作性质，初期怕影响他工作，老人坚持不让王金娣告诉邢云堂实情。后来，瞒不住了，邢云堂就抽时间去医院看望她。"云堂，你忙，妈知道。我没事的，等高铁开了，妈去

◆ 邢云堂带领技能大师工作室成员开发安全风险提示 APP 软件（原勇、王昱图　摄）

坐你开的车……"岳母住院的半年时间，邢云堂去过不到 10 次，每次都是被老人"撵"走，每次他握着老人家的手都百感交集。那时，他多想永远握着老人的手，天天陪在她身边，就像这些年老人陪伴他们这个小家一样。

2012 年 5 月的一天上午，邢云堂接到了岳母病逝的噩耗。而此时，他正在联调联试的动车组上，忙得不可开交，"下不了车"。入夜，回到公寓，邢云堂泪如雨下："妈，你如果能听到火车的笛声，那就是我为您送行……"

岳母走了，接送孩子上下学的担子又落到了邢云堂岳父身上。"别的你别管，只管工作，你的工作好了，更出息了，就是对我们最大的安慰和报答了。"邢云堂的岳父也同样通情达理。

这些年，邢云堂一家三口唯一的一起出行是在 2017 年的夏季，那年邢佳钰中考结束。由于邢云堂只能请一周假，三口人跟团华东五市游。当流连在苏州、上海的美景与韵味间，小姑娘撅着小嘴生气地说："爸爸烦人，我都多大了才领我出门旅游。"邢云堂笑着说："好，好，爸爸一定带着你，坐着动车走四方。"如今，佳钰已是亭亭玉立的大姑娘了，在东北石油大学读书。

乖巧的邢佳钰一直有个梦想，坐爸爸开的高铁去大连，去看海。其实，邢云堂驾驶着高铁列车，每周都要在哈大高铁营口至大连段沿着海边往返奔跑，但直到今天都没能圆女儿一个看海的梦。

"邢云堂爱吃白菜，炒白菜片、干豆腐炒木耳，都是他的最爱。"王金娣笑着说。每次走班，邢云堂总会告诉王金娣这趟去哪，走几天回来。邢云堂说，每次到家，饭菜都是热的，自己的心也是热的。

王金娣爱吃牛肉干，邢云堂经常给媳妇买，出差时也不忘去超市"搜罗"新牌子，有时还托同事从外地带。这两年邢佳钰上了大学，日子也安稳了许多，王金娣面色红润，胖了不少，天天喊着减肥。邢云堂不管那事，照样牛肉干、老冰棍给她买着。

"你看，这不害我吗，我都胖成啥样了？"王金娣每次都会一边嚼着牛肉干，一边嗔怪邢云堂几句，然后就乐呵呵吃起来。

邢云堂除了火车，没太多爱好，就喜欢体育比赛，电视也只看体育频道。在他眼里，体育比赛比的是技能，其实也是意志力。他说，想打好比赛取得好成绩，就要有足够高的自我要求、自我约束能力。篮球运动员易建联为了有个强健的身体，从来不喝饮料、不喝啤酒，只喝矿泉水；邢云堂为了锤炼自己超强的自制力，全神贯注地开好高铁，也是从来不喝酒、不聚会、不无缘无故地熬夜。

伙计们说："'总教头'一提起高铁，脸上就'放光'。"妻子王金娣说："高铁，才是我们老邢的家。"邢云堂再次幽默了一把："爱，和我一路同行。"

不是尾声

2021 年 1 月 27 日，铁路春运大幕拉开的前一天，《闪亮的名字——2020 最美铁路人》发布仪式在 CCTV12 频道正式播出。邢云堂制服笔挺，胸前的党徽熠熠生辉，满面春风地第一个出场。当主持人问他，此时此刻你想的是什么？邢云堂毫不迟疑地说："'复兴号'刚刚驶进黑土地，我想马上回到段里，开上我们自己的'复兴号'！"

是的，动车组已经成为邢云堂生命的一部分，正如空气、阳光和水一样，滋养着他的生活与精神，须臾不可分割。

春天，又是一个英姿勃发的清晨。冰城的丁香绽放在大街小巷，哈尔滨站高铁到发线上，一列列动车组就像巨龙的身影，鲜活而又生动，迎接旭日东升，带来春的生机和希望。

阵阵馨香随风飘来。邢云堂整了整工装，精神焕发地登上了高铁驾驶室。他一丝不苟地查看着仪器设备，如此这般，十几年不曾懈怠："征途漫漫，唯有奋斗。我将继续握紧手中闸把，迎风斗雪战严寒，在高寒高铁上追梦奔跑！"

"神龙"已经起飞，邢云堂又开始了新的征程……

刘晓燕

最美铁路人

ZUIMEI TIELUREN

飞旋的青春

——记中国铁路兰州局集团有限公司
兰州西车辆段轮轴装修工刘晓燕

齐鸿天　　符会娟　　邹进林

2021 年的春天，气候明显异于往年。祖国内陆版图的"心脏"——大西北，从开春伊始，雨、雪、大风、沙尘暴先后登场，气温就像跷跷板，一直在 10 摄氏度左右升降，一天度过春、秋、冬三季似乎成了常态。

3 月 28 日，又一场大风席卷了西北地区，在甘肃兰州凤凰山下，蜿蜒的兰新铁路旁，一座占地数十亩的铁路工厂笼罩在浮尘中，院内怒放的迎春花、紫丁香、马莲花在枝条摇摆中，倔强地与大风抗争。

走进宽敞明亮的轮轴车间，一个个身穿天蓝色工装、戴着安全帽的女职工，正聚精会神地进行轮轴检修作业。随着机床飞速旋转，阳光洒在流水线上的车轴上，闪烁着青春的光泽，那一排排检修合格的车轴，就像列阵亟待出发的将士……

　　镜头聚焦在数控外圆磨床前，一个个头不高、体格偏瘦的青年女职工看着再次正常运转的磨床，擦了一把额头的汗珠，又聚精会神地进行轮轴检修作业。就在 2 分钟前，这台磨床的操作面板报警器突然响起，显示屏跳出"端面定位器发生偏移、脉冲信号错误"故障信息，她立即关停磨床，对照微机控制图迅速精准锁定故障处所，熟练地进行操作，很快就排除了故障……这个女职工就是中国铁路兰州局集团有限公司兰州西车辆段轮轴装修工刘晓燕。

　　刘晓燕所在的轮轴车间，承担着全局客车轮对厂修、货车轮轴四级修等工作，装备有 2 条轮轴厂修、3 条段修工艺流水线，年加工生产厂修轮对 1.1 万对、段修轮对 4.8 万对。她从入职的第一天起，就喜爱上了这些轮轴，喜爱上了这些先进的数控机床。她心怀"工匠梦"，认真学习，刻苦钻研，练就了一手精湛的轮轴检修技艺，攻克了外圆磨床测尺折断、砂轮紧急返回、脉冲信号错误等技术难题，总结提炼出的"平扣、轻转、双测"检测法，使该段的轴承检测水平整体提高了一个层次。

　　轴承检测是个体力活儿，刘晓燕每天检修分解重达 60 多斤的货车轴承 20 多套，检查测量轴承 100 多套，而且检测精度必须达到千分之一毫米，如果检测精度不达标，判断失误，让轴承带病上车，将会对铁路安全构成极大威胁。

　　千分之一毫米是什么概念？是一根头发丝的 1/60，这个平常人需要在显微镜下才能分辨得出的精细度，却是刘晓燕检修轴承的标准要求。正是凭借这股认真钻研精神，刘晓燕在 2018 年全路车辆专业货车检修岗位职业技能竞赛中夺取轴承一般检修项目第一名的好成绩，被授予全路技术能手称号。先后获得甘肃省劳动模范、中国国家铁路集团有限公司和中华全国铁路总工会 2020 年度新时代铁路榜样、共青团中央尼红式青年等荣誉称号。

2021 年 1 月 27 日，中共中央宣传部、中国国家铁路集团有限公司向社会公开发布 2020 "最美铁路人"先进事迹。刘晓燕接受中央电视台主持人采访时说："在我心里，每一个经过我修理的轴承精度一点都不能差，哪怕是 0.001 毫米也不行。"

世上有朵美丽的花，就是青春吐芳华。刘晓燕用自己的实际行动，在本职岗位上孜孜以求，践行劳动最光荣、劳动最崇高、劳动最美丽的新时代劳动价值理念，绘就了青春渲染的靓丽画卷，让我们走进她青春的世界，体味人生奋斗的乐趣。

雏燕飞出"土窝窝"

"青春的港湾，所有的语言摇曳在坚实的大地上。我明白你钢铁一般的信念，这些奢望的目光，一束一束，像流转在人世间的太阳，落下去，又升起来，永不疲倦……"

一座座青山紧相连，一朵朵白云绕山间。这里山清水秀，风景优美，睁开眼就是一幅美丽的乡村画卷。身心时刻感受来自自然万物的馈赠和抚慰，天地一片宽广，心头一片平静，恰如这片土地的名字——甘肃省平凉市静宁县李店镇老山林村。

1996 年 8 月，刘晓燕出生的那个早晨，在晓燕妈妈的心里，有着和平常不一样的宁静和美丽，她还记得那个清晨的雾是那么缠绵悠长，山涧里的泉水欢乐轻快地吟唱，屋后林子里一群身穿礼服的小燕子，"啾啾啾"地唱着让人永不厌倦的歌。看着怀中娇小可爱的女儿，多像一只嗷嗷待哺的燕子啊，就叫她小燕吧，希望她长大后像燕子一样自由飞行于蓝天之上。

"小燕子，穿花衣，年年春天来这里，我问燕子为啥来，燕子说，这里的春天最美丽。"那时候的刘晓燕，每天躺在妈妈怀里，听妈妈唱着这首童谣慢慢进入梦乡。慢慢地她长大了，成了一只成天在院里飞来飞去的小燕子。她看着脚下这片土地，这个生她养她的故乡，心里生发出无限的热爱和眷恋，在她心里家乡的一切都是最美的，都是别的地方没有的。

但是，山村的美丽风光抵不了人们贫困的现实。刘晓燕在父母和哥哥的呵护下，过着无忧无虑的童年时光。后来，随着刘晓燕慢慢长大，她背起书包和哥哥上了村办小学、县城中学，阅读大量书籍，接触到很多山村外新奇的事物后，她的世界悄然发生了变化。她不再是那个只喜欢和小伙伴一起打猪草、捉迷藏的小燕子，她不再喜欢村里一成不变、守旧古板的传统生活，她深深感受到了家乡的贫瘠与落后，她不甘心当一只绕着山村巴掌大的地儿来回飞的小燕子，走出大山成了她心里最大的愿望。

那时候她们村电视机很少，每次她在邻居家电视中看到城市、村镇的繁荣景象，看到外面更广阔的世界，特别是看到一列列火车飞驰着奔向远方，刘晓燕马上就被吸引住了，好像火车有很大的魔力，像一块磁铁石时时吸引着她的目光，使得她不得不格外关注。她时常想，我什么时候能坐上火车去外面看看呢？火车到达的地方是什么样的？

当她哥哥考上兰州理工大学，第一次放寒假回来时，刘晓燕便缠着哥哥问了好半天关于火车的事情。哥哥看着妹妹热切期盼的眼神，热心地聊起了火车，"火车上有舒适的座位，有开水，有厕所，火车拉的多跑得快……"哥哥的这番话，再次点燃了刘晓燕想要坐火车的愿望，她暗暗告诉自己，一定要考上大学，走出大山，坐着火车去远方。

那天晚上，她一遍遍回想着哥哥的话，想象着火车的模样，不知不觉睡着了。梦里，一列火车鸣响着汽笛飞一般开过来，她和小伙伴们兴奋地围上前去看，想要看清楚火车到底长啥样，可是火车并没有停下让她们参观，它像燕子一样飞快地掠过她们身边，轰鸣着又急速奔向前方。刘晓燕急了，拔腿就去追，可是火车实在太快了，追着追着就变成了一个再也看不见的小黑点……

从梦里惊醒的她，怅然之余，更坚定了坐火车去远方的决心。后来，参加高考的刘晓燕，在填报志愿一栏里郑重填下兰州铁道技术学院。

2013 年 8 月，刘晓燕收到了兰州铁道技术学院的录取通知书。

9 月 6 日，天下了大雨，因为山路沟壑泥泞严重，县城唯一的一班车只能停到修了大路的山顶。那天，晓燕的父亲背着一个沉沉的大皮箱，母亲拿了其他小件行李，他们踩着湿滑泥泞的山路，一步一步向山上挪动，送刘晓燕去坐前往静宁的班车。

山坡上花花草草被雨水洗涤得异常鲜艳，刘晓燕回头看着这个将要离开的小山村，心里涌起浓浓的别离难舍之情，但是即将踏上火车去远方的喜悦很快淹没了离别的伤感，她心里充满了对兰州这个大城市的无限向往和憧憬。

突然，父亲脚底下"哧溜"一滑，摔了一大跤，身上的皮箱顺着山坡滚落下去，他没有顾得上摔疼的腿脚，没有去擦满身的泥浆，而是神情慌张地一骨碌爬起来，赶紧急跑着去追滚落山坡的大皮箱。

当父亲又背着皮箱，满身脏污的泥点，蹒跚着走上山来时，他没有顾得上去擦掉身上的污泥，而是笑着冲惊慌中的刘晓燕说："没事。闺女，别怕！"

刘晓燕看着眼前浑身都是泥巴的父亲，看着父亲因长年劳作而黝黑沧桑的脸，心里不由一酸，她背对着父亲，任泪水簌簌流下。她想，到了大学一定要好好学习，以后让父母过上好日子。

他们一家一路辗转从小山村坐班车到静宁，又从静宁坐汽车到平凉，终于从平凉坐上了开往兰州的火车。这是刘晓燕长这么大第一次坐火车，她一脸新奇地东张西望，看来看去，用双手抚摸火车的座椅、小桌和车身。当火车徐徐启动，加速后一路奔向前方，她心里畅快极了，她觉得自己终于追上了那一列梦里飞驰的火车，她的新人生随着火车正式启动了。

刘晓燕在上大学期间，在哥哥的影响带动下，阅读了《毛泽东传》《焦裕禄》《习近平的七年知青岁月》等书籍，书中的主人公心中装着人民，艰苦朴素，以干事为荣，干事为责，干事为乐，把自己的人生追求和价值目标融入为祖国富强、民族振兴、人民幸福的奋斗之中，在刘晓燕心中种下了激昂奋进的种子。

她刻苦学习《铁道车辆构造与设计》《机械设计基础》《数控加工工艺》等专业课程。繁多的课业没有让她感到枯燥，反而激发了她钻研的兴趣，她正是要从书本上系统学习关于铁路、关于火车的知识，她感到离解开火车的奥秘越来越近了。

学校里设置了贫困生奖学金、国家励志奖学金。刘晓燕本可以轻松地申请到贫困生奖学金，那是专门针对农村学生所设置的，但她没有，她想起哥哥在大学也是因为成绩优异年年拿到奖学金，想起了父亲"人穷志不能穷，人一定要凭本事吃饭"的话。她决心像哥哥一样，通过自己的努力，凭借优异的成绩去争取。大二时，她获得国家励志奖学金 5000 元。

5000 元对于当时的刘晓燕而言，不仅仅是一笔钱，更是她刻苦学习、努力拼搏，实现自我价值的动力源泉。这也让她明白，不管什么事，只要下决心拼尽全力去努力，就一定能够实现。

2014 年 12 月 26 日，刘晓燕身边发生了一件大事——兰新高铁正式通车了。那是丝绸之路河西走廊上建成的第一条高铁线路。

刘晓燕和同学们激动地看着电视上关于兰新高铁开通的报道。周末专门和同学跑到兰州西客站，看到高大宽敞的现代化站场和候车大厅、白色流线型的动车组列车、温柔靓丽的"动姐"们，刘晓燕不禁惊叹中国高铁的飞速发展，更加坚定了学好自己选择的铁道数控专业的决心，并默默告诉自己：一定要成为铁路职工中的一员，为中国铁路的发展尽一份自己的力量。

2016 年大学即将毕业的刘晓燕，这只追着火车跑的小燕子，在经过自己的刻苦努力后，终于来到火车上，来到兰州客运段实习，这可让刘晓燕好好地看清了火车到底长啥样。

可是，对于列车员的工作内容和规章制度，她并没有完全理解。

大年三十，车队安排她跟了第一趟兰州至青岛的列车，当时按照规定一个客运员看两节车厢。刚开始，她精力集中各项要求落实得井井有条。可是，二十几个小时过去后，刘晓燕看到车厢一头座位卜，因一名旅客喝酒弄得很脏就过去打扫，结果没有盯住列车时刻表，致使另一名旅客坐过了站。

◆ 刘晓燕检测轴承外圈外径（宋佳龙　摄）

"晓燕，任何时候都不要轻视服务工作，旅客的需求就是我们干事的标准，你不能因为干一件事而忘记了另外一件事，事情都是有程序的……"在全队总结会上，列车长毫不客气地批评了她。

一向不服输的刘晓燕，感到十分委屈，自尊心受到了极大的伤害。但想想自己曾经下定的决心，从另外一个角度，列车长的一番话，又教会了她统筹兼顾干好本职工作的思路，让即将走上职场的她有很大的触动，让她得以重新审视铁路工作制度、工作标准，让她明白今后无论在哪一个工作岗位，规章中每一个环节都很重要，每一个细节都不能出一丝一毫差错。

职场"轮轴秀"

"我知道，你为心中的憧憬，准备了最欣喜的绿色，时常忘了自己。我知道，你下定了决心，要高贵优雅地行走在这片丰茂的大地上……"

2016 年 8 月的金城兰州，正是花红柳绿的时节，郁郁葱葱的白塔山，远远望去气派庄严，激发起人们无尽的遐想和渴望。

刘晓燕作为新入职的学员，和其他学员在兰州铁路局职工培训中心接受铁路业务知识、企业文化、职业操守等内容的培训，系统了解了兰州铁路局的发展历程、今昔变迁、辉煌成就等，进一步加深了对自己即将从事的工作的全面了解，深深感受到了铁路"半军事化"管理的内涵。

在刘晓燕的记忆里，最刻骨铭心的就是观看三维立体事故警示教育片，那是让她这辈子都难忘的。"就是因为在轮轴检测时的侥幸心理，导致车毁人亡，看了那血肉模糊的画面，当时内心非常震惊，深刻认识到，即将从事的职业是如此的事关重大。遂暗暗下决心，一定把本职工作当成自己的理想和事业，在轮轴装修工这个平凡的岗位上用'加速度'奉献全部的青春和力量。"刘晓燕很庄重地对笔者说。

两个月的培训结束后，刘晓燕被正式分配到兰州西车辆段轮轴车间。

兰州北站，凤凰山下。随着宝兰高铁、兰新铁路等线路开通运营，兰州西车辆段在这里重新扎根。

春光明媚，以峭拔的褐黄色的大山为背景，在兰州西车辆段大院里，艳丽的桃花、牡丹、郁金香等次第绽放，与干净整洁的车间厂房和内部的现代化检修设备共同构成了一座洋溢着春天气息和青春光彩的新厂区。

第一次走进车间时，她看到闪耀着光泽的轮轴，像沙场秋点兵中精神焕发的将士，心中一轮太阳冉冉升起。

她被眼前一台台先进的数控机床、一排排有序的工装设备、一条条绿色的安全通道、一个个衣着整洁的工友深深地吸引了。她想，这不就是她从儿时就梦想干事业的地方嘛。一股珍惜岗位、感恩企业、回报父母、实现自我的强烈情怀油然而生。

书山有路勤为径，学海无涯苦作舟。刘晓燕抱着从零开始学起的态度，对《铁路货车轮轴组装检修及管理规则》《作业指导书》《兰州西车辆段轮轴装修工岗位技术业务学习资料》等资料，一本一本啃起来。

她白天跟着师父学习轴承检修工艺，反复揣摩作业要领，把不懂的内容随手记在小本子上，一有空闲就拿出来琢磨。中午，别人都在休息，她就利用操作台、检测仪器空闲的间隙，反复观察和检测各种缺陷轴承，熟记轴承外观典型缺陷特征和数据，直到找出针孔大的麻点、头发丝细小的裂纹。晚上回到宿舍，接着研读《轮规》《铁路货车轮轴检修工艺规程》，两年时间里，记录学习笔记20余万字，制作"记忆卡片"100余张。

逢年过节，刘晓燕的闺蜜和身边的朋友们不是去旅游，就是回家探亲，丰富多彩的休闲活动让年轻人乐不思蜀，但刘晓燕却不敢有丝毫的放松，更多时候她会选择宅在家里学习，因为安静的环境可以让她更专心，效率也更高，沉浸在轮轴检修知识的学习中，她常常一坐就是大半天，总会忘了时间，有时甚至连吃饭也忘了。

"刘晓燕特别刻苦，脑子里就爱琢磨轮轴方面的事，别的什么也不过问。有时候说梦话都是业务，简直达到了忘我的境界。"刘晓燕曾经的舍友告诉我。

"她一有时间，就背诵默写轴承构造、原理、检修方法、常见故障识别，每天1个多小时的通勤，更是她雷打不动的学习时间。有一次，她在车上默记轴承常见故障的判断标准，联想轴承剥离的情形，没注意就坐过了站。类似这样的事一多，我们大家都说她是工作上的'轮轴迷'，生活中的'马大哈'。"刘晓燕的工友说。

付出总会有收获，通过反复的领会记忆，刘晓燕对常用的3种轴承的58个一般检修限度、245页的轴承缺陷图谱，全部烂熟于胸，干起活来得心应手，得到了大家的一致认可。

"我工作30多年了，这么踏实认真的孩子是不多见的。为了弄懂轴承结构，掌握一般故障的检修规律，一本245页关于轴承缺陷的图谱仿佛印在了她的脑海。刘晓燕的手套换得很勤，三四天就磨破一副，干起活来她也从不觉得累。"师父李英感慨地说。

"轮轴业务知识仿佛印在了她的脑海，检修合格率高达99.9%，她检修过的轴承在我们心中就是'免检'产品。"兰州西车辆段轮轴车间主任吴国强告诉笔者。

刘晓燕始终觉得，作为一个从甘肃省静宁县贫困农村走出来的女孩，能够到铁路企业工作，很不容易。她心怀感恩，始终坚持一个人生信条：只有精益求精地干好工作，才能更好地回馈社会。

为练就轴承零部件外观检查及尺寸测量的过硬本领，刘晓燕从掌握了解零部件学起，辊子、保持架、密封座……十几个轴承零件都如数家珍。尤其是外观检查极为重要，她仔细琢磨师傅们的演示要领：作业中严格执行标准，左手紧抓轴承边部，右手匀速转动辊子，保持转动一周，眼睛紧盯辊子表面，同时观察保持架各部位，如"扫描器"一般检查着各部位细小缺陷，心中牢记轴承外观典型缺陷特征，将针孔大的麻点、头发丝细小的裂纹挨个找出来，不能有丝毫疏漏⋯⋯

"宝剑锋从磨砺出，梅花香自苦寒来。"刘晓燕的勤奋执着终于有了收获。2018年她在段上青年技术业务选拔赛中获得第一名，取得了参加路局职工职业技能竞赛资格。之后，又在路局竞赛中获得轴承外观检查第二名，从而被确定为全路技术比武的人选，成为兰州西车辆段"轮轴新秀"。

奔跑的青春

"这些奔跑的青春里邂逅的精彩故事，安静地诉说过往，铸造永恒的时间的磨坊；这些汗水心血浇灌的花朵，正绽放在灵魂的河岸旁，承载美轮美奂真实的岁月⋯⋯"

台上十分钟，台下十年功。雏燕展翅，青春出彩，带着探究95后刘晓燕是如何在日常工作中刻苦钻研业务的想法。3月25日，我们来到轮轴装修工刘晓燕所在的兰州西车辆段轮轴车间采访。

轮轴车间主任吴国强说起刘晓燕，满意、赞许溢于言表。他带我们参观了刘晓燕工作岗位一侧的资料柜，柜内有兰州铁路局集团有限公司党委宣传部编印的"星耀兰铁"教育丛书、标识为"秦川·格兰特"的《铁路货车轮轴组装检修及管理规则》《职工素质抽考理论试题》等专业资料。

我们看到刘晓燕有一本32开本的黑色笔记本，上面是密密麻麻的学习笔记，字体清秀、字迹规范、笔画严谨。"B轴旋转方向""若出现测量仪不在自动状态报警"等以红色的五角星形状标注，而"自动平衡""修整坐标"等操作要点、重要环节步骤则以红色下划线标注得规范醒目。

吴国强说："刘晓燕自制了手掌学习卡片，每天把自己工作中因疏忽导致轮对返工、质量不达标等问题，进行深刻反思，防止错误重复发生；她的自制卡片每张书写都一笔一画、工整规范，正是这个良好习惯延伸到了她日常工作中，让她的技艺不断地得到提升。"

◆ 刘晓燕检查车轴中心孔（宋佳龙　摄）

随着吴主任的介绍，我们仿佛看到了刘晓燕是如何将青春的誓言，践行在了具体的工作中。

车轴加工主要是针对轴颈、防尘板座等部位。作业主要包括夹紧工件、量仪测量端面、砂轮靠近磨削、量仪检测等10多道工序，一条车轴完成加工任务需15分钟以上，刘晓燕每班至少加工轮轴16条。

轴承检测就像铁棒绣花，既要有力量，也要有巧劲。一套轴承60多斤，每天检修20多套，反复搬动的重量近万斤，对刘晓燕的力量是很大的考验。更为重要的是，轴承检测精度往往要达到千分之一毫米，而刘晓燕经常用力不平衡，导致检测变动量超标，这会为行车安全埋下隐患。

刚开始，老师傅们看到刘晓燕单薄的身体，就劝她："你一个小姑娘，怎么能吃得了这个苦，要不换个工种算了。"

刘晓燕听后很不服气，心想没有什么不可能，从小在农村长大的她，这点苦算什么。

针对自身存在的问题，刘晓燕通过练哑铃、搬轴承，锻炼手臂力量，但在使用巧劲上，她想了很多办法，还是过不了这一关。有一天晚上，舍友端着脸盆从她身边走过时，一不小心把水洒了出来，看到这一幕，她一下子开了窍，端着盛满水的盆子上下左右移动，能做到水不洒出来，就能练出巧劲。说干就干，她买来大号水盆，端上满满一盆水在宿舍练了起来，第二天到单位再试验转动轴承的力度。就这样练了一个多月，手臂力量和稳定性增强了，轴承检测仪上再也没有出现变动量超标的问题。师傅们看到她的进步，都向她竖起大拇指。

工长在班组会上表扬她说："有了晓燕这股踏实好学的劲，还有啥学不会的。"刘晓燕正是凭着这股韧劲，熟练掌握了故障判定、车轴加工等技能，很快成了业务骨干。

时代召唤担当，岗位成就梦想。近年来，随着"一带一路"朋友圈的扩大，中欧班列不断刷新开行纪录，对铁路货车的需求量也日益增长，每年约有29万辆中欧班列在兰州西车辆段进行日常检修。为了能修出更多更好的车，兰州西车辆段引进了 2 台高精密的数控外圆磨床，需要培养一批数控机床操作骨干。

"你可不要小看这两个'铁家伙'，有了外圆磨床，我们就能完成目前所有轴型的加工要求，精度可达 0.001 毫米，相当于正常人头发直径的 1/60。"轮轴车间机床班组工长张孝明说。

更为重要的是，成型磨床是进口设备，自动化程度和加工精度高，具有车轴尺寸自动检测、工作环境温度自动调节、设备故障自动报警、砂轮工作面自动修整、切削液自动净化回收等功能，能够实现车轴轴颈、卸荷槽及防尘板座一次成型加工的要求。引进这台设备，能够有效解决原来由三道机床加工导致的精度低、成型低等问题。

这么先进的设备，技术含量自然很高，要想"驾驭"它难度一定很大。当时，车间有人说这是个"硬骨头"，有的甚至打起了退堂鼓。但刘晓燕觉得这是一次难得的学习机会，于是主动向车间提出："让我来！"加入了学习机床技术这场"攻坚战"。

那段时间，刘晓燕白天几乎天天蹲守在机床旁边，紧紧跟在厂家技术人员后面，生怕漏掉任何一个环节、错过任何一次调试设备的机会，一有不懂的地方就飞快地记录下来。

晚上回宿舍躺在床上，头脑中还一遍遍地推演，一有灵感，就赶紧起来查说明书、记笔记。她对 265 页的说明书反复研读，不断巩固白天学到的知识，对照笔记反复揣摩，有时候眼睛看得酸痛，就滴几滴眼药水，或者洗把脸，有时候梦见操作机床出了问题，从睡梦中惊醒。她的舍友调侃说："晓燕，你太拼了，说梦话都是机床。"

正是凭着这种"走火入魔"不服输的钻劲，试运行不到一个月，她就消化了265页说明书，掌握了设备操作方法，达到了独立操作的水平。厂家师傅都赞叹："晓燕，是我教过的年龄最小但最认真的学员。"

但刘晓燕知道，好技术不仅是学出来的，更是在实践中练出来的。

2018年年初，外圆磨床频繁发生测尺折断故障，不仅影响生产任务，也造成了不小的经济损失。几经周折，段上维修设备的师傅们也没能从根本上解决。

刘晓燕看在眼里，记在心里。她想，自己是第一个学习磨床的人，现在遇到了难题，必须担起这个担子！

随后，她一遍遍查阅操作说明书，反复分析车轴加工原理，对比发生故障的数据，工作服被汗水浸湿了一遍又一遍，每天下来，两只胳膊酸疼得抬也抬不起来。期间，她父亲打电话："晓燕，晚饭吃过了吗？一定要按时吃饭。"晓燕每次都骗父亲说："刚刚吃完饭，正在走路锻炼……"

刘晓燕年纪小小就离开父母来到兰州上班，一个人住在单身宿舍，忙的时候经常忘了吃饭，时间久了落下了胃疼的毛病，父亲知道这个情况，也经常打来电话督促。但为了攻克难关，顾不上吃饭也是常有的，她总是用这样善意的谎言安慰父母。

功夫不负有心人，刘晓燕最终发现是车轴坐标程序设置不合理造成的，当时她兴奋得热泪盈眶，于是对症下药，利用报废车轴反复试验，摸索出了不同轴型的最佳坐标，不仅彻底解决了故障，还为其他轴型的加工提供了实用经验。

"奔跑的青春最美丽，这群90后的娃娃们干得不错，一定能出彩。"主任吴国强在一次职工大会上高兴地说。但刘晓燕心里清楚，要想成为干轮轴装修的行家里手，自己还需要在挥洒青春和汗水的轮轴线上，一如既往地付出更加艰辛的努力。

师父与师姐

"应该庆幸，你所遇到的天气，晴空完好。在今后的所有日子里，当太阳到达正午12点以前，你会一如既往地看见，那个捧着微笑的女人……"

新竹高于旧竹枝，全凭老干为扶持。近年来，兰州西车辆段重视优秀技能人才培养的创新与发展、传承与拓宽，对新入职人员提供良好的入路教育、细致的职业生涯导航、有效的师徒帮带、优良的职场熏陶、优秀的榜样示范。

刘晓燕一入职，就与全路技术能手、高级技师李英结成了师徒对子，她是位非常严格又充满温情的人。

刘晓燕记得第一次见师父，是她来兰州西车辆段报到的第一天。

那天，她们作为新学员到轮轴车间参观，荣誉室橱窗最上面一个短发戴眼镜女师傅的照片，镜片后隐隐透露出她的睿智，她嘴角一抹浅浅的笑，还有她取得的优异成绩和奖杯，她照片里身穿路服的那种英气和帅气，深深吸引了刘晓燕，她心里不禁升腾起一种敬佩和崇拜之情，她记住了这个光荣榜上的名字——李英，她就是刘晓燕心中的技术女英雄。

经过段三级安全培训后，刘晓燕被正式分到轮轴车间，听到自己的师父叫李英时，她眼前立刻浮现出短发戴眼镜的女英雄形象，她心里当即乐开了花。

"李师父，我见过你。"当来到李英面前，第一次见到李英时，刘晓燕笑着说。看着李英疑惑的眼神，刘晓燕给师父讲了荣誉室橱窗"见面"的经过。李英被这个小姑娘的可爱劲给逗乐了，她一直微微笑着，细细打量眼前的刘晓燕，和她拉起了家常。

刘晓燕看着和蔼可亲的李英师父，和她心里想象的一模一样。但是，她并不知道李英师父是出了名的严厉。

刚开始学习理论知识时，师父李英对刘晓燕要求特别严格，提出每天对理论进行一次测试，成绩不得低于 95 分。

刘晓燕开始下苦功，刻苦钻研学习理论知识，她利用一切可以利用的时间背诵各种轴型的各部尺寸，将轮轴检修检测要领知识、轴承拉伤易发生部位与判别技巧等，详细记录于笔记本上，随时翻阅记忆。

仅仅 3 天之后，刘晓燕的理论测试成绩就达到 98 分以上。

跟随师父李英的实作训练，也随之展开。一套铁路货车轴承重达 30 多公斤，有 14 个关键部位的尺寸限度都需要精确测量，即使比头发丝还细的裂纹也不能放过。

刚刚跟随师父李英学习轴承检修时，师父的检测动作连贯流畅，一气呵成。轮到刘晓燕操作时，中隔圈数据老是不对，师父一遍遍示范，"注意游标卡尺""右手松一点""确认轴向游隙数值"……

可她当时就是不开窍，心里烦躁，随口念叨了一句，差不多就行了。师父却特别严肃地说："轮轴一旦有质量问题，轻则停车甩车，重则车毁人亡，差一点都不行，测不好晚上就别休息。"

◆ 刘晓燕与师父一起工作（宋佳龙　摄）

刘晓燕心里憋着一股气，把自己关在房间里练习，连晚饭都没吃。精疲力尽的时候，师父提着饭盒走了进来。"你这才刚开始，哪有这么容易的事情，慢慢来。"说着，师父给刘晓燕端上自己包的饺子。

吃着热腾腾的饺子，听师父讲操作要领和自己的成长故事，洁白的月光透过窗子洒在刘晓燕和师父身上。那一刻，晓燕心里特别温暖，看着师父鬓角渐渐增多的白发，她想起母亲脸上操劳的皱纹，吃着师父包的饺子，像极了妈妈的味道。

等刘晓燕吃完饺子，师父李英已经穿戴齐全工作服、工作帽、手套，她让刘晓燕认真观看自己的测量动作要领，自己演示一遍，刘晓燕跟着演练一遍，当又出现一点偏差时，李英便手把手地教刘晓燕测量，教她练鉴别细纹的眼力，教刘晓燕轴承测量六字经：心静、力均、眼细。

当师父的手套由白变成黑，当天边那轮圆月将师傅鬓角的白发渲染上一层新鲜明亮的光辉时，一切艰辛、努力和成长都在时间静静的流逝中搏动着向上的力量。

后来刘晓燕才知道，那天是师父的生日，师父一家子热热闹闹的生日晚餐因为她早早结束。

"刘晓燕的认真和吃苦不是当下许多孩子所能比的，她把吃苦当成快乐，只要干起工作来，就全身心地投入和沉浸其中，常常忘记身边的一切。"这是刘晓燕在师父李英心目中的评价。

刘晓燕一提到师父李英，首先想起的是师父的严厉，慢慢地她脸上就流露出崇拜和温暖的光芒。"师父虽然严厉，但她严中有爱，严中有暖。"这是刘晓燕眼中的师父。

铁路是一个温暖的大家庭，刘晓燕的快速成长，离不开组织的培养关心和师父们的传帮带。除了师父李英，师姐葛琴琴对她的影响也很大。

葛琴琴是师父李英的大徒弟，她曾获得过铁路局技术能手、全路技术能手、中国铁路总公司优秀共产党员等多项荣誉。

2018年9月，刘晓燕即将参加铁路总公司技术比武集训期间，压力非常大。每天除了反复做大量的试题，还对30多公斤的货车轴承分解、检查、测量、组装上百次，在酷暑的炙烤下，工作服被汗水浸湿了一遍又一遍，每天下来，两只胳膊酸疼得抬也抬不起来。有几次，刘晓燕的测试成绩到了瓶颈期，怎么也冲不上去，眼看着时间一天天过去，她心急如焚，甚至产生了想放弃的念头。

葛琴琴敏锐地捕捉到了这个信息。她给刘晓燕讲述克服急躁的秘方、自己在参赛时积累的经验，并时常给刘晓燕进行业务指导。

她鼓励刘晓燕说："晓燕，你不要慌。你要记住，你代表的不仅仅是个人，而是兰州局整个车辆系统，这么难得的机会，无论再苦再累，你也一定要坚持下去，决不能半途而废。"

是的，困境时常出现在我们每一个人的生活中，在困境当中，你可能会觉得山重水复疑无路，不想再去尝试，再去努力，但那不是勇敢者的行为。

看着师姐诚恳的目光，刘晓燕对这项工作的严肃性、重要性也有了更深的认识。很快调整好了心态，经过一次又一次的反复锤炼，终于克服了瓶颈。在师父和师姐夜以继日的教授之下，刘晓燕获得了铁道行业职业技能大赛轴承一般检修项目第一名。

听到获奖的喜讯后，师徒三人紧紧地拥抱在一起，流下了激动的泪水，这泪水饱含着师徒三人一路走来经历的无比艰辛和喜悦之情。

沃土育人，师自传承。兰州西车辆段不断营造浓郁的传帮带学习氛围，在良好的文化熏陶、优良的师徒传承影响下，为刘晓燕提供了成长的养分，使她能够在阳光雨露下不断茁壮成长。

2020 年 24 岁的刘晓燕也开始带徒弟，她总想着自己岁数小，也不好带徒弟，尤其是岁数大一点的。

工友吕师傅是一位从事轮轴检修 30 多年的老同志，新式磨床投入使用后，他先后几次发生操作错误，刘晓燕经过仔细研判，最后确定是参数输入中"正负值符号"丢失所致。于是，刘晓燕详细给吕师傅讲解"+""−"号在数控机床的意义，教他正确的参数输入方法，问题迎刃而解。

"我总想着像师父李英那样，把自己所学教给更多的人。毕竟我在机床操作方面下了一些功夫，大家也对我比较信任，都开玩笑叫我'小师父'。"刘晓燕谦虚地说。

"2020年5月，车间急需培养一批磨床操作工，那时我已有8个月身孕，考虑到车间人手紧张，生产任务紧迫，就承担起了和我同龄的青工温靖贵'师父'的责任。虽然行动不便，但我不敢有丝毫马虎，一边紧盯他的作业流程，一边讲解操作要领，一个班下来常常累得腰酸背痛，但我咬牙坚持了下来。温靖贵看着我这么拼，学得非常认真，很快掌握了技能。有一次，回到家，感到全身发冷、打颤，老公担心地说：'别再扛了，咱们还是去医院吧。'直到检查结果无恙后才放下心来。"

在铁路行业中，刘晓燕锤炼了自己的意志品质，更是把自己当成了这个大家庭中光荣的一分子。两年来，轮轴车间先后有6人跟随刘晓燕学习磨床技术，都成了磨床技术方面的骨干。

小燕子的"粉丝"们

"阳光蔓延开来，我听到一个人对另一个人说话，就像一阵风吹过金色的麦田，荡漾出幸福的光亮……那光亮高悬，无处不在，照射在每一个黎明、黄昏，抑或每一片温暖心灵的叶子上……"

2018年10月，22岁的95后刘晓燕，刚上班两年，参加铁道行业职业技能大赛，从来自全路的技术精英中脱颖而出，获得轴承一般检修项目第一名，被授予全路技术能手。消息传到兰州局集团有限公司，立即引起了广泛关注，引发了一股"刘晓燕热"，迅速掀起了青年职工向刘晓燕学习的热潮。

这不仅是刘晓燕个人的荣誉，也是对像刘晓燕一样的年轻职工的点赞。

"这一次的成功，也让我更加坚信，即使平凡的岗位，只要脚踏实地、刻苦钻研，一样能取得不平凡的成绩。我将不骄不躁，以青年榜样为不懈动力，继续干好本职工作，为青年人立标打样。"刘晓燕自信地说。

随后，刘晓燕又荣获甘肃省劳动模范、2018 年感动兰铁年度人物、中国国家铁路集团有限公司和中华全国铁路总工会 2020 年度新时代铁路榜样，及共青团中央、运检局和安监局颁发的尼红式青年等荣誉。

刘晓燕的奋斗事迹短时间内就迅速传到兰州铁路局 8 万多名干部职工耳中，传遍了兰州铁路局各沿线生产班组的角角落落。她的事迹也先后刊登在了《兰州铁道报》《人民铁道》《经济日报》上；兰州铁路局集团公司电视台也制作播出了刘晓燕的人物专访节目；"兰州铁路"和"兰州铁道"微信公众号相继推出了刘晓燕的事迹。

"习近平总书记说过，每个人都了不起。我们青年一代要在本职岗位上茁壮成长、在艰苦奋斗中砥砺意志品质、在实践中增长工作本领，青春由磨砺而出彩，人生因奋斗而升华……"刘晓燕在兰州西车辆段组织的全段职工大会上，讲述了自己学习钻研业务，奋力拼搏取得好成绩的经过，以及获奖前后自己的心路历程。

她的经历和成绩，点燃了许多年轻职工内心的职业认同感和企业归属感，同时，也为他们指明了职业生涯道路上前进的方向，她的"粉丝"越来越多了。

段内大院、食堂甚至市郊列车上，经常有职工向刘晓燕取经，请教业务方面的问题。每当这个时候，刘晓燕总是毫无保留，倾囊相授，耐心细致地回答大家的问题。业余时间，轮轴车间的青年职工总是主动围坐在刘晓燕身旁，听她讲授工作中遇见和处理过的难题，亲自示范轴承检修技术要领，帮助大家解疑释惑，共同提高。

2019 年 3 月 1 日，刘晓燕到中卫车站进行"感动兰铁"宣讲，那天中卫车站会议室座无虚席，大家聚精会神听她的宣讲，让刘晓燕宣讲得更加精彩。

会后，一个刚上班不到一年的女孩，找到宣讲组认识的调车长刘佳佳，说想认识刘晓燕。她们交谈甚欢，留了手机号，成了好朋友，经常通过微信交流工作经验、生活感悟。

"她现在工作进步很大，精神状态饱满，正准备冲刺定下的目标呢！"刘晓燕补充说。

◆ 刘晓燕和工友们交流业务（宋佳龙　摄）

同车间上班比刘晓燕晚一年的青工华城豪，在刘晓燕的激励下，发愤图强，刻苦学习业务，在 2019 年 6 月该段轮对外观检查技术比武中取得了第一名，8 月在路局技术比武中取得了第一名，评为了路局技术能手，成了车间的技术骨干。

"我要以刘晓燕作为自己职业生涯追求的目标和学习榜样，在本职岗位上做好自己的职业生涯规划，通过扎实学习业务技能，积极贡献自身力量，实现自我人生价值。"青年职工丁小云如是说。

2019 年 3 月 7 日，刘晓燕代表兰州西车辆段女职工参加了兰州铁路局集团公司先进女职工经验交流会。

在会上，她作了题为《晓燕出巢 最美芳华》的精彩发言。她说："我从小在甘肃静宁山区长大，熟悉农村生活的艰辛与不易，更知道努力对一个农村孩子的意义。所以，在工作中遇到困难时，我常常提醒自己再坚持一会儿，再努力一把，可能我会做得更好……"

朴实无华，发自内心的真情讲述，让全局女职工看到一个不忘初心、真诚朴素的刘晓燕，看到她热爱轮轴检修事业，刻苦努力钻研技术的劲头，宣讲传递出的星星之火，助力和点燃起其他女工学技术的更多热情。

千里马常有，而伯乐不常有。刘晓燕刚走入职场就遇到了慧眼识人的车间主任吴国强，无疑是她人生道路上的一件幸事，通过组织的栽培，加上刘晓燕个人不懈的努力，这块璞玉最终散发出耀眼的光彩。

"刘晓燕脑子特别灵光，学习能力和领悟力特别强，看到她跟师父学习的第三天，理论和实作测试都达到了 98 分，真让我感到吃惊。"

"刘晓燕是一棵学业务的好苗子，我常常鼓励她在业务技术上多下功夫，鼓励她多参加班组和车间的技能竞赛，慢慢地她成了同批青工中的技术骨干及车间、段上、全局乃至全路的技术能手。"当笔者来到兰州西车辆段轮轴车间，车间主任吴国强说了这样一番话。

"她就是一颗螺丝钉，哪里需要哪里装。"

"装修工王雅琼病了，刘晓燕主动替补上去抄写轮轴卡片，抄完卡片，再返回自己的岗位继续工作。青工支睿上班时，突感不适，需送去附近的医院诊治，刘晓燕依然二话没说，顶替了他剩下的工作。"兰州西车辆段轮轴车间原党支部书记葛锐说道。

班组工长宋培宪说："每天午休时间，刘晓燕主动开着清扫车清扫3000多平方米的厂区卫生区域，从不提及报酬，她还常去打开水，给大伙的水杯里续上热水，大伙儿心里乐得一个劲向刘晓燕点赞！"

"我每天看见刘晓燕，就觉得喜感，她总是笑眯眯的，轻声细语，向大家传递着她的爱心，她是我们大家的解忧果。"装修工王丽霞如是说。

"她取得好成绩，我为她感到特别高兴，以后，我会一直支持她的工作。但有时候她一天神经绷得太紧了，我希望她能适当放松一下。"丈夫王秋存的话语里透出些许对妻子的怜惜和爱护。

在许多同事的眼中，刘晓燕是一个"轴承迷"：看业务书、画轴承图、背理论题，追着师父打破砂锅问到底就是她的"一日三餐"；通勤车上拿着密密麻麻写满题库的"小本本"、一本厚厚的轴承缺陷图谱居然能够全部熟记、18种轴承常见故障脱口而出是她的"形象写真"。

爱，我们并肩携手

"如果不曾相逢，也许，会辜负这一世的锦绣河山。然而，此时此刻的每一个眼神，便足以让心海，掠过飓风……"

月上柳梢头，人约黄昏后。对两个恋爱中的人来说，这是多么美丽诗意的句子。在金城黄河的春日江边的依依垂柳下，畅想未来规划未来，和喜欢的人一起赏月看星，看那皎洁银亮的月光把两个相依相伴的影子拉伸成一幅浪漫的油画。

可是，这样的画面，对即将参加技术比武的刘晓燕来说，却是十分遥远和难以奢求的，她和自己喜欢的男孩子没有如此浪漫的花前月下，她有的只是让男朋友王秋存当她的训练官，帮助她一起备战。

真实的画面是，我们看到一对勤奋的小燕子忙碌飞舞在训练场上的画面，是如此养眼温馨和另类浪漫，因为他们把青春播撒在了梦想的田野，把青春寄语给了明日共同奋斗出来的幸福。

让我们随时光回溯到 2017 年 3 月，当时和刘晓燕同在轮轴车间的青工王秋存，因为要参加技能鉴定考试，向刘晓燕借用题库，他们第一次走进彼此的世界，认识了对方。随着不断地了解相处，一对年轻人在互相鼓励，互相帮助，互相关心中慢慢靠近，成为一对志趣相投的恋人。

2018 年 9 月，随着竞赛日期日益临近，刘晓燕的备战训练也更加密集，每天从早到晚，她不是默记轮轴检修技术要领和工艺标准，就是瞪大眼睛盯着亮闪闪的轴承寻找瑕疵磨砺眼力。因过于投入精力，经常忘记了时间流逝，听不到旁人的说话声，这大概就是忘我的境界吧。

由于长时间盯着轴承看，有好几次眼底充血、眼皮也眨不动，就用手揉一揉、拿凉水润润眼睛，一点也没当回事。

那时，正和刘晓燕谈恋爱的王秋存，看到她充血的眼睛，心疼起刘晓燕，更怕刘晓燕太拼了会引发视网膜脱落。便对她说："晓燕，你抽空歇歇，不要太累了，要保护好眼睛。"

刘晓燕当时心里正着急，就没好气地说了一句："我马上就要参加比赛了，你怎么不想着帮我提高竞赛成绩啊。"

那天下班后，王秋存马上从药店买了好几瓶眼药水给刘晓燕送去。

为了帮助刘晓燕提高背题效率，王秋存当仁不让地当起了她的训练官。他俩约定好，如果她睡着了，要叫醒她。有一次，刘晓燕背作业指导书背到半夜两点了，王秋存实在困得不行，不知不觉趴

◆ 刘晓燕学习业务知识（宋佳龙　摄）

桌子上睡着了，还是刘晓燕叫醒了他。刘晓燕自己呢，还在一摞摞纸上默写着一道道试题。

实训场上，王秋存每天下班后就陪着刘晓燕一起练实作，给她当助手，当监考官，帮她测时间，测进度，一遍遍练习着轴承检修工艺。夏季高温下，酷热的空气中，刘晓燕的汗珠一颗颗往下掉，工作帽湿透了，工作服湿透了，她稚嫩秀气的小脸就那么任汗水不停流淌，也顾不上擦一把。

"'晓燕，加油！我相信你一定能行。'那段时间王秋存经常鼓励我，让我感到了奋斗的乐趣，激发起我更大的拼搏斗志！"刘晓燕回忆起往事，脸上洋溢着甜蜜的气息。

月上柳梢，星光闪烁，他们两个像一对比翼齐飞的小燕子，忙碌在梦想的田野上不肯离去，一个不知疲倦地一遍遍练习，一个不时拿纸巾给对方擦一把脸上的汗，一个会意知心的眼神，一个不起眼的小动作，在两个年轻的小燕子心里互通着，鼓励着，这是他们独特的浪漫爱情，是他们甜蜜的奋斗，看，有天上那轮银盘似的月亮为他们见证，见证着他们的情谊、未来和幸福。

慢慢地，两颗志趣相投的心连在了一起，收获了甜蜜的爱情。

"能够评为2020年'最美铁路人'，让我备受鼓舞，荣誉背后更多的是单位的培养和家人的支持。回到工作岗位，我要把所感所得传递给身边的工友，带领大家共同进步，为路局高质量发展继续贡献力量。"这是2020年1月21日，刘晓燕从北京载誉归来，兰州西车辆段领导到兰州西站接站祝贺时，刘晓燕对领导们说的话。

刘晓燕感谢各级组织的培养和关怀，同时，她心目中也永远牵挂着还在老家的父母。

刘晓燕记得，自从 2013 年 8 月离开家上学开始，她回家的次数越来越少。学校毕业分配到单位后，就更少回老家了。

一个在异地工作的女孩子，想家是很自然的事。对她来说想念父母最好的方式就是打打电话，听听他们的声音，但有时工作忙起来，一个月都打不了两次。

在 2018 年参加技术比武集训的那段时间，每天紧张忙碌的训练，加上是第一次参加全国铁路这样高规格的技术比武，刘晓燕难免感到心理压力很大。有一次，在训练过程中，因为一个小小的常规操作不够流畅，造成测试成绩比平时多了几秒钟。当时教练虽然没有说什么，但看得出来也不太满意。

刘晓燕心里特别自责，之前还自信满满的她感到十分的沮丧，突然她产生了想要放弃的念头。这时她不由自主地给父亲拨通了电话，电话里的刘晓燕将长时间的思念，参加集训以来的压力，一股脑儿地倾诉给了父亲。

听着她的诉说，父亲严肃地对她说："你现在已经走入社会成为一名公家人了，不能老想着家，不能一遇到点困难就想着打退堂鼓，这能有啥出息呢？"

听着父亲的话，刚刚还很失落的刘晓燕心情逐渐平复了许多，她觉得父亲的一席话使迷茫的她重新拾起了勇气，调整好自己的心态后，又重新全身心地投入到紧张的集训当中了。

回想起这些年离开家的岁月，刘晓燕说她很少回家看父母，更别说陪伴了。她心里始终觉得亏欠父母很多，没有尽到一个做女儿的责任。可是，做父母的却从来没有抱怨过她一句，总说他们都很好，让她安心地工作。

一想到这些刘晓燕总是眼含泪水。刘晓燕后来说，如果工作和生活中遇到点挫折和困难就想放弃，就一定辜负了父母亲长期以来对她的鼓励和期望。

成功者的汗水从来不会白流，而那辛酸的泪水也许恰恰就是最大的动力。2018年10月11日，是刘晓燕铭记一生的特殊日子。这一天，她获得了全路技术能手称号。

可是，让她难忘的除了荣誉外，还有那通打给父母亲的电话："妈妈，爸爸，我得了第一名，过几天我就回去看你们。"

"燕儿，得了奖好啊，爸妈真为你高兴，回来了妈给你包饺子吃。"一旁的父亲抢过电话，用有些含混不清又明显激动的声音说道："我家女子能，等你回兰州了，要请我和你妈吃牛肉面，加肉的。"

电话这头的刘晓燕听着听着，眼泪已禁不住在眼眶里打转。刹那间，积蓄已久的情感闸门打开了，将她的思绪带回到小时候那片令她魂牵梦绕的土地上，那片贫瘠的土地养育出了勤劳淳朴的乡亲们和父母，也培育了她坚韧内敛、吃苦耐劳、心存感恩的优秀品格。

后来，父亲又打电话过来反复叮嘱刘晓燕："燕儿，单位给你那么大的荣誉，你一定要再接再厉，保持住这个来之不易的成绩，把工作干好，让领导放心。"

很多人都觉得，90后是比较任性的一代，但刘晓燕不这样认为，尤其是2019年结婚以后，她把尽孝道当作很自然的事情，无论工作多忙、多累，都会精心照料公公和婆婆的生活起居。

我们在采访中了解到，刘晓燕和王秋存是2019年9月8日结婚的，她公公是一名老火车司机，常年开火车造成腰椎变形，得了腰椎间盘突出，疼的时候路都走不了。疼得厉害就得去做牵引理疗，丈夫王秋存就得陪着去理疗中心。

"2019年冬天的一个晚上，兰州正下大雪，我公公的腰椎又疼得不行，王秋存赶紧陪他去理疗中心，回家时身上脏脏的，一看就是摔到雪地里了，我边给他找衣服边焦急地问：'你咋摔倒了，咱爸咋样！'他大大咧咧地说：'咱爸没事，安全到家了。'那天晚上，我自责了很久，心想公公腰椎不好，婆婆一个人照顾不过来，我们为什么不住到一起呢？都是父母，何必分内外！"刘晓燕这么想的，也是这么做的。

于是，趁着周末，她和爱人把公公婆婆接到了自己的小家里。

"哎呀，这咋行呀，你俩工作那么忙，每天够累了，再伺候我们老两口，身体哪能吃得消。"

"晓燕，你们还是单独住吧，你爸有事叫秋存过来就行啦！"公公和婆婆惊喜之余的话，更坚定了刘晓燕照顾他们的决心。

刘晓燕说："爸爸、妈妈，都是一家人，就别客气了，你们把我当成'小棉袄'不就行了嘛。"

从那天起，刘晓燕和爱人一起悉心照顾公公、婆婆，有空就陪他们散散步，小区里的叔叔、阿姨们碰到就说："老王师傅，你们可真有福气呀，儿媳妇跟闺女一样贴心！"

刘晓燕婆婆吃饭口味淡，一次刘晓燕做饭盐放得有点儿多，婆婆不好意思说，就给饭碗里加了些白开水，刘晓燕看到了连忙道歉，准备重新炒个菜。

婆婆却说："晓燕，没关系，我和你爸都是铁路工人，知道你获得'全路技术能手'特别不容易，能吃上你做的饭就是好福气了，咋还能埋怨你！"婆婆的话语里透出对刘晓燕的怜惜和爱护，刘晓燕的心里感到特别温暖。

2020 年春节期间，段上有抢修任务，刘晓燕当时已经有了身孕，每天早上出门，婆婆都会仔细把她的口罩整理好，担心她长时间戴着勒耳朵，就用药棉把带子包起来，下班回来，无论多晚都是热汤热饭，一次刘晓燕加班到晚上 8 点多，婆婆从蒸锅里取出热腾腾的饭菜时，刘晓燕的眼泪唰地就流下来了，那是感激的泪水，也是对公公、婆婆支持她干好工作的真诚谢意。

高光与低调

"再听下去，我们就全无睡意了。但我们愿意这样醒着，见证岁月的温暖，以及那些你用汗水浇灌的荣光时刻……"

再次采访刘晓燕是在 2021 年元旦过后的第三天，接到国铁集团宣传部进行 2020 年"最美铁路人"发布宣传集中筹备的通知，我们一行 5 人约定在兰州西高铁站的进站口会合。

我们坐在了兰州西—北京西 G438 的 8 号车厢，在随后 7 个多小时的车程中，我们心里记挂着要采写的任务，对刘晓燕进行了全方位、地毯式的"轰炸"。话题最集中的，还是她在赛场拿了全铁路系统的第一名，而且还是年龄最小的。

刘晓燕是从甘肃平凉静宁县农村出来的孩子，很珍惜铁路这份工作。"刚上班那会儿，也没有什么负担，没有多余的事让我操心，我就只想着把自己能用的时间好好利用起来，先赶紧把业务学好。而且，我们年轻人其实也有自己的优势，记东西快，精力好、干活也利索，平时遇到一些困难和不明白的地方，都会主动去琢磨、去钻研。慢慢地，我的业务技能提高了，经验也多了。"刘晓燕朴实的话语，让我们一行人都感到，她是个真诚的人。

"集团公司推荐我去参加技术比武，当时自己也没有多想，只想着把自己平时的状态发挥出来就可以了，没想到最后得了第一名。现在回头想一想，其实，我们每个人都有自己的潜能，只要你心中有梦想，肯努力、肯钻研，然后全力以赴，就一定会有收获。"

我们感慨万千，现在的 95 后真是厉害。联想到 2020 年以来的抗疫斗争中，一大批 90 后、00 后挺身而出，操心出力，体现了新一代青年人对国家、对人民的担当，他们已经在火热的新时代征程上，挑起了大梁，迅速成长了起来。

"说说你独占鳌头的高光时刻吧！"我们说。刘晓燕笑了笑说："也没啥。"然而，我们一致认为，尽管所有的英雄在出手的那一刻都没有多想，但在那样一个高手云集的竞技场拔得头筹，一定是有惊心动魄的心理活动的。

随着刘晓燕的讲述，一幅幅生动的画面浮现在了我们面前。2018 年 10 月 11 日，全路货车车辆职业技能竞赛的现场，一位身材娇小，体格偏瘦，忽闪着一双聪慧明亮大眼睛的小姑娘，心里像揣着一只小兔子，如临大敌般紧握小小的拳头，神色焦虑地在候赛区走来走去，她不时用双手按压一下胸口，以防怦怦跳的心从胸腔里蹦出来。

看着身边其他 15 名来自全国铁路车辆系统，比她年龄大，比她有经验的参赛队员，她心里不由敲起忐忑不安的小鼓。她环视全场，没有人注意到她的紧张，没有人将她这个年仅 22 岁，第一次参加全路比赛的半大孩子放在眼里。是的，她只是一棵青嫩的小树苗，是一只尚在练习飞行的小燕子。

同样，没有人会想到，接下来这只首次亮相全路技术比武赛场的小燕子，会让所有人眼前一亮。

时间一分一秒流逝，当金色的朝阳将她的影子越拉越长，一声"2号选手刘晓燕做好准备"的声音响起，刘晓燕想起师父反复叮嘱过的一句话："对手越强，越要冷静，技能竞赛竞的就是一个精气神。"迟疑几秒后，她深深呼吸了一口气，调整身姿，振奋精神，冷静从容地走进赛场。

面对轮轴散发出的明亮光泽，熟悉的精密纹路，刘晓燕仿佛回到了自己的车间，紧张的情绪一扫而光。她有条不紊、严丝合缝完成着每一道工序；她忘记了一切，唯有检修轴承的参数不断地跳出脑海，像自由翱翔在大海中的鱼儿，她沉浸在劳动的欢愉中，忘记了这是在全路的比赛场上……

时间一分一秒过去了，这短短的十几分钟却让场外等候的其他队员们，觉得像一天那么长。走出赛场，刘晓燕突然感觉天好蓝，白云像一朵朵怒放的棉花，当太阳的金光映上刘晓燕清秀的脸庞，那一丝丝红润的笑容舒展出别样的美丽，大家悬着的心才算是放了下来，他们围拢在刘晓燕身边，听刘晓燕讲述刚才"步步惊心"的比赛经过。

第二天，大家看到了刘晓燕一份精彩的成绩单：两套轴承检查9分25秒，58个轴承尺寸检测6分32秒，刘晓燕最终夺得轴承一般检修项目第一名，荣获全路技术能手称号。

当大家簇拥着这只小燕子，沉浸在首次"试飞"成功的喜悦中

◆ 刘晓燕核对轮轴卡片（宋佳龙 摄）

时，她却说："我是一名普通的轮轴装修工，比赛中用心完成每一道工序，获奖是意料之外的惊喜，是命运对我的格外眷顾。"

是的，在我们的生活中，的确有些人会得到命运格外的眷顾，她们往往为此做好了充足准备。接下来的两年，刘晓燕和她的伙伴们，在轮轴装修工的岗位上一丝不苟"诊治"着火车的"腿脚"——轮轴，为中欧班列飞奔向世界各地奉献青春，燃烧青春，刘晓燕随着轴承飞旋实现了年轻一代铁路人的青春"加速度"。

2020年7月，刘晓燕生了孩子。一出月子，她就一边照顾孩子，一边学习28岁的科技工作者刘昌儒、33岁的技术工人魏金龙等青年榜样，给自己技术追梦注入新动力。同时，利用手机视频开设了"技术服务台"，工友们遇到技术难题或是拿不准的质量故障，可以通过视频与刘晓燕交流并提出解决办法，一些原本担心刘晓燕因为生孩子造成业务生疏、影响工作的工友们，现在经常通过视频给刘晓燕点赞，还说："晓燕就是晓燕，啥时候都不放松学业务，这榜样立得杠杠的。"

雏燕展翅，不负韶华。一棵嫩苗，要有一片沃土来哺育，有一束阳光来照耀，有一泓清泉来滋养，才能茁壮成长到林木葳葳，成为有用之材。刘晓燕这个新时代铁路技能人才，用精湛的技艺和骄人业绩，为奋斗的青春最美丽作了最鲜活的注脚和诠释。

如今，这只青春飞旋的小燕子，还在一如既往地学新知、练新技。她说："铁路给了我实现梦想的舞台，只有继续努力奋斗，才能回报这份关怀关爱。"

短短一句话，尽显真诚和感恩之心，也道出了新的梦想，那就是保持奋斗姿态，在服务铁路高质量发展的新征程上实干笃行、出新出彩。

于本蕃

最美铁路人

ZUIMEI TIELUREN

唐古拉的高度

——记中国铁路青藏集团有限公司格尔木工务段望昆线路车间党支部书记于本蕃

王　华　张富昭

引　子

青藏铁路承载了几代中国人的梦想，是世界公认的挑战极限的伟大工程，攻克了一个又一个难题，创造了一个又一个奇迹。它是全世界最长、海拔最高、穿越冻土里程最长的高原铁路，也是建设难度最大的高原铁路。

自 2006 年 7 月 1 日全线通车运营至今，一批又一批的青藏铁路人默默无闻、无私奉献，以令世人惊叹的坚守和钢铁般的意志，前赴后继，不断为"挑战极限、勇创一流"的青藏铁路精神增添新的光彩和华章。中国铁路青藏集团有限公司格尔木工务段望昆线路车间党支部书记于本蕃，就是其中的杰出代表。

全长 1956 公里的青藏铁路，唐古拉区段是海拔最高的区段，最高点海拔 5072 米，这里高寒、缺氧、风雪肆虐，工作生活环境十分艰苦。2006 年，于本蕃在青藏铁路全线通车运营前夕来到这里，一待就是 12 年。后来他又转战到望昆车间工作，这里的海拔高度仍然达到 4500 米。

15 年来，于本蕃一直坚守在高海拔地区工作，以执着专注、精益求精、一丝不苟、追求卓越的工匠精神，积累了丰厚的冻土区段线路养护经验，成为这个领域当之无愧的专家；他把自己交给了青藏铁路，长期战斗在被称为"生命禁区"的唐古拉，充分展示了一名党员干部不畏艰苦的精神本色；他战胜工作中的种种困难，以"海拔高追求更高、风暴强意志更强"的坚强意志，塑造了青藏高原铁路人可歌可泣的硬汉形象。

第一次见到于本蕃，是在 2021 年 1 月他现在工作的地方——望昆线路车间。他身材敦实、面色黝黑，1 米 8 左右的个子，非常淳朴和真诚，只有 39 岁的他，看上去明显比实际年龄要大一些，是十几年守望在高寒缺氧的青藏高原留给他难以磨灭的印记。青藏高原的风霜雪雨拥有天下最坚硬、最生冷的时间刻刀，给这位壮实的高原汉子留下了满脸沧桑，也让他收获了许多许多：他光荣地当选为全国劳动模范，全路党员安全标兵，荣获全国铁路火车头奖章、铁路青年五四奖章……

在这条天路上，于本蕃的人生得到了烈火金刚般的千锤百炼，他宛如高原铁路上一面高扬的旗帜，让无数看见它的人不由自主心生敬意；他坚守初心，勇于担当，用青春热血和无怨无悔的付出实现了自己的人生追求，也让自己的人生抵达了和他所在地区海拔一样令人敬仰的精神高度。

"铁二代"的铁路梦

1984 年 5 月，青藏铁路一期工程西宁至格尔木建成通车。也是在这一年，只有两岁多的于本蕃从河南老家随着父亲来到了一个名叫柯柯的高原小站。作为一名"铁二代"，在这里，他度过了非常难忘的童年和少年时代。

柯柯站通车运营之初，铁路职工生活和工作条件非常艰苦，蔬菜水果柴米油盐等生活用品要靠每月一次的铁路供应车拉，于本蕃的父亲是一名常年奔波在铁路沿线的水电段职工，也是第一代青藏铁路人。

采访中，当我问及于本蕃小时候的梦想，于本蕃说："那时，我最大的梦想就是当一名铁路人，像父亲那样，常常跑外面，还能到更远的地方去，反正就是觉得，远处，一定有课本里描述的丰富多彩的世界。"

他还说，小时候最想不明白的，就是父亲为什么总是不在家。

来到柯柯，四周的一切都让小小的于本蕃感到新奇不已，也高兴不已。他兴奋地跑前跑后，很快便与许多和他一样从内地来的小孩子打成一片。这个由于铁路职工和家属们的到来而形成的小镇从此也变得分外热闹起来。

在于本蕃的记忆中，父亲似乎总是很忙，三天两头都不在家，家里的一切都是母亲在操持。每次回来，父亲总喜欢带着他们姐弟到镇子周围去转。一朵灿烂的小野菊，一只发出清脆鸣叫的不知名的小鸟，车站来来往往的旅客列车和货车，都成了父亲和孩子们相处时最热闹的话题。起初因为长期不在一起而对父亲感到陌生，随着慢慢长大而对父亲感到依赖，每当父亲要离开家去铁路沿线工作时，于本蕃心里总是充满着不舍。只要父亲回来，于本蕃总会黏在父亲身边，寸步不离。父亲不在家的日子，他总是愿意站在家门口张望车站的方向，他知道，火车把父亲带到了远方，也会把父亲带回来。只是，小小的他，从来也想不明白，父亲到底都在忙什么，他只知道，他的父亲是一个铁路工人。而沿着钢轨伸向远方的更远处，会有什么呢？

柯柯镇很小，一根烟没有抽完就可以走遍所有地方。小镇上的居民几乎都是铁路职工，这里有工务段、机务折返段，还有车辆段、房建段、水电段的车间和工区。对于从小在小镇长大的于本蕃来说，早已经熟悉了柯柯的一草一木和每个角落，那个时候，他最喜欢去的地方就是火车站。在那里，每当远远看见父亲走来，他都会飞奔着过去，而父亲也总是爱怜地拉着他，一边走，一边告诉他哪些人是列车员，列车员是做什么的，哪些人是养路工，养路工穿什么样的工作服，还有火车司机、货运员，等等。在那个"铁路大世界"里，父亲总有讲不完的故事，那些故事里，最吸引于本蕃的，还是父亲经常去的沿线。那个时候，在他心里，当一名铁路职工该有多么好啊，可以走南闯北，可以天天坐火车！

第一次跟着父亲去沿线的情景到现在他都记得清清楚楚：当汽笛鸣响，火车开始缓慢前行时，于本蕃的心也跟着激动起来，他一会儿趴在窗户上往外看，一会回头往车厢里看，在他的眼里，什么都是新鲜的。到了工区，父亲让他在线路不远处的草地上玩，忽然，地上一瓶亮晶晶的罩着网兜的黄桃罐头引起了他的注意。要知道，那个时候，水果罐头可是稀罕物，并不是随时都可以吃到的。那是几位养路工带来的，由于工作太忙，他们没有顾上吃。干完活往回走的时候，有一位养路工就把那瓶罐头挂在洋镐上，罐头在渐渐柔和的夕阳中发出十分诱人的光芒。走在他们身后的于本蕃就一直盯着那瓶罐头看。父亲见了，笑着说："你好好学习，将来天天可以吃罐头。"

多年后，当说起小时候这个小细节，于本蕃不觉笑了："父亲的话，我当时的理解就是当了养路工，可以天天吃罐头。"一瓶阳光下的黄桃罐头，让于本蕃对铁路工人萌发了一种温馨又浪漫的想象，而真正让他下定决心当一名青藏铁路的守护者，还是源于高中的一节红色教育课。于本蕃说，当时柯柯铁中的老师给学生们讲了修建关角隧道的故事。为了修建全长 4000 多米、海拔 3700 米的关角隧道，100 多位年轻的生命留在了那里，他们中最小的只有 19 岁，最大的才 23 岁。于本蕃从小喜欢看武打片，也特别崇拜影片中那些英雄。或许，每个男孩心中都有一个英雄梦吧！于本蕃说，那时候他从没有想到崇拜的英雄竟然会离自己那么近，而且竟然就和自己每天看见的铁路有关。从此，想成为一名铁路人的念头在他心中更加明晰和强烈了。

在柯柯，于本蕃从小学一直读到了高中，高二那年，在小伙伴的鼓动下，也为了离开柯柯到外面去看看，他参加了技校考试，并最终被兰州铁路运输技术学校线路桥隧专业录取。3 年的学习后，他被分配到柯柯工务段当上了一名线路工。

那是他第一次真正意义地接触铁路线路养护，也是第一次真正了解了在沿线工作的实际情况——那是和他小时候不一样的体验，那会儿是过去玩，觉得什么都新鲜，但现在，站在成年人的角度，他才明白，沿线的工作生活其实根本没有想象中的那么浪漫和好玩，除了艰苦还是艰苦。过去父亲不断去沿线工作的情景再次浮现在眼前，他第一次真正理解了父亲为什么不能时常陪伴家人左右，也第一次理解了保证铁路大动脉的安全运输畅通的后面，是多少铁路职工舍小家为大家的默默奉献。

在柯柯工务段工作3年后，于本蕃报名去了青藏铁路海拔最高的区段唐古拉。父母和妻子听说后，开始都不同意，因为这样一来，就意味着他和家人将面临经常性的分别，不仅如此，高海拔缺氧对人的身体会带来怎样的挑战也是亲人最担心的问题。可是于本蕃心里却有个遥远的梦想，那就是唐古拉既然是世界上海拔最高的铁路，自己这么年轻，就应该到那里去挑战一下自我。

他最终说服了家人。而父亲在他临上山时，并没有多说什么，只是反复叮嘱他："干什么都要细心、用心。两条钢轨上的安全重如天，可马虎不得啊。"

采访中，谈起获得的荣誉，于本蕃非常谦虚。他告诉我们，自己真的很普通，只是无数默默奉献、执着坚守岗位的青藏铁路人中最平凡的一员。

开始我们以为这只是先进人物的一种谦辞而已，并未在意，但他却不断强调："我只是幸运，我真的只是我们青藏铁路人的一个代表，我的身后是一个了不起的群体，是他们在书写着青藏铁路的历史，我不过是被他们推出来了，就像三角形，我恰好站在了那个顶点上。"他的说法让我们感动，在接下来的深入采访中，我们也持续被他的这种朴素和真诚不断打动。

于本蕃最难忘的是作为全国劳动模范在人民大会堂接受表彰，说起当时的情景他满怀深情："2020 年 11 月 24 日，我和来自各行各业的劳动模范站在人民大会堂里，聆听习近平总书记讲话，离得特别近，我特别激动，尤其当听到习近平总书记说道'劳动模范是民族的精英、人民的楷模，是共和国的功臣……'时，我真的是激动得热泪盈眶，我真的没有想到，作为一名普通劳动者，我只是在平凡的岗位上做了自己应该做的，却能如此幸运地站到这支光荣的队伍中，受到了习近平总书记这样的肯定。"虽然表彰会已经过去了很长时间，说起这件事，于本蕃眼里依然闪烁着激动的泪花。

勤学苦练在高原

于本蕃在这样的年纪，就成为在技术业务上超越许多老师傅的名副其实的线路病害"克星"，对此我们充满了好奇。然而，谈起这些，尤其是刚上山的一些事情，于本蕃还有点儿不好意思。他说："刚上唐古拉的时候，我开始还挺自负的，觉得自己都已经干了 3 年的线路养护，算是有经验了吧，可事实并没有我想的那么简单。"

2006 年 2 月 16 日，在 7 月 1 日青藏铁路全线正式开通运营前，于本蕃怀着兴奋的心情，在许多人不解的目光中，来到青藏铁路格尔木工务段唐古拉线路车间，开始了他职业生涯中最难忘的 12 年"5072"历程。5072，是唐古拉火车站的海拔高度。

初次踏上如此高度的地方，不论是生活方面，还是工作方面，都让他感觉到了"理想很丰满，现实很骨感"，强烈的高原反应、艰苦的生活工作条件、难以得心应手的线路作业，无论哪一个，都犹如一盆冷水劈头盖脸浇给信心满满的他。

刚去时，条件非常艰苦，喝的是河沟里的水，住的是活动板房，自己发电，下大雪的时候，本来吃 10 天的菜要凑合吃将近 20 天。河沟里的水都是打来后直接烧了喝，有时就会拉肚子，氟哌酸是常备的药，水缸一周清理一次，每次里面都会有一扎厚的积沙，偶尔还会有鱼。这些都不是最难受的，最难受的是高原反应，头疼，睡不着，身体的折磨是每一位到这里的人必须要经历的过程。

按照要求，在开通前，线路设备质量必须要保持最佳状态。对线路的养护程序，于本蕃觉得，自己在兰州铁路运输技术学校和在山下的柯柯工务段所学不少，应该问题不大。车间的王建民是一名"老青藏"，也是于本蕃的师父。他告诉于本蕃，虽然同样是干工务，在高海拔和低海拔干起来却大不一样，要有心理准备，尽快适应。

◆ 于本蕃在线路作业（桂连鑫 摄）

于本蕃嘴上答应，心里并没有完全当回事。真到了作业现场，他才意识到一切并非想象中那样简单。

按照青藏铁路格拉段线路养护机制，他们是轮休上班，在"山上"一待就是一个月。上道第一次，他以为自己可以直接单独带班作业，可是让他没有想到，师父让他和其他人一起甩开膀子顶压机。这个动作看似很简单，可当于本蕃真正开始做时，才知道很吃力，这可是海拔 5000 多米的唐古拉啊！首次"亮相"，高海拔的高原就给了他个"下马威"。

他有些气恼和不服气。

第二次、第三次、第四次，一连两周上道作业，王建民仍然让他甩开膀子顶压机。这让于本蕃非常想不通，不满的情绪不自觉就在脸上表现出来了。

王建民似乎看穿了他的心思，干完活，找了个合适的机会和于本蕃谈心："干啥活都得先把基础打牢。'常走的路快，常唱的歌熟。'我让你顶压机，就是让你慢慢适应高原的劳动强度，这里干活可不比在山下，弄不好出人命哩。青藏铁路无小事，事事连政治，不管是你，还是我，都要好好学啊。说个不好听的话，如果你在这儿干不好，在别的地方一样会干不好！是金子，放在哪儿都发光。年轻人，沉下心来，脚底下不要打飘！"有 20 多年线路养护经验的王建民，对怎样成为一名合格的铁路养护工人，心里有一把隐形的道尺。

王建民的一席话，语重心长，说得于本蕃既受鼓舞，又深感惭愧。经过一番认真的思考，于本蕃彻底想通了这件事情，他对王建民说："我懂了，师父您放心，我会好好干的。"从那天开始，他白天上线路上干活，晚上回来就翻专业书籍和作业指导书。

"我比在学校还要刻苦自觉。我师父是青海省劳动模范，我一直特别佩服他，也觉得自己非常幸运，在最需要业务提升的时候，遇到了这么优秀的师父，他的责任心和敬业给我树立了特别好的榜样，为了保证 7 月 1 日青藏铁路格拉段安全开通，他常常 24 小时连轴转地在线路上忙活。我记忆最深刻的就是一次在雨中施工，师父趴在钢轨上起道、给手势。别人趴着给就行，可是师父却是趴下后，再站起来给手势，一遍一遍，师父个子不高，我想他是不是担心别人看不清楚，所以就趴下、起来，再趴下、再起来。那天雨不小，我说等雨停了再干不行吗？他说不行，干活要有干活的样子，不能拖拖拉拉。师父就那样在雨中干完了活，真的，我特别佩服他。"说到这些，于本蕃的眼睛有些湿润。

的确，榜样的力量是无穷的，强将手下无弱兵。

2006 年 6 月 20 日，离青藏铁路格拉段开通运营只有 10 天，线路上依然有细小的病害需要处理，王建民决定让于本蕃"牛刀初试"——带作业组上线路处理一起一级病害。于本蕃非常激动，他终于可以手握道尺，对线路"望闻问切"了。

他怀着一种非常神圣而又庄重的心情带着作业组上了线路，开始查找病害点位。这一天，他比之前任何一次都认真百倍，也比任何一次都感觉有压力。他要漂漂亮亮完成自己的唐古拉职场"首秀"。就这样，他反复检查了一遍又一遍，生怕第一次带班干活给干砸了。

可是让他万万没有想到的是，这看来万无一失的第一次，却给他上了人生最难忘的一课：原本轻微一级的病害经过他的手不但没有消除，反而让他给处理升级成三级了。他在苦恼和感到丢人之余，百思不得其解，明明自己严格按照修规标准整治的病害，而且复核了好多遍，为什么病害没处理好反而还升级了？不服输的他连夜查阅技术规章，可是最终也没有找到他想要的答案。

"你是严格按照修规整治的病害，几何尺寸丝毫不差，问题就出在丝毫不差上，我们是高原冻土铁路，在决定起拨改的数值时，要充分考虑冻土路基不稳定，这些要提前预想预判，定调整数值时要提前想到，光是按照修规的标准是远远不够的。因为冻土线路的养护我们几乎没有经验可以借鉴，只有靠时间和实践来积累，所以在工作中要多思考、多观察，多结合实际情况，而决不能对修程死搬硬套。"面对于本蕃的困惑，王建民一针见血地指出了病害处理后没消除反而升级的原因。

于本蕃听了，不觉低下了头。王建民鼓励他道："你在处理病害时，能反反复复检查复核就是好样的！这是干好养路工的基本素质和要求。尤其在唐古拉，线路养护看上去好像不太难，但里面也有很多技术，没关系，只要你用心，不怕吃苦，就没有学不会的技术，干不好的工作。"

从那时候开始，于本蕃就在心里暗暗下定决心：一定要努力把养护线路的技术学精学透，要干就要干出个样儿来。

就这样，于本蕃像换了个人似的，只要不干活，他就和中了魔障一般，脑子里一直在琢磨技术上的事儿。

他把和王建民一组工作当作是不可多得的学习、掌握现场技术的机会，只要是王建民安排的任务，他都会认认真真地去完成。下班休息，大家没事一起闲聊，他却一个人躲在一边勤奋地"反刍"当天干过的活，把活项的特点和整治方法认真记录下来，没想明白的就缠着师父讨论。高原冻土对钢轨几何尺寸变化过程的影响、预想预判、每一个作业的过程、那些修程中没有的实际经验、每次作业需要特别注意的地方……他都详细记录下来。

王建民看在眼里，喜在心上，他知道，这样炼出的"金子"准错不了。而于本蕃更是找到了钻研和思考的乐趣，从踏上唐古拉山到现在，每个工作日他都会坚持写工作笔记，工作中他仔细观察，认真思考，工作后他细心分析，不断探索，他在实践中不断总结经验，在经验中不断提炼更便捷有效的整治方法。

15 年来，从最初的"初出茅庐"，到后来的冻土养护专家、"线路病害的克星"，于本蕃走过的是一条荆棘与鲜花相伴的不平凡的道路。而这些都得益于当年的严师，得益于他从那时就开始的勤学苦练，得益于他对工作的认真负责，得益于他对标准的坚持不懈。

"我师父的一些工作习惯、工作经验、工作方法，包括他严谨的工作态度，精益求精的精神都令我受益匪浅。他是个很自律的人，他有个习惯，就是每天都早早起床，在工作之前先泡杯茶，坐在办公桌前想这一天要干的工作该怎么干。他这个习惯我现在也原封不动'继承'了……"谈起师父，于本蕃非常自豪。

山上的工作每天都是紧张和忙碌的，从担任唐古拉车间副主任开始到现在，每天早上，在其他人的闹钟还没有响的时候，于本蕃就早早起床了，洗漱完毕，他就会来到办公室，清晨这段静谧的时光，是他一天中难得的独处时刻。

泡上一杯茶，点上一支烟，坐在桌前开始默默梳理当天要做的工作——有哪些活项，要注意什么，重点要抓什么，前一天的工作得失……在工友们起床之前，他在脑子里都会梳理得井井有条。

　　"说心里话，我也打过退堂鼓，当时就想转身走人，但我之所以一直能坚持到现在，师父对我影响很大，师父说的'你在这里都干不好，到别的地方也干不好'的话我一直记着。还有一位是医院的大夫，我去看病，不知怎么我们就聊了起来，他说过的一句话我至今难忘。他说，如果把工作当作糊口的工具的话，那它就只是个工作，如果把工作当作事业的话，才能走得更远。"也正因为有了这些可贵的经历，于本蕃对于自己工作的认识才有和他人不一样的高度。

暴风雪之夜

　　作为世界上海拔最高的铁路，青藏铁路的线路养护，无论是其自然条件，还是线路变化和病害整治，都比其他地区要复杂和困难得多。对于常年坚守在这里的铁路职工来说，夏季飞雪，一日四季，更是家常便饭。在青藏铁路格拉线上流传着这样一句话："过了五道梁，哭爹又喊娘，上了唐古拉，暴雪加风沙。"

　　让于本蕃非常难忘的一场暴风雪，就发生在唐古拉的4月。每年的4月到6月，是格拉段风雪最为肆虐的时候。在内地，4月正是春光明媚的季节，处处万紫千红，春意盎然，而唐古拉的4月，冬季却死活不肯走，风雪随时随地会不请自来。

　　2014年4月10日夜里，天上突然下起了大雪，雪片以惊人的速度在地面迅速累积。本以为下不长时间的雪，谁知道下得没完没了起来。

　　已经休息的于本蕃接到格尔木工务段调度指挥中心报警电话"唐古拉站突降暴风雪，道岔融雪装置故障，道岔无表示，立即组织人员清理积雪"后，立即组织在岗职工一行十几人组成除雪作业组从驻地布玛德出发。

从车间驻地到除雪地点唐古拉站，距离 50 公里。往常一个小时到达唐古拉站应不成问题，可此时的道路已经完全被路上的积雪深深掩盖，有的地方积雪已经厚达五六寸，有的地方竟达到了两尺，工程车艰难地挂在二挡前行着。于本蕃心里焦急万分，他脑子不断响起调度员的话："唐古拉站突降暴风雪，道岔融雪装置故障，道岔无表示……"对于线路安全来讲，道岔无表示多要命啊！可是更要命的是这老天爷，丝毫不为所动，依然在不管不顾地干脆将"雪口袋"全部打开，雪越下越大。

除雪队员们个个都套上了自己最厚的衣服，戴着皮棉帽，蹬着棉皮鞋，戴着皮手套，尽管这样，但仍抵御不住高原的奇寒，驾驶室里犹如一个天然冰窖，空气里的含氧量似乎比平时更为稀薄。人即使坐在车里面不动，也好似身负重物一般。

头疼、难受，加上寒冷，于本蕃和他的工友们像被扔到岸上的鱼，张着嘴喘着粗气，胸口上憋得像塞了团棉花。

距离唐古拉站 1 公里左右时，雪越下越大，随雪而来的是 8 级左右的大风，风卷着大朵的雪，天地一片苍茫浑浊，三步外便看不见人影了，根本分辨不清方向和道路，目力所及之处仿佛只剩了一个狭小的空间。风像一个发狂的精神病患者，无所顾忌地、疯狂地撞击着一切。坐在驾驶室里，于本蕃他们只感到地动山摇，发了疯的狂风似乎要把整个唐古拉山掀到天上，然后再松手任它摔个粉碎方才罢休。

于本蕃他们碰到了少见的暴风雪。

面对这突如其来的情况，驾驶员有点惊慌失措，这是他从来未遇到过的场面呀。车显然已经举步维艰，作为这支应急除雪队伍的负责人，最主要的任务就是要保证线路安全，雪下得这么紧，车又无法前行，怎么办？雪情就是命令，刻不容缓，于本蕃权衡再三，决定和工友们抬着设备徒步赶往除雪现场。

"车不要熄火，原地等待，留下两个人，其他人搬运工具，我们走过去！记着，车千万不能熄火。"焦急万分的于本蕃给司机叮嘱完，又拨通格尔木工务段调度指挥中心的值班电话，汇报现场情况。

下了车，他们一行人深一脚浅一脚在齐膝的积雪中抬着照明设备和除雪工具，吃力地往唐古拉车站走，狂风卷着雪粒像鞭子一样生疼地抽在脸上，可谁也顾不上。暴风雪中，氧气更加稀薄，即使张大嘴也喘不过气来。于本蕃心急如焚，满脑子想的只有线路安全。

他们顶着肆虐的暴风雪拼尽全身力气努力往前走着，前方的道路仿佛格外漫长，怎么走都好像走不到头似的。平时熟悉的道路被大雪轻易地抹去了痕迹，他们只能凭着记忆和阻止他们脚步的积雪顽强抗争着。

因为害怕偏离方向踩进路旁的浅坑，于本蕃一边焦急地尽力往前冲，一边努力辨认方向并叮嘱大家小心，一边又跑到队尾招呼大家不要掉队。茫茫暴风雪之夜，本来就辨不清方向，如果有谁掉队，那后果真是不堪设想。

一公里的道路走了近一个小时，他们一个个像雪人一样，抬着笨重的发电照明灯及除雪设备，终于艰难地抵达唐古拉站。因为急于上道清理积雪，于本蕃抬腿大步往前跑。由于一路跑前跑后体力

◆ 于本蕃与工友们在线路边休息（桂连鑫　摄）

消耗大，加上突然的加速引发高原反应，一阵眩晕让他一头栽进了积雪中。身边的几位职工慌忙上前扶起了他，片刻之后醒过来的他根本顾不上身体不适，拼尽全力向大家喊道："你们不要管我，赶紧去清理积雪。"一位老职工一反平日的和气，生气地大声对他说："你不要命了？这是啥地方？还敢这样大喊大叫？别管雪了，管你自己吧……"一语未完，老职工声音中已经忍不住哽咽。

一公里被暴风雪肆意横虐的道路，他们用尽了全身的力气。而此时，应急除雪的作业才刚刚开始。

天地似乎已经浑然成为一个看不清边界的不透明球体，大雪依然在不住地落，大风依然在疯狂地甩鞭子。此时的气温已经是零下30摄氏度左右，刚清理完的两头道岔用不了几分钟又被冰雪掩埋，大家只能反复地来回清扫。慑于自然的淫威，时间仿佛在这里无限延长，又好像来到了世界的尽头，风刮不停，雪下不完，什么都好像是无穷无尽的。

刺骨的寒风裹挟着粗暴的大雪，刀子一样在考验着于本蕃他们的意志，大家的帽子、眉毛、围巾上早已结满了霜花，身上厚厚的棉衣被风无情吹透——拿铁锹的手冻僵了，来回奔跑的脚完全失去了知觉，可是他们依然在坚持着和疯狂的暴雪作斗争……于本蕃一边和大家一起拼命挥动手中的扫帚清扫积雪，一边鼓励身边的工友坚持。

大雪直到次日早上6点多才停止，他们也一直干到了那个时候，当黎明的第一缕阳光照在他们身上时，许多人的眼睛因为夜晚照明灯和大雪的刺激而短暂失明……

"那个时候，我们啥也没想，就是想着不要让道岔上有积雪，反正就一直扫，一直扫。不扫不行啊，对我们来说，保证安全是第一位的，我们就是养路人啊，这就是我们的本分。再说，哪有时间想那么多？我们的眼里，只有雪，真的只有雪。第二天回到工区，大家都累坏了，中午饭都没有人起来吃。"问起当时的情景，于本蕃的回答质朴而令人无言感动。

到望昆车间采访的那天，从全程弥散式供氧的高原旅客列车上下车，我们只觉得耳朵鼓胀鼓胀的，头有些发蒙，胸口觉得沉闷，在车上看上去晴空万里艳阳高照的青藏高原，以其独特的方式迎接着我们的到来——强劲的看不见形状的透明的风，让我们有点站立不稳，一眼望过去看不到边的苍凉和枯黄让人愈发感觉到与天空从未有过的接近，而说不上来的头疼和难受也很快席卷了我们。夜里，我们被这久久不能退去的强烈的高原反应所困扰，无论如何也睡不着。那一夜，我们在心里画了无数个问号，于本蕃是怎么克服高原反应的，又是怎样在这样的环境中坚守了那么多年？

第二日吃早饭时候，因为高原反应一口东西也不想吃的我们，迫不及待地问于本蕃："你现在是不是已经适应了高原反应？"

他摇摇头，诚恳地回答道："不是，其实高原反应一直都在！我和你、和任何人没有什么区别。我每次上山或者回西宁，都要适应海拔高度不同带来的身体反应，回西宁，我都会醉氧，会倒头睡整整一两天，回到山上，我有一到两个晚上因为高原反应会睡不着觉。"

我们又问："你就没有想过下山吗？"

于本蕃说："想过，但是我觉得自己目前身体方面还可以，除非有一天身体不允许了，我会下山。"

在交谈中，我们得知，其实几年前，他的身体曾经出现了不适——晚上睡觉总是被憋醒，后来回西宁到医院检查，说是呼吸骤停综合征，不适合继续留在高原。那次回去上班，他除了带上妻子给准备的东西，还多带了一样，就是便携式呼吸机，每天晚上睡觉的时候就用上。"单位领导知道这个情况后，多次想安排我到海拔低、气候条件好的区段，我最终还是选择到了望昆，海拔比之前低了有 500 米，我这个症状已经好了很多了。望昆也是冻土区段，和唐古拉的线路状况差不多，这么多年下来，我已经比较熟悉冻土线路的养护，也积累了一定的经验，干起活来会得心应手，也有用武之地。再说，从某个方面讲，山上，就像我的第二故乡。"于本蕃的回答让我们不由得肃然起敬。

坚守在这样高度上的于本蕃们，是和我们一样有着血肉之躯的平凡人，却甘愿为了天路的安全畅通，献出青春、献出热血、献出汗水。他们朴实无华，在短短接触的几天里，包括被各种荣誉环绕的于本蕃，没有一句豪言壮语，他们却用实际行动和扎实的工作作风告诉我们，什么才是这个时代最宝贵的东西。

冻土之上求精度

青藏铁路格拉段有550公里的连续多年冻土区，在设计和建设过程中，采用了基于冷却路基的破碎石护坡、通风管、热棒路基和以桥代路跨越冻土等措施，多年冻土整体保持稳定。但受气候等影响，线路病害多发。为了确保线路质量达标，保障列车运行安全，作为负责青藏铁路高海拔冻土线路养护的于本蕃，始终坚持精益求精的工匠精神，他说："线路病害整治，来不得半点虚的，永远不能满足于现状，这是责任，也是使命。"

掌握冻土变化规律，解决冻土区段线路养护维修技术难题，是唐古拉线路养护车间的工作难点。刚上山时还是唐古拉线路车间技术员的于本蕃紧紧抓住冻土线路维护这一技术难题，组织开展冻土技术攻关，分别选取冻土病害突出的3段各500米线路，定期观测路基变化，加强线路静态检查，收集高原气温变化及线路动态检测数据，对比分析，摸索规律。

就这样，两年多时间，他组织完成近10万个各类数据的观测记录和搜集整理。经过观测分析发现，管内冻土路基在每年5—10月冻胀融沉变化明显，其余时段相对稳定。

根据冻土变化规律和特点，于本蕃按照"冬病夏治，夏水冬防"的思路，抓住"冬防断，夏防胀，暑防洪，春秋两季防变化"的重点，组织车间开展病害攻坚整治。在冻土路基相对稳定季节，全面整治线路小轨距、小方向、小高低、小三角坑、小水平为主的"五小"病害，保持线路状态良好。在冻土路基变化频繁时期，采取起道捣固、拨正轨向、加高路肩、稳定道床、疏通排水、增设护坡、帮宽路肩等综合措施，强化线路综合整修，改善线路技术状态。

按照工务系统线路修规要求，病害地段每4根枕木就要量一次线路几何尺寸，于本蕃将这个标准提高到"一枕一量"。更高的测量标准意味着更大的工作量。每整治1公里线路，至少要弯腰1000多次。于本蕃说："冻土区段的养护没有经验可以借鉴，必须有更高的标准、更高的精度，只有这样，才能为未来养护这段线路提供最可靠的经验。"

在"于本蕃式"高标准的严格要求下，唐古拉线路车间轨检车平均每公里扣分很快就从几十分降到几分，线路质量稳居青藏铁路格拉段各车间前列。而这个标准，全段至今都在遵照执行。"对工务人来说，线路病害就像进入眼睛里的沙子，不除掉就不舒服。"带着这样的职业"洁癖"，于本蕃在工作中坚持对一切线路问题"零容忍"，对再小的线路病害也要第一时间"医治"好。

2016年的一天，线路工长欧钦政在作业中发现6号道岔左侧两颗螺帽断了，可他身上只带了一颗螺帽。换了其中一颗螺帽后，欧钦政打算第二天再来换另一颗。当时，于本蕃刚好经过，了解事情原委后立即让欧钦政在现场看守，然后自己跑回车间取新螺帽来换上，对于本蕃来说，哪怕只是非常细小的问题，只要涉及安全，他绝不会轻易放过。他给自己制定的工作目标中，每一处线路病害的处理都是高于段上下达的技术标准要求，真正实现了"干一处、保

◆ 于本蕃在测量线路（桂连鑫 摄）

一处、稳一处"。"只要坚持科学作业，坚持执行严格作业标准，坚持苦干实干，没有养不好的线路。"于本蕃始终认定这个理儿。

有一天晚上，唐古拉地区气温骤降，于本蕃忙碌到凌晨。回到离线路不远的宿舍刚躺下来，被子还没有捂热，就听到外面列车通过接头时发出的异常声响。凭借丰富的经验和强烈的责任心，他觉得肯定是出问题了。于是，他赶紧起床，迅速联系车站组织人员进行防护，自己立即拿起照明灯跑到附近线路进行仔细排查。终于，他找到了症结所在，调车线的钢轨有一个接头夹板出现了裂纹。于本蕃当机立断，马上采取防护措施，换上新配件，及时消除了安全隐患。

在格拉段扩能改造前，由于长期超饱和运输，唐古拉线路车间雁石坪线路工区管内线路翻浆地段多，病害整治难度大，线路动静态扣分一度位居格尔木工务段末尾。作为唐古拉线路车间管理人员，于本蕃看在眼里，急在心上，他下定决心要改变这种状况。从 2016

年10月开始，于本蕃就专项包保雁石坪线路工区，他心中始终装有一把严格管理和精益求精的"尺子"，多年的工作经验和坚持标准一点也不差，差一点也不行，让他拥有了足够的底气。在他的带领下，雁石坪线路工区很快就取得了令人瞩目的成绩。

而这样的"帮扶后进"，对于本蕃来说已不止一次了。虽然这些工区的线路设备差，每月排名几乎都是全段倒数，但他总能在两三个月内把这些后进工区变成先进工区，这些，靠的不仅仅是高超的技术、严格的标准，更是充满人性化的管理。

有人说："小于牛啊，立到哪里，哪里就是标杆。"可是于本蕃从不觉得自己具有超牛能力，在他看来，没有带不好的职工，只有不会带职工的管理人员，而"真情沟通、不怕吃亏、乐于奉献"便是他带队成功的秘诀。从2011年6月面对党旗宣誓、成为一名中国共产党党员后，于本蕃无论在哪儿，都牢记自己当初的誓言，时刻走在前、干在前，时刻不忘"一个党员就是一面旗帜"，而其中最重要的一点，还是他不断追求精益求精的工匠精神。

"干的活比别人多、懂的业务知识比别人多、留守车间的时间比别人多。每逢节假日以及进入季节性工作繁忙期，他都会主动留守，既给现场安全'加了一把锁'，又把跟家人团聚的机会留给了其他工友。他当得起自己所有的荣誉，他是我们身边的榜样，值得我们每个人学习。"说起于本蕃，同事洛桑群培是满脸的钦佩之情。

采访中，于本蕃好几次都提到他记忆力不好，说可能是长期在高原缺氧的地方待得太久的缘故，他说得不无道理。正因如此，他养成了一个"随手记"的好习惯，工作中积累的经验、工作中需要特别注意的事项等，只要上线路，他都要不离身地带上自己的笔记本。"记性不好，就全靠笔头了。"他说。

十几年下来，他记下了十几万字、十几个本子的工作笔记。而他那出了名的看、测、析、敲、听、验的"六标检修法"就来自于这些笔记。

2017年，以于本蕃牵头的创新工作室正式成立，作为负责人的于本蕃也肩负起了为格尔木工务段培养工班长的重任，他毫无保留地把自己掌握的工作技巧和方法传授给身边工友以及年轻骨干。"一花独放不是春，百花齐放春满园嘛，我真的希望越来越多的年轻人能热爱这份工作，并且早点掌握好线路养护技术，为天路安全畅通提供可靠保证。所以，我愿意把我这十几年积累下的东西分享给他们，对他们来说，应该有点参考价值吧。不管咋说，我挺愿意和他们一起交流，一起探讨，一起进步。毕竟，我自己要学习的东西还有很多。"聊起传帮带，于本蕃兴致勃勃。

你是我的一片天

采访中，于本蕃告诉我，如果没有妻子的支持，他也不可能会这么心无旁骛地全身心投入到工作中。

唐古拉距离西宁1400多公里，常年坚守在这里的职工和青藏线上许多职工一样，因为工作性质的缘故，采取的都是轮休制，轮休时间则根据地区、工种等因素而定，具体时间各不相同。在于本蕃所在的唐古拉车间，大家分两班轮休，每个班在上面待30天，在西宁等地的家中休息30天。由于距离遥远，来回路程都要花3天左右的时间，这样实际上在家休息的时间只有20多天。

于本蕃的妻子是一名幼儿园教师，她也是在柯柯小镇上长大，两人由青梅竹马的同学发展成了恋人关系，后来便组成了小家庭。在山上坚守养护线路的日子，家里的一切都交给了妻子——抚育教导幼子、孝敬守护双方老人、操持家里家外诸多事物。于本蕃上山上班的时候，里里外外忙碌完的妻子最大的满足就是听一听于本蕃从唐古拉打来的电话或者视频。距离的遥远和相思的苦楚总是折磨着这对相爱的夫妻。可是于本蕃却难得天天有空和自己家人联系，往往是一周或者十天半月才和家人联系一次。这让妻子非常不解，也忍不住埋怨："你再忙，有国家领导人忙吗？难道打个电话都没空吗？"

于本蕃没有过多解释，妻子死活想不明白，恰好赶上孩子放暑假，妻子便带上孩子到唐古拉去看他。一下车，妻子就被严重的高原反应给击倒了，在那儿的几天里，妻子一直躺在于本蕃宿舍里吸氧，孩子虽然也有高原反应，可毕竟是小孩子，他和小时候的于本蕃一样，能和自己的爸爸待在一起就已经很满足了，虽然因为缺氧嘴唇发紫，可是爸爸工作的地方还是深深吸引了他。

到了唐古拉，妻子才知道，原来在山上上班的丈夫和他的同事，所谓上班和休息的界限根本不分明，白天他们有"天窗"要去线路干活，晚上回来吃晚饭，还要进行当天的安全分析、组织学习、写个人笔记、填台账，等等。

妻子和孩子到的第三天晚上，天降大雨，玩累了的孩子正准备睡，可是听着窗外似乎越来越大的雨声，于本蕃的心里一点也不踏实，雨量不断增加，线路就会有危险，犹豫片刻，于本蕃起身穿衣就往外走。

妻子问："你干吗去？这么晚了，雨还那么大。"

他说："就是因为雨这么大，我才不安心，你早点睡，我们得防洪去。"说完，就冲了出去。

后来于本蕃才知道，睡意蒙胧的孩子被他们的说话声给惊醒了，他问妈妈："爸爸干什么去了？"妈妈说："洪水来了，爸爸要挡洪水去。"孩子以为洪水是一种怪兽，吓得"哇"的一声哭出声来："爸爸会不会被怪兽吃了啊？我不要爸爸被怪兽吃。"

也是在这一次，妻子知道了于本蕃所处的工作环境有多么艰苦，第一次体会到了丈夫工作的忙碌和不易。她在那儿待的几天，白天几乎很少见丈夫的面。到了晚上，丈夫也是忙到很晚才回来。每天早上，于本蕃不到 7 点就会醒来，洗漱完毕泡一杯清茶早早地就坐到办公室，点燃一支烟，细细梳理这一天要干的工作，一边想一边把它们记在笔记本上。等大家都起床了，他们一起去吃饭，然后再回到会议室安排当天的工作，进行安全提醒，之后就是带上午饭出发去干活，到了下午回来吃完晚饭，于本蕃就组织大家开安全分析会、学习，记笔记。

住了几天后，妻子看他实在太忙，就带着孩子回去了。也是从那个时候开始，她再也没有埋怨过于本蕃，家里有什么事情她也总是选择自己扛下来，老人生病、孩子上学、里里外外大大小小的琐碎事情，她都打理得井井有条。

一天晚上，于本蕃和往常一样，给妻子拨视频电话，妻子却没有接，他以为妻子没有听见，又拨了过去，没有想到妻子却挂断了。他有些奇怪，这是从没有过的情况。距离的遥远，让夫妻俩受尽了思念彼此的煎熬，每次他打电话或者视频，妻子总是很快就会接上。

◆ 于本蕃夫妇为孩子辅导作业（桂连鑫　摄）

他又继续拨视频电话，妻子还是不接。他只好拨电话，妻子倒是接了，却说："我这会忙得很，回头我给你打。"那天晚上，于本蕃没有接到妻子的电话。第二天又是忙碌的一天，晚上9点多，等忙完手头上的事情，于本蕃再次和妻子视频。往常这个时候，应该是妻子在辅导孩子写作业。

但妻子依然没有接。于本蕃开始着急起来。妻子的反常让他坐立不安，难道家里有什么事情吗？他又拨妻子电话，妻子还是没有接，他只好又执着地一遍遍视频。

妻子终于接了。视频画面里，妻子疲倦地笑着说："不是说了吗？我给你打过去。"妻子的身后，是医院病床的床头。于本蕃焦急地问道："怎么了？谁住院了？"妻子说："你别大惊小怪的，啥事没有，儿子就是感冒，打打点滴，你看，他挺好的。"妻子把镜头对准了儿子。8 岁的儿子躺在病床上，说话的声音明显很虚弱，他边说边挥着手说："爸爸，你放心，你看，我挺好的。"那一刻，儿子懂事的话让于本蕃的眼泪夺眶而出。小小年纪的他，已经和妈妈一样，懂得不让远在千里之外的爸爸为他担心。

于本蕃的心里五味杂陈，为自己不能在这个时候陪伴在妻儿身边而内疚。他责怪妻子瞒着他，妻子说："告诉你干啥？你又回不来，还白白担心。忙你的吧，家里都好，不用你操心。"

休班回到西宁家中的于本蕃，才知道那次儿子因为阑尾炎穿孔做了手术，他把儿子紧紧搂在怀中，心疼地亲了又亲。此时此刻，他不禁想起儿子两岁时，他也是从山上休班回家，还不太会说话的儿子指着自己的脖子"嗯嗯"地让他看，儿子的脖子有一处明显的烫伤，原来小小的他想喝水，就自己踮着脚去够桌子上的保温杯……从那以后，于本蕃家里再也没有买过保温杯。

我们问于本蕃，你总不在家，孩子跟你亲吗？于本蕃说："每次刚回去，他跟我有点儿陌生，也有点害羞，但是我能感觉到，我说什么他都特别在意，总是有意无意靠近我，跟着，像个小尾巴一样，反正就是很亲的那种陌生。不过过一会儿就会说，爸爸，你陪我看会书吧，爸爸，一会儿咱俩一块洗澡吧。要不就是，爸爸，晚上咱俩一块睡吧。你不知道，那种亲昵劲儿，让我心里总是莫名感动，每次离开家去上班，他总是一会跑过来亲我一下，或者给我拿点儿吃的，每次都让我心里特别难受，不舍得走。"说这些时，于本蕃的眼里闪着泪花，大约怕我看出来，他把头扭向了窗外。

而于本蕃也是儿子心目中的骄傲，有一次儿子去上跆拳道课，场馆的大屏幕上忽然出现了于本蕃上台领奖的画面，儿子激动地大声给老师和同学说："那是我爸爸，那是我爸爸。"老师问："你爸爸是做什么工作的？"儿子说："我爸爸那里有熊，还有野狗，还有狼……"老师说："你爸爸是动物园的？"儿子骄傲地说："不是，我爸爸是铁路工人。"

只要在家休息，于本蕃总是主动承担所有的家务，想尽力补偿他不在家时妻子全心的付出。买菜、做饭、送儿子上学，临去上班，仔细地把买来的肉切好，按一定的数量用保鲜袋封好冻到冰箱，以便从不敢切肉的妻子随时取用。他在家的日子，一到周末，妻子总是急着催促儿子早早做作业，好腾出周六一天的时间他们一家三口出去玩。看电影，吃儿子喜欢的比萨、汉堡，那是他们一家三口在一起最幸福的时刻。

妻子知道他工作辛苦，回家看他忙里忙外，就觉得心疼："你好好歇着吧，好不容易休息了！"可他哪里肯，家是两个人共同的天空，只有一个人的付出是不平衡的，他能做的也只有这些，他明白，如果不是妻子全力的支持和无言的爱，他就不是现在的他。

"我每次回去，媳妇说她不再老是半夜莫名醒来，每一觉都睡得很踏实，她说有我在身边，她有一种安全感。可是她不知道，在我的心里，她就是我的一片天，如果我能把自己比作鹰的话，没有她，我飞不了那么远，也飞不了那么高……"

望昆，干出新高度

在采访中，我们跟着于本蕃去了作业现场。

线路上巡查的于本蕃神情非常严肃，他眉头紧锁，双目专注。

他俯下身，再起来，然后再俯下身。我们跟着走在旁边，没一会儿，就觉得气喘吁吁，身上仿佛背负了重物一般。若不是亲身体验，哪里能真正感受到缺氧的难受滋味？

在这无限延伸的钢轨上，无论春夏秋冬，无论狂风暴雪，于本蕃几乎每天都要步行 10 公里，每隔 50 米就要匍匐下身子，单腿跪在轨枕上检查轨面和路基，脸几乎都要贴着钢轨，在俯身直起之间，岁月之路变得可以用心、用脚去丈量，每一米间洒下的汗水都写满了赤诚和坚持。弯腰、起身，冬季钢轨冰冷透骨，夏季又滚烫似火，长年累月地在高海拔地区弯腰跪地测量，让于本蕃患上了腰椎间盘突出和腿关节病，膝盖上也尽是老茧，即使是在夏季，他都会戴上厚厚的护膝，以应付不时袭来的关节痛。

2018 年 6 月于本蕃调到海拔 4500 米的望昆线路车间担任副主任。望昆线路车间管辖的 100 多公里线路，全部位于青藏铁路格拉段多年冻土路基区段，海拔 4500 米，气候寒冷，年平均气温零下 10 摄氏度，曲线多，养护难度大。为尽快掌握望昆线路车间管内线路设备状态，于本蕃到任没几天，就开始添乘动态检查线路设备。他添乘进藏列车至楚玛尔河站区时，线路晃车严重，机车操作台的水杯晃倒在地，不用轨检车检测，他知道楚玛尔河站区线路状态极差。不是大家之前不努力，而应该是没有找到问题的症结所在。

在尖厉而冰冷的高原风中，于本蕃向我们讲起了他刚来时的情景。

初来乍到，于本蕃到现场跟着职工们去整治病害，他趴在钢轨上目测线路几何尺寸，发现尺寸超过了修规要求的"加 6 减 2"标准值，曲线矢量严重跑偏。虽然通过整治病害，线路情况已经好了很多，但是距离于本蕃心中的标准还相差甚远。"不行，就这样满足于表面的病害整治不行，要不然晚上睡觉也不踏实。"经过一段时间的实地查看和跟班作业，于本蕃对望昆车间管辖的线路状态已经有了基本的了解，结合多年的冻土线路养护经验，他决定利用一个月时间，集中整治楚玛尔河站区线路的晃车问题。

职工们不解，一时怨声载道："于主任，你都那么多荣誉了，至于这么拼吗？干活，我们没话讲，咱就是吃这碗饭的，得对得起咱领的这工资。可你这样集中干一个点，工作强度那么大，兄弟们不得累死？再说，我们这么长时间不也过来了，有病害咱就整治，能保证安全就行，你折腾啥呀？"

的确，楚玛尔河站区处在曲线上，线路病害多，夏季变化大，养护难度也大，他们说的有一定道理。可是在于本蕃心里，那样解决不了根本问题。如果只治标不治本，以多年养成的工作习惯和积累的经验来看，他晚上睡觉都不踏实。

"这和劳模不劳模、先进不先进没有关系，天路是我们的庄稼地，我们就是务弄庄稼的人，我们吃的是这碗饭，就要伺候好我们的庄稼。我们要干就要踏踏实实，不能干一天保一天，要干一天保十天甚至是几个月，安全是我们的立身之本啊！我们要尽自己的努力提高线路质量储备期，我们要的不是表面的安全，我们要的是稳稳当当的安全！现在不是讲节支降耗吗？我们把线路质量储备期搞上去，就是最大的节支降耗。我们先集中力量整治楚玛尔河这个大曲线，好不好轨检车知道！"句句掷地有声的话，让大家根本没有反驳的理由，也让大家心里对于"劳模"这个词有了新的认识。在唐古拉线路车间时就以出色严格的工作闻名的于本蕃，把每一次荣誉的获得都当作进步的台阶和新的起点与要求，一次次、一步步按照自己的节奏向着更高处进发。

在海拔 4500 米的楚玛尔河站区，于本蕃和职工们发现在楚玛尔河大曲线线路上，病害不只是晃倒杯子的那一处，整个楚玛尔河大曲线，线路几何尺寸都存在偏差。虽然偏差在线路几何尺寸的允许范围内，对行车安全不会造成多大的影响，但是在于本蕃的眼里，却是丝毫都马虎不得。他深深记得防患于未然这句话，也深深记得当年刚上山时父亲的叮嘱。

安全不是口头禅，而是要事事时时都挂在心上、悬在头上。在这件事情上，于本蕃自信自己能做得更好，12 年在 5072 米深扎的线路养护经验给了他最大的底气和勇气，他不只要做得最好，还要做得更好！

就这样，新官上任的于本蕃把"火"烧到每一处线路病害上，不论身边职工们如何不理解、如何心怀迟疑，他都坚定地开始了一个月的病害专项整治工作。每一米钢轨、每一段路基，他都亲自进行检查、测量。刚开始只有几个小年轻跟在他后头，弯腰、俯身。几名老职工先是冷眼旁观，没过多久，也被于本蕃身体力行、处处亲力亲为所感动，于是便转变态度，参与其中。于本蕃用一个技术专家的自信和率先垂范、实干朴实的工作作风彻底征服了每一名职工的心。

经过他们一月有余的整治，公司轨检车检验考核，轨检车平均扣分在 10 分以内，线路病害整治属于优良水平。

明显的实际效果和工作成绩让职工们也开始自信自豪起来。从前，每过一趟轨检车，职工们都心存忐忑，生怕扣分多了影响收入。

可自从开展这样的专项整治后，有的职工开始问"啥时候过轨检车呀"。于本蕃的几把火烧在楚玛尔河大曲线上，也烧热了弟兄们的心，他们盼轨检车，不是为了线路质量优良获奖励，而是优异的工作成绩让他们都体会到了工作的乐趣和成就感所带来的满足与骄傲。

专项整治线路病害让于本蕃更加坚定了信心，在他的主导下，车间不断改进日常曲线拨道作业方法，并成立了由他领头的党员冻土路基下沉地段曲线正矢拨正攻关组，专门解决高原气候、周边环境、地质条件等变化，特别是在曲线地段，由于路基下沉、车辆荷载作用和频繁的起道捣固作业，下沉地段形成高道床，曲线在下沉时向中点产生位移，导致下沉地段曲线正矢小、而不下沉地段正矢大，曲线拨道时反复计算复杂、拨后正矢与实测正矢差距大、曲线正矢拨正不到位等问题。

于本蕃带领车间职工对管辖曲线拨道方法及曲线正矢拨正原理深入学习，认真分析路基下沉地段曲线正矢变化要因，利用业余时间反复进行实践，终于找到了路基下沉地段曲线正矢的拨正方法，解决了冻土路基下沉地段曲线最大最小值和连续正矢差超限问题。为解决计算困难，车间党支部利用 EXCEL 表格设计曲线拨道页面，通过调整拨道量可计算出拨后正矢，减少了由于人工反复计算产生的误差。为及时获取曲线现场实测正矢，在拨道前用轨道检查仪曲线数据对拨道量进行核算，并通过现场测量值对个别不良点拨道量进行调整。

经过于本蕃和同事们的辛勤努力和不懈奋战，车间的设备质量有了明显提升，均公里扣分和轨道质量系数明显降低，位于曲线上的下沉地段长波长轨向和轨向病害逐年减少，曲线地段人工和便携式添乘仪病害数量明显减少，冻土路基下沉地段曲线正矢变化得到了有效控制，基本消除了因正矢不良而造成的晃车、轨检车超限等问题。而他领头的党支部以冻土地段曲线正矢快速拨正法也成为青藏线上叫得响的党内优质品牌。

为攻克线路设备检养修的实际难题，于本蕃牵头在车间成立多个党员攻关小组，将高海拔地区线路"小坑"整修、减少冻土路基线路拨道回弹量、进一步提高软轴捣固机的捣固质量等难题，进行"各个击破"，兑现自己当初成为党员后立下的"走在哪里，就把先锋作用发挥在哪里"的铮铮誓言。2019 年 3 月，他担任了车间党支部书记。党支部书记这个职务，让他在抓安全生产的同时，肩上更多了一份沉甸甸的责任。

在全集团公司推行标准化、规范化建设工作中，于本蕃有着自己的想法和严格的创建标准，这也让车间的这项工作很快就走到了

◆ 于本蕃在练功场教授技术（桂连鑫　摄）

全段乃至全集团公司的前列。2019 年 11 月，在青藏集团有限公司召开的标准化、规范化现场会上，来自青藏铁路基层站段的 100 多名与会人员到望昆车间观摩学习。库房的井然有序，风险的周预警、月预警和月研判机制以及严格的工作标准、职工抖擞的精神面貌让观摩的人员为之一震和深深感动。这个在高海拔养护线路的车间，标准化规范化建设也达到了让人敬佩的高度。

标准化、规范化工作推进以来，车间职工"两违"事件从 2018 年的 11 件降至 2019 年的 2 件，阶梯式的人才培养让职工素质突飞猛进，原来技术比武成绩总是垫底的他们，在 2019 年段技术比武竞赛中，取得了个人第一名、团体第二名的好成绩，而他们在长期实践中形成的"常驻昆仑战风雪，志坚行苦保安全"的车间精神更是成为青藏铁路发展历史中非常珍贵的一笔财富。

昆仑山下的"精神家园"

对长期坚守在青藏铁路格拉段的职工来说，最想见到的颜色就是绿色了。树木、花草，这些在其他地方再平常不过的植物，在被称为"生命禁区"的青藏铁路格拉段，却成了坚守在这里的青藏铁路人心中难以放弃的执念。

于本蕃自然也不例外。不论是在唐古拉坚守的 12 年，还是现在所在的望昆车间，他们终日面对的只有那熟悉得不能再熟悉的铁路板房、无限伸展的钢轨、无垠的荒原和终年不化的遥远的雪山，一年只有两个多月才能在杳无人烟的荒野见到绿色，其余时间便都是冬季荒芜、苍凉的颜色。绿植在这里是比钱还宝贵的东西，哪怕它只是几棵叫不上名字的小草呢，而人们通常养在室内再平常不过的花花草草在这里根本无法存活。

在唐古拉时，于本蕃和工友闲时最喜欢做的事情就是侍弄脸盆中种的草，那几棵草，是趁着一年中最好的季节在室外挖来的，他们不知道这些草叫什么名字，却像侍弄很名贵的花木一样认真仔细，按时浇水，放在窗台上晒太阳，晚上挪到屋里，比在家中侍弄盆栽的花还要精心，不为别的，只为每天睡觉前和早上一睁眼能看见点绿色。

"我喜欢绿色，比任何颜色都喜欢，也许是在格拉段总看见雪山荒原的缘故吧。见了绿色，就觉得亲切，再没有一种颜色比绿色更好看的了。别看就只是最普通不过的草，可是在我们眼里，比花还好看呢。"提起种草，于本蕃满脸兴奋。

从唐古拉来到望昆后，于本蕃和工友们业余最大的爱好依然是想法设法"打扮"周围的工作环境。他们从附近荒滩的灌木丛中挖来红柳。红柳都很小，最大的也不过半人高。他们把这些红柳种在院子里，从外面干活回来，自己还没有喝水，却要先看看种下的红柳需不需要水。吃完饭，上班前，在这种浑身上下都是绿色的红柳树前站一站，好像春天就在眼前一样，不自觉地心情就特别好。而红柳，就像他们的亲人，每天忠实地守候在那里，看他们忙出忙进，伴他们起早贪黑，和他们一起经历月升日落。

没有活干的日子，大家还有一个爱好就是一起喝茶，喝的当然不是电视镜头里雅致的工夫茶，而是各自分享自己休班时候带来的各种茶，各拿各的杯子，捏点别人引以为豪的茶，开水倒进去，浓浓的不同的茶香气冉冉升起，然后大家有一句没一句地说家常，说南北，也说工作中的零零碎碎。"和大家在一起挺开心的，我们离家远，大家在一起，就跟一家人一样。"作为车间的领头人，于本蕃一点架子也没有，大家也喜欢和他一起"厮混"。也是在这闲谈中，不知谁开玩笑说道，乱石沟那么多石头，不如我们去捡点回来。于本蕃心中一动，脑子里冒出了一个新的想法：这里春天那么短暂，干脆我们用石头建一个不会"变黄变枯"的像春天一样的园子。

在接下来的日子里，于本蕃组织大家利用休息的时间果真从昆仑山下的乱石沟捡回了一些有特点的大大小小的石头，他们把这些石头按照自己喜欢的方式进行排列组合，单个，两三个相靠，五六个堆起，每个人都发挥自己的想象力，积极动手，很快在二层办公楼的一侧形成了独特的"昆仑石文化园地"。他们还别出心裁地在上面用油漆写上字，画上画。最引人注目的就是用拳头大小密密麻麻的石块铺就的一个大圆圈，圆圈的边缘用基本大小差不多的涂了红油漆的石块勾勒，石块的正中间是一块一米多高的如尖碑一样的石头，上面写着几个大字：昆仑山下、坚守初心。尖碑旁边，是一块如人般蹲状思考、高度只有它一半的大石。以这个为中心，于本蕃他们在这个石头文化园里用青色的碎石铺就了弯曲别致的甬道，为了更加醒目，甬道的边缘用白颜色的碎石勾画，而那些两三个、五六个组合的石头随意摆放在四周，乍一看像小孩子们在做什么游戏，仔细看却是大有乾坤，上面有职工们亲手画的野牦牛、藏羚羊和草地，其逼真程度让人不禁怀疑出自某位大艺术家之手，而在这座独特的高原"昆仑石文化园地"的起始处有一块方方正正的石碑，上面写着：昆仑石韵，秀外慧中，望昆海拔，4484。

于本蕃所在的望昆车间职工们自己动手建立的"昆仑石文化园地",更是用一种独具特色的方式诠释了扎根在这里的青藏铁路人那高贵的情操和品格。而对于于本蕃他们来说,质朴的"昆仑石文化园地"让他们平淡枯燥的寻常日子变得雅致、浪漫和富有情趣起来。

"走进这个园子,我就感觉自己好像走进了春天,走进了花园,虽然里面没有一草一木,但那里面的气息总会给人一种春天的感觉,让人为之一振。它就像我们的精神家园,不仅让我们有了放松休闲的地方,还有了逛公园的感觉。虽然就是些不起眼的石头,可是却代表了我们也是有品味有追求有思想的。"说起"昆仑石文化园地",于本蕃脸上洋溢着开心的笑容。

他的笑容也感染了我们。是啊,他们身处这样的条件却不以为苦,而是在这片"昆仑石文化园地"中建起了属于他们的精神高地,在这片高地上,他们每一个人都值得我们尊敬。

在望昆车间参观"昆仑石文化园地"时,我们心里时时充溢着莫名的感动,那些被职工们赋予奇思妙想的石头仿佛已有灵气,我们不禁为这里的职工们以苦为乐的革命乐观主义精神,为他们坚韧不拔、认真工作的样子暗暗赞叹。我想,这或许就是平凡中的伟大吧!

作为车间领导班子成员,因为轮班,抓安全的也抓党建,抓党建的更要抓安全。在严格管理和关爱职工这鱼与熊掌都要兼得中,于本蕃总是做得恰到好处。

车间职工不管谁过生日,都会收到一块于本蕃自己掏钱给他们订的生日蛋糕,只要他在山上,职工生日这天,他都不会忘记给厨房师傅叮嘱一句:"多炒两个菜。"于本蕃说:"都是离家很远的人,我做这些，就是想让大家感受到一点关心和温暖。"而那些不在山上、在家中休息的职工过生日，也会照样收到来自于本蕃的真诚祝福——一个暖心的电话。他这样做，就是想让职工的生日有仪式感，让大家感受到集体有家一样的暖意。这是在唐古拉就有的习惯，虽然当时在唐古拉没条件给大家订蛋糕，但饭桌上那比平常多出来的两个菜，都让大家觉得非常温馨。

有一回于本蕃正在西宁家中休班，突然接到了车间一位职工的电话。这位职工的哥哥带父亲从西藏到西宁来看病，一下车不知道该怎么办，这位职工只好求助于于本蕃。于本蕃接了电话二话没有说，就打车到车站接了这位职工的父兄吃饭，并给他们安排好了住宿，又带他们去医院，几天后，又周到地把他们送上了回家的火车。这位职工给他打电话致谢，可是却在电话里感动得说不出一句完整的话来。

◆ 于本蕃维修设备（桂连鑫 摄）

车间有一位老职工身体不好，常年生病在家，于本蕃每次轮休回西宁，第一件事就是去看望他；雁石坪线路工区有一个劳务工的爱人患了重病，需要一大笔住院费，于本蕃便组织车间职工捐款，并赶到医院去探望，他的举动，深深感动了车间的所有劳务工……

长路漫漫，未来可期，在许多人眼里，于本蕃已经非常成功了，可对于他自己来说，一切都才刚刚开始。"我觉得自己要学习的东西还很多，我的好些工作还需要再精益求精。"于本蕃说起这些，还是一如既往的低调和谦虚。

在我们结束采访不久，从北京参加完 2020 "最美铁路人"发布仪式回到西宁又按照社区要求居家隔离 7 天后，于本蕃便又上了望昆。2021 年春节，他继续远离家人在山上度过……"其实，从家里出来那一刻，我就开始想家了。不过由于春节前线路设备整治工作任务繁重，上山后也不觉得了，虽然每天很累，可工作给我带来的这种踏实感是金钱买不到的。过年没有爆竹声，也没有和妻儿相守，更没有吃上老妈牌的水饺，但也没啥，谁让咱是工务人呢？等休息的时候，我要把这些都补上。"在打给他的采访电话中，于本蕃的一番话平实、朴素。

我们问于本蕃，你后悔过上唐古拉吗？

于本蕃笑着坚定地回答："从没有，那里有我在别的地方看不到的风景。你不知道，唐古拉就像我的第二故乡，我经常会在梦里梦到在唐古拉作业的场景。"

15 年来，许多和于本蕃当年一起上山的人都下来了，人换了一茬又一茬，可是他还依然坚守在格拉段。问起他为什么至今还没有下山。他说，山上虽然条件不好，高寒缺氧，可是自己已经非常熟悉那里，对那里有了感情，尤其是冻土线路的养护，他算是有了些经验，干起工作来能更加得心应手些。这就是于本蕃，什么时候都表现得如此真诚，如此质朴。

先进之所以成为先进，劳模之所以成为劳模，自有道理：比他人多想一点，比他人多做一点，比他人更严更谨慎一点，他们的身上，总有和别人不一样的地方。"没有人能随随便便成功"，那些看似平凡和普通的背后，是多年如一日的付出，是数不清的汗水和心血的付出，他们的名字足够让我们眼前一亮，他们的事迹也足够让我们敬仰和传唱。

在采访中，我们曾经问他名字的含义，于本蕃笑着回答说，他是"本"字辈，蕃呢，本意是草木茂盛，父母希望他一生都能像草木那样欣欣向荣，不过私下里，他喜欢把这个"蕃"字，写成"凡"，就是平凡的"凡"。"我希望自己不管获得多高的荣誉，都要永远记住，我就是一个平凡人，我只是做了我应该做的，而且我最喜欢和新职工分享的一点就是：平凡扎实地做好每一天，每一天有每一天的不一样。"于本蕃说这番话时，语气显得十分刚毅。

说得多好啊！

15年，在时间的长河中只是弹指一挥间，可对于本蕃来说，却是在海拔5000多米的高度上坚守的15年，他生命中最美好的年华，都无私地献给了那里的两条钢轨；15年，他兢兢业业、精益求精，克服高寒缺氧等恶劣的自然环境所带来的种种困难，用青春的热血和对铁路的一腔赤忱，不断践行"挑战极限、勇创一流"的青藏铁路精神，在雪域高原书写了一曲荡气回肠的人生之歌。我们有充分的理由相信，在天路上，在"交通强国、铁路先行"的征途中，依然坚守在天路之巅的于本蕃将和所有青藏铁路人一起，成为汇聚起"挑战极限、勇创一流"的青藏铁路精神洪流中不可缺少的一部分，他们敬业爱岗，顽强拼搏，砥砺前行，甘愿奉献，以高度的责任心和扎实的行动向建党 100 周年献礼！

阿西阿呷

最美铁路人

ZUIMEI TIELUREN

阿呷的慢火车

——记中国铁路成都局集团有限公司成都客运段 5633/5634 次慢火车列车长阿西阿呷

王尔秀

愿群山变成亲人，愿峻岭变成朋友。

——彝族谚语

阿呷的慢火车，是一趟绿色的慢火车。

它穿行在成昆铁路，普雄到攀枝花 376 公里的崇山峻岭间，这里属于国家重点扶贫地区——凉山彝族自治州。

类似这样的慢火车，目前全国共有 81 对。自 1970 年成昆线建成通车起，这趟慢火车开行至今，从没停止过。这趟由中国铁路成都局集团有限公司开行的车次为 5633/5634 次的公益性慢火车，最低票价 2 元，全程 25.5 元，每公里不到 8 分钱，2021 年慢火车延长至攀枝花南，全程票价 26.5 元。20 年来，一直没有涨过价！

这趟慢火车比阿呷大 5 岁。铁道边长大的阿呷，只有这趟慢车在她的家乡停靠，她从小就把这趟慢火车当成小伙伴儿，每天早晚都会见面，一同成长。如今她已步入中年，慢火车却越发鲜亮了。

阿呷可以理直气壮地说，这趟慢火车是她的。这得从 1997 年阿呷当上了慢火车上的列车员开始。从那以后，冬去春来，光阴荏苒，26 年，阿呷从未离开过这趟慢火车。慢火车陪伴着她，让她从一个索玛花般漂亮的彝族小姑娘，成长为一个沉稳干练的列车长，成长为全国民族团结先进个人。2020 年，阿呷被中共中央宣传部、中国国家铁路集团有限公司授予全国"最美铁路人"称号。

阿呷与慢火车，与大凉山，与彝族乡亲，有着怎样的故事呢？让我们一起走进阿呷，走进慢火车，走进精准扶贫变化中的大凉山。

铁道边的童年

阿呷的全名叫阿西阿呷。在大凉山越西到普雄那一段，阿呷一般都是指二丫头，从小大家都叫她阿呷。阿西家族在越西县所管辖的那一片是不小的彝族家族，可在贫穷的大凉山，家族大只意味着亲戚多而已。1975 年 5 月阿呷来到了这个世界，但她并非出生在彝族人的村寨，而是在成昆铁路线上一个叫白石岩的五等小站。

大凉山的险峻与贫困是难以想象的，唐代大诗人李白当年没走过大凉山，否则他的《蜀道难》会有另一番气韵。在修建成昆线时，有东线、西线和中线 3 个方案，相对东、中两线，西线是最险最难的，现在的成昆线就是西线。当时苏联等外国专家都不同意选择西线，说这是不可能的，因为这条线除了山高路险，地质结构非常复杂，很多地方还是高烈度的地震带，以当时的科技水平不可能在这样的地方建造铁路，是名副其实的"修路禁区"。但中国选择了最难，因为这条线沿线有中国最贫困的彝族兄弟姐妹，有攀枝花等地富饶的矿藏和大渡河、金沙江等丰富的水力资源。

1958 年 7 月，新中国成立不到 10 年，成昆线开工了，直到 1970 年 7 月 1 日全线通车。那年，它和美国阿波罗飞船带回的月球岩石、苏联的第一颗人造卫星并列为"象征 20 世纪人类征服自然的三大奇迹"，被授予联合国特别奖。为了修建成昆线这条伟大的铁路，牺牲了很多人，平均每公里铁轨下都躺着一位烈士，可以说这是一条用生命铺就的英雄路。

成昆线的小站都像是崇山峻岭间的纽扣，一般都是两山夹一河间，白石岩也不例外。3 条股道，一小排站房和几间简易的宿舍，股道另一边的下面，是奔流不息的牛日河，河那边是似乎永远也采不完的白石矿场，因为山太高采石场显得很小。这，就是小阿呷的世界。

说到这里，就不得不说说阿呷的父亲阿西五卡。阿西五卡 17 岁时带着想摆脱贫穷的强烈愿望和对未来的憧憬，不顾家庭、族人的不理解，毅然参军。1970 年转业，那年成昆铁路正好通车，当时他有 3 个选择，其中有一个是铁路。对直接从奴隶社会跨入现代社会的凉山彝族人来讲，在成昆线通车前别说火车，很多人连自行车都没见过。阿呷的爸爸说，那之前他因执行任务，在甘洛坐过一次火车，短短的二三十分钟，让他对铁路充满了好奇。就因这份好奇他选择了铁路，来到了白石岩车站。在这个小站，他成了家并养育了一女一儿。

小站带家的职工不多，阿呷姐弟俩便成了车站职工的开心果，他们就这样在铁道边，无忧无虑伴随着悠悠汽笛和南来北往的火车，一天天长大，也养成了钢轨般率真的性格。小站一天只有早晚两趟慢火车停留，这是小阿呷一天中最开心的时刻。那一刻，清静的小站像过年，立马热闹起来，到越西赶场的、赶场回来的老乡，大大小小的背篓装满了各种东西。铁路叔叔、阿姨通勤回来，时不时地从包里摸出两颗小站买不到的水果糖，或是上海的大白兔奶糖，塞到阿呷的小手中。车上坐满了穿着彝族、汉族服装的人，透过那一扇扇车窗，小阿呷似乎感觉到了外面世界那陌生而又有点香甜的味道，这个味道也是慢火车的味道，也是她梦中常见的味道。

这当中，最让小阿呷羡慕的是那些穿着蓝色制服的列车员阿姨，在她眼中她们是最美的女人。因为她们每天短暂的停留带来了那个年代的时尚，沿线的女孩、女人们会照着她们的样子，买漂亮的丝巾还有半高跟的皮鞋。停车的时间总是那么短，两三分钟，感觉只是眨了几下眼睛。她特别希望每次都能遇上慢车在小站交汇其他列车，那样的话慢车就会多停些时间，小阿呷和弟弟会高兴地从站台这头跑到那头，会不停地在列车员阿姨跟前晃悠，引起她们的注意。那时，她好希望自己也能穿上这样一身漂亮的制服，像她们一样神气地站在车门前。

小阿呷一晃就到了该上学的年龄，白石岩没有学校，得到离小站10多公里的乃托乡中心小学上学，而上学的路只有沿着铁路走。阿呷现在一说起那段上学经历，就不住地摇头，说太难了。她印象最深的便是每天要穿越的那条隧道。近千米的隧道在成昆线不算长，但对一个六七岁的女孩子来说，那就是一道鬼门关。小站同龄的孩子不多，能一起上学的也就两三个。他们常常走着走着来火车了，就得赶紧跑到避让洞，经常在连滚带爬中把带的午饭给打翻了。那是最惨的事，因为那时学校不管学生的午餐，饭打翻了只有挨饿，饿到放学还得走10多里路，还得过一次"鬼门关"。她多希望有一条宽敞平坦的路直接通到学校，或是每个小站都有学校呀。直到四年级，阿呷考上了越西的民族学校，可以在学校住宿了，而且是坐着她喜爱的慢火车去，这才结束了那段让她至今都后怕的上学经历。

坐火车去越西上学也不是件容易的事，每到周末阿呷都特别担心会被老师留下，晚一会儿就坐不上回家的慢车。慢火车是沿线彝族学生回家唯一的交通工具。记得有一次周末，老师准备要找一位捣蛋的男生了解他们校外打架的事。事到临头却找不着这位同学，而这位同学平时就与阿呷关系好，于是老师留下阿呷帮忙找这位同学。阿呷不好推辞，但心里又急着想回家。越急就越是事与愿违，那天阿呷错过了回家的小慢车。怎么办呢，住校的同学都走了，可不敢一个人住在学校里，再说，馋了一星期阿妈的回锅香猪肉了。她跑到车站的行车室求援。行车室的人都知道她是白石岩站阿西师傅家的女儿，便帮着联系，好不容易请到一列货车的点，在越西停一分钟，阿呷可以上列车尾部的守车。这列车原定要在白石岩交汇列车，可没想到因为列车晚了几分钟，到白石岩站时通过了。小阿呷看着列车从自家门前快速通过时，眼泪哗哗地流了下来。货车的运转车长赶紧安慰她，说小姑娘，别伤心，一会儿到停车站后再联系一趟回来的车就是。谁知货车一直到了相距白石岩4个站的甘洛站才停。此刻，在白石岩站台上准备接女儿的阿呷父亲，看着列车通过了，更是急得不行。询问了行车调度后知道列车在甘洛停，便打电话请了甘洛站的同事帮忙接一下女儿，并帮着联系返回的列车。

那天，一直到深夜 11 点多，小阿呷才终于回到了白石岩的家。那时她已困得什么都不想吃了，连脸脚都是妈妈帮着洗的，便睡着了。

阿呷并不是个能读书的孩子，但人缘却极好，可能是因为她风风火火的性格，加上曾经每天走隧道练出的天不怕地不怕的胆量吧，在越西县的民族中学上初中时，已是同学中极有号召力的人了。那个年代，彝族人一般不愿让女孩上学，一个班级大半都是男生。每个家庭都会生养好几个孩子，孩子多了父母哪顾得过来，男孩便从小放任自流，老师管不了的捣蛋学生，让阿呷去保管准没问题，于是阿呷成了学校赫赫有名的女班长。阿呷调侃说，那是这一生管人管得最多的日子。

童年的记忆虽苦，但物质的匮乏并没有夺走阿呷的好奇和快乐，慢火车如感知世界的眼睛，带着诱人的如糖果般的香甜，陪伴着她成长。

◆ 阿西阿呷在整理车厢（陈客宣 摄）

青涩的樱桃

铁路沿线的子弟就业不容易，大凉山可选择的机会就更少了。虽然阿呷内心的列车员梦想从未断过，但也是几经周折，终于在 1996 年 6 月 1 日入路，1997 年年初才如愿穿上了铁路制服，走上这趟与她一起成长的慢火车，成为一名列车乘务员。

刚穿上铁路制服的阿呷，在兴奋中觉得当列车员很简单，并不需要太多的技术，扫地、开关车门、补票，这些都是很容易学会的事。但没出两个月，她就意识到这份工作远远没有她想象得那么美。这趟车的乘客除了少量通勤的铁路职工外，多半是沿线的彝族乡亲。他们带着买卖的鸡鸭猪羊上车，将一个车厢搞得跟饲养场差不多，如果不让上车，那一定会惹来很大的纠纷。其实他们这样做也是没办法，除了铁路无路可选。在国家尚未推行精准扶贫以前，这趟慢火车人畜同车的事，常常受到不知情乘客的投诉。列车员们更是苦不堪言，他们只能不停打扫，但车厢仍然是又脏又臭，阿呷这才体会到这趟车的列车员多么不容易。慢火车不再是香香甜甜的味道，就像大凉山 3 月初漫山遍野未熟的樱桃般青涩。

这时的阿呷再也没有了那份新奇和荣耀，遇上那些乡亲也不像刚开始那样热情。那些日子，爱说爱笑的阿呷变得格外沉默。

再不愿意工作还得继续，那段时间阿呷对工作仅是停留在完成任务而已。没多久，机会真的来了。成都客运段要从慢车组调一部分人去跑北京、上海等线的车。她觉得自己应该去，一是可以离开这个让她难堪的环境，二是可以看看外面的世界，大凉山流行一句话叫"远飞的雄鹰见得多，勤学的人们懂得多"，长这么大她还没有离开过大凉山。于是，她回家征求父亲的意见。

父亲听了她的想法，沉默了一阵，既没有说同意，也没有反对，而是说："别忘了你是彝族人，你都不愿意为自己的乡亲服务，哪个还愿意？再说'一只无底的金杯，不如一只有底的木碗'。"

父亲的话，让阿呷憋了很久的眼泪一下流了出来。她委屈呀，同时又感到深深地自责。当年修建成昆铁路时，几十万筑路大军从天南海北会聚到大凉山，他们为什么呀？不就是为了修好这条铁路改变大凉山嘛。他们很多人为此付出了生命，还有很多人为了建设好大凉山，修好铁路后，留在了这片贫瘠的土地。与他们相比自己真的太自私了。

阿呷没再多说，便打消了离开慢车的想法。她望着窗外起伏的大山，突然间觉得它们似乎不再那么高了，似乎可以看到山那边。那边有她的乡亲，有无数的彝族村寨，有一群一群的小孩子正背着书包朝慢火车跑来。

此后的阿呷像换了个人。别看她是彝族人，但因从小生活在汉语环境中，彝语并不好，仅会说越西当地的彝语。彝语区别很大，隔一个乡、镇或是县城，很多语言都截然不同。她开始广泛地学习各地彝语，用了近一年的时间，终于能熟练掌握普雄到攀枝花之间各地的彝语。这为她以后的工作带来了极大的便利，并得到了彝族乡亲的认同，为彝汉人民间的团结发挥了纽带作用。她不仅自己学习，还带动有兴趣的同事学，教他们基本的日常用语。

两年后，经考试，阿呷成了慢火车的一名列车长。

两个鸡蛋的能量

如果说父亲朴实的话让阿呷有了继续干下去的信心，那么一位老阿妈给她送来的两枚鸡蛋，更坚定了这份信心，有了干下去并要全心全意践行好"人民铁路为人民"宗旨的勇气，要帮助更多的彝族乡亲走出贫困。

大凉山是高原气候，别看冬天温度不低，但早晚温差大，而且各地的差异也很大，素有"西昌的太阳，马道的风，普雄下雨像过冬，燕岗打雷像炮轰"之说，可见其气候变化多端。那是 2011 年初冬的一个早晨，慢车停靠在乐武站。乐武站处在成昆线著名的展线上，海拔高，虽然风景如画，气候却比其他车站恶劣。列车停稳后，阿呷正在组织乡亲们上下车，突然，听到有人叫她。她抬头一看，不远处一位瘦小的老阿妈一边向她挥手，一边颤颤巍巍地朝她跑来。阿呷以为又是找她帮忙的乡亲，赶紧迎了上去。

阿妈喘着粗气，还没等站稳，一手便伸进胸前的内兜，掏了一阵，摸出两个鸡蛋，然后抓起阿呷的手，把鸡蛋塞到她的手里。握着两个还带着阿妈体温的鸡蛋，阿呷一时有点懵，她并不认识这位阿妈。她开始快速搜索记忆。这时阿妈说："我问了很多老乡，好不容易才打听到你今天上班，所以早晨 5 点就起来了，煮好鸡蛋，走了两个多小时的山路。你一定要趁热吃呀，就当早饭吧。"老阿妈一说话阿呷想起来了，这是她值乘上一趟车帮助过的老阿妈，其实都算不上帮助。那天，列车到达冕宁站，她正准备下车，看见老阿妈蹲在车厢连接处，准备背起背篓下车，但装满土豆的背篓太沉，几次都没能起身。阿呷看到后赶紧上前扶阿妈起身，并帮她下了车。这样的事，对每个列车员来说再寻常不过了，所以她是一点都没放在心上。可没想到，就这么一扶老阿妈却放在了心上。为了给阿呷送两个鸡蛋，起那么早走了那么远的山路，这是多么深的情谊呀。阿呷的眼眶湿了，拉着阿妈粗糙干瘪冰冷的手，一时说不出话来。老阿妈却笑得很开心，脸上的皱纹像太阳光一样向四周散发着，她朝阿呷摆摆手说，快上车吧，火车要开了，记得趁热吃哦。

上了车，关上门，阿呷站在车门边，一直看着老阿妈瘦小的身影消失在视线里。眼泪终于奔流而出。从此，手中带着体温的那两枚鸡蛋，如冬天里的擦尔瓦（彝族人的羊毛披风）般温暖，也成了阿呷的最高荣誉，成了她无论遇到什么困难都坚持下去的动力。她无数次说到此事就泪眼婆娑，这眼泪是从心底流出的，没有一点杂质。她说这两个鸡蛋比任何奖章都值得用一生去珍惜。

的确，作为一个服务旅客的乘务员，为旅客拎包、抱抱孩子，扶扶老人，都是举手之劳的应尽之事，一般被服务的人也不会有太多的想法，但这位彝族阿妈却把这事放在了心上，看得那么重。从此，在阿呷的眼里，这趟慢火车不再只是一个交通工具，它是一个有温度的移动大家庭。

一点不夸张，阿呷车长在成昆线各个彝族村寨是绝对的明星，没有几个不知道她的。她从开始用手机起，为了方便乡亲，20多年没换过手机号。在她的通讯录里，有好几百个电话都是慢火车上认识的彝族乡亲，而乡亲们一遇到事，最先想起的就是阿呷车长。

有一年夏天，那天阿呷正在值乘，接到一位彝族阿姐的电话，说她家儿子阿苦离家出走了，有人看见从尼波站上了火车。这时，火车已经离开尼波站很久了，阿苦还在不在车上很难说，何况她也没见过阿苦。但阿呷太理解一个母亲丢了孩子的心情。她马上通知车上所有列车员找人，又逐个打电话给途经的各个车站，请他们帮忙。好在那位阿姐给阿呷发了孩子的照片，阿呷把照片转发给了所有帮忙的人。结果终于在车上发现了出走的阿苦。列车员发现他时，小阿苦蜷缩在车厢一角，又黑又脏。列车员无论怎么叫他都不理，连头也不抬。一直等到阿呷赶到，用彝语告诉他，她是阿呷车长，是他妈妈的朋友后才抬起头。阿呷蹲下对他说，你知道吗，你妈妈担心死了，在家急得哭。孩子听了脸上露出了一点信任。随后阿呷带他到了宿营车，给他打了水，让他洗洗就在她的铺上睡觉。小阿苦洗了脸，但说啥也不洗脚，阿呷从他难为情的表情，明白他是知道自己脚脏，不好意思脱鞋。于是，小声对他说，没关系的，阿姨不会笑你的。但我们得讲卫生，洗干净了才能上床睡觉。睡醒了火车就到了，妈妈等着接你哩。果然，小阿苦终于露出了可爱的笑脸，紧绷的神经这才一下彻底放松了，脱了鞋洗了脚，乖乖上床睡了。

阿苦睡后，阿呷打电话向阿苦妈妈了解了孩子出走的原因。原来阿苦的爸爸外出打工，家里就妈妈带着他们几兄妹。阿苦觉得妈妈不爱他，因为他在家里是排在中间的孩子，大的都去打工了，能交钱回来，妈妈会夸赞，小的才几岁，妈妈照顾得多，10来岁的阿苦就很少管，有时还会被教训几句。那天他又被妈妈训了几句，一生气就出走了。晚上6点多，列车到达终点站攀枝花车站，阿呷带着阿苦一起去吃饭。边吃边聊天，告诉他："你爸爸在外打工，妈妈一个人在家多不容易呀。她没有时间照看你，是觉得你是个懂事的孩子，好多事应该自己做了。她要是再花很多时间去管你，哪有时间挣钱和照顾弟弟妹妹呢？是不是呀？"小阿苦点着头，似乎意识到自己的不对，也意识到眼前的车长阿姨是好人，便打开了话匣，一直聊到妈妈来接他。

因为小时候的经历，阿呷对上学的孩子有种特别的呵护之心。她说她一看到他们，就会想起自己摔倒在上学路上的隧道里的情景，她不希望还有谁像这样去上学。她知道自己就是读书读少了，才让父母操了不少心，就业困难多了，所以特别希望这些孩子能通过读书改变命运。看到他们在车上做作业时，会帮他们捡起掉下的书本，会问他们要不要喝点水。

◆ 阿西阿呷帮助带小孩的旅客乘车（陈客宣　摄）

成昆线最怕的就是夏天，暴雨往往会导致泥石流、塌方等大险情。一到夏天，成昆线上的所有铁路职工的弦都会绷紧，安全成为铁路行车重中之重的事。记得有一个夏天，那天又下着暴雨，列车缓缓驶进拉白车站，那是个星期五，本该有许多孩子等候在站台上，这天却空无一人。眼看马上就要开车，阿呷不安地朝孩子们平时来的方向望去，仍不见他们的身影。雨越下越大，他们会不会是雨大路滑没法走，或是跌倒出事了？阿呷用对讲机问车站值班员，列车是不是正点开。值班员告诉她，因为暴雨影响，列车晚点发车。她松了口气，心里期待着这些放学回家的孩子能赶到，否则今天他们就回不成家了，回不成家他们的晚饭在哪里吃？她一直盯着孩子们来的方向。突然，隐约听到孩子们叽叽喳喳的声音，阿呷赶紧朝前跑，果然是他们。她迅速招呼他们快点，并把他们带到车门口，一一护送上车。上车后又拿来毛巾，让他们擦干头上、身上的雨水。下车时，一个小男孩对阿呷说："长大以后，也要当列车员，成为像阿呷阿姨一样的列车长，帮助山里的孩子们。"

让阿呷欣慰的是，这些年有很多坐着慢火车上学的孩子，都通过读书走出了大凉山，阿西尔的、翁姑阿龙等考上大学的孩子，毕业后毅然放弃了大城市的工作，回到家乡，一起建设新凉山。

2020 年，最不堪回首的一年，也是让所有人记住的一年。一场史无前例的新冠肺炎疫情席卷了全球，大凉山虽然偏远，但依然参与了这场战"疫"。这趟慢车的乘务员，经受了与其他列车乘务员同样磨难的同时，还承受了其他地方没有的困难。他们面对的乡亲们，对病毒的认知没太多概念，一开始便非常抵触戴口罩。阿呷他们为了让乡亲戴口罩，不知要讲多少道理。每个车班都成立了新冠肺炎疫情安全宣传小分队，两人组成，一个是说汉语的广播员，一个是说彝语的彝族列车员。这样坚持了好久才让所有的旅客有了共同认识，能自觉戴口罩乘车。

一位在武汉打工的尼波彝族小伙子回家过年，一到西昌便被隔离了。14 天后他从西昌火车站坐慢火车回尼波，正好是阿呷值乘的5634 次慢车。一听说要上一位从武汉回来的打工旅客，全车的人都紧张了。阿呷理解大家的心情，但更理解小伙子的心情。阿呷把他安顿到了全面消过毒的乘务室，信息登记、测量体温阿呷都亲自去，一路呵护，直到把他送到尼波下车为止。

这期间，口罩又是紧俏商品，成都局集团公司各方筹集，保障一线职工的口罩。阿呷所在的成都客运段按量给每位乘务员配发了口罩，数量有限，没有多余的。阿呷那段时间，只要休息就到处寻找购买口罩。西昌都买不到，更别说沿线各乡镇地区，有的药店、商店压根就没卖过口罩。不少乡亲一个口罩一戴就是好多天，口罩都变黑了还舍不得扔。阿呷要遇上了没有口罩或口罩太脏的总会送上一个。很多列车员那些日子值乘时，制服包里随时都揣着几个为乡亲准备的口罩。

最后一次采访阿呷，是农历庚子年腊月十四。那晚，月城西昌明月当空，显得格外清寂。西昌的月亮不用等到十五、十六才圆，就像阿呷一家人的团聚从来都不一定在节日。还有两天铁路就进入春运了，阿呷他们正做着春运最后的备战工作，所有的乘务员又将面临新的考验。但阿呷很乐观，她说，形势虽然严峻，但好在现在抗疫的物资是充足的，不用四处寻口罩了，也不用为了给旅客解释为什么要戴口罩，天天吃润喉片了。

如今对阿呷来讲，慢火车早已不是冷冰冰的钢铁，它是温暖的，车上的乡亲是温暖的，她的心更是温暖的。

2013 年，她光荣地加入了中国共产党，通过努力，2017 年当选为成都客运段优秀共产党员、成都铁路局"四优"共产党员，2018

年当选为成都局集团公司优秀共产党员。阿呷深深地意识到自己平凡的岗位是可以做出不平凡事业的。

车长，军师，过秤员

绵延的大小凉山，沟沟壑壑曾起伏着千百年来彝族乡亲的苦难，奔腾的大渡河、金沙江，曾咆哮着彝族百姓的哀怨。贫瘠的土地没有交通，文明一直被拒之山外。新中国成立以前，这里一直是奴隶制社会。奴隶是没有权利做生意的，更没有权利读书学习，他们的一切所需都得看奴隶主的心情。是中国共产党让这里有了翻天覆地的变化，奴隶翻身做了主人，有了学习的权利，经营的权利，改变自己命运的权利。但由于根深蒂固的意识和自然环境因素，还有很多人没有接受到教育，对新的知识和事物接受得也慢。

俗话说"要想富，先修路"，对大凉山来讲，要想发展，交通必须先行。以前在大凉山谈不上交通，因为绝大多数地方连土路都没有。新中国成立后，国家非常重视大凉山的交通发展，逐年加大投资，1970年7月成昆铁路建成通车，1975年5月西昌青山机场建成通航，2012年4月全国最美的雅西高速公路通车，如今，成昆铁路二线也正在火热建设当中，预计2022年建成通车。现在整个西昌市，17个县市，有一市两县通高速，同时还有国道176公里，省道1205公里，县道56.3公里，乡道188.6公里，专用道路23.9公里。这样的数据对发达地区来说，不值一提，但与大凉山的过去相比，却是天上人间。尤其是成昆线经过的地区，如果没有这条铁路，当地的百姓要想走出大山，到最近的公路少则几十公里，多则几百公里。成昆二线建好通车后，对大凉山的发展将起到更大的助推作用。

阿呷一直梦想着乡亲们都能过上好日子，都能成为有文化讲文明的人。但彝族的贫穷落后是事实呀，打铁还需自身硬。她记得小时候，爸爸是他们那个大家族中唯一有工资的人，所以家里不少亲戚一有困难就会找爸爸。可她家也并不富裕，爸爸一个人的工资承担一家 4 口和伯伯的生活，本来日子就过得捉襟见肘，但爸爸无论多难，但凡有求都会尽力去帮。那时她特别不理解，一是爸爸为什么不让亲戚知道自己也很困难、很艰难，二是这些好手好脚年轻力壮的亲戚，为什么不自己想办法，靠自己的劳动解决困难。后来她才明白，这一切都源于一个"穷"字，源于无知，不懂得如何利用自己的资源改变自己。

直到 20 世纪 90 年代，乡亲们慢慢地知道，可以通过慢火车把家里的农产品、土特产、牲畜运到集市上卖，换一些米油等日常生活用品回来。这样的交易不过是以物换物而已，只是比以前好点，生活依旧拮据。阿呷后来发现其实彝族乡亲致富的机会是很多的，那时小慢车要开到成都，她退乘后便爱到成都的荷花池小商品批发市场去了解市场行情，发现服装、百货等东西的利润很高，同时很多人很喜欢彝族的首饰、绣品等手工艺品。于是她就告诉彝族老乡们，可以进些服装到镇上去卖，也可以把自己手工做的彝族首饰拿到集市上去销售。果然，不少人照阿呷说的做了，很快尝到了甜头。阿乌老姐姐是认识多年的大姐，手工活好，阿呷便动员她多做手工，拿到镇上去卖。后来阿乌姐姐绣的头巾、手袋等东西没等做完就被人预订了。

党的十八大以后，党中央提出精准扶贫，全面建成小康社会，习近平总书记说："人民对美好生活的向往，就是我们的奋斗目标。"沿线乡亲们脑袋瓜一下子开窍了，做生意的人多了，而且通过慢火车做生意的人更是越来越多。

彝族乡亲常说，偷来的财富有腿，劳动来的财富有根。大凉山的土地最适合种土豆，种下之后，都不需要太多的管理，长出的土豆又大又面，特别好吃，一直是彝族百姓的主食。以前，山里的乡亲们只是把自家多出的土豆拿到镇上去卖，但因为量小，也赚不了几个钱，仅能贴补家用而已。阿呷知道在成都、峨眉、眉山一带，西昌的土豆特别受欢迎，需求量很大。一次在火车上，正好听到依火老哥等几个乡亲在说种土豆的事，阿呷便耐心地坐下来听他们聊天。等他们七嘴八舌讲完，她就跟他们说："现在外地好多人把一些留守老人家的地租过来，大面积种植农产品。你们那片地是沙土，种植的土豆好吃，试着多种一些，成批拿到成都、峨眉去销售，一定能有好收成。"依火回家果然动起了脑筋，包租了别人的空闲地，大量种土豆。一家人靠种植土豆脱了贫致了富，如今修了房，还买了车。

除了土豆受欢迎外，还有苦荞、桑葚干果等都是现在风靡城市的保健品，凉山的樱桃、糖心苹果等水果因日照原因，又大又甜深受人们喜欢，阿呷一有机会便帮着彝族乡亲联系，把苦荞、桑葚干以及各种水果销到成都、峨眉、绵阳等地。

2018 年 2 月 11 日，腊月二十六，习近平总书记来到了大凉山彝族村寨。他来到大凉山深处，走进彝族贫困群众家中，与彝族乡亲拉家常，了解他们的疾苦，同当地干部群众共商精准脱贫之策。考察中习近平总书记说："我们搞社会主义就是要让人民过上幸福美好的生活，全面建成小康社会一个民族、一个家庭、一个人都不能少。"

为了更好地践行精准扶贫，2017年，成都局集团公司不仅对每一个扶贫对口地派驻了专职的帮扶干部，还对成昆线的慢火车进行了改造，专门设置了运输牲畜的车厢，拆掉了部分车厢两端的座椅，方便乡亲们堆放大件货物。慢火车逐渐成了乡亲们出行和运送物资的"公交车""运输车"，成了他们做生意的"流动市场"，实实在在成了公益车，让彝族百姓直接享受到了扶贫的成果。地方政府也加大了扶贫力度，很多乡镇都整修了通往火车站的公路，让彝族乡亲乘坐火车更加方便。

至此，这趟开行了50余年的火车，不仅是老乡们出行的"公交车"，更是帮助他们脱贫致富的"扶贫车"。百姓的生活方便了，对这趟慢火车上的乘务员来说，又多了新的困难，服务的对象增多了，工作量加大了，但他们的服务质量却一点儿没降。老乡们把农副产品、家禽带上慢火车，运到镇上、运到更远的城市。有不少乡亲更简单，在车上就直接完成了交易，这是以前他们想都不敢想的事。

◆ 阿西阿呷正在引导旅客将货物送上车（陈客宣　摄）

阿呷也是不断地增添新的"身份"。有一次，阿武妈提着一只大公鸡在列车上与商贩交易。这只鸡在家秤的重量是 5 斤 4 两，但商贩却只称出了 5 斤，为此两人发生了争执。争得不可开交，阿呷费了半天的口舌才帮他们调解好。这趟车跑完后，阿呷直接就去商场买了一把随身携带的小型电子秤。从此，她又多了一个身份——过秤员，在车厢里促成了很多交易。尤其是智能手机普及后，阿呷觉得她为彝族乡亲致富的机会更多，时常有空就把老乡们的土特产发到朋友圈，帮他们打广告，有时车还没到站货都被预订完了。阿呷的行动还带动了其他列车员，借助网络为老乡们推销他们的土特产。

更让阿呷开心的是，近两年成都局集团公司为了更好地服务彝族百姓，招了 10 多名彝族大学生列车员，几乎每个车班都有一两名彝族列车员。而这些大学生列车员中，多数都是从小坐着这趟慢火车上学的孩子。年轻一代又将各种先进的理念带回了家，大凉山每天都在变模样。

如今，彝族乡亲与慢火车的乘务员们越来越亲密了。阿呷在彝族乡亲心目中，不仅是列车长，还是军师。阿呷很开心，她说乡亲们依靠小慢车增加了收入，日子过得越来越好，连穿着都变得时尚了，孩子们也可以像大城市里的孩子一样，吃巧克力、冰淇淋，啃鸡腿、吃汉堡，再也不像以前，连吃袋方便面都是一种奢望。

彝族谚语说"山与山靠白云相连，坝与坝靠绿水相依"，如今得加上一句"贫与富靠火车相接"。这些年，慢火车上悄悄发生着变化，会讲汉语的人多了，笑声多了，随便扔垃圾、吸烟的人少了，喝酒打架的人少了，车厢里人和货物、牲畜都增多了，但环境却干净整洁了。有人曾说，如今的大凉山是火车拉出的文明。这点阿呷感触可能是最深的。她小时候，从小学到中学，上学的女孩少之又少，彝族人的观念是女孩上学没用，学了也要嫁人，能生娃会做饭会种土豆就行。如今有这种想法的人少了，尤其是看着阿呷当列车长后，很多乡亲都希望自家的女孩能像阿呷这样有出息。

2020年年底，大凉山最后7个贫困县全部脱贫摘帽，阿呷的梦圆了，彝族乡亲的梦圆了！慢火车功不可没！这也是铁路对大凉山默默地承诺，也是这条英雄之路的初心所在！

网红打卡车

网络时代，每天都有层出不穷的新鲜事，真真假假牵动着人心。值乘慢火车26年，每次出乘都有新的故事，但让阿呷觉得最意外的事，莫过于成为网红。

那是2015年11月，快过彝族新年了，慢火车上洋溢着节日的气氛，彝族乡亲们大背小背地采购着过节的东西。这天阿呷值乘，一切都如平常一般，热闹的车厢里，乡亲们聊着他们开心的家事。阿呷一路巡视过来，不断地与乡亲打着招呼，并顺手为他们整理下背篓、篮子之类的行李。突然一位说普通话的男旅客拦住了她，指着前面的一头猪，气愤地说："必须把它赶下车，怎么能人畜同车？你们这是什么车呀？"阿呷赶紧给他作着解释，但怎么解释他都不听，还边指责边拍了照。

听口音这位旅客是北方人，阿呷想，看他也是个有文化讲道理的人，后来把情况都告诉了他，他也没再说什么，估计多坐一阵车，看到彝族老乡的情况，就应该能理解这趟慢车的特殊性，就没太在意了。可是没想到,这位喜欢摄影的旅客把照片发到了朋友圈,朋友圈里又有人转发到了微博。这下热闹了,一石激起千层浪,指责声、赞扬声此起彼伏,掀起了一场难分对错的网络战。瞬间,小慢车成了网红车,而阿呷的形象也在照片上,无疑她也成了网红。

这样的网红可不是让人欣喜的网红,网上很多骂声直指阿呷。尽管阿呷知道自己并没有做错什么,但心里还是忐忑极了,她不知道这会不会给铁路带来什么不好的后果,会不会因此而影响小慢车的开行?如果因此而造成小慢车停开之类的事发生,那她真就成了彝族乡亲的罪人,将让自己无地自容。阿呷很清楚这趟慢车在彝族乡亲生活中的地位,如果这趟慢车没有了,彝族乡亲的生活可能将退回到几十年前的状况,这里除了铁路是没路可走的呀。连续很多天她吃不下、睡不着,到处打听这位旅客的去向。确定该旅客是在乐武车站下的车后,便发动了几乎所有在乐武一带的亲戚朋友,打听旅客的去处。希望找到他,再给他作些解释,给他道歉,取得他的理解。

功夫不负有心人,终于打听到了旅客的情况,但人家早已离开凉山回河北了。正在阿呷不知该咋办心力交瘁时,柳暗花明,发生了戏剧性的大转机。更多的网友对小慢车的做法表示理解并赞同,认为这才是为贫困地区做好事做实事,凉山需要这样的火车!还赞扬铁路是实实在在地扶贫,值得点赞。那位发照片的旅客也通过他凉山的朋友,知道了这趟小慢车的历史,在网上发了致歉声明。至此,阿呷一颗悬着的心终于尘埃落定。

更让阿呷没想到的是,此后这趟慢火车成了不少关心凉山发展的人的打卡车,很多人专门来乘坐慢车,体验凉山别样的出行经历,欣赏成昆沿线秀美的风光。同时,无论是铁路还是地方,都给予了慢火车更多的关心和帮扶，大凉山的牲畜坐火车再也没有旅客横加指责。

有同事笑阿呷，别人当网红都是赚得盆满钵满，阿呷当网红却赚了个担惊受怕。但这件事情让阿呷感触很深，慢火车虽然只穿行在大山深处，但它并没有远离这个时代，它是时代列车中的一列，不可或缺。网络让整个世界连在一起，就算你是一个极普通的人，也可能成为一个事件的推手，自己作为这趟扶贫慢火车的一车之长，说话做事都得有理有据，时时刻刻都不能忘记作为铁路人的职责和宗旨，也不能忘记彝族人的使命。

如今，高铁、高速公路、飞机等交通工具为人们出行提供了更多的选择，不管是哪一种，人们选择的是安全与快捷。但是，在像大凉山这样的偏远贫困山区，慢火车依旧是老百姓生活出行的主要交通工具，而且在未来相当长的时间里都不会改变。

物质文明发展到一定高度时，不少人会停下来审视形而上的东西，快与慢之间存在着一个什么样的哲学关系，发达与贫穷以什么样的标准来衡量？这些年成昆线上的这趟慢火车上，多了很多旅客，除了彝族乡亲、通勤的铁路职工，还有都市里专门来体验慢火车的年轻人，有为成昆沿线风光所吸引的摄影爱好者，有怀旧成昆线的建设者及他们的后代……在这样一趟慢火车上，荡漾着希望、憧憬、欣赏、陶醉，还有沉思。

永远温暖的火塘

时间让慢火车成为阿呷的牵挂。火车的这头是乡亲，那头是家人。上车有牵挂，下车亦有牵挂。

有人说一份职业如果你不爱它，只是为生活所需，那它就是工作，如果你很热爱这份工作，那才能叫事业，事业不分大小，有爱则是。按这个理的话，阿呷是全身心投入慢火车事业的人。一个干事业的女人，在平常人眼里一般都多少有些"毛病"，而且家庭关系一般不容易处理好。但阿呷却给了一个意外的答案，换个角度说，阿呷之所以能把乘务工作当事业来做，是因为她的背后有个支持她的大家庭，无论是父母家还是自己的小家。

阿呷的父亲阿西五卡，是他们这个家的顶梁柱，10年前退休的阿西师傅，离开了他生活了大半辈子的白石岩和越西车站，来到了西昌市安度晚年，才真正过上了城市生活。之前尽管享受着有工资的工人待遇，沿线铁路职工的生活实在与当地的村民没多大区别，干的虽是铁路，却难得有机会坐着火车去看看祖国的大江南北。但在众多的乡亲眼里，阿西师傅是幸福的，当兵、进铁路，一双儿女都在铁路工作，一辈子衣食无忧。在这幸福的光环下，他们并不知道老人为此所付出的艰辛。

阿呷的父亲很好学。他当兵时大字不识一个，到了部队才开始学文化。转业到了白石岩车站，努力学习铁路运输业务知识，从扳道员干到值班员，还考上了标准值班员，那时整个峨眉车务段才考上5名标准值班员，他便是其中之一。不仅如此，性格开朗活泼的他还曾是车务段、铁路分局、铁路局的团委委员、工会委员，后来他带的好几个徒弟都走上了领导岗位。

成家后，彝族人的风俗是多子多福，但阿西师傅觉得一女一儿够了，谁说女儿不能读书？男孩女孩都得读，当发现儿女们为上学

◆ 阿西阿呷正在为彝族老乡做安全宣传（李锴　摄）

太难、太苦时，毅然不惜放弃工资高得多的行车值班员职务，调到有小学、中学的越西站当客运员。客运员收入少了很多，他说和老伴自己种点菜，养点儿鸡鸭，咬咬牙也挺过来了，这样娃娃们少受罪。阿呷中学毕业不愿再读高中时，他很生气，但最终还是尊重了女儿的选择。待业在家的阿呷，因一时半会儿找不到工作而着急，他安慰女儿并鼓励她多去参加社会实践。阿呷遇到问题时，他总能找到问题的关键所在。他爱铁路，为作为一名铁路工人自豪，退休后都舍不得扔掉曾经穿过的制服，还经常拿来穿，儿女给他买的衣服他并不是太喜欢，在他看来，最好看的服装就是铁路制服。

最让阿呷内疚的是很少为二老尽孝。工作性质所定，节假日很少在家过过，反倒是父母逢年过节，把好吃的送到西昌车站，等着她。而他们身体不好，生病住院几乎不告诉她，等她知道时他们都出院了。

一说到如今阿呷取得的荣誉，两位老人特别开心，笑得合不拢嘴。阿呷上了央视，连平时话不多的阿呷妈妈都说，邻居都怪她那天没打扮，没穿上民族服装，不像个漂亮妈妈。

阿西师傅说，其实最让他骄傲的是，他们这个家已成为铁三代家庭，儿孙们所干的事业是他梦想的延伸。阿呷的大儿子大学毕业进了成都铁路局集团公司的川之味公司，也在这趟慢火车上，母子俩不同的是妈妈为旅客服务，儿子为沿线的铁路职工服务。

问到阿西师傅怎么看待女儿荣获"最美铁路人"的称号，怎么理解"最美"二字时，老人不假思索地说："我认为这个美主要指善良，善良的人才美。阿呷挺善良，这个娃娃从小就喜欢帮助人。"

阿呷嘴上爱夸两个人，一个是父亲，还有个就是爱人邹建昌。她常说，我亏欠我们邹哥太多。

邹建昌也曾是一名铁路职工，后来调到西昌广电局广播电视台。他是干技术的，一个典型的工科男。但加了他微信的朋友会发现，其实他骨子里挺细腻、挺柔情，绝对的暖男型，阿呷每一次得奖等活动他都会立即发朋友圈，那份骄傲无以言表。

邹建昌曾在铁路待了整整 10 年，对铁路很有感情，他也是彝族人，见证了铁路带给大凉山的变化，尤其是这趟慢火车。他说，你不知道，如果你没有亲自深入过大凉山，那些没有公路，连土路都没有的地方，是真想象不到凉山到底有多穷。虽然大家都知道知识能改变命运，但如果没有路、没有车，一个普通的彝族孩子想走出凉山是不可能办到的。但是和这样一位如此爱工作的老婆生活，的确给他带来过很多次的"惊喜"。

最让他无法释怀的是，那次西藏自驾之行。想自驾去西藏是邹建昌多年的梦想，那片神奇的高原有太多吸引他的地方，同是少数民族，但藏彝族之间却有着很大的区别。当然去这样的地方一定是带上老婆。阿呷的工作性质很难在8、9、10月期间请到假，而这个时间是去西藏最好的时节，所以多年都未成愿。2015年9月中旬他们终于等到了这个时刻，阿呷终于请到了假，他俩带着对西藏的向往出发了。

沿318国道，穿越了川藏地区的阿坝、甘孜，他们一路西行，用了5天时间到达了拉萨。本打算在拉萨玩两天后去日喀则，再到珠峰，谁知到拉萨第二天，阿呷就接到车队队长的电话。由于特殊原因，车队紧急缺员，希望阿呷能立即归队。阿呷一听，根本没征求老公的意见，立即同意了归队。放下电话她又觉得很对不起老公，但又希望他理解，讨好般地叫邹哥一个人多耍几天，她坐火车回去。邹建昌当时真的很生气说："你难道没告诉你们那位队长你在拉萨？"

"说了的。"

"难道他不知道拉萨不是一两天赶得回去的？！坐火车也得几天！"

"人家要不是没办法也不会给我打电话呀。我不能那么不仗义吧。"

当时邹建昌真的心情不畅，干了多大个事业，值得这样去对待？生气归生气，邹建昌知道阿呷的脾气，他的劝说是没用的。他默默为阿呷订了机票。阿呷一心都在车上，也没过多考虑邹建昌的感受，一个人先飞回了西昌。阿呷走后他哪有心情看风景，更不会只身去日喀则和珠峰，他打道回府了。

九月下旬的唐古拉山寒意深深，雪山、草地，这些壮美景色被他快速地甩在后面，他觉得自己还是无法做到在大昭寺听活佛讲的"万缘放下"。行驶在人车稀少的路上，邹建昌内心充满了酸楚，觉得阿呷太过分了，甚至觉得她不是爱工作，而是自私的表现，她明明知道到西藏旅行是他多年的梦想呀，她都不能陪他到最后。他打算再也不带她出门旅行了。他想不通呀，把这份悲愤投注在了脚下的油门，没命地开车，每天都开到精疲力竭，找个宾馆倒床就睡。

后来问他为什么都气成那样了，还给阿呷订机票？难道不知道机票是不能报销的吗？他无奈地笑着说，我当然知道不能报机票。唉，气归气，如果让她坐火车会很辛苦，自己的老婆嘛，还得自己疼。

像这样为老婆买机票的事不只一次。2021 年 1 月阿呷去北京参加"最美铁路人"发布仪式，仪式结束后车队已排好了班次，阿呷准备坐当天的高铁回去。但邹建昌想到坐高铁还要在成都住一夜再转车，时间又长又辛苦，就又给阿呷订了机票，让她少受点累。他半开玩笑地说，虽然我们也不是很宽裕，但机票钱还是出得起，她参加这么荣耀的活动，我不支持谁支持。

西藏之行回来后，阿呷跟没事人似的，值乘完回家，居然还不明白她的邹哥为啥撂给她一句"以后不带你出去了"。等反应过来才知道自己做的确不好，那么远，而且是在人烟稀少的青藏高原，他一个人开车，如果车抛锚或是出点其他事，那后果是不可想象的。她这才后怕起来，说我不会开车，没有这些经验，想不到那些呀。我以为一个人开车跟几个人一起没区别，以为邹哥啥都能干，啥事都能处理。面对这么一个大大咧咧的老婆，邹建昌只得投降。他说不是一般的投降，而是彻彻底底投降。

说这话是因为他还经历了"投降"得更彻底的事。一般的家庭，都是男主外女主内，他们家倒好，颠倒过来了。七八年前他被派到会理县任副台长，应该说前途是可预见的，但这时他们的小儿子要上小学了，阿呷跑车一点儿都照顾不了小孩的生活和学习。于是他希望阿呷放弃这份工作，在西昌另找一份，这样可以照顾家庭和儿子的学习。但阿呷坚决不干，一点商量余地都没有，她说她不可能离开火车。思前想后，他觉得不能影响儿子的学习，耽误几年就耽误了儿子一辈子，最后他辞了副台长职务回西昌当了个一般技术干部。

问他这样值吗？他说不能用值与不值来衡量，任何事都没有绝对的对错，阿呷爱她的慢火车也没错，否则她对不起她父母，对不起无数信任她的彝族乡亲。人在艰苦环境里可以逼自己去干很多平时干不了的事。在他一个人陪着儿子做作业的日子里，他也强迫自己学习，考完了政府采购评审专家资格。在这个家，对儿子来讲妈妈可有可无，但爸爸是必须在才行。

其实，对这一切，阿呷是充满了感激和愧疚之心。休息时尽力尽心为家里做点儿事，平时爱吃的她，最擅长的是厨艺，在外面如吃了好吃的，回来总是要学着做，一般做到第三次，老公、儿子都会给出比餐馆做得好的评价。问到她什么菜最拿手，她有点骄傲地说，好像都还行吧，但小儿子说，还是黄腊丁烧得最好吃。每次出乘，她会把家里收拾好才走，她说邹哥再好也不可能连收拾屋子这种事都会，家务事爷们儿还是不行。

以前，每个彝族人家庭的堂屋都有个不熄灭的火塘，火塘是一个家庭的中心，吃饭、聊天乃至大家庭的会议都在火塘边进行。对

◆ 阿西阿呷正在组织旅客乘降（龚萱　摄）

阿呷来说，她身后的这个家就是一个永远的火塘，工作中遭遇的一切不顺与委屈，火塘的温暖都能融化。火塘是加油站，是避风港，是远行的帆。

对家庭的亏欠其实很多，彝族人大家庭意识强，牵扯的亲戚也多，很多是是非非的事，都会花去大量时间。这些事阿呷一般都压给了万能的父母，父母也希望她不受任何影响，一心一意干好工作，不要挂念家里，料理好自己的小家就行。越这样阿呷越觉得对不起父母，退乘回来一般都是先回父母家探望，看父母一切安好才回自己的家。

2019 年春节，她值乘的车已到了攀枝花，深夜妈妈来电话说爸爸哮喘病加重住院了。别看她爸爸看起来结结实实的，但病不少，不仅有哮喘病、糖尿病，气管、关节都不好。平时小病小痛的他们一般不会给她打电话，那天给她打电话就说明病情不轻。她很紧张，妈妈又不愿让她太担心，估计是电话一通就后悔告诉她了，说话吞吞吐吐的。她赶紧给爱人打电话，叫他马上去医院看看。爱人去医院了解情况后，告诉她，是很严重，都下病危通知了，但有他在，让她安心，叫她等第二天退乘再回。

那夜，她失眠了，把从小到大的事都在脑海里放映了一遍，她知道爸爸对她的一生起了多么重要的作用，如果，如果……她不敢多想。终于熬到了早晨，家里打来电话，说爸爸挺过来了，悬着的心终于放了下来。后来她常想，假如那天爸爸有事，她一辈子都不会原谅自己。

那次在与离家出走的小阿苦聊天时，阿呷何尝没有触景生情呢？她叫小阿苦理解妈妈时，想到了自己家里的两个孩子，平常陪伴他们的时间太少了。有一次值乘完回家，因为其间好多天都没回过家，小儿子躲着她，不愿叫妈妈，老公在一旁催促儿子快叫妈妈。孩子太委屈，突然哇地大哭了起来，阿呷一把抱住儿子，愧疚的眼泪哗哗直淌。

阿呷身上还有很可贵的一点，是她能够以自己的经历与认知，意识到贫穷落后的根源缘于文化的缺失。虽然她已经没有机会再上学，但她特别在意现在年轻人的教育，凡是关于孩子们读书上学的事，便会多一份关照。她没有过多关爱自己的孩子，却把这份母爱给了每一个她遇上的孩子。

绽放的索玛花

大凉山最美的花是索玛花，她是彝族乡亲心中的"高山玫瑰"。漫山遍野的索玛花开放时，彝族乡亲都要举行盛大的庆典，来祭典花神。彝族叙事长诗《甘嫫阿妞》中这样赞美她"大地开鲜花，争奇又斗艳，唯有索玛花，映红满山冈"。美丽的彝族姑娘都有个共同的名字——索玛花。

普雄到攀枝花，沿途停靠 27 个车站，运行里程 376 公里，运行时间 11 小时。这个时间既短又长，阿呷的慢火车生涯有道不尽的酸甜苦辣。她的生命往返于这 376 公里间，你说她的天地大也可以，小也可以。她的生命注定属于这条铁路，属于这列火车，她已融入大凉山的山山水水，融入了铁路的一轨一枕，融入了列车的每个角落。她是普通的，又是特别的。她以她对这片土地深沉的爱，做了常人可以做，却又难以做到，抑或不愿做的事。用她的话说，就是多做了那么一点点。就是那么一点点，她有资格成为了榜样，成为了先进。虽然如今的中国的铁路线上和谐号、复兴号、普速车等争奇斗艳，但在阿呷眼里，最美的还是她的慢火车。

尤其是她的慢火车成了网红车后，阿呷接受了许多媒体的采访。面对采访她总是忐忑的，她怕自己不会说话，给单位集体、给彝族乡亲丢脸，但每一次她又希望通过报道能给乡亲们带来好处，能让社会对铁路有更多正面的理解。对她自己来讲，她说还有 4 年多就要退休了，只希望未来有更多的人能发自内心地为乡亲们服务。同时，她很感激单位同事们对她的肯定，每一个荣誉背后，都是她和她的团队的共同付出。

在众多的荣誉中，让阿呷特别在意也特别激动的，是 2019 年的国庆庆典，她作为代表铁路的全国民族团结进步模范个人，参加了在北京天安门的国庆 70 周年阅兵式。一听说她要去北京天安门参加国庆阅兵式，全家人乃至邻居都为之欢欣。为了让她体面地代表彝

◆ 阿西阿呷帮助彝族老乡码放货物（陈客宣　摄）

族参加活动，爱人邹建昌不惜"血本"，为她新置办了民族服装和漂亮的彝族银饰。那天，盛装的她心脏一直突突地快速跳动着，不想漏掉任何一个细节，不想漏掉习近平总书记讲的每一个字。

国庆庆典那晚，天安门一片欢乐的海洋，各个方队都在展示自己民族的歌声。阿呷嗖地站了起来，扯开喉咙就唱起了彝族的迎宾歌《嘎呦啦》。她说怎么能在这种时刻不展现我们彝族的歌声呢，我们彝族可是能歌善舞的民族。因为太激动了，一张口就起高了音，她只有一路"高歌"下去，唱完后，感觉嗓子都不是自己的了。同样，2021 年 1 月在央视录 2020 "最美铁路人"发布仪式上，最后主持人说，阿呷听说你歌唱得不错，唱首彝族民歌吧。于是她又毫不含糊地唱起了彝族的《敬酒歌》。虽然又起高了，但阿呷唱得很用力用心，嘹亮的歌声久久回荡在央视的演播大厅，"远方的贵宾，四方的朋友，我们不常聚，难有相见时，彝家有传统，待客先用酒，彝乡多美酒，美酒敬宾朋……"

这就是我们可爱的阿呷列车长，率性、热情、认真、善良，还能歌善舞。

王国维在《人间词话》中说，古今有成就的人一般有 3 种境界，第一境界"昨夜西风凋碧树。独上高楼，望尽天涯路"，第二境界"衣带渐宽终不悔，为伊消得人憔悴"，第三境界"众里寻他千百度，蓦然回首，那人却在，灯火阑珊处"。通俗点说就是立大志、吃大苦、成大业，按这 3 种层次来说，阿呷都做到了。也许有人会说，她能算个什么成功的人呀，就是一名小慢车列车长。一个人成不成功在于他做了多少利于他人的事，就这点来说，阿呷就是一个成功的人。而且她对待工作的那种执着劲儿，正是我们这个时代需要的工匠精神。"花儿还有重开日，人生没有再少年"，阿呷在她的慢火车上，以一份执着，一份善良，用一生做好了为乡亲服务这一件事。全国"最美铁路人"，她当之无愧！

今天，对大凉山来说，脱贫摘帽不是终点，而是新生活、新奋斗的起点。为更好服务和支撑脱贫地区巩固拓展脱贫攻坚成果，全面推进乡村振兴，公益性"慢火车"将继续开下去，将进一步提质改造，带给旅客更多温馨、美好的旅途体验。阿呷的慢火车会拉着乡亲们的希望，奔向幸福美好的未来！

孟照林

最美铁路人

ZUIMEI TIELUREN

为了这片蓝天

——记中国铁路济南局集团有限公司青岛车务段 董家口南站副站长孟照林

陈茂慧

初春季节，黄海之滨，青岛港董家口港区一派繁忙景象。

太阳照在海面上，闪耀着粼粼波光，在蓝天的映照下，格外地舒展、明朗。一群群海鸥在飞翔、欢鸣，一艘艘重载货轮缓缓靠岸。大龙门吊忙碌着，气宇轩昂地展示着雄姿。

喧闹的港口，有一个中等身材的中年男子穿行其中。他身穿铁路制服，微黑的脸膛上戴着一副眼镜，他一会儿向码头工作人员询问了解到货情况，一会儿查看堆场的货物存量和堆放情况。

他是中国铁路济南局集团有限公司青岛车务段董家口南站副站长孟照林，到港口了解货源情况是他每天工作内容的重要环节。随后，心中有数地投入到一天的紧张工作之中。

青岛港董家口港区位于青岛市西海岸新区泊里镇，是世界第六大港——青岛港的重要组成部分，来自世界各地的矿石、煤炭、原油、粮食等近百种货物，源源不断地从这里上岸，通过疏港运输，转场全国各地。董家口港区已建成泊位 26 个，拥有世界上最大的 40 万吨级矿石码头、45 万吨级油码头和全国最大的散货作业区，年货物吞吐量超一亿吨。

2018 年 6 月，党中央、国务院作出了"打赢蓝天保卫战"的战略部署，明确提出要大力调整优化运输结构，大幅提升铁路货运比例，推进货物运输"公转铁"。通过 3 年努力，大幅减少大气污染，改善环境空气质量，打赢蓝天保卫战。

中国国家铁路集团有限公司坚决落实党中央战略部署，积极制定"打赢蓝天保卫战"措施，大力推进"公转铁"战略，2019 年 3 月，董家口南站正式投入营运。这座由中国铁路济南局集团有限公司管理的"重量级"枢纽站，紧邻董家口港区，专为董家口港进行疏港运输，服务产业上下游。由此，董家口南站积极投入铁路"打赢蓝天保卫战"的战斗。

董家口港的疏港运输，长期以来公路是其主要运输力量。董家口南站开通营运后，孟照林和伙伴们从零起步，运用科学调度，逆势而为，广揽货源，贴心服务，用了不到两年时间，将这个货运二等站打造成一个专为港口运输服务、年收入上亿元的货运车站。2020 年货物发送量 1892 万吨，占董家口港疏港量 3692 万吨的 51%，其中，仅矿石运量这一项就达董家口港矿石运量的 60% 以上，"打赢蓝天保卫战"初战告捷！

每实现一笔"公转铁"，就是"打赢蓝天保卫战"胜利更近了一步。在这每一个数字背后，有着董家口南站人的一份无悔与付出。如今的董家口，蓝天白云，春风拂面，一列列重载货车从董家口南站出发，奔驰在祖国广袤的大地上，铿锵，欢畅，向前！

2020 年，孟照林被中共中央宣传部、中国国家铁路集团有限公司授予"最美铁路人"称号，2021 年 1 月 27 日，在中央电视台 2020"最美铁路人"发布仪式上，孟照林动情地说："当看到一列列装满货物的列车奔向全国各地，我感到非常激动和自豪。"

从零起步

2019 年初春，料峭的海风带着咸湿的气息在黄岛站的楼前楼后奔袭。像过去的每个工作日一样，孟照林和伙伴们在调度室研究列车开行方案。旁边的电话响了起来，他拿起电话："领导，您有什么指示？"

"照林，董家口南站现急需业务能力强的人，组织推荐你去，先征求一下你的意见。"

新开通的董家口南站地处偏僻、交通不便，离最近的青岛市西海岸新区也还有 65 公里，主动请缨的职工并不多。

"谢谢领导，这……我还真没有想过。"孟照林实话实说，他确实没有想过要离开"家门口"去那么远的地方上班。

"这次可是个充分发挥你专长的机会啊，你一定要把握好！给你几天的时间，你好好考虑一下。"组织给了他"充分考虑"的时间。

这几天真是煎熬啊！孟照林内心矛盾极了：去吧，自己在黄岛站工作多年，熟悉的环境，熟悉的客户，熟悉的业务，一切干得顺风顺水、得心应手，不舍得离开；再说，儿子才 5 个月大，闺女也快小学毕业了，如果去董家口，家里重担就落在妻子一个人身上。

不去吧，既辜负了组织对自己的赏识和信任，又浪费了自己工作多年积累的经验和资源。

知夫莫若妻。妻子高鹏的话让他安了心："我知道你是想去的，如果不让你去，以后你会怨我一辈子。你就放心去吧，我会带好孩子照顾好家。"

孟照林放心地去了董家口南站。他知道，新开通的站场，条件肯定比较艰苦，业务也一定不容易开展。尽管做足了思想准备，2019年4月初，上班第一天，他还是被眼前的景象惊呆了：站区里，除了空旷的编组场，就是几座孤零零的小楼。周边全是半人高的蒿草、芦苇丛，有几条土路夹杂在杂草丛中，步行极为困难，雨过天晴的地面泥泞一片，一脚踩下去，鞋上、裤腿上都是泥浆，不时有野兔、野鸡从草丛中钻出来，土路边有废弃的水塘，有零星的庄稼地，地里尚有附近未拆迁的村民种的农作物。

眼瞅着直线距离只有几百米远的几座小楼：物流园、行车室、调度室、肖家贡装车楼，从一座楼到另一座楼，步行需四五十分钟，开车绕行也要十几分钟才能到达。想要"串门"，绝对"没门"！

寒风吹过，孟照林感到脸上有深深的刺疼，他的心里同样有凉风飕飕地穿过。

站区的铁路职工来自局里各个站段，他们对站区和港区的环境不熟悉，有的职工对港区的业务完全陌生。对于港务局的职工来说，铁路运输业务是一个新生事物。当铁路第一次延伸到港区，铁路货车车皮第一次出现在港口职工面前，他们感到特别新奇，这里摸摸，那里瞧瞧，嘴里"啧啧"连声，对于如何进行装卸作业，更是一片茫然。

　　孟照林到董家口南站办理的第一笔业务，就是运送一列 4000 吨的铁矿石，60 节车皮，由于装卸工人作业操作不熟练，足足花了 10 多个小时，而在黄岛站，按照正常装车速度，只需 2 个小时即可完成。看到此情此景，如果说孟照林的心里还能保持平静、不焦虑，那是不可能的。况且，装卸设备未形成配套作业能力，设备故障也比较多，亟须磨合。

　　"场地新、人员新、设备新"的"三新"问题如此突出，望着这一片"百废待兴"的站区，作为老货运人的孟照林寝食难安、如坐针毡。他口中喃喃："这不行、不行！必须得马上解决这些难题。"

　　万事开头难哪，何况是要打开一个新站的局面呢。

　　一切都要从零起步！

　　刚开始，站上班子就他和张宗武站长，俩人一合计，决定带领大家一起查找问题、研究措施。孟照林在分析会上表态：咱们站有

◆ 孟照林在装车控制室指挥矿石装车（许潇　摄）

天然的港区优势，大家都是带着铁路集疏港运输的使命来的，一定要抓设备、强素质，把运力提上去！

接下来的几天，他白天在站场上摸情况，夜晚，坐在办公室写方案，熬了两个通宵，做出了比较完善的行动方案。

说干就干！

首先从最基础的工作抓起。伙计们不是不熟悉作业环境吗？他带着16名班组长一遍遍地到各个作业点，跑遍了14平方公里的站场和70多平方公里的港区，详细摸清每条线路的运用、设备、地形情况，对车站装卸、调车、货检等工作流程进行分类梳理。而他自己，每天上班的第一站还要去港口码头了解、掌握到港货源信息。一天下来，他要步行10多公里。

港口工人没有铁路装车操作经验，那就办培训班。他从黄岛站请来从前一起工作、经验丰富的老搭档，手把手地教他们。另一方面组队前往黄岛站观摩学习，让他们很快掌握了装卸操作技能。同时，明确作业分工，并制定了装卸人员作业和考核标准。

对于装车设备故障多的情况，他就用笨办法，让伙计们分工负责，一台一台紧盯设备关键部件运转，问题发现一个就及时解决一个，直到设备全部磨合到位、运转顺畅。伙伴们都松了一口气。

但是，孟照林的心却时常悬着，他一刻都不能掉以轻心。问题还有不少呢。比如，装卸工作质量是比刚开始强了很多，但偏载、超载的问题还是时有发生。他每天都会爬到50多米高的装车楼上了解现场的实际装车情况，并根据实际情况调整工作流程，遇到重点装卸车作业就盯在现场。

一天晚上8点多，2号自动装车线传动齿轮突发故障，厂家说要 10 个小时才能修好。这趟列车原计划晚上 11 点发出,后续还有 5 趟列车等着装车。孟照林知道,铁路运输就像一根根血管,一旦出现"堵点"就会引起"血栓"。如果这趟车不能正点发出,将打乱全局的运输秩序,后果可想而知。而其他自动装车线都处于作业状态,眼看发车时间越来越近,临时调整作业线已经来不及了。

他果断启动了应急预案。将列车调整至 1 号人工装车线,协调港口,紧急调配 18 名人员和 6 台铲车,跑前跑后指导分组作业,大家齐心协力,仅仅用了 1 个多小时就把剩余的 20 多车装完,列车准点发出。他又急忙赶到故障点,同厂家一起研判,寻找解决办法。凌晨 2 点多,设备提前修好了。站在线路旁,看着又一趟装满货物的列车顺利发出,他已经累得直不起腰来了。

累,但乐此不疲——

他每天平均要接打近百个电话,随时与集团公司调度、各专用线、站区联劳协作单位、客户等进行沟通协调。

每天按时收听各站向路局的汇报情况,重点注意集团公司领导的指示精神,并根据车站的装车需求,及时请求集团公司的空车、运力支持,做好车、货精准衔接。

每天要不断从车站调度室取得及时更新的数据,了解工作进度,然后根据情况对站上的工作任务进行安排和及时调整。

还要与各专用线客户一起核对计划,划分重点,了解企业货物到站情况,甚至亲自上门了解货源,宣传铁路运输便利条件,广揽货源。

……

那是一段怎样的岁月啊!他白天盯在现场,晚上,与张站长轮流盯岗，每天只能断断续续地睡上三四个小时，一个多月都顾不上回一趟家。

功夫不负有心人，经过一段时间的"磨合"，效果是明显的：职工队伍素质得到提升，装车设备磨合到位，装车效率从最初的每列 10 小时提升到 2 小时，实现了快装快卸。

难题解决了，董家口南站运转起来了，而且"转"得越来越顺溜！

张站长由衷地感慨："我们这个新站面临的困难这么多，亏得孟站长的工作经验丰富，我们才能很快克服困难，将问题一个个都解决掉。"

梦想成真

梦想都是无比美好的。人的一生，随着成长会不断调整自己的梦想，让它更贴近现实，更容易实现。

"我要考上学，走出山里，去城里上班。"这是孟照林小时候的梦想。

1977 年，他出生于青岛市胶南县铁橛山山脚的一个小村子里，父母都是村里老实本分的农民，姥爷是一名退伍军人，住在离他家三四里地的铁橛山下的另一个小山村。他家里比较贫穷，姥姥姥爷经常接济他们，把他接到山里住并上完了小学，他的童年时光都是在姥爷家里度过的。姥爷长得高大魁梧，即便因为打仗受伤而常年拄着拐杖，也依然不减他威武的形象。姥爷给他讲了很多好听的故事，他最喜欢听的还是姥爷当年打日本鬼子、解放泊里镇战斗的故事。

那些故事让他听得如痴如醉，在小照林的心里，对姥爷充满了崇敬和崇拜。

姥爷常跟他念叨："你长大了可一定要老老实实做人，实实在在做事，做一个对社会有用的人。"

命运真是一个神奇的东西。没想到，多年后，他到了姥爷曾经战斗过的地方——胶南县泊里镇工作。董家口南站就建在了这里。

那时，父母给他的是一个实实在在的梦想："你要好好学习，考上学，去城里工作。"

城里是哪里？是什么样子？工作又是什么？他不知道。只是，自幼聪明的他，仿佛没有用功学习，从小学到初中，回回考试都是第一名，小伙伴们给他起了个外号"孟状元"。家人对他也寄予了很大的期望。

有时，他会一个人坐在屋后的石头上发会儿呆，看着近处黄褐的山石、青瘦的灌木丛，远处那成片成片、仿佛四季都不变颜色的灰蓝的松树林，仰望着青蓝的天，少年的他对自己的未来一片茫然。

初中毕业，他以优异的成绩考入了原济南铁路机械学校运输管理专业，这当时在村里引起了轰动。在那之前，他从未见过铁路、火车，更别说坐火车了，运输专业是干啥的，他无从得知。等拿到通知书时，"铁路"在他脑子里还是一个模糊的概念。唯一清楚的是，他摆脱了农民的身份，即将成为城市人，以后可以让父母过上好日子了。他实现了最初的梦想！

这就是缘分！他与铁路的不解之缘。

求学的经历是美好的，对城市的印象也是美好的，尽管家庭不富裕，弟弟还在老家上学，孟照林并没有感到太大的压力，那时，对未来美好生活的憧憬让他心中充满了无尽的动力与自信。他在笔记本上摘抄过如下诗句："人，不是为了活着而奋斗，而是为了奋斗而活着。"并以此作为自己的座右铭，甚至将它刻在了课桌上。

1998 年 8 月，刚刚 21 岁的孟照林结束了 4 年中专学习生活，被分配到原青岛铁路分局黄岛站见习。美好的天地正在向他徐徐展开，他浑身充满了喜悦和干劲。

然而，天有不测风云。2000 年的春节终究成了孟照林毕生不敢回忆的春节。

见习期满的他已小有积蓄，想到终于可以对父母有所回报，心中的高兴劲别提了！他兴冲冲地早早备好了年货，还给父母和弟弟都准备了新衣服。可他怎么也不会想到，一层阴霾已悄悄笼罩到他家。腊月二十七，离除夕只有 3 天，母亲却横遭车祸身亡。宛如晴天霹雳，变故来得让人措手不及。春节，别人家鞭炮齐鸣，欢天喜地迎接令人难忘的千禧年的到来，他们家丧礼正浓。他和弟弟穿着孝衣哀戚地坐在贴满了黄裱纸的屋子里，遗像中，母亲的目光那样慈祥，却又那样遥远。森冷的寒风真大真冷啊，它们浩浩荡荡地从屋顶刮过，发出呼呼的呜咽，还有一些风硬是从门缝里挤进来，搅动地上的纸灰，迷蒙了他的双眼。

从此，他和弟弟就成了没有娘的孩子了！

更不幸的是，此前父亲已被确诊为直肠癌晚期，做过大手术，母亲的去世击垮了父亲，父亲病情复发而卧床不起。为了照顾父亲，同时又不耽误工作，他每天奔波于胶南农村的家和黄岛之间，经常早上 4 点多从家里起床上路，倒两次车准时赶到车站上班，下班后坐最后一班小公共汽车回胶南，回到家往往已是晚上八九点钟，其间从未迟到、早退，也没有请过一天假，这种状态一直持续到2001年10月父亲去世。

父亲生前最大的愿望就是给弟弟成家，为了安慰父亲，通过亲戚的帮助，赶在父亲去世之前，他把弟弟的婚事给张罗了。弟弟结婚这天，他又悲又喜，完全忘了作为哥哥的自己，还一直单着呢。

不到两年时间，父母双亡。24岁的他感到无助和悲痛绝望，那段时间，他一度消沉、崩溃、痛哭。那一年多的日子，现在回想起来，他都不知道自己是怎么熬过来的，但他记住了奔忙中每一天的晨曦与夜晚的星光，记住了每一次内心的挣扎与呐喊。

组织没有忘记他，在他感到人生迷茫的时刻，黄岛站、车间领导及时将同事们的捐款送到他手里，并鼓励他坚强生活、努力工作。组织的关怀犹如雪中送炭，使他百感交集，内心五味杂陈。

◆ 孟照林与客户查看集装箱装载加固情况（许潇　摄）

孟子曾说："故天将降大任于斯人也，必先苦其心志，劳其筋骨，饿其体肤，空乏其身，行拂乱其所为，所以动心忍性，曾益其所不能。"磨难，是一个人成长所必须经历的。面对苦难和磨难，有的人会意志消沉，无法自拔，有的人却能够扼住命运的咽喉，永不屈服。

怀着一颗感恩的心，他认真审视自己。姥爷絮叨的"老老实实做人，实实在在做事，做个对社会有用的人"的人生信条，已经深深地刻进了他的骨髓里，他深知要想改写人生，扭转命运，必须踏踏实实干好工作，珍惜来之不易的机会。经过深思熟虑，他确立了"当最好职工、创最优业绩"的职业理想和目标。

梦想照亮了现实。他全身心地投入到工作之中。

24岁，风华正茂。他"发疯"似地学习，拼命工作。在有些青年职工失意纵酒、得意高歌，闲暇沉醉于扑克麻将的时候，他却是以书本为伴，以实践为师，如饥似渴地学习着，用知识来滋润自己"干渴"的心灵。

他喜欢学习，也善于学习。从2002年开始他自学法律专业知识，参加高等教育自学考试，先后取得专科和本科毕业证书，并通过了国家法律职业资格考试。多年来在各级业务考试中，孟照林屡屡名列前茅。他曾两次夺得济南铁路局职业技能大赛第一名，2007年获得铁道部"全路技术能手"称号；2010年获得"山东省首席技师"称号；2009年和2017年两次被中华全国铁路总工会授予火车头奖章。2017年到2020年，他又先后获得济南局集团公司"感动济铁最美劳动者""济铁工匠""济铁劳模"等荣誉称号。

他一步一个脚印地一路走来，几乎囊括了所有的荣誉。梦想终于成真。

"人啊，没有受不了的苦，也没有遭不了的罪。"孟照林常常这样感叹。

他喜欢听郑智化的歌，每听一次总是能带给自己力量。自觉五音不全的他，在无人处才会直着嗓子勇敢地唱《水手》：

耳畔又传来汽笛声和水手的笑语

永远在内心的最深处听见水手说

他说风雨中这点痛算什么

擦干泪不要怕，至少我们还有梦

他说风雨中这点痛算什么

擦干泪不要问　为什么

……

科学调度

有付出，才会有收获。孟照林深深地明白这个道理。

很多时候，他忙起来就没白没黑。问他有什么业余爱好？他很认真地说："一点不夸张地说，我每天都很忙，根本就没有时间去想别的。"想了想，他又补充，"如果非要说一个爱好的话，那就是爱看书，而且只看与工作有关的专业书。"

这个爱看书的年轻人，同事们给他取了个外号叫"活规章"。

调度员要想做到科学调度，不仅要学好业务，更要遵章守纪。铁路职工都知道，要干好工作、确保铁路安全，遵章守纪是第一位的。自参加工作以来，他就把熟读规章作为自己做好工作的基本功。你随口问一条规定，他能够很准确地告诉你在哪一章哪一页的什么位置。他归功于自己"记性好"。

其实，他的"好记性"是这样炼成的：无论何时，他随身携带的总是技规、行规等各种规章，一有空就拿出来学和领悟；在他家里，随处都有他的业务书籍，连客厅沙发扶手上堆的也是。同事们说："你看哪本规章最烂、画的标记最多，哪本就是孟照林的。"

他说："要理论联系实际，灵活运用规章，困难才会迎刃而解。"他并非死记硬背之人。

也许，在外行人眼里，车务系统的运输组织工作既神秘又简单：不就是打一通电话吗？让火车开进站场，然后对着对讲机指挥几下，又让火车开走了，南来的北往的，装车的卸车的，谁也不碍谁的事儿……

调度室是车站运转的"大脑"，是运输生产的指挥中心。运输组织工作是铁路生产产品的一个重要环节，好比电脑系统的CPU，它一旦出问题，整台电脑立马瘫痪。

调度这个活儿，他曾经一干就是20年。所谓十年磨一剑，20年，光阴顺着流水奔徙，树的年轮一圈圈向外扩张，日复一日地潮涨潮落终将礁石涤荡得沧桑不堪，而20年重复的"练武"，让一个人的"武功"达到炉火纯青。他是这一行的佼佼者，是"行里专家"。

作为董家口南站的一名指挥者，他更加清楚调度工作在车场运输工作中的重要地位，非常重视如何提高车站调度员的业务素质和技能水平。

他常常利用大休时间带领伙伴们跑到各个车场仔细看、详细问、用心记，很快，他们就能默画出车站每一个车场、专用铁道和专用线的线路图，伙伴们经过讨论和研究，制订出的调车作业计划也最科学，既省时、省力又最安全。

他的调度生涯中，被人们津津乐道的事例不少。当我和他聊起调度这个工作时，他露出了骄傲、自信的微笑。他非常自豪地跟我谈起了那段曾被路局评定为"集中修黄岛运输样本"的经历。他说："那次集中修，真的让我现在想来都感到很骄傲。车站每天要用 18 小时的时间来完成原来 24 小时的运输任务，连续 33 天，中间没有调整日。既要保证集中修顺利进行，又要保证运输组织的畅通，特别是港内矿石的疏运，难度非常非常大。那是集团公司第一次施工改革创新。当然，这场攻坚战最后取得了完胜，得到了集团公司领导的肯定和高度赞扬，我们的创新办法的部分内容还被纳入了站细。"

所谓"集中修"，通俗说就是利用集中的时间，集中人力、物力维修保养铁路。工务、电务、供电、机务、车辆等多部门系统，在集中的时间内，由运输调度部门统一调度协调，完成各自部门设备的维修，以确保铁路运输的安全。

孟照林告诉我，当时有客户了解到这个情况，非常担忧，怕他们万一不能及时把货给运走，会影响他们生产，想把船停到别的港口去。

"哪能让客户这样轻易地'跑'了！"孟照林拍了拍胸脯对我说，我一定得想法把他留住啊，我当时就这样拍着胸脯跟他承诺了："放心吧，我保证按您的要求及时发运。"

"后来到底留住这个客户了没有？"

"当然留住了。我们那次创下了接发列车新纪录。一个班接车 40 列，日均装 2438 车，比我们原来预期日均装车多装了 400 多车呢。"

常言道，好汉不提当年勇，可往往是只有好汉才有资格提"当年勇"啊！孟照林就是要在董家口南站重新演绎当年的壮举。

◆ 孟照林与港方一起研究铁水联运作业流程（许潇 摄）

——根据董家口的实际情况，整章建制，优化作业流程。

——根据每天具体的疏港作业量，协调港口调整人力物力，及时与集团公司联系，调配空车。

——错开交接班时间和吃饭时间，优化作业组织，保证不间断接车。

——协调港口增加连接员以补轴减轴，提高车站始发列车的满轴率，从而提高站港间通过能力和车站出发列车能力。

——建工作微信群，通过群随时向领导汇报工作和生产情况，遇到困难，各个口的工作人员相互交流和协调解决办法。

董家口南站的业绩有目共睹，董家口南站人的心里都有杆秤，孟照林这个副站长是"行里专家"，他科学有效的组织、调度、指挥艺术在董家口南站再次得到了完美的应用和呈现。

"点子大王"

"高主任，怎么回事啊你们，能不能过快点儿啊？"

"孟站，你也得理解我们，安全第一。"

"你看看都堵死了，你们还那么慢！"

"你急什么，这个地方反正天天都这样。"

"你们确认信号就不能发快点儿？你看看后面都堵了一大批车。"

"好好好，我这就跟他们说，让他们过快点。"

从孟照林工作的调度室窗口，能够非常清楚地看到站场上那个"咽喉"道岔区段通过车的情况。司机通过前，都需要停下车来，从驾驶室的窗口探出头来看信号，确认无误后再通过。每当看到有的司机慢腾腾地经过此处，他的血压和心头的火苗会同时"噌"地一下蹿老高，摸起身边的电话就给机务段调度室高主任打过去。这样的"戏码"几乎每天都要"上演"。

站场上所有的车辆都必须经过那个"咽喉"区段：出入库机车、进出港调车机转头作业，站内装车对位等。只要有一列车通过慢了，后面的车越堵越多，严重影响了车站运输效率。孟照林每次看到这种状况，心里像堵了块大石头，恨不能那些车皮是玩具车，他帮着把它们推过这个"咽喉"区段。直到堵塞疏通了，他心里的"石头"才能搬开。那些天，孟照林寝食难安，一有空脑子里就在转悠着解决的办法。

他随手将身边可用之物——书、本子、笔、刀子、水杯、药盒等，摆出一个个"模型"，手里拿着一支笔，在纸上随手画着，嘴里也在不停地嘟囔："Ⅰ场、7道、2道、Ⅱ场……对，对，在这里增加一道。"

经过反复推演、修改，终于确定：在折返段内修建预留的7道，以缓解折返段内线路运用压力；折返段新建7道和2道南端至Ⅱ场203#道岔新建一条机车出库走行线，Ⅰ场13道延长与新建机车出库走行线接轨，拆除站内180#道岔，库内机走线V12直接与Ⅰ场13道接轨。

孟照林提出的这个建议很快被单位采纳实施。减少机车转线走行时间，实现折返段南端进、出库机车平行进路互不干扰；减少占用一条到发线、缓解"咽喉"道岔区段通过压力；本务机进出库昼夜减少"咽喉"道岔区段占用次数102次；Ⅰ场昼夜可提高接发车6列的能力。改进后，这个"咽喉"区段再也没有发生过拥堵，极大地提高了运输生产效率。

孟照林没有闲着的时候，他的脑子时刻在高速运转。根据自己多年的工作经验，科学地创造出了"加强站、港联系，突出装、卸组织，避免交叉干扰，挖掘运输潜能"的24字工作法，并在全段推广运用。

受钢厂需求下降影响，车站一度产生很大的需求矛盾：港口大宗货物运量急剧下降，但站内石油、小汽车及零星货源不降反升，致使石油、汽车调机作业能力严重不足，影响装车上量。他打破常规，突破调车作业固定区域的限制，采用"时间间隔法"和"物理间隔法"避免2台机车交叉干扰。改进后，汽车由原来日均装车1.2列提高到日均3列，同时原油也由原来的日均装车4.2列提高到日均8列。

为了提高车站装卸作业效率，孟照林没少和港务局"打仗"。董家口港矿石码头公司调度室主任刘文栋对此深有体会。他记得有一次，孟照林找到他就冲他发火了："我把车皮都要来了，为了节省时间多装几列车，我们都加班加点地干，你们港口就不能想想办法，要么增加调车连接员，要么用车送他们。"

调车连接员在车列的前端，是专门为调车机司机进行瞭望的，每调动完一列车，他们要从车列的前端步行到调车机车上，如果单靠步行，平均每次都要耽误15分钟。孟照林算了一下，一天下来，每个连接员浪费在走路上的时间会有三四个小时。

"不行，这样太影响作业效率了！"孟照林和张宗武站长到港务局，给他们出谋划策，最终解决了问题。

伙伴们说："孟站长的想法和别人的就是不一样，他总是能想到大家想不到的点子。"

董家口南站党总支书记华光伟说："孟照林是一个喜欢动脑子、善于发现问题的人，往往他的一条合理化建议就能激活一盘棋，他的一个金点子落地就变成一个实打实的'金豆子'。"

的确，为了这个新开通的货运站增收创效，孟照林可谓绞尽脑汁，他不断挖掘车站运输的潜能，金点子一个接一个：

针对生产难点，他大胆提出改进各调车机作业分工的建议，被采用后，使车站的列车解体、编组能力提高了21%。

为了开发高附加值运输产品，他提议将车站闲置的外包线改造成商品车装车线。此方案实施后，仅用了两个月，投资 150 万元就换来了日均装车 5 列、年运输收入 6 亿元。

在车站站场改造及黄岛至红石崖间双线开通施工中，他提出了"在最短的时间内将到达的列车由到发场拉至调车场，及时腾空到发场线路，商检作业移至调车场进行；打破常规，增加调车场 2、3 道接从港口拉出的上行调车车列"的建议，被车站采纳后，既保证了施工安全，又创出运输收入的新高度。

针对 2020 年的运输增量，孟照林提前入手，超前研判，组织增加了皮带流程，实现矿 2 道、矿 3 道双线装车；协调物流园开通油 2 道散装矿石和原木的装车功能。

"没有做不到的，只有想不到的"，这些年，孟照林提出的"金点子"，一个个都变成了实实在在的真金白银，为青岛车务段的增收创效立下了汗马功劳。

逆势而为

2018 年 7 月，原中国铁路总公司制定《2018—2020 年货运增量行动方案》，助推"打赢蓝天保卫战"国策的实施。3 年，"公转铁"的效果明显。

有这样一组数据：2020 年全国铁路货运发送量达到 35.8 亿吨，同比增长 4.1%，降低社会物流成本 600 亿元。而建站仅一年多的董家口南站，完成货物发送量近 1900 万吨，较 2019 年的 922 万吨翻了一番，实现运输收入 14 亿元，同比 2019 年的收入 8.2 亿元也有了大幅的增长。在新冠肺炎疫情最严重的 2 月份，有 13 天单日装车突破 900 车，并创造了 1001 车的单日装车纪录，比开站之初单日 129 车翻了好几番，装车数占到了济南局集团公司货运总量的 7.5%。在复工复产时期，为全国 50 多家企业发送了 1000 多万吨急需物资。

2020 年，突如其来的新冠肺炎疫情给国际矿石市场带来极大的冲击。在国内，公路运输停滞，许多企业处于货源紧缺状态；董家口南站的运输生产同样遭受到极大的冲击。在这样的背景下，中国铁路货运却显现出它不受人力、天气、特殊条件等限制的优势来，逆势增长。董家口南站的货运量也实现增量。

在这些冰冷、沉默的数字背后，你知道饱含了孟照林和他的伙伴们多少心血和汗水吗？当大部分人为了抗疫不得不居家隔离的时候，他们却逆势而上，几乎天天坚守在站上，盯装车、盯发运、盯效率，比正常时期付出了更多的努力与艰辛。

孟照林常说，干调度的不能只看眼前，要像下棋似的"走一步看十步"，要未雨绸缪，眼光放长远一些，格局才会大。

疫情到来，孟照林把自己"封闭"在车站里，每天戴着口罩、揣着消毒液，往返于车站调度室、装车线、调车组之间，了解现场的实际装车情况，从疫情的危机中寻找着运输生产的良机。他跟伙伴们说："越是这种特殊时期，咱们越要多想想办法，多与港口沟通。"

一天晚上，孟照林正在货场忙着，突然，一个陌生的"救急"电话打了进来："孟站，我是甘肃酒钢集团业务人员，我们在董家口港采购了一批复工复产急需的矿石，有 4000 吨，急需运到公司，但现在公路运输都已经停了，你们铁路能不能帮我们解决一下运输困难啊？"孟照林意识到机遇来了。他毫不犹豫地承诺："好，我们尽量给您想办法解决。"

疫情防控期间想解决此难题，难度真不是一般的大。

放下电话，他立即与港口的赵经理沟通，但港口却并不大乐意接这一单，他们指出：一是这批货黏度比较大，非常难装，容易堵塞机器，影响装车进度；二是运量不大，效益不高；三是这批货物不在堆场，需要从别的地方倒到堆场上去，而倒货肯定要增加物流成本，降低效益。

"货多货少，都是我们的客户。他们既然找上门，是确实遇到困难了，我们就应该帮他们解决困难。"孟照林耐心地给赵经理分析，"再说了，现在疫情防控期间，我们得有点担当和作为吧，应该特事特办。我们铁路上都有担当了，你们港口也应该拿出点诚意和魄力来，这次就牺牲点利益，少赚点吧。第三，从长远看，他现在是我

◆ 孟照林在装车楼指挥矿石装车（许潇　摄）

们的新客户，我们替他们解决了难题，以后他们一定会继续和我们合作的。咱们港铁要联合起来，互相支持，实现共赢。"

赵经理终于被说动。很快，港务局就和铁路达成一致协议：帮酒钢救急！

解决了一个难题，新的难题又摆在了面前：当时还在春节放假期间，银行不办理对公业务。以前惯常的做法是客户提前将运费打到铁路账户上，这次纯属意外，假期中资金已无法转到铁路账户上来。孟照林及时向车务段汇报情况，申请了疫情防控期间特殊的延期付款政策。

孟照林按照制定的"三优先"快速物流应急预案，组织各个部门优先配货、优先装车、优先发运。经过一夜奋战，第二天清晨，随着一声嘹亮的汽笛，一列满载4000多吨矿石的列车直奔甘肃酒泉。随后两天，车站又快速发运了1.5万吨货物，不仅帮助酒钢集团渡过了生产难关，同时也给车站创收了400万元。

当初求助的业务人员想登门表达对孟照林的谢意，被他婉言谢绝："以后你们多在董家口南站运货，就是对我最好的感谢！"果然，2020年，这家客户在董家口南站又陆续发运了6万吨货物，使车站创收2000多万元。

世界上从来不会有天上掉馅饼的事情发生。只有有心人、有眼光的人才能寻找到机会、抓住机遇逆势而为。

2020年3月初，新冠肺炎疫情形势依然比较严重。经过车站班子集体研究决定，孟照林带领生产物资运输保障团队，开车前往河南、河北等地，主动助力企业复工复产。

情形并不乐观。许多厂矿关门闭户，许多客户对他们避而不见。街道上冷冷清清，住宿、吃饭都成问题，孟照林一行遭遇了前所未有的阻力，奔波几天毫无进展，最后连随身携带的方便面、饼干都快吃完了。正当他们心灰意冷的时候，得到一条重要信息：河南济源钢铁订购的一船17万吨铁矿石，因疫情影响，无法确定靠泊地点。

真是"山重水复疑无路，柳暗花明又一村"啊。

他们立刻折返河南济源。然而，客户依然拒绝与他们见面。他们便一次又一次地打电话、登门拜访，均被拒之门外。后来有一天，客户终于被他们的诚心所感动，答应了见面。客户既惊讶又疑惑："现在疫情这么严重，你们真能把货运出去？"

"我们铁路任何时候都会安全畅通，请您放心！"孟照林胸有成竹，并递上了一份详细的运输方案。

这份方案载明，可以为客户提供船只优先靠泊董家口港，铁路优先装车、优先发运的全程运输服务，不仅压缩运到时限，还降低运输成本。这位负责人很高兴，由衷地说："关键时刻，还是你们铁路靠得住！好，我们停靠董家口港，让你们站运货。"

孟照林也非常激动："好，我们一定会给你们办得妥妥的。"

他仿佛看到了黄海边一艘艘停靠的大船，船上有堆成山的货物；看到了与海水一样蓝的天空上白云朵朵；他还看到了一列列火车奔驰在祖国广袤的大地上，车轮滚滚，气势如虹。

双木成"林"

一棵树只有和其他树站在一起，才能成为树林，才能共同抗击风沙。孟照林深深地懂得，一个企业要发展，单单靠一两个人的单打独斗是不行的。他要和伙伴们一起前行，真正实现"公转铁"，共同开创董家口南站的新局面，让我们的这片蓝天更蓝、更美丽。

在青岛车务段，有一个大名鼎鼎的"二林创新工作室"，孟照林便是其中的"一林"。他的头上有着许多"光环"，但在伙伴们眼中，他就是一位热心、暖心、乐于助人的兄长、朋友。

董家口南站的青年职工李建海对此深有体会："孟站长对工作认真、投入，业务水平高，对我们大家伙儿在工作上要求很严格。但他特别朴实，是一个有温度的人。他特别喜欢和我们年轻人交流，关心我们的成长。"

"我们站有职工 60 多人，年轻大学生就有 40 多人，这里地处偏僻，加之工作性质的原因，大多数职工下班后回不了市里。"孟照林说，"业余活动实在太单调了，我想，总得给他们找点事做吧，要是打打牌、玩玩手机，时间都浪费了。我经常把他们叫到一起，进行业务理论知识的学习和讨论，有针对性地对日常工作中遇到的困难和问题进行探讨，确实提高了他们的业务技能水平和处置应急情况的能力。"

他采取各种方式提高董家口南站职工整体的业务水平。多次组织职工深入港口、机务、车辆等部门学习请教，搞好联劳协作。

在和年轻职工聊天时，他毫不避讳地讲自己的成长经历，将自己多年的工作经验倾囊相授，鼓励年轻人要"只争朝夕，不负韶华"，要多参加练功比武、参加段上或局里的招聘。在生活上，要求他们多运动、健身，保持健康的身体，还给小青年们当红娘介绍对象。

李建海曾在他的鼓励下参加青岛车务段的招聘考试，以一分之差败北后情绪比较低落，孟照林给他打气："你不要灰心，这次失败不算什么，你还年轻，以后还有的是机会。"

说起"二林创新工作室"，在青岛车务段是无人不知、无人不晓。它是以徐延林、孟照林为骨干，由十几名来自车站运输组织一线的人员组成。他们经常在调度室开展活动，主要是通过完善、创新运输组织办法，形成在车务段可推广的创新成果，提高车站运输组织水平，挖掘运输潜力。

"二林创新工作室"运用集体智慧先后提出了二十几条挖潜增运的运输组织创新措施——

改建小汽车装车线项目。汽车装车从 2012 年 3734 车到 2013 年 10260 车再到 2014 年 12483 车……汽车装车大幅提高，车站每年增收 1 亿元左右。

港口调车机由 DF4 型机车更换为 DF12 型机车项目。提高单列牵引重量，港站间通过能力提高 52.7%，列车欠轴率降到不足 10%。

港联线双线改造，并开通上行出发场项目。实施后，到发场接发列车能力达到 2500 车，港联线通过能力达到 2300 车，车站总装车组织能力达到 2500 车。

2017 年车站装车 3000 车运输组织创新项目。通过多达 7 项改革措施实施后，于 2019 年 1 月 1 日黄岛站装车 3146 车，创全路单站单日装车最高纪录，2019 年日均装车超过 3000 车。

改造闲置装车线项目。2020 年，在董家口南站，增加了一组人工道岔，平整了场地。仅投入 10 万多元就完成了改造，使全站装车能力提升了 200 多车。

……

通过这些项目的实施，车站装车组织能力得到了极大的提高。黄岛站实现日均装车由 2011 年 1798 车、2012 年 1961 车、2013 年 2500 车、2015 年 2600 车、2017 年 2700 车、2018 年 2800 车、2019 年超 3000 车的阶梯式增长；董家口南站实现日均装车 2019 年 490 车，2020 年 785 车。

孟照林特别欣赏具有创新精神和才能的人，只要被他"瞄上"，就一定逃不掉，他会把人才吸纳进创新工作室，提供给他们一展才能的机会和平台。在青岛车务段，人人皆以能成为"二林创新工作室"一员为荣。

"二林创新工作室"是青岛车务段响当当的品牌。这个团队现有 12 名成员，有创新成果 15 项。培养出山东省首席技师 1 名、集团公司首席技师 1 名、济铁工匠 2 名，高级技师 5 名。先后 2 人次获得全路"技术能手"称号，4 人次获得中华全国铁路总工会火车头奖章。他带领的调度班组先后获得全局先进班组，全路火车头奖杯，全路"货运创效模范团队"等称号。

广揽货源

2019 年以前，公路运输是董家口港的主要运输力量，很多客户对铁路的运价、办理手续、服务等情况不了解，董家口南站开通营运之初，很多客户都抱着一种观望的态度在等待着。要想加大实现"公转铁"的力度，还必须"主动出击"。

孟照林觉得首先得让职工们认清形势、转变观念："铁路发展进入了新时期，我们要与时俱进，不能再像过去那样'等、靠、要'。

我们要全员搞营销，都要'走出去'，大力宣传铁路运输的政策。"

他一次次在交班会、货源分析会上向职工们宣讲"全员搞营销"，渐渐地，"营销"二字在车站深入人心，形成了人人都关心、关注车站发展，时刻寻找营销商机的浓厚氛围。与此同时，他与铁路公司、港口等单位共同组成营销团队，通过对周边客户货主的走访调查，形成市场分析报告，为客户量身定制全程物流方案。

2019年8月上旬，强台风"利奇马"登陆，许多货轮因风浪太大不能靠泊港口。在货源合编例会上，港口赵经理随口提到，一艘转往潍坊港的铁矿石货轮因台风"利奇马"滞留在海上不能靠泊，货主急得不行。这个信息立刻引起了孟照林的高度关注。他根据自己前期调查掌握的信息分析判断，潍坊地区的钢铁企业，只有寿光巨能钢铁的矿石是通过轮船转运抵潍坊港，然后再采用汽车运输的。

他敏锐地意识到：现在货物不能按时运达，客户"等米下锅"，肯定非常着急。此刻不正是我们铁路运输介入的机会吗？

抱着试一试的心理，他拨通了寿光巨能钢铁李经理的电话。果不其然，客户正在为货物不能如期到达的事儿犯愁呢。

他给李经理提供了一个解决方案：从董家口港调配库存铁矿石，由铁路运输直达工厂。李经理听了非常高兴："哎呀，太好了，你们真是雪中送炭啊！"

孟照林来不及客套，放下电话就与港口协调进行货源调配，同时组织调度铁路运力，在当天下午就将1万吨铁矿石及时发出送达，解了客户燃眉之急。

从那之后，寿光钢铁就成了董家口南站的稳定客户，已通过铁路累计运输了200多万吨。

这件事很快就传到了大大小小的客户那里，铁路运输的美誉度和影响力大大提升。那些本来还持观望态度的客户开始主动联系孟照林洽谈业务了。

"心中有货源，满眼都是钱；港口无货源，车皮再多也枉然。"他们想方设法稳住大客户，拓展新客户，把"头回客"变成了"回头客"，车站运量逐步攀升。货物品类由最初的几种到现在的近百种，仅矿石运量的市场份额便由最初的不足 5% 增长到现在的 60% 以上。

形势一片大好！

然而，孟照林不满足于"家门口"的客户，他还要将客户网向外辐射。

2019 年 9 月，他与港口组成联合营销团队奔赴河南、山西等地揽货源，那一趟收获颇丰：与山西高义钢铁有限公司、山西建龙钢铁有限公司和中国铝业河南中州铝业集团公司都签订了协议。

能"拿下"中铝中州铝业集团公司，是最令孟照林开心的一件事。中州铝业在非洲有一座大矿山，铝矾土的运量非常大。他调到董家口南站后，曾多次打电话与中铝中州公司负责人王总联系沟通，但一直未达成协议。对方对新开通的董家口南站有担心和顾虑，既担心其运力不能保证，也不太相信董家口港的装卸质量和水平。

怎么办？仅靠电话联系是不行的！他决定带着营销团队亲赴河南，要与客户当面进行商谈。一到河南焦作，他们就马不停蹄地登门拜访，给客户分析情况，以最大的诚意拿出运输方案，王总依然犹豫不决。这一度令孟照林感到焦虑，但他并没有放弃。他郑重地向对方承诺："王总，您放心，你们来多少货我们给您发多少货，我们铁路就是为你们服务的，绝对保证优先安排你们的货物发运。我说到做到！"

也许是被孟照林的豪爽与憨厚朴实感染，也许是被他的豪言所打动。总之，这件事就这样成了。自此，中铝中州公司就成为董家口南站的常驻客户了，每日发运三四列。

"干我们这行的，手要伸得越远越好。"孟照林说，"我的意思是掌握的信息越多越好。"他手机里有 40 多个微信工作群，包括"青车货源核实群""青车调度工作群""董家口南站运输协调群"等，通过这些群，他随时掌握货源情况，遇到困难和问题及时协调解决，对客户、港口、货源、车皮计划、调度、各单位负责的工作等都做到了如指掌。

他先后多次带队到河南、河北、山西、甘肃等地，一家家企业走访，宣传铁路运输的优势，讲服务、比价格，和企业一起算大账、看长远。先后开发了山西建龙、山西高义、山西建邦、山西立恒、河南济源等远距离货源，同时，积极与物流园对接，开发了渤海油脂大豆、莱芜鲁中大麦、友林木业木材、西宁地区的小麦、中州铝矾土、河南豫光金铅铜精矿、天元锰业锰矿等高附加值货源在董家口发运，陆续将邯郸钢铁等 20 多家重点企业发展为稳定大客户。

贴心服务

百度上说："服务，指履行职务，为他人做事，并使他人从中受益的一种有偿或无偿的活动，不以实物形式而以提供劳动的形式满足他人某种特殊需要。而服务质量是指服务工作能够满足被服务者需求的程度。"

◆ 孟照林在车站行车室盯控接发列车作业（许潇 摄）

　　铁路货物运输的服务质量，不仅仅是追求满足于将货物安全送达的结果，而是要提供更加精准、精细的服务，让客户有更加满意的体验过程。

　　孟照林觉得，只要用心、用情、设身处地地为客户着想，就一定会赢得客户的信任和满意。

　　在与各个钢铁厂的联系和对接中，他特别用心、留心，一一摸清了钢铁厂的原料需求、运输方式，港存量、库存量、生产能力等，根据钢铁厂的需要编制方案，精准发运，实现钢厂零库存运行模式，实实在在地为钢厂考虑。

　　根据对客户和货源的梳理、分类，他推出了不同的服务方式和举措。对于重点企业和客户，提供"船舶优先停靠、货物优先装车、列车优先发车"的"三优先"快速物流服务；对于有特殊要求的客户，灵活机动结合现实情况采取措施，特事特办，急客户之所急，以心换心。他用自己真诚的服务换来了车站最大的效益。

2018年9月21日，中秋节前三天的下午，代理中国远洋海运集团有限公司（简称中远海）业务的客户李经理打电话给孟照林："孟站，非常抱歉，我们的货堵路上了，恐怕不能按时赶过去。"她接着又说，"麻烦你们再等等，我再催催他们。"

一个小时过去了，又一个小时过去了。这期间，孟照林催了好几次，货依然堵在路上。

中远海的货物是红酒，价值100万元，计划由新筑班列（黄岛—西安新筑）承运。新筑班列每周只发两班，一列50节车皮。下达计划是晚9点发运，安排下午3点到5点装货，眼看着时间已经过了5点，49节车皮已装完，中远海的红酒却迟迟到不了。

站上的职工都知道，每天下午5点到6点，到车站货场的路上是堵车高峰，有时会堵一个晚上也通不了。李经理很着急，她焦虑的声音中透出了哭腔："孟站，我快急死了，实在抱歉，堵死了，车赶不过去了。我们的货看来今天是装不上了！"

"实在不好意思，您只有等下一班列运了。"

铁路货运调度有严格、严谨的周密安排，如果耽误整列车发运，后果比较严重。孟照林果断地调整计划，将已经装好了的49节车挂走去编组。

6点刚过，中远海的红酒却又运到了。李经理又找孟照林了："孟站，这酒必须在中秋节前运到，如果延误了，客户会让我们赔偿损失的，公司也会考核我们。麻烦您想想办法，能否赶上这趟班列。"

客户没有按照要求及时赶到装货，现在她提出要运走的要求就比较苛刻，相当于是"插队"了，火车班列又不像人排队买东西，你迟到了，想插队，跟前面后面的人说说，人家就让你插队那么简单，调度、车皮、装卸、编组……需要动用人力物力进行一系列的"神操作"。按说，孟照林完全可以不管，安排下一班列运送计划即可。但他没有这样做，他想到，客户在等着这批红酒，若不能如期送到，企业必遭损失，李经理个人也会遭受处罚。同时，铁路上这节车皮也浪费了。

他立即安排装上这一节车皮的红酒，和邻线的车列一起拉到出发场，再编入待发的班列。好在没有耽误，晚上9点准时将红酒发运了出去。

事后，李经理对他感激涕零："孟站，您太好了，太贴心了！您是真心为我们客户着想啊。"

"孟站长的思想观念与经营理念都是比较超前的，他不会墨守成规、因循守旧，非常有创新意识。"作为港口的铁路发运总负责人赵经理对孟照林很了解，关于业务、货源、运输等，他们每天都要通好几个电话。赵经理甚至把孟照林当成了"闹钟"，每天早上6∶40，上午10点、下午2点、晚上7点，这"闹钟"会准时响起。他说："说实在的，许多事情，要是孟站长不上心，我也不上心，那我们双方单位基本上就没啥事儿了。"在他们的默契配合下，铁路和港口的业务不断实现双赢。

孟照林对伙伴们说："在保证运输安全的前提下，我们要考虑运输的效率，能够多运货就多运，能够多提高效率就多提高一点儿。"

他记得，2019年5月，港口找到他，说有一批将近8000吨的袋装小麦要发往西宁，以前都是走汽运，这次客户想走铁路运输，需要用棚车装运。问他要不要干？

孟照林反问他："这次为什么要走铁路？"

"他们想批量走货，我们这里走汽运面临很多困难，因为是老客户，宁愿赔钱，我们也要干。"

"好，既然是这样，我们铁路上也要干。"孟照林很果断。

然而，车站部分人员却提出了质疑。装车地点装车作业条件不好，还要转场过衡，不是整列运输，编组整列出发难度大；第一次使用棚车装运，装卸工人也没有装载经验。总之，就是认为没有必要接手这一批货。

孟照林看得比较长远，他给大家算了一笔账：小麦是粮食，是国计民生的大事，不能不运；同时小麦又是高附加值的货物，每吨运费200多元，将近8000吨，我们收入将近200万元，这是很可观的收入啊；再说，我们以后和港务局合作的机会很多，一定要和他们搞好关系，这次就算是帮他们解决困难了。

最后，孟照林拍板："想办法解决困难，我们必须干！"

果不其然，在装载这批小麦时遇到了不少困难：装载地点在油品线、车门高、必须白天装、超载等，前前后后装了一个月，有110车，可把大家折腾得不轻。但通过这件事，港口的同志加深了对孟照林的认识和了解，对他克服困难全力配合、支持的精神深受感动。为以后路港两个单位之间的良好合作奠定了基础。

家庭温暖

远离都市的董家口南站，永远是一副忙碌的样子。即使是夜晚，站场上也是灯火通明，一盏盏信号灯，一节节车皮，一列列移动着的火车，发出"哐当哐当"的声音，伴随着偶尔的汽笛声，还有站场上活动着的人们，有的在装卸货物，有的在室内调度机前发着指令，有的为某一节车皮的车门缝隙打上密封胶，还有的在用气枪打扫车帮上装货时残留的沙子和小矿石……

终于可以稍微歇一口气了，刚刚处理完一个设备故障，已经凌晨1点，孟照林疲惫地躺在休息室的床上，累得连洗漱都没有一点劲。今晚一着急，血压又升上来了，此刻他感到有些头晕。想起妻子给他准备的中药还放在冰箱里，他又爬起来，用开水烫了一袋喝完了。等再躺上床时，感觉浑身酸疼，却了无睡意。他把明天需要处理的几件急事在脑子里再过了一遍，骤然记起，明天是闺女11岁生日了，他特意定好闹钟提醒自己，早上起来要先给家里打个电话，晚上回家给闺女庆生。

闺女即将小学毕业，还不到一岁的儿子也已经在咿咿呀呀地学说话了，想起他们的面容，孟照林的唇角不由自主地上扬，一股暖流在心中漫溢。这样的温暖让人在不知不觉中沉浸、沉醉……

孟照林有一个幸福的小家，妻子高鹏在一家民营企业任会计，工作单一。正常情况下，孟照林一个月在家的时间加起来也不足4天，为了方便照顾孩子，支持孟照林的工作，她毅然辞掉原来的高薪工作，换了一家只需上半天班的公司。

高鹏瘦小苗条的身材，文静秀气的脸庞，清秀中透出干练。采访她的时候，说起往事，她的声音轻快，眉梢眼角都是笑意。

年轻时她心气颇高，一般小伙子不会入她的"法眼"。她和孟照林是在一个成人学习班认识的，那时的孟照林并不起眼，脸膛黑黑的、个子也不算高，她并没怎么上心，只是觉得他和其他小伙子有点不一样。他总是行色匆匆，上课匆匆来，听课、做笔记很认真，下了课匆匆走，像有什么急事似的，没见他与人聊天交流，他到底在忙着什么，她无从得知。

时间长了，慢慢地彼此熟了，她才知道他在火车站工作，一边上班一边学习，学习法律知识。他多次参加铁路局组织的技术比赛，一路过关斩将，总是拿第一名。他的上进、坚强、坚韧、有责任心，仿佛是磁铁，深深地吸引着她。她对这个上进的小伙子开始注意起来。

她说那个时候，他真是一穷二白，除了有一个稳定的工作，什么都没有。

但高鹏是一个自信而又执着的姑娘，她认准了孟照林，相信他可以托付终身，毅然嫁给了他。婚后的生活，让这个在娘家做姑娘时的娇娇女品尝到了生活的百般滋味。

"他天天都在单位忙，几乎没有星期天。我们没有时间一起去逛街、看电影，更别说去菜市场买菜、一起做饭了。家里的大小事都是我自己在处理，甚至换灯泡，维修家用电器，都指望不上他。从闺女出生，他就没有带过几回，没陪闺女看过一部完整的电影，闺女上学放学他没有接送过，开家长会他没有去过，闺女学习他没有时间辅导，有那么两次让他陪着闺女写作业，他倒好，在旁边呼呼地睡着了。更没有陪我们出去旅游过。"高鹏说到这些，也是满腹心酸，"现在儿子都一岁多了，他照样没有拿出时间陪儿子。"

高鹏深深地叹了口气："不过，我们都习惯了，也理解他。我最放心不下的就是他的身体，你不知道，2016年他突然在单位晕倒了，患了高血压，舒张压178，收缩压130，医生当时说不注意的话会中风、猝死……我都吓哭了！医生说他需要终身服降压药。这些年，他的药就没敢断过，我嘱咐他把药带在身上，但他总是一忙起来就忘了吃药，我得天天给他打电话提醒。"

说起丈夫的忙碌，高鹏的语气里有淡淡的幽怨，但更多的是心疼。

时间不紧不慢地向前行进。孟照林始终是忙碌的。没有休息日是常态。偶尔的正常休息日都成了家人的节日。

孟照林记得有一年平安夜傍晚，他正常下班回家，这让高鹏和闺女都很意外和高兴，尤其是闺女，简直高兴坏了，吵着要爸爸请她和妈妈吃饭，当然是要去吃西餐，平安夜嘛，西方人的节日。

孟照林想带她们去开发区好点的西餐厅，从家里揣了一瓶红酒，坚持不让高鹏开车，要和她好好喝一杯。可是，开发区太远，打车多贵呀，高鹏舍不得，非要自己开车载着他们爷俩儿出门。

在温馨的灯光下，一家人围坐在餐桌前，钢琴师弹奏着舒缓的乐曲，孟照林看着妻子和女儿开心的笑脸，他的心里暖融融的。闺女说："爸爸，我太高兴了！明年的平安夜我们还要来。"孟照林还没来得及作出承诺，手机就响了，车站站场堵塞，接不进车来了，集团公司等着要分析报告。孟照林一听坐不住了，得马上去车站，这里离车站还有一个小时的车程，自己又喝了点儿酒，他只有打车去了。高鹏说："你都走了，我们娘俩儿吃着还有啥意思。干脆，我们送你去车站吧。"

到了单位，孟照林就办公室、值班室、调度室地忙了起来，电话不断、数据分析、输入电脑……等到忙完一看，都 12 点了，闺女躺在沙发上早睡着了。高鹏心疼地说："原来你在单位就是这样忙的啊。"

从此，她更加理解了孟照林为啥没有休息日，明白了为什么他总是忘记吃药，明白了为什么他即使在家手里也一直抓着手机，不停接打电话、发信息……

在女儿高高的眼中，爸爸是一个非常了不起的人，家里有很多获奖证书都是他的，她自己的学习成绩好，也有不少奖状，但都赶不上爸爸的多。她最喜欢"考"爸爸，每次她拿出沙发扶手上的技规、行规，随便翻到一页便开始"考"起来，奇怪的是从来没有把爸爸"考糊"过。她知道爸爸很忙，难得回家一次，每次回家都还带着任务，写作业时遇到难题，她不问爸爸问妈妈，想吃什么东西了问妈妈要，需要拿个东西了叫妈妈帮着拿，上学就叫妈妈送。总之，她叫得最多的是："妈妈，妈妈……"似乎妈妈比爸爸更"亲近"一些。

高高的心里呀，其实最喜欢爸爸在家时的感觉。爸爸在家她会变得更乖，更懂事。爸爸总是在接打电话、发信息，她知道他在处

◆ 孟照林全家福

理单位上的事情，她不能打扰他。爸爸回家的次数太少了，每次回来都是晚上，有时她都睡觉了，第二天起床时爸爸早就返回单位了。好多次，爸爸回来没多长时间就被单位上的同事叫走了，有时妈妈还要开车去送他。

高高是个懂事的孩子。爸爸单位远，爸爸工作忙，她不会缠爸爸，她最大的愿望就是在自己生日的时候爸爸妈妈一起陪她过。

岁月不居，不知不觉中，中年的孟照林，头发已染上了白霜。他珍视与家人的每一次相聚。

那天早上，在闹钟的提示下，他给闺女打电话了："高高，你11岁啦！生日快乐！好好去上学，晚上爸爸给你带生日礼物回家去。""谢谢爸爸！"听到闺女电话中快乐的声音，孟照林心里的暖流在四肢百骸游走。

单位上的事情实在太多，一直忙到晚上8点才往回赶，到家已经9点多了，没有时间去给闺女买礼物。看到闺女眼巴巴地等着他回去一块儿吃生日蛋糕，他心里特别愧疚："高高，真是对不起，爸爸没来得及给你买生日礼物。"

闺女却说："爸爸，您能回来，就是我最好的礼物呀！"

闺女这句话有如天籁，让孟照林非常感动，他只觉得脑子里轰的一声，眼前仿佛百花盛放，让夜色都为之轻轻颤栗。他感觉眼眶一热，转过身悄悄擦去眼角的热泪。

是啊，铁路人就是这样！舍小家顾大家，为了工作，哪里有时间和精力去照顾自己的小家啊。为了铁路物流的畅通，把自己的柔肠深深隐藏。蔚蓝色的天空下，一列列火车运载着货物奔驰在祖国广袤的大地上，那么欢畅，那么铿锵！

5月，蓝天澄澈明净，大地上的劳动者依然在积极开拓进取，努力拼搏，用诚实劳动谱写别样的人生。当我写完这篇报告文学，时间已经到了2021年五一假期，欣闻孟照林再获殊荣：全国五一劳动奖章。我由衷地向他表示祝贺，他却谦虚地说："我觉得这个奖章不是我个人的。它是属于我们所有铁路人的荣誉。我仅仅是一个代表，是其中的一分子。"

作为新一代铁路货运人，孟照林胸中自有万丈豪情："不久的将来，董家口港中线扩能改造工程实施后，我们的铁路线像延伸的手臂，伸向港口腹地、码头前沿，董家口铁海联运将开辟新格局，'公转铁'的规模和成效会更加明显，蓝色的天空会更加蔚蓝，离我们更近！我和伙伴们将继续撸起袖子加油干，听党话，跟党走，砥砺奋进，以实际行动庆祝建党100周年！"

五一假期刚过，他又踏上新征程，前往河南、山西等地发展新客户、寻找新货源。

绿色信号灯开放

火车，一列接着一列驶出站场

它们掠过原野，货物奔袭的铿锵

伴随着汽笛的欢鸣

覆盖了村庄、河流、山脉

抵达每一个需要的地方

让我们揭开生活的大幕

注目于董家口南站的一个横截面：

一趟运行列车一日的吨公里数

一节车皮的载重量，每吨货物的运费

收入、利润、社会效益

我们看到：坐在调度台前的人是将军

指挥若定，似千军万马的钢铁怪兽

驯服于每一条指令

那些矿石、煤炭、粮食、木材、石油

都是臣服的士兵

在站场上装卸的工人

在装车楼上操纵装车操作台的人

在电脑前统计着货物发送量、到达量

计算着货运量、周转量数据的人

那些整车、零担、集装箱、轨道衡

那些信号灯、钢轨、枕木、调车机

他们，保障着铁路大动脉的畅通

他们就是你，你就是他们

将"孟"想"照"进效率效益的数据之"林"

冰冷的钢铁，坚硬的风景

蓝色的天空更近、更蓝，仿佛俯下身子

在亲聆、见证美的每一次呈现

大地上的劳动者有着不屈的身影

用忠诚和坚定的信仰穿越梦想

用勤劳和奉献谱写新时代的诗章

张　波

最美铁路人

ZUIMEI TIELUREN

圆梦复兴号

——记中国铁道科学研究院机车车辆研究所副所长张波

范 恒

2017 年 6 月 25 日，雨后的北京，碧空如洗。北京南动车所内，两列刚下线的中国标准动车组，披红挂彩，整装待发，整齐列队的干部职工喜笑颜开，一派欢乐祥和的气氛。

时任中国铁路总公司党组书记、总经理陆东福代表中国铁路总公司党组郑重宣布：中国标准动车组命名为——复兴号。现场顿时响起雷鸣般的掌声。

从这一刻起，中国高速列车圆梦复兴号，标志着中国铁路真正掌握了动车组核心技术，完全建立起了自己的高速列车技术标准体系，迈出了从追赶到领跑的关键一步。从此，复兴号以时代列车的形象，承载着新时代中华民族伟大复兴的中国梦奔向未来。

就在这个命名仪式上，时任中国铁道科学研究院机车车辆研究所科技管理部主任张波代表铁路科技人员发言，他铿锵有力地说道：

"我们要牢记习近平总书记嘱托，响应总公司党组号召，心怀报国之志，勇攀科技高峰，不忘初心，铁路强国，为中国梦增光添彩，为中华民族伟大复兴当好先行！"

从 2012 年年底开始，中国铁路总公司主导的中国标准动车组研发就已经全面启动，由中国铁道科学研究院进行技术总牵头，编制中国标准动车组总体和子系统技术条件。由此，张波也成为铁科院复兴号总体技术及核心系统研发团队的领军人物，参与了时速 350 公里复兴号研发创新的全过程，陆续完成了运用需求分析、顶层指标确定、技术条件编制、技术方案研究、核心技术攻关、整车试验验证等多项重要技术工作。

2021 年新年伊始，我来到北京，到铁科院采访张波。

走进铁科院大门，一种敬仰之情油然而生。我知道，这座中国铁道科学的神圣殿堂，创建于新中国成立之初，从这里走出了以茅以升为代表的一大批著名科学家。

寒风中，院内一排排高大的青杨树，傲然挺立，坚韧不拔，就像这里砥砺攻坚的几千名铁路科研人员一样，扎根铁路沃土成长，蔚然成林。

这天下午，恰逢北京市委书记和市长来到张波所在的北京纵横机电科技有限公司调研。这是铁科院旗下的一家轨道交通核心装备研发制造领域的领军企业。2020 年下半年，张波刚刚兼任公司的总经理。

一连几天，我紧张地采访了张波的师父和许多专家，与张波团队的科研人员交谈，与张波及其家人交流。尽管张波很少谈自己，更多谈团队、谈事业，我非常理解他，理解他的真诚与担当。我虚心向他们请教学习，与他们一道追溯复兴号高速动车组研发的艰辛历程，听他们谈自己的欢乐、苦恼与收获。

于是，我带着浓厚的兴趣，走进了复兴号，走进了张波团队，走进了张波"刻苦好学、踏实做事"的精神世界。

少年，走出湘西大山

湖南省张家界市慈利县溪口古镇，是土家族的聚居地。这里大山青翠，河水潺潺，依水而立的吊脚楼，形成了一道美丽的风景。著名湘西籍作家沈从文曾赋诗道："天下风光哪儿秀，我爱溪口吊脚楼。"

1976年，张波出生在溪口镇一个古朴的小山村。这里山清水秀，民风淳朴。父亲张启建自小喜爱读书，高中毕业后当兵，在部队学习和训练十分刻苦，由于表现优异，所在部队选派他到南京一所军事院校深造。在军校学习期间，成绩一直名列前茅。毕业后，张启建回到第二炮兵部队，作为一名土木工程师，常年跟随部队转战各地，参加了国家多项重点国防工程的设计与建设，多次受到部队嘉奖。

张波4岁时，跟母亲随军到部队生活。1982年9月1日，是一个秋阳灿烂的日子，姐姐张苏宾要报名上学，6岁的张波吵着非要跟姐姐一起去。临近中午，姐弟俩回到家，手中各拿着一张入学通知书，张波得意地告诉吃惊的爸爸妈妈："我也要上学读书了！"爸爸不解地问："你年龄小着呢，学校不会收你呀。"爸爸说着要过通知书一看，果然是真的，忙问姐姐张苏宾："这到底是怎么回事？"姐姐说，弟弟磨着报名老师，说他也要读书，老师就说考考他。老师让弟弟从一数到一百，又做了几道加减题和认拼音字母，他都答对啦，老师就收下了他。

张波本来是跟姐姐去玩的，想不到把自己送入了学校。

张波读初一时，父亲张启建从部队转业回到老家湖南省慈利县，张波跟着转学回到湖南，就读的慈利一中是县里最好的中学，比原来的乡村学校要高出一大截，张波的成绩一下子由原来的班级前几名变成了中等水平，但他毫不气馁，一点点撵上来，到初中毕业时，已经在班级名列前茅了。张波数理化成绩一直不错，但是英语成绩却不理想。一次，英语考试不及格，第二天张波就很早起床，到学校操场上大声朗读，反复琢磨体会记单词的要领，到期末考试时，英语考了90多分。张波读书有一股狠劲，不需要父母过多督促、操心，自己特别刻苦。采访中，姐姐从柜子里翻出张波读书时期的部分获奖证书，"三好学生""优秀团员""杰出青年""上海市优秀毕业生"……厚厚的一摞，从小学到大学，张波几乎年年都能拿到奖状。

在部队大院生活的几年，张波深受父亲的影响，养成了雷厉风行、严谨认真的生活习惯。父母吃苦耐劳、为国家无私奉献的精神，潜移默化地影响着张波的人生观、价值观，在他身上刻下深深的烙印，他希望自己多学本领，快快长大，为国争光。

张波在河南读小学时，部队院子外面就是京广线，每天看着火车来来去去，心里时常想，这火车要开到什么地方去呢？远方是怎样的呢？张波随父亲转业回到湖南后，从家里到学校正好经过枝柳铁路，时常看到列车"咣当咣当"地经过，尤其是蒸汽机车头，那么一个庞然大物，大红的轮子，冒着白汽，拉着长长的列车，感觉特别威风。读高中时，周末沿着铁路线走回家，身边的火车呼啸着开往远方，张波心中的梦想也随着飞奔的火车一起飞翔。

张波坐火车印象最深的是 1984 年春节，全家从河南卫辉到湖南慈利老家，转了 3 趟车，在新乡站换乘时，中转时间特别紧，父亲挑着行李，母亲拉着张波和姐姐，下了车就猛跑，站台上人特别多，大人们都挤不上去，更不要说孩子。父亲跟坐在窗边的旅客商量，把张波和姐姐从窗户硬塞了进去，当时张波心里很害怕，要是爸爸妈妈没挤上来，火车把我拉走了该怎么办？

那时，张波特别期盼，要是有一趟能直达家乡的火车就好了。

1993 年夏天，张波参加高考，在填报志愿时，脑海中突然闪现出铁轨、火车的画面，他毫不犹豫地在第一志愿一栏中工工整整地填上——上海铁道学院。冥冥之中，他的命运与铁路紧紧联系在一起。

1997 年，张波大学毕业后，考入了铁道部科学研究院（现中国铁道科学研究院集团有限公司）硕士研究生。他乘着绿皮火车到北京，火车速度很慢。遥想 1923 年，老乡沈从文从北京回湘西探亲，步行、坐船、汽车和火车，把古代和现代的交通工具坐了个遍，花了差不多半个月才到家。

经过了漫长的半个多世纪，中国交通虽然不断发展，但张波的家乡却依然是山重水复。乘车环境差，人多拥挤，厕所里也站满了人。

张波一路上不敢吃喝，坐了近 30 个小时，一直挨到下车，他心里多希望火车能快一点儿、舒适一点儿啊！

◆ 张波与技术人员在国家铁道试验中心现场研究时速 250 公里复兴号互联互通试验方案
（刘一嬴　摄）

这一年，张波 21 岁。他从湘西出发，来到北京，走进了中国铁路的最高学府。

乐于奉献的"一滴水"

张波读大学时，有一次专业课老师在课堂上很自豪地告诉同学们："在北京，铁道科学研究院的环行铁道试验基地里，就能够看到我国所有最新型号的机车车辆，新车都要在那里试跑、检测。"

这是张波第一次听到"铁道科学研究院"这个名字，说者无心，听者有意，老师这句话，在张波心里埋下了向往的种子。

1997 年，张波大学毕业，以第一名的成绩考进铁道科学研究院，攻读硕士学位。2000 年 7 月，张波硕士毕业，分配在铁科院机车车辆研究所牵引研究室工作。在这里，他遇到了工作后第一任导师——陆阳。

陆阳是铁科院首席研究员，时任牵引研究室主任。张波分到牵引研究室后，陆阳既是张波的领导，也是张波的师父。他性格直率、善良，同时也是一个工作十分敬业、严谨、认真的人。

实习时，张波没有固定的办公桌，陆阳就在自己办公桌边临时加了一个半米宽的小电脑桌让张波用，心想新来的毛头小伙能做什么呀，随便做些杂事就行了，但没料到张波眼里有活儿，是那种手能干事、脑子能想事的人，适应能力强，没有固定岗位，什么都学什么都干，哪儿有困难就出现在哪儿，不久居然成为团队中的"救火队员"。

编程序、做试验计划、处理试验数据、写试验报告。同事们都喜欢叫张波帮忙，谁叫他帮忙，他都很乐意，都能帮得了。

张波好学，不懂就问，就这样帮来帮去，他帮成了牵引室的全才。陆阳掰着指头给我算："车辆制造、牵引、制动、软件编程，包括翻译英文资料，他都能拿得起，好像没有他学不会的。"

张波正式定岗后，分到整车试验团队，这是一个很能锻炼人的地方。每天对各种车型进行试验研究，获取一手数据，查找问题，提出优化建议。一线的试验研究既需要脑力，也需要体力，既要有技术攻关能力，也要有协调组织能力。

有一次，陆阳带领大家来到环行铁道做试验。正值暑天，烈日炎炎，即使不干活也是汗流浃背。陆阳带队亲自做整备，爬地沟，钻机器间，车上车下"上蹿下跳"，手上、脸上、衣服上都蹭着油污，脸上跟京剧里的"花脸"一样。与办公室里那个干净、文雅的专家判若两人。

　　张波看到这一幕，心里被狠狠地震动了一下，原来这也是"科研"？师父给他上了职场生涯最生动的一课。这一刻，张波明白，科研不只是在办公室，科研不只是"纸上谈兵"。

　　张波决心以师父为榜样，当一名合格的铁道科技尖兵。

　　这年冬天，陆阳带着张波来到东北伊图里河铁道线，做机车耐高寒试验。这里天寒地冻，滴水成冰。既然是耐高寒、抗风沙试验，必须要找最低温的地方去测试。张波生在南方，很不适应这种极寒天气，陆阳担心他身体吃不消，让他在室内工作。一次试验中，有一个风阀被低温冻坏了，打不上风，需要派人到车底的舱里更换。张波二话没说，就钻进了车底。戴着手套不灵活，他就光着手去拧，分分钟手就冻僵了，他全然不顾，硬是换好阀门垫。

　　"别看他平时性格温和，关键时刻能冲上去。"陆阳说起当时的情形，还有些激动。

　　现场做牵引系统测试，试验团队早出晚归，每天早上 5 点出发，晚上 9 点后结束，过着两头黑、披星戴月的日子。这样没日没夜地干，有些年轻小伙子都熬病了。张波更辛苦，白天在现场做完测试，晚上还要做数据处理，形成初步试验结论。通常是过了 0 点，还在处理数据，第二天一早，又和大家一起朝气蓬勃地出现在试验现场。每做一次试验，他们要脱一层皮。

　　2004 年，张波在铁科院"被读博士"。我问陆阳："什么是被读博士？"陆阳笑了笑，给我讲了一个张波本人都不知道的"秘密"。

　　铁科院博导王成国教授看中了张波聪明好学，想收他到门下读博士。他找到陆阳主任商量："让张波来读我的专业吧。"

　　陆阳想，张波本科学的是车辆制造专业，硕士学的是制动系统，而王成国教授的专业是动力学。这可是跨 3 个专业啊。陆阳心里清楚，跨 3 个专业不算什么，张波肯定能行。但是张波人才难得啊，一旦放走了他，就很难再回来。牵引研究室十分需要张波这样的人才，陆阳不甘心这么好的苗子被王成国教授挖走，但又不想耽误张波继续深造。

陆阳对王成国教授说："同意他去读博，但有两个条件。"

"什么条件？只要让张波读博，什么条件我都满足。"王成国说。

陆阳笑了："第一，日常工作不能耽误，照常干；第二，读完博士不能走，必须让他回来。"

王成国答应了。陆阳找张波谈，张波也毫不犹豫点头答应。

张波读博的那几年，也是牵引研究室最忙的几年，做大秦重载试验、系统研发等。张波是两头兼顾，忙里忙外，不仅如此，在这期间张波还完成了英语 BFT 高级考试。

2004 年后，我国开始从国外引进动车组和重载机车，张波作为 CRH1 的验收组成员，经常和外方沟通交流。有一次，一个翻译把其中一个关键技术词翻译错了，张波当即提醒翻译，经过认真核对，真的是翻译弄错了。后来，与外方进行技术交流，张波干脆不用翻译，沟通起来效率更高。

张波的英文交流能力很强，却不为大家所知。"BFT 是中国国际化人才外语考试，很难考，很多人考几年也通不过。"张波的徒弟黄金告诉我，他很佩服师父学习钻研的精神。

2004 年，陆阳被借调铁道部动车组联合设计办公室驻勤，机车车辆研究所没有安排新的主任来接替，也没有安排由谁暂时负责，牵引室等于"群龙无首"。

"那室里的工作怎么开展？"我很好奇地问陆阳。

"有张波啊！"陆阳一脸的自豪。

一开始，同事遇到什么困难或急需要解决什么问题，试探着找张波帮忙，张波无所不应。慢慢地大家都习惯了找他商量，不论年长的科研前辈，还是刚分进来的实习生，无形中都把他当作了主心骨，而他每次都能圆满地帮助解决。

陆阳这一去驻勤就是 8 年。几年间，张波不是主任，却承担了主任所有的工作，不叫苦，不喊累，不推脱。哪里需要他，他就在哪里，他就像一颗螺丝钉，钉在哪个位置，都能让人踏实、安心。

谈起张波勇于担当的故事，每个同事都能随口举出一两个事例来。

研究员李杰波说，在铁道部组织召开第一次技术条件研讨会，牵引技术研究组组长陆阳因紧急任务临时出差，牵引技术研究组的同志们急得如热锅上的蚂蚁。那时张波已调离牵引室。在最关键的时刻，张波回到"娘家"，临时执掌帅印，和牵引组的同志连夜研讨，次日带领他们参会汇报；研究员焦标强说，500km/h 高速 1∶1 制动动力试验台，最后能通过国际铁路联盟（UIC）认证，很大程度上得益于张波的鼓励和支持。没有通过认证那段灰暗的日子，甚至想到要放弃的时候，是张波不断地安慰、鼓励他，找国外专家沟通交流，亲自指导，鼎力支持他继续坚持下去，让试验台最后通过国际认证。如今铁科院成为亚洲唯一具备国际铁路联盟制动摩擦副 1∶1 动力制动试验能力的单位。

张波入职时间不长，年纪不大，资历不老，却得到同事们的一致首肯，成为科研团队的主要力量。我好奇地问工程师董光磊："张波在你们心中是一个怎样的人呢？"

他略沉吟了一下，引用了《道德经》里的一句话："上善若水，水善利万物而不争……"

张波就像一滴水，他把自己放在很低很低的位置，仿佛任何工作的环节都能融入并胜任，润物细无声地发挥作用。

张波就是这样一个人。

无限风光在险峰

张波刚分到所里不久，就遇到第一个难题——攻关交流传动测试系统。

21世纪之初，我国铁路机车牵引动力正处在从直流传动到交流传动转型时期，原有的直流传动测试系统已无法适应，与之相应的交流传动测试系统还没有研发出来。之前传统的直流传动测试设备

◆ 张波与技术人员开展牵引技术研究（刘一赢 摄）

系统，有很多不足：一是体积大、笨重，需要安装在专门的试验车上，试验效率比较低，一年最多做两个机车的牵引试验；二是一次存储数据容量比较小，需分段录制，时间很短，数据也要试验后手工分析，一旦有问题，就得第二天再重新试验。

2001 年，我国研制生产了第一台交流传动电力机车——九方（DJ）机车。

张波第一次做交流传动机车试验时，发现布置在机车上的测点的电磁环境比直流机车恶劣很多，测试系统总受到干扰，试验过程磕磕绊绊，尤其在广深线试验时，测试设备甚至出现了大面积烧损现象。研发交流传动测试系统迫在眉睫，铁科院牵引研究室急需攻克这一重点技术难关。

当时研发中的交流传动测试系统的核心设备都是进口的，靠手动控制，无法适应我国移动测试多变的灵活配置需求，要实现自动控制，需要自行开发驱动程序，突破进口核心设备功能瓶颈。而牵引室攻关团队手头仅有一本英文原版通讯命令手册，各种命令都需要自己摸索。

时间有限，任务紧急，张波针对试验中出现的问题，一连 3 个月铆在实验室，一条命令一条命令试，一个数据一个数据测，脑子被大大小小的数据塞得满满当当，似乎头脑特别清晰，总觉得下一秒就能成功了，特别是凌晨时，求胜的欲望更强，信心更足，就这样不知不觉熬了一个又一个通宵。

记得美国著名球星科比曾经多次问他的朋友：你见过凌晨 4 点的洛杉矶吗？我也这样问张波："你见过凌晨 4 点的北京吗？"张波摇了摇头。对于张波来说，北京的凌晨是怎样的，他只有经历，无心关注。有时在办公室加班，超过夜里 11 点，大楼的保安见办公室的灯亮着，敲门催他下班。午夜时，他一个人走在空旷的大街上，脑海里还在想那些密密麻麻的数据代码，无心欣赏首都这霓虹闪烁的不夜城。

经过一年多的努力，张波终于完成了交流传动测试系统的开发，满足了科研需要，提高了试验效率，为后续交流传动机车及动车组的试验验证夯实了基础。

爱迪生说：天才是百分之九十九的汗水加百分之一的灵感。

"张波的聪明和勤奋也非常人能及，在搞研发时，他不只是专做这项工作，日常工作照样要做好，自然熬夜、加班是常事。"陆阳感慨地说。

张波没有专业学过计算机软件编程，都是边学边干，却干出了超越专业人才干出的成绩，令大家刮目相看。

有次，陆阳带着试验团队到乌兹别克斯坦出差。初到异国他乡，周末休息，大家都出去看异国风景，而张波就在宾馆里编程，一心扑在工作上。说起这件事，张波还很沮丧，因程序中一个错误的文件删除语句，导致全部程序化为乌有，一个月的日夜奋战付之东流。但张波没有气馁，一切都从头再来。

2003 年 7 月，DJ1 电力机车在大秦铁路进行万吨重载试验。DJ1 电力机车是我国引进的首台交流传动电力机车。试验时，测试发现一个转向架的两台牵引电机功率发挥相差 25% 以上，这是之前从来没碰到过的情况。

张波很纳闷，是车有问题，还是测试系统的问题呢？张波和同事一起盯着测试数据，仔细分析测试波形，密切关注数据，一连盯了几个小时。张波通过认真关注分析牵引、制动不同工况下的表现，更加坚定了自己的想法，不是测试系统的问题，而是车的问题。张波立即和外方技术人员交涉，把分析结果告诉他们，然而外方技术人员不但不信，语气还带着轻蔑，觉得是中方的测试系统有问题。在场的测试组人员一听，很生气，想要与他们争辩，张波说："还是让事实说话吧。"

张波带着试验人员马不停蹄地跟着机车返回大同，来到湖东机务段进行实车轮径测量。测试结果显示，两个轮子的轮径差了 4.3 毫米，是原车没有充分考虑车轮轮径差异会对并联电机功率发挥带来严重影响，导致牵引电机能力无法正常发挥。

在事实面前，外方技术人员心服口服，承认电机并联这种架控方式不完全适合中国重载铁路的这一运输需求。

张波说，这起意外事件，给他们上了一课，也为我国电力机车电机控制方式敲了警钟，要特别注意有效避免轮径差异带来电机牵引力发挥不好的问题。

张波主持研究的交流传动系统测试方法，以及成功研制的专用测试系统，破解了交流传动车载测试难题，为我国新型交流传动机车、动车组验收试验和相关综合试验奠定了坚实基础，有力保障了我国新型铁路装备的顺利投用。

张波以其出色的表现，迅速在铁路移动装备技术创新方面崭露头角。作为技术骨干，他参与了 2000 年以来我国所有新型动车组的试验、验证工作，研究并主持完成了我国第一个 LOCOTROL（机车分布控制）数学模型。

重载是铁路货运的方向，也是世界铁路货运技术的前沿阵地。

2004 年 10 月，铁道部组织开展大秦线 2 万吨重载组合列车综合性能试验。铁科院组建了仿真计算团队，由张波的博导王成国研究员领队，一批动力学、制动、数学、流体力学等方面的专家参与，其中张波负责动力分布控制数学模型。

2 万吨重载组合列车，在我国史无前例，它较普通列车要长几倍，编组达 200 多辆，首尾长度超过 2500 米。看起来，前不见头，后不见尾；开起来，地动山摇，呼啸而过，犹如一条巨龙奔驰在祖国的大地上。

重载组合列车结构复杂，受制于线路、编组、操纵、制动等多方面因素，稍有不慎，都能引起车辆断钩、掉道、颠覆等严重事故。如何安全开行 2 万吨重载组合列车，需要进行一系列的综合试验，为制定列车安全、合理操纵方法，提供科学依据。

动力分布控制数学模型，要求机车能够放在列车中的任意位置，货车编组辆数至少支持 300 辆以上，需要对软件进行大幅度修改，另外，还需要对动力分布条件下，由单点充排风改为多点充排风，进行列车中制动缓解传播规律的变化研究。

为此，张波前后历时 4 年多，研发了相关仿真计算模型，开发了相应软件，并结合试验不断完善，最终形成了独有的仿真计算平台。

在做仿真研究的同时，张波也是综合试验团队的一员，负责牵引试验。货运试验艰苦，一般人难以忍受。冬天在零下 20 多摄氏度的低温下作业，从整备场地到试验车，需要走 1 公里多的路。早上 6 点发车，试验人员凌晨 4 点多就要到达现场准备，安装设备、接线。数九寒冬，手指冻得僵硬伸不直，人筛糠似的浑身发抖，穿多少衣服都不够抵御严寒。一路上，煤灰、粉尘从呼啸而过的煤列上纷纷扬扬地洒落下来，张波和同事们个个都蓬头垢面，吐出的唾沫全是黑的。

张波团队研制的试验模型，顺利融入了机车车辆研究所原有牵引计算软件，实现了动力分布控制模式下，长大列车运行及纵向动力仿真计算功能，有力支撑了 2004—2010 年期间的铁道部历次大秦线重载试验工程实践，收获了丰硕成果。

由此，张波团队在大秦线重载试验、京沪高速铁路综合试验、武广客运专线等多项重大和综合性试验中，贡献了诸多创新方案，为我国重载、高速工程实践和技术进步贡献了力量。2009 年，张波荣获首届铁科院茅以升青年科技创新奖。

复兴号起跑线

什么叫复兴号？它是中国标准动车组的正式名称。复兴号寓意着中华民族伟大复兴。这是一个时代的符号，象征着中国科技的进步，中华民族的强盛。

所谓中国标准动车组，即按中国标准组织研制的动车组，是中国国家标准、行业标准、国铁集团企业标准的结合，是符合中国铁路运行环境和运输需求的高速列车标准。

2013 年，时任铁科院机车车辆研究所科技管理部主任的张波，被任命为铁科院中国标准动车组总体技术及核心系统研发团队负责人。从此，张波团队全面承担起了国家铁路新型动车组技术总牵头的重任，负责编制中国标准动车组总体和子系统技术条件，组织技术方案研究，承担试验验证和运用考核等工作。同时，还承担了中国标准动车组牵引、制动、网络三大核心系统的攻关任务。

中国标准动车组项目组，下设 8 个子系统组，张波是负责具体工作的组织落实人。从这一年起，张波的工作重心从系统研发转向中国标准动车组总体技术。这不仅是张波工作上的一次转变，也是中国动车组技术的一次重要转变。

我们为什么要研发中国标准动车组？

张波告诉我，从 2004 年起，我国相继从欧洲、日本、加拿大引进了 CRH1 型、2 型、3 型、5 型 4 个技术平台，并在其基础上形成了 20 余种型号的动车组，这些车型技术来源不同，列车参数和技术平台标准不统一，存在司机操控界面不统一，车厢里的座席布置不一样，配件互相无法替代，列车无法互联互通等诸多问题，在使用中带来了诸多不便甚至"尴尬"。

◆ 张波在拉林线复兴号高原型双源动力集中动车组上（赵斯玮 摄）

　　有一次，一列在京广线运行的 CRH2 型列车途中突然发生故障，需要临时更换动车组。等备用的 CRH3 动车组换上后，50 多名旅客不干了，吵着要退票。因为 CRH2 与 CRH3 的定员不同，前者有 610 个座位，后者只有 556 个，换车之后，50 多名乘客没有座位，乘客当然不干了。

　　座位数不统一，这只是看得见的很小的一个"不统一"，看不见的更多。比如维修就是最大的难题，不同车型的零部件都不一样，每个生产厂家、动车组维护基地都得预备大量不同标准的零部件，不仅占地儿，还造成大量浪费。

　　研制中国标准动车组，正是为了构建体系完整、结构合理、先进科学的中国高速列车技术标准，这是迄今中国铁路史上最高级别的单个科研项目。该项目被列入"十二五"国家战略性新兴产业发展规划。

　　诚然，这是一个前所未有的挑战。

　　首先要解决的问题是确定动车组总体技术条件，什么是动车组总体技术条件呢？张波解释道："说白了，就是中国到底需要什么样的动车组，我们应该研制什么样的动车组？为动车组研制明确方向和设计边界。"为此，张波带领研发团队走访调研了北京、上海、广州等几个重点铁路局，通过交流座谈、问卷调查和现场考察，与技术、运用和维修人员充分交流，耗时 2 个多月，收集了多方面的需求建议和数据信息。

　　我问张波："当时接到这个任务是怎样的感觉，毕竟这是一件国家科技大事。"

　　"当单位把任务交给我的时候，我既觉得使命光荣，也倍感压力。中国标准动车组研发是全行业的大事，不仅是对于我个人，对于行业各个层面都是挑战，只能成功，不能失败。有难度有风险，但我心里还是有底气的。"张波自信地说。

虽然这是铁科院第一次全面承担国家铁路新型动车组技术总牵头责任，但是早在 1990 年，铁科院就启动了高速铁路总体技术研究，并成立了高速列车总体组。在牵引、制动、网络核心技术研究方面，进行过很多探索。几十年来，一直用"智"追逐铁路最高技术，引领中国高铁驶向"复兴"。

中国标准动车组研发，不仅是产品的创新，更有研发模式的创新。项目之初，中国铁路总公司主管部门负责人周黎将相关人员组织到一起，提出了中国高速列车研发的一个新理念——用户驱动的技术创新，"无论如何创新，总要围绕用户的需求去做。只有有用户需求的创新才是有用的创新，只有满足用户需求的技术才是有用的技术。而当用户明确一种技术需求时，作为供应商所做的就是要千方百计去实现，这是生存之道，也是发展之道。"这个要求，作为技术牵头单位铁科院开展工作的准则，成为张波团队和其他兄弟单位在后续研发中始终坚持的理念。

一人难挑千斤担，众人能移万座山。

张波真诚地说："中国标准动车组是一个复杂而巨大的系统，有几十万个零部件，从事动车组零部件生产设计的有几百家企业，组成了一个庞大的高新技术产业链。要做出先进可靠的高速列车，需要各个环节配合和团队共同努力，必须举全国之力，是集体智慧的产物。我们用短短的几年研发出举世瞩目的复兴号，不是哪一个人能独立完成的，是无数个人，是一个个敢于拼搏的团队，默默作出的合力奉献。"

在铁科院建院 70 周年"薪火相传"的征文中，陆阳、张波、黄金，三代师徒不约而同地写了自己的师长，一撇一捺书写着传承。铁科院正是有许多像他们一样的师徒，点点滴滴汇集而成攀登向上的磅礴力量，才有复兴号的诞生。

"当时张波那么年轻，成为复兴号研发团队的牵头人，你们一众专家、博士，学历高，经验丰富，服气吗？"我问复兴号研发团队成员左鹏。

"服气啊！张波有这个组织能力、业务能力和决策能力。"掷地有声，他很坚定地告诉我。

谈及中国标准动车组的技术水准，张波打了一个形象的比方：如果用时间来划分，2012 年以前是中国动车组的 1.0 时代，那么 2012 年以后，中国动车组就进入了 2.0 时代。以前我们都是"模仿"别人的车，这一次我们就是要打造完全属于我们自己的动车组，中国人的品牌。

心血绘制蓝图

中国工程院院士何华武认为，所谓"中国标准"，就是集国际标准和国外先进标准之所长，又有中国特色和新的超越。

在我们生活中，常常会听到欧洲标准、美国标准等国际标准。众所周知，在工业制造行业能够制定标准的必然是这个领域的领跑者。标准代表着制高点，谁主导了标准的制定，谁就在这个领域掌握了话语权。一个新标准的确立，需要智慧、话语权和技术底气，更是一个国家实力的彰显。

动车组技术标准是动车组研制的蓝图，是动车组开展详细方案设计的重要依据。研发中国标准动车组，必须制定中国自己的动车组技术标准。

诚然，制定中国标准，是一个非常艰难的过程。中国标准动车组研发要做的第一件事，就是要制定总体技术条件，规定设计边界，确定技术路线。这项工作涉及面广、牵扯面大，要考虑动车组全部系统的运用条件、总体要求、基本性能、主要参数，还要统筹设计、运用、维修、成本等因素，牵一发而动全身。由此，张波带领团队围绕中国标准动车组技术条件和技术方案，分别从总体和子系统层面进行了艰难的论证研究。

"中国标准动车组研发之初，最难的就是这本技术条件制定，张波作为团队负责人，对每一个技术条件的制定都需要把关，既符合中国国情，又具有其科学性。"陆阳说着，递给我一本《时速350公里中国标准动车组技术条件》白皮书。

这是一本约2厘米厚的A4页面大小的书，在1000多项技术条款里，中国标准动车组的每一个重要细节，在这里都有明确的技术规定。

我随手翻到"车上布置·一般要求"这一项：一等座席设置"2+2"布置的一等座椅，座椅间距为1160毫米；二等座席设置"2+3"布置的二等座椅，座椅间距为980毫米；头尾车设置商务座椅，座椅间距为1965毫米。

这些是最简单的技术条件，也是无须争议的技术条件。但有些技术条件是需要进行严格的科学研究、论证的，由各个研究单位和厂方来共同决定。比如"动拖比""无火回送自发电""变压器滤网增大冗余 15%"等技术标准，都需要反复论证，而且专家们曾为此争得面红耳赤。

2013 年 9 月 10 日，中国铁路总公司在铁道大厦召开了中国标准动车组技术顶层参数研讨会，来自南、北车集团，长春客车、青岛四方、唐山轨道、同济大学、西南交大等 20 多家单位的专家学者，会聚一堂，研讨动车组动力配置方案（动拖比）。

铁科院首席研究员、复兴号总体技术研究组组长王悦明回忆道，大家分别从技术层面提出了 250 公里速度级和 350 公里速度级动车组动力的配置方案，各方代表各抒己见，争论不休。

有的提出 4M4T 编组模式，有的提出 6M2T 编组模式。所谓 4M4T 编组，即每列动车组 4 个动车、4 个拖车。6M2T 编组，即 6 个动车、2 个拖车。

别小看这个"动拖比"，它直接影响动车组整体效能的发挥，涉及动力冗余、再生制动能力、轻量化等方面，与牵引、制动、网络控制、转向架等主要系统的确定有重要关联。

然而，如果统一了这个动拖比标准，那么对于各厂家来说，必将改变既有研发体系和生产流程，带来新的人力、财力投入，涉及厂方经济利益，这可不是一笔小账。

张波和团队感受到前所未有的压力。

出现了问题有争论不怕，重在科学依据，张波团队所处的立场，需不偏不倚，不受任何外部因素的影响。在中国铁路总公司的主导协调下，制造企业和科研院所进行了充分的讨论和论证。经顾问咨询组刘友梅院士等专家组成的专家组评议，同意张波团队提出的建议，经报中国铁路总公司批准，最终确定中国标准动车组采用4M4T动力配置模式。

刘友梅院士曾经是国产中华之星动车组的总设计师，我国动车组技术的泰斗级人物。得到他的认可和支持，张波团队的压力小了很多。

采访中，团队成员邵军告诉我，像这样制定中国标准动车组技术标准的会议，一年多时间里，项目技术组召开了100多次，仅互联互通这一个方面的技术会议就开了60多次。有关互联互通的协议文件，摞起来有半人高。

在争议最大的技术条件里，张波坚持的还有"无火回送自发电""主变压器配套冷却装置滤网冗余增大15%"等技术标准，最后都让大家心服口服，显示了他扎实的理论功底和求真务实的科学态度。

什么叫"无火回送自发电"？团队成员郭晓燕介绍，无火回送实际上是一种工作模式，通俗地讲，就是当动车组在出厂转运或是线路上运行遇到接触网故障，以及受电弓遭到异物击打损坏时，这时没有了电力来源，车上蓄电池容量很有限，超过一定时间，动车组车上的用电设备，如空调、照明等就没法工作了，这时候就需要采用无火回送。

当时，长距离无火回送时，某些型号动车组需要联挂专门的回送发电车，给动车组的控制系统送电，实现制动系统正常工作，确保回送安全。但由于连接器的容量受限，此时动车组上的三相380V电是没有来源的，也就是动车组上的空调无法工作，待在车上的工作人员只能忍受严寒酷暑。

　　提高旅客乘车环境，是打造中国标准动车组的初心。张波想，牵引电机是可以实现能量双向流动的。当作为发电机运行时，就可以实现能量的反向流动，供给三相交流母线，实现车内中压负载和直流 DC110V 负载的正常工作。那么动车组只需要达到一定速度，就可以实现自发电，满足车内照明、空调、卫生间冲水等用电，这样就不会引起旅客恐慌，尤其在夏天，不会乘坐"闷罐车"。当时项目组调研国内十几种型号动车组，仅有 BST 公司的 CRH1 和 CRH380D 型动车组具有"无火回送自发电"功能。张波认为，复兴号是最先进的动车组，出于对旅客需求的考虑，必须要设置这项技术标准，实现这个功能。

　　张波讲了一个故事：2018 年 8 月 12 日，复兴号动车组担当杭州东至北京南的 G40 次列车，运行到廊坊至北京南间时，大风刮起高铁线路边上的彩钢板撞击动车组发生故障。在救援回送过程中，"无火回送"功能发挥作用，列车迅速恢复照明、空调、卫生间等电源，没有引起旅客的惊慌和不适，平安返回车站。

　　张波认为，动车组的冷却技术标准要充分考虑中国运用环境。我国华北地区春天杨柳絮多，如果动车组主变压器配套冷却装置滤网面积小，很容易被杨柳絮堵死，导致牵引设备发热，功率发挥受到限制。和谐号动车组有时一个往返就需清理一次，影响运用效率。

　　张波提出加大滤网，当有效进风面积减少 15% 时，应仍能满足牵引变流器在额定功率运用下的冷却能力要求。事实证明，这项技术标准为复兴号动车组又添一分。

　　就这样，经过了近一年的努力，张波团队对中国标准动车组的技术标准一项一项论证，一项一项优化，到 2013 年 12 月，完成了中国标准动车组总体技术条件和重要技术标准制定。团队成员张岩介绍说，在复兴号采用的 254 项重要标准中，中国标准占到 84%。

核心技术，走自己的路

走进张波团队的实验室，宽敞明亮，绿色的地面光亮如镜，一尘不染。张波打开电源，开启检测模式，顿时一组组数据相继显示出来。他扳动着手柄，速度表盘迅速转动起来，这就是高速动车组制动系统试验平台。

张波介绍，动车组制动系统部件上车前，必须通过严格的试验验证。以大功率盘形制动摩擦副为例，它是高速动车组制动系统的核心部件，通过摩擦生热，将动能短时间内转化成热能，使列车减速或停车。

中国标准动车组的核心技术是牵引传动系统、制动系统和网络控制系统。在复兴号研发过程中，中国铁道科学研究院承担着这 3 项最核心系统的技术攻关。

张波通俗地比喻，牵引传动系统是动车组的动力之源，它就像人的心脏，俗称"高铁心"；制动系统是列车安全运行的"守护神"，它控制列车减速、停车；网络控制系统决定和指挥着列车安全运行，就像人的大脑和神经中枢，俗称"高铁脑"。

既然是中国标准动车组，这个"高铁心"和"高铁脑"必须是中国标准。然而，这些核心技术却长期掌控在外国公司的手中，只有少数几个国家掌握，这是要不来、买不来、讨不来的，必须坚定不移走自主创新之路，实现软件和硬件全部自主。

　　牵引控制软件的设计，必须要有专业的图形化软件开发平台，没有这个图形化开发工具，要想开发控制软件，难度极大。如果从国外购买，价格高不说，还受人制约。张波团队决定从零开始，建立起自己的图形化软件开发平台。

　　张波是学牵引专业的，在牵引技术方面有着丰富经验，他和牵引技术研究组组长陆阳一道，带领郑雪洋等技术骨干日夜奋战，一年多时间里，代码量超过 100 万行，集成了 600 余个标准化功能块，最终构建了第一套软件系统，确保了整个牵引控制系统研发的进度。如今，复兴号牵引系统，不仅软件是自己的，软件开发平台也是自己的。

　　制动系统是中国标准动车组的核心技术之一。有人这样形容：一列高速运行的动车组，如果开出去不能让它停下来，就好比放飞了一枚"飞毛腿"导弹。制动系统就是确保高速动车组随时能够停下的"重器"。

◆ 张波与技术人员讨论牵引系统试验问题（刘一赢　摄）

　　早在 2010 年，铁科院就建成了最高试验时速 500 公里、高速 1∶1 制动动力试验台，它是我国进行高速列车制动系统自主化研制的核心大型研发设备之一。

　　张波硕士读的就是制动专业，这是他的老本行。他和制动技术组组长李和平带领研发团队，按照中国标准动车组自主化要求，开展制动系统全面攻关。以系统工程理论为依据，开展了需求分析、功能分解、仿真设计、样机试制、系统集成和试验验证等一系列设计创新实践。

　　研发团队深入生产车间，对每个零件的入场检测、每一道安装工序，都做到细致入微、密切跟踪、精益求精。为确保制动安全万无一失，研发团队进行过上百万次测试，增加大量安全冗余检测方式，仅轴抱死冗余检测装置就提升了一倍。冗余量的增加，意味着即使个别车轴制动装置出现故障，也不会影响列车制动安全。团队成员焦标强介绍，自主化制动盘的要求极为苛刻，100 多公斤重的盘体上不允许有笔尖大小的气孔。团队成员蔡田举例，曾经有气动部件在百万次的疲劳试验中仅出现 3 次偏离指标，即便已满足要求，团队也进一步改进技术、追求完美。

　　研发制动系统阀类时，经过努力，常温下达到了指标要求，实现了开门红，但低温试验给了他们一个下马威。零下 40 摄氏度的低温，空气泄漏量超过了标准值的 2 倍。研发团队尝试了各种各样的解决方案，不断试验新材料，采用新结构，优化新参数。当时正赶上北京最热的天气，室外气温高达 30 多摄氏度，试验人员经常满头大汗地披上棉衣，冲进零下 40 摄氏度的低温箱更换部件，出来时头发已经结霜、冻得直打哆嗦。经过半年多的艰苦攻坚，一点一点地摸索出 30 多种不同密封结构的性能，泄漏量达到标准且降低到了标准值的 1/3。

中国标准动车组制动系统研发平台，突破了国外公司的技术封锁，填补了国内的技术空白；突破了时速 350 公里等级防滑控制技术，实现轮轨黏着状态自动追踪和有效利用，缩短了安全制动距离。从控制软件到阀类硬件，再到基础制动技术，完全实现了自主化。

张波自豪地说："自复兴号上线运行以来，从未发生过'冒进'和'擦轮'事故，我国的制动技术达到了世界领先水平。"

采访中，我强烈感受到了中国铁路科研人员的拼搏奋进、团结协作精神。张波多次说，他们整个铁科院就是一个大团队，个个都是精兵强将。网络技术研发组组长赵红卫就是其中之一。

"网络控制系统，是各国技术'保护'的重点，不会轻易卖给我们。在研发之初，我们计划向国外直接购买，给很多厂家都发了邮件，要么石沉大海，要么明确表示，不报价，也不出售。"张波说起当时的困境，仍然唏嘘不已。

赵红卫是一名女将。她是全国政协委员、铁科院的首席研究员，也是铁科院有名的"铁娘子"，长期从事高速动车组网络控制系统研究和开发。她带领研发团队从方案设计、制图，再到接线测试，仅用一年多时间，就把网络控制系统仿真测试平台搭建起来。

控制平台开发是一项异常枯燥的工作，靠脑力，也靠笨功夫。研发团队从零开始，对从国外平移过来的技术文件，一个词一个词地查词典，一个短语一个短语地翻译，然后再通过一步步试验去解析，不仅要知其然，还要知其所以然。这群年轻的科研工作者开始了从"游戏用户"到"游戏开发者"的创新之旅，在很短的时间内，硬是把 3000 多页逻辑图的原理弄得滚瓜烂熟，而且在此基础上进一步创新运用。

在复兴号数千个日夜的研制过程中，张波团队上上下下都是铆足了劲，大家心往一处想，劲往一处使。无论是首席专家，还是一线工程师，都是一头扎在实验室或试验现场，在忘我的状态中度过了一个个寒暑春秋。张波回忆起和团队研发的那段日子，仍然记忆犹新：殷振环为完成调试任务，几个月没回家；朱广超在长达半年的出差后，曾收到女儿写的一封信《爸爸，你再不回来，就不知道我是怎么长大的了》；为了攻破软件开发中的难题，郑雪洋连续几天将自己封闭在办公室，对着百万行的代码抽丝剥茧，终于完美解决；左鹏在现场解决故障时两天两夜没有合眼，实在熬不住的时候在动车库冰冷的地板上席地而躺，小憩一会儿后再战，一刻也不肯离开；张洋的电话 24 小时接通，随时与大家讨论问题，被戏称为"全天候技术热线"。团队中这样感人的故事不胜枚举，谈起这些珍贵的记忆，张波十分感动，他说，这是一个能打硬仗的团队，个个都是勇士，人人都是英雄。

就是凭着这股干劲，中国标准动车组实现了牵引系统、制动系统、网络控制系统等核心技术的全方位突破。至此，中国高速列车真正的装上了"中国脑"，也真的有了"中国魂"。

2016 年 7 月 15 日 11 时 20 分，在郑徐高铁线上，两列中国标准动车组各自以 420 公里的时速相向擦身而过，眨眼间，安全顺利地完成了高速交会试验。相对时速超过 840 公里，交会全程不到两秒钟。这是世界上首次成功在实际运营线路环境和条件下的高速列车最高运行速度交会，标志着中国自行设计研制、拥有完全自主知识产权的动车组达到世界先进水平。

中国标准动车组集成了大量现代新技术，具有创新性、安全性、智能化、人性化、经济性等特点，动车组整体性能及车体、转向架、牵引、制动、网络等关键系统技术，都居于世界动车组技术的前列。

中国标准动车组研发成功后，张波与欧洲同行聊起复兴号的技术标准时，这些欧洲人都非常羡慕中国。由于历史原因，欧洲各国的机车供电制式一直不统一，通信信号五花八门，而欧洲铁路又是非常重要的交通工具，新的列车开发起来，难度就特别大。

张波自信地说道："今年是建党 100 周年。中国共产党领导中国人民走过风风雨雨的一个世纪，始终自强不息，拼搏奋进，让中国高铁在短短的十几年中走向世界舞台，这就是党的正确领导，这就是社会主义制度的体制优势，能够集中力量办大事、办成事。我作为中国人，作为一名共产党员，作为一名科技工作者，感到十分的自豪。"

严苛，从毫米到微秒

中国标准动车组，必须执行最苛刻的试验测试检查程序。

张波告诉我，试验需循序渐进，在时速 350 公里等级线路试验前，需先在环行铁道试验基地完成时速 160 公里及以下速度等级试验，然后在时速 250 公里等级高铁线路上完成测试，确保标准动车组能够安全、舒适、稳定地驰骋在祖国任何一段高铁线路上。

2015 年 8 月中旬，中国标准动车组在东北地区的长吉线进行时速 250 公里等级线路试验，这是试验列车第一次在正线运行。试验准备时，现场反馈给张波一个信息——一处轮轨力测试信号异常。

张波中午得知这一情况，立即从北京坐中午一点半的 G217 次火车出发，赶去试验现场。在车上，与现场负责人、动力学专家文彬深入沟通。张波内心有些着急，表面却云淡风轻，安抚现场的试验人员不要着急。晚上 7 点要继续试验，试验时间不能变更，故障必须立即查出。张波电话指挥现场试验人员逐步排查，一同分析故障原因，果然，下午 4 点左右，现场传来好消息："故障已找到，虚焊是元凶。"

夜间试验刚开始，在哈大线以时速 200 公里运行时，动车组在曲线上发生明显的尾部横向晃动，尤其是经过半径 8000 米、9000 米、1 万米这些大半径曲线时，平稳性指标出乎意料地变差，列车尾部尤为严重。

转向架要有问题可不得了，会对项目进度造成致命的影响。张波心急如焚，立即组织试验团队分析数据。他们发现，平稳性指标上升是由于车辆意外出现了 1.3Hz 左右的低频晃动，在大半径曲线产生类似的晃动以前从未出现过，难道与线路有关？张波和团队一起探讨，情况丝毫不容乐观。

在长吉线经过 4 个往返试验后，结果表明，在大半径曲线上的确存在时速 200 公里左右的不利速度区间，尾车横向平稳性指标偏大重复发生，这个结果让所有参试人员陷入了沉思。是什么原因造成了这种现象？应该采用什么措施来解决？如果不在时速 250 公里等级线路试验解决曲线横向晃动问题，后续的时速 350 公里等级线路试验只能停止。

祸不单行，在试验最紧急的阶段，张波突然接到母亲的电话，告诉他父亲感冒了。张波心里咯噔了一下，父亲患的淋巴癌最怕感冒，虽然紧张，却又无法赶回去，只是安慰了母亲几句，继续参加试验。

十万火急，张波很冷静，试验需要与时间赛跑，时间紧迫不容他多想。长吉线试验次日凌晨结束，试验列车 7 点回到沈阳北，比计划时间早了些。张波坐早上 D12 次火车赶回北京协调计划，车上没有座位，只得一直站到了北京。

到单位后，张波立即与主管部门紧急沟通，临时调整计划，通知试验团队安排主机厂更换抗蛇行减振器，做好再次试验的准备。然而，再次试验又失败了。

问题变得越来越复杂，张波和研发人员静下心来，经过认真分析，圈定了 3 个原因：一是轮轨接触关系问题，实际试验线路的轮轨匹配或轮轨等效锥度不理想；二是以相对偏低的速度通过大半径曲线时，转向架的摇头频率容易接近车体的滚摆频率；三是车体与转向架间的横向止挡在结构设计上过于强调限位作用，在曲线上受压到一定程度后激化了车体的横向晃动。

张波和转向架技术组商议，组织相关科研院所和主机厂展开讨论，最后达成一致意见，车轮型面不动，优化横向止挡。

故障有了突破，本来放松的心情，又迎来了当头一棒。

8 月 30 日，张波接到母亲的紧急电话，说父亲病情突然急转直下，这一次特别严重，让他立即赶回家。张波心急如焚，两头都放不下，他预料这次父亲凶多吉少，只得放下试验，立即乘飞机赶回老家。在万米高空上，他看着窗外一望无际的云海，父亲慈爱的画面在脑海里就像电影回放一样：儿时放学牵着他的小手回家，读中学时到学校给他送菜，得病后怕耽误他工作强忍疼痛，叮嘱他安心工作……往事一幕幕，张波内心一阵抽痛，泪水就像决堤的闸口。男儿有泪不轻弹，只是未到伤心时。张波一个男子汉，终于忍不住轻声抽泣起来。

张波到家时，敬爱的父亲已经走了。跪在灵堂，他凝视着父亲慈祥的遗像，感觉父亲仿佛没有走。他在心里默默告慰父亲，我一定不辜负您的期望，努力工作，担起家国重任。

张波化悲痛为动力，在接下来的一个月时间里，铁科院试验团队和主机厂设计团队密切合作、争分夺秒，迅速研究形成二系横向止挡的结构和参数优化方案，完成实物生产制造和全列新二系横向止挡的更换。10月中旬，在哈大线进行的各速度级第三次试验，各速度级被试车的横向平稳性指标达到正常，问题得到完美解决。

在复兴号试验中，对故障实行"零容忍"，哪怕是发生电闪一样的细微故障，也绝不放过。这是张波的态度，也是张波研发团队的追求。

一次，在做网络控制系统试验时，动车组偶发300微秒通信中断故障，一闪即逝。300微秒，比闪电还快。张波脑子里闪过无数的疑问，是设计问题？还是突发电磁干扰？张波和团队紧急奔赴现场，跟踪查找问题原因。

每天早晨天不亮，张波和团队就来到现场做准备，晚上10点才下车回宿舍休息，两点一线地坚持着，不断地调整着测试记录策略，连续监视着示波器，稍有疏忽就会错过故障记录。然而，故障似乎与大家玩起了捉迷藏游戏，连续几天的运营试验过程中，它都没有再出现。

张波把试验团队集中在一起，和网络技术研究组组长赵红卫一起在现场蹲守，将所有相关图纸放在一起分析，挨个梳理每一个细节。经过长达 168 小时的执着坚守，终于再一次捕捉到 300 微秒的故障现象。锁定位置，迅速查找错误指令来源，排除了这一故障。

300 微秒，看似微不足道的问题，很容易被人视而不见，可张波绝不放过，他认真地说："在可靠性测试问题上，容不得一丝马虎，绝不能把问题带到定型后的产品上。"

"张波有比别人更坚定的意志，他遇事沉着冷静，忙中有序，忙而不乱。"铁科院首席专家王悦明评价道。

2016 年年初，中国标准动车组在大西线做联调试验。这天，张波接到试验团队的报告，说动车组牵引变流器捕捉到一个异常信息，之前从未出现过。虽然没有造成任何影响，但张波的第一反应是：偶然就是必然，必须找到根源，才能水落石出。

牵引技术研发团队直奔忻州西站的试车点。对于这个不速之客，研发人员只能守株待兔，把仪器设备全装上，所有人把眼睛都擦亮，盯着仪器。而故障好像跟他们玩起了猫捉老鼠的游戏，在头两天里，竟然毫无踪迹。

锲而不舍，金石可镂。研发团队没有一个人放弃，晚上在动车库里测试，白天再讨论分析，确定接下来的测试计划。就这样一点一点地缩小测试范围，最后终于发现，是一个圆珠笔头大小的基础器件出了问题。复兴号全长约 209 米，而一个圆珠笔头只有 2 毫米，要找出这个故障，简直比大海里捞针还难。

回忆起这一幕，张波记忆犹新，忻州那年冬天特别寒冷，外面零下 10 多摄氏度，在完成最后验证的那天凌晨，全团队的同志如释重负，欢欣鼓舞。一个工程师的鞋底不小心沾上了洗车时流下来的水珠，一迈出车门鞋底就被冻住了。一抬脚，听到一阵冰的撕裂声。

大考，从 60 万公里开始

复兴号从研发到生产，只用了 4 年多时间，而国外研发这样一种新车型，至少需要五六年，或者更长时间。也有人会质疑和担忧，我们的车安全吗？

按照国铁集团的要求，每一款全新型动车组在载客之前，必须要跑满 60 万公里的运用考核，相当于绕地球 15 圈。这一圈圈试跑的背后，凝聚着科研人员的心血，是他们对安全的绝对把控，更是中国铁路对广大人民的安全承诺。

◆ 张波在拉林线试验现场（赵斯玮 摄）

　　从 2015 年 6 月起，复兴号进入试验阶段，张波多次到试验现场协调指挥，频繁往返于试验基地和北京，笔记本电脑随身带，以便随时随地能工作。

　　张波似乎习惯了这样的生活。这几年，他一直奔跑在路上，不是在实验室，就是在试验基地。不是在办公室熬夜、加班，就是在试验现场搜集数据。因为动车组不仅仅是跑在图纸上，钢轨也不是铺在办公室，铁路技术是一个实践性极强的领域，线路试验在高速动车组技术发展过程中，扮演着十分重要的角色。

　　复兴号动车组样车研制成功后，必须在联调试验中经受住比正常运行更复杂、更严苛的考验。包括型式试验 67 项，系统科学试验 13 项，关键系统及部件服役性能研究试验 12 项。每一次试验，都是一次大考。

　　中国标准动车组试验依次在环行铁道试验基地、长吉客专、大西高铁综合试验段、郑徐高铁、哈大高铁进行。动车组上设置着近 3000 个测点，地面 60 个工点布置测点上千个，是迄今为止试验周期最长、试验项目最多的高速动车组综合试验。

　　2017 年 4—5 月，在大西高铁做专项试验时，张波团队的振动噪声测试小组在现场奋战了两个月，当时需要整个试验期间内无雨雪、风速小于 5m/s，对环境的要求极其严苛，几乎是"靠天吃饭"。当时试验分车上和车下两部分，有 240 多个测点，车上车下同步进行，时间要精确到万分之一秒。这么多测点，任何一个测点微小的干扰都会导致数据采集失败，而且就算全部数据正常，也不能保证得到正确的结果。试验人员不但试验时精力要高度集中，试验后还需要连夜分析，调整第二天的方案，经常连续工作 20 个小时以上，吃在车上，睡在车上。工程师高攀做完试验后，瘦了10斤，他跟张波开玩笑说："减不下肥的，都发来跟我们做试验吧，做试验比任何减肥药都灵验。"

2016年6月，中原大地，烈日当空，中国标准动车组进行库内试验准备时，室外温度达35摄氏度，车厢内温度竟然高达40摄氏度，试验人员车上车下跑，几个回合下来，衣服能拧出水来。

然而，当动车组进行能耗试验时，全车空调必须调到最低温度。尤其是弓网测试组，由于所在车厢还要进行噪声测试，试验时车门要一直关闭，使得该车厢的温度更低，即使是穿上羽绒服，也冻得瑟瑟发抖。在这样的工作环境里，试验人员一天要待十几个小时。

大伙开玩笑说：这简直就是"冰火两重天"的考验。

孟子曰："天将降大任于斯人也，必先苦其心志，劳其筋骨，饿其体肤。"在复兴号60万公里运用试验考核中，张波和科研团队经历了艰苦卓绝的考验。张波回忆起这些往事，眼里泛出泪花，他动情地说道："每一次试验，都是在打一场攻坚战，既考验心理素质，也是在考验身体素质。团队的同志即使病了，也要坚守到最后，无一人当逃兵。"

作为铁科院研发团队负责人，张波始终保持着清醒的头脑，思路清晰，运筹帷幄，科学地调配各组人员，同时组织骨干成立了整车试验工作组，他亲自担任组长，与各试验测试组保持着畅通的信息沟通，及时处理试验中的各种突发问题，哪怕一个环节、一个细节，都不能疏忽。2016年7月15日，中国标准动车组在郑徐高铁实现世界首次时速420公里的交会和重联试验，创造世界纪录的同时，探索了时速400公里及以上高速铁路系统关键技术性能和参数的变化规律。

2016 年 10 月 27 日，中国标准动车组通过了 60 多万公里的试验"大考"，制动系统、牵引系统和网络控制系统等多项核心技术实现了新突破，总体性能、安全状况、技术状态等全部达到优秀。标志着中国标准动车组实现了由"国产化"向"自主化"的转变、由"中国制造"向"中国创造"的跨越。

2017 年 6 月 26 日，复兴号在京沪高铁两端的北京南站和上海虹桥站双向首发，正式投入时速 300 公里的商业运营。9 月 21 日，复兴号商业运营时速提高到 350 公里。由此，复兴号成为世界上商业运营速度最快的动车组。

习近平总书记在 2018 新年贺词中说："复兴号奔驰在祖国广袤的大地上……我为中国人民迸发出来的创造伟力喝彩！"不到半年，总书记对复兴号的点赞就有了升级版。2018 年 5 月 28 日，在中国科学院第十九次院士大会、中国工程院第十四次院士大会上，习近平总书记再次给复兴号点赞："复兴号高速列车迈出从追赶到领跑的关键一步！"

2019 年 10 月 25 日，国务院新闻办举行中国高铁一线科研工作者与中外记者见面会，张波代表中国铁路讲解展示了复兴号动车组的模型，引起了中外记者的极大兴趣。他骄傲地说："我们的复兴号动车组总体技术达到世界先进水平，部分技术及性能世界领先。"

目前，张波和他的科研团队正在参与研发更高速、安全、环保、节能、智能的复兴号动车组新产品。复兴号家族涵盖了时速 350 公里、250 公里、200 公里、160 公里等不同速度级的各种车型，未来会在普通型基础上进行适应性调整以适应高寒高原抗风沙等不同运用区域环境的要求，满足更多地区更多旅客的出行需要。

张波透露，他们团队目前正在开展复兴号高速综合检测试验列车的研制，有一个重要功能就是搭载高速列车新技术验证工作，开展碳化硅器件应用、涡流制动等非黏着制动技术、碳陶制动盘、电气柜小型化等新技术研究。

谈到未来创新发展理念，张波说了 3 个必须：创新必须开放，创新必须坚持自主，创新必须以用户需求为中心。

爱上一个不回家的人

自古忠孝难两全。

这句话，张波感受很深。他从参加工作后，科研项目研发任务就一个接一个，无暇分身，很少能照顾家庭，连最普通的周末、年假也很难正常休息，不是在试验现场，就是在去试验现场的路上。

张波父亲患癌症近 20 年。在研发复兴号的几年里，张波一个接一个地做试验，父亲的病时常发作，经常几个月住在医院，张波只得利用短暂的休息时间，乘坐飞机往返于湖南老家。张波只要一回去，就守在父亲的病房里，洗脸、喂饭、喂药，陪父亲说话，一步也不离开，就如同当年父亲照顾奶奶一样。

谈起父亲，张波很是遗憾。他说父亲如果能坚持到现在，也许就能活得更久了，毕竟现在的医疗技术比那时先进多了。

我好奇地问张波："父亲知道您当时在干什么工作吗？"

"他知道我的工作，但很少问我。只有一次，父亲躺在病床上问我，火车跑那么快，你们会有危险吗？我才知道，其实，他一直是关注我、担心我的。"张波含泪回忆道。

张波告诉父亲，自己正在参与中国标准动车组的研发，安全是首要的。可惜张波的父亲没能等到复兴号问世，就与世长辞了。

如今母亲已过古稀之年，疾病缠身，居住在老家，由姐姐苏宾照顾。张波虽然回家少，但很挂念、关心家里，时常打电话问候母亲。采访中，苏宾对我说，弟弟忙的是国家大事，我们家族为他骄傲，母亲有我照顾，他尽管安心工作。

张波的爱人张娟是湖北姑娘，性格直爽，善解人意，跟张波谈恋爱时还在部队服役，对张波的工作性质不是很了解。2006年跟张波结婚后，见他如此忙，有些不理解，科研人员怎么要经常出差呢？有次，张波带张娟去看望师父陆阳，师母拉着张娟聊着家常，直爽地对张娟说："我年轻的时候，对老陆老是加班加点也是很不理解，总是抱怨他'你们单位那么多人，为啥就你这么忙？'一次，老陆带团出国，我们家属都去送站，大家一聊才发现，不是老陆忙，大家都一样的忙。从那以后，我理解了老陆，我尽量不让他挂念家里，让他安心工作。"

陆阳爱人的话，让张娟多了一份理解。张娟在娘家也是一个娇娇女，她知道了张波所做工作的艰难和重要性后，在往后的生活中，勇敢地承担起大部分家庭重担，尽量不让张波分心，给予丈夫最大的理解和支持。

2006年10月，张波在青岛胶济线做CRH1、CRH2型动车组正线试验，两个多月没有回家，张娟那时怀孕五六个月了，心里很是挂念张波。一个周末，张娟在妹妹的陪同下，坐一夜的火车到青岛看望张波，她想给张波一个惊喜。

◆ 张波和女儿们在一起（张娟　摄）

　　当张波看到身怀六甲的爱人站在他面前，又愧疚又高兴，激动得不知说什么好，傻傻地看着张娟笑。

　　那天晚上，张波点了爱人最爱吃的菜，给她讲研发团队的故事。张娟指着桌上的螃蟹，动情地对他说："张波，你们就是中国高铁第一批吃螃蟹的人啊！"听了这句话，张波顿时眼圈红了，他深情地看着爱人，内心默默起誓，一定要做出成绩，不辜负爱人的信任和支持。

　　张娟怕影响张波的工作，第二天就离开了青岛。在站台上，她拉起张波的手放在自己肚子上，笑着说："宝宝刚才又动了，你摸摸，下次见面说不定宝宝就出生了。"

　　火车开动了，张波心里涌过一股热流，在爱人怀孕最需要他的时候，从没有好好陪过她。爱人的体贴让他感动，他知道，爱人是故作轻松，不让他担心，用坚强和柔情默默支持着他。

同事郭晓燕当时和张波一起在青岛做试验，对这件事记忆犹新。他们当时忙得都顾不上给家里打电话，别说回家了。张娟挺着身孕去"探亲"，成为他们团队的特别记忆。

2007 年，张波的第一个孩子熙熙出生，正值和谐号动车组引进消化吸收阶段，那几年的试验任务异常繁重。张波当时既是牵引试验组的负责人，还担任部分试验项目的项目经理，工作任务很重，经常一出差就是几个月不着家。那时张娟还在部队没有转业，母亲又在照顾患病的父亲，没有时间来照看孩子，无奈之下，女儿刚满3 岁，张波就只得把她送进寄宿制幼儿园。

女儿年纪小，很敏感，特别依恋父母，张娟每次送孩子到幼儿园，女儿都哭闹着不肯进校园，只得狠狠心，将孩子交给老师，一转身，眼泪像断了线的珍珠直往下掉。

张波说，女儿性格有些内向，就是小时候陪伴太少的原因，现在想起来，都觉得心疼和愧疚。那些年，他经常十天半个月回不了家，偶尔回到家女儿已经睡了，第二天去上班，女儿还没醒来，女儿经常问妈妈，爸爸去哪里了，听到这句话，张波眼眶发热，只能在电话里跟女儿亲热地说上几句。

2013 年的一天，张波在外地参与中国标准动车组的研讨，突然接到张娟的电话，说孩子不见了，急得直哭。

张波一听，脑袋"嗡"的一声就大了，心里无比的焦虑和自责，一面安慰爱人，一面给住在院里的同事打电话，让大家帮忙找。后来发现孩子在邻居家里。原来女儿在路上没跟上妈妈，很害怕，赶紧自己抄近道回家，看见家里没人，就到对门伯伯家待着。这次意外事件，把张波吓怕了，对孩子加强安全教育。女儿很乖，回家大人都没回家时，自己在楼梯口等妈妈回来，不会到处乱跑。

女儿聪明乖巧，张波很欣慰。特殊的家庭环境，造就孩子早熟。女儿上初中后，张波跟女儿沟通交流多了，他向女儿介绍自己的工作，了解女儿的想法，有时间还会辅导女儿的功课，弥补以前缺失的陪伴。后来，他们有了二女儿笑笑，张娟从部队转业了，张波却更忙了。

"这么多年，你们聚少离多，张波很难照顾到家庭，你会抱怨他吗？"我问张娟。

张娟呵呵地笑了，幽默地说道："从结婚起，我就知道自己爱上了一个不能常回家的人。我曾是一名部队军人，分得清孰重孰轻，知道他干的是国家大事，尽全力支持他。"

张波对我说，干我们这一行，出差是常事，不能常陪伴在家人身边，家人的理解支持很重要，只有心无挂碍，才能专心致志做试验。我深深感受到，无数铁路科技者舍小家顾大家，才有复兴号的诞生，军功章的背后，有家属们一半功劳。

张波先后获得全路火车头奖章、铁路青年科技拔尖人才、铁科院突出贡献奖等荣誉。他所在团队也荣获了全国总工会工人先锋号、全国五四红旗团支部、全路火车头奖杯等荣誉。

2021 年 1 月，张波荣获中共中央宣传部、中国国家铁路集团有限公司联合授予的 2020 "最美铁路人"荣誉称号。

采访中，张波多次对我说："我是一位幸运儿，是伟大时代赋予了我这个大舞台，给予我锻炼成长的机会。我能来到铁科院工作，能碰到这么优秀的团队，能参与如此伟大的复兴号工程，我一直心怀感恩。"

　　20 年来，张波在平凡的岗位上不断创造非凡，从事铁路移动装备应用技术研究及核心系统研发，参与了我国所有新型高速列车的试验研究，深度参与了我国机车车辆装备引进、吸收、运用及全面自主创新，在我国牵引计算领域处于权威地位。他主持了《牵引计算规程》等多项行业标准制修订，主持或作为骨干参与了国家级、省部级和局级科研课题 50 余项，多次获得省部级奖项，发表论文 30 余篇。

　　张波担任着国际铁路联盟 SET11 牵引专家组组长，站在国际动车组技术的前沿，以自己的实力彰显着中国铁路的国际影响力。

　　时代大舞台，点亮了张波的梦想。圆梦复兴号，凝聚着中国铁路人的智慧、力量和信念。

　　我们为新时代喝彩，为新时代的中国铁路人喝彩！

吴亚东

最美铁路人

ZUIMEI TIELUREN

为了雄安明珠熠熠生辉

——记中国中铁建工集团雄安站二标段项目部总工程师吴亚东

栾秋玲　李志强

烟波浩渺的白洋淀，是华北平原最大的淡水湖泊，这里水域辽阔，荷塘苇海，鸢飞鱼跃，素有"华北明珠"的美誉。如今，共和国最年轻的城市正从这里拔地而起，它的名字叫雄安。

2017 年 4 月 1 日，党中央、国务院决定设立雄安新区，就此拉开了高起点规划、高标准建设的帷幕。雄安新区承接着北京非首都功能的转移，致力于推动京津冀协同发展。这是以习近平同志为核心的党中央作出的一项重大历史性战略选择，是继深圳经济特区和上海浦东新区之后又一具有全国意义的新区，是千年大计、国家大事，是在燕赵大地上书写的又一个春天的故事。一位诗人说，透过雄安将看到新时代中国的诗与远方。

2020 年 12 月 27 日，京雄城际铁路全线开通。这条铁路从北京西站到雄安站，全长 92.4 公里，最高设计时速 350 公里，将成为雄安新区建设的重要交通支撑。作为首个大型基础设施工程，美丽的雄安站走进了亿万人的视野。各大媒体争相报道点赞，称其为雄安明珠，是未来之城的地标。

从航拍的巨幅照片中俯瞰雄安站，真像一颗镶嵌在绿色华北大平原上的明珠。雄安站是京港高铁、京雄城际、津雄城际、雄石城际、雄忻高铁5条线路交汇的重要交通枢纽，建筑面积47.52万平方米，站场规模为11台19线，创国内站房建设多项之最。同时也是我国"八纵八横"高铁网上的新枢纽，未来将辐射全国，成为雄安新区面向世界的窗口。

雄安站的设计理念来自白洋淀水文化，寓意"青莲滴露、润泽雄安"。这不禁让人想起陆云那首《芙蓉诗》：盈盈荷上露，灼灼如明珠。这个足有66个足球场大的"巨无霸"，椭圆形的屋盖轮廓如清泉源头，似一瓣青莲上的甘露；屋顶在中部高架候车厅处向上抬起，边缘层层收进，如同白洋淀的湖面风吹涟漪；立面形态舒展，又似传统中式大殿，展现中华传统文化基因。

谁能想到，以冷峻的金属和钢筋混凝土作画笔，将大气与柔美、现代与传统、艺术与技术完美融合，擘画这样大手笔作品的总工程师竟然是一位文静的女子！

她就是中国中铁建工集团雄安站二标段项目部总工程师吴亚东，2020"最美铁路人"。这个清秀甚至有些柔弱的女性，在工程技术管理岗位一干就是25年，在雄安站二标段建设中，吴亚东带领团队锐意创新，攻坚克难，实现了"畅通融合、绿色温馨、经济艺术、智能便捷"的新时代铁路客站建设要求，打造了"雄安速度"和"新基建"的范本。

接到采访任务时，我们很好奇：在男子汉成堆的工地上，这个女总工，怎样率领年轻的技术团队，面对前所未有的高标准，把一座"明珠车站"呈现在新时代的雄厚画卷中？

在雄安站，我们见到了吴亚东。高挑的个头，身材纤瘦，一头英气的短发，一副镶边眼镜，目光沉静坚毅，文文静静，像个书卷气十足的大学教授。站在宏伟高大的雄安站前面，长长的影子更显出她的纤瘦娇小。

在这种强烈的视觉反差中，我们走近吴亚东，走进了她和雄安站的故事。

雄安，我们来了！

2019 年 1 月 16 日，吴亚东进驻雄安第 47 天。万事开头难，施工渐次铺开，她这个总工正压力山大呢！

一早就开始忙碌的吴亚东，没有想到这是她和伙伴们一生难忘的一天。就在这一天，习近平总书记在雄安新区考察时连线京雄城际铁路建设者，习近平总书记勉励大家，你们正在为雄安新区建设这个"千年大计"做着开路先锋的工作，功不可没！

习近平总书记的话极大地鼓舞了吴亚东和伙伴们。她暗下决心：以 22 年的党龄庄严承诺，一定要当好这个开路先锋！

吴亚东告诉我们，当初领导在会议室宣布她的任命时，身为北京分公司工程技术部部长的她，没有一点儿思想准备。惊喜是肯定的。雄安啊！千年大计，国家大事，一个干了半辈子工程的建工人，赶上这样的大项目，能不亢奋吗？可也着实有些突然。她从没想过会是自己。在现场摸爬滚打 14 年，机关 8 年，虽然一直干技术，但大型铁路站房项目，自己都是以技术部门主管身份参与，雄安站这么大的项目而且责任重大，自己能干好吗？

家人会是什么态度呢？儿子刚初三，正是关键时候；父亲这两年身体不大好，也得多照顾，去雄安，至少两年多……

她一路纠结着，去接儿子放学。一听要走这么久，原本指望妈妈能在中考前的关键时期给自己辅导加油的儿子有些沮丧。但刚进家门，他就小大人似的一挥手："想去就去，我接着住校！"临进自己房间时，小暖男看到妈妈的一脸歉疚，就抱了抱她说："放心吧，你干好雄安站，我打好中考仗！"

爱人胡祖顺跟吴亚东一个单位，倒啥都不用解释，痛快表态："千载难逢的机会，放心去吧！家里和老人那边，有我呢嘛！"

当听见吴亚东担心自己干不好时，丈夫不高兴了："你不行，谁行？！"

倒是劈头盖脸挨了老妈一顿数落："都 40 多岁的人了，还主动往外跑？小威转过年就中考你也不管？你啊，跟你爸当年一样！"而那个党员老爸则一如既往地表态："赶上重点工程，不容易！放心去吧！小威要不想住校，我给他做饭！"

就这么愉快地决定了。去雄安，去雄安！干个像样的大工程！内心的兴奋是用语言无法形容的。

其实，对铁路满怀深情的吴亚东一直以来都有个遗憾，那就是还没有亲手建过铁路车站。现在，这么重要的雄安站交到自己手上，她觉得浑身每一个细胞都青春了，洋溢着战斗的激情。

是那颗一见钟情的白洋淀"露珠"啊！当她负责制作雄安站项

目投标标书时，一眼就爱上了这个设计。

"水会九流，堪拟碧波浮范艇。荷开十里，无劳魂梦到苏堤。"如果说雄安新区是一幅徐徐展开的宏伟蓝图，那么白洋淀就是实现"中华风范，淀泊风光""水城共融、蓝绿交织"的迷人底色。这一片辽阔的水域，从一万多年前的新石器时代就哺育着河北先民，留下远古印记，经过燕国故地、汉唐古城、宋辽边关、明清水乡不同时期的发展，在水文化的承载孕育中，形成独具特色的畿辅文化，拱卫京都。因此，雄安站用"青莲滴露"做设计主题再贴切不过，而"润泽雄安"更是寓意深远。比如屋顶的设计，4.2 万平方米的光伏建材，年均发电量可达 580 万千瓦时，相当于给雄安植树 12 万公顷呢！

多么灵性的设计，多么美好的寓意！

雄安，我们来了！

11 月 30 日任命，12 月 1 日进场，12 月 7 日开工。这就是传说中的中铁速度：开工即决战，进场即冲刺。

12 月 1 日，河北雄县昝岗镇。吴亚东第一次踏上雄安的土地，看到的是没有路的荒野，不等你抒发一下豪迈，一堆难题就涌过来："吴总，不通水不通电不通路，怎么做方案？""吴总，这么大体量的工程，周边没有合适的混凝土搅拌站怎么办？""吴总，咱在哪儿打井哪儿挖渠？""吴总，是不是得盖个加工厂？"……吴亚东说，机关工作和现场节奏截然不同，不是一个忙法。突然换挡调速，一开始着实有点难以招架。最初一个多月，忙乱、紧张、焦虑，充斥着她的 24 小时。

吴亚东像一台上了发条的钟表，"咔咔咔"不停转动起来了。每天一睁眼都有数不清的问题排着队等着她。技术力量到不了位，工作分不清分内分外，忙到没时间思考，顾不上抬头看路，这让她焦虑：这样干行吗？

怎能不忙呢？古语讲，兵马未动，粮草先行，干工程，是技术方案先行。

技术方案是总工程师的主要工作之一。做方案几乎牵涉工程全要素：人、机、料，安全、质量、环保、成本，等等，牵一发而动全身，环环相扣。做方案就像围棋高手布棋，走一步要往前看三四步，必须超前考虑，统筹全局，做着 A 方案，脑子里同时要考虑相应的 BCD……那段时间，吴亚东只想化身机器人，时间太宝贵，她感觉自己吃饭睡觉都有愧疚感。每天大脑高速运转，像电脑一样去检索：她要以最快速度从 22 年的经验库中寻找最优方法，从知识储备库寻找最新参考。因为，雄安站的设计，起笔即是世界眼光，那她和团队的落笔，别无选择，必须建成时代标杆。

◆ 吴亚东在研究施工图纸

问她，雄安站的施工组织设计难在哪里？吴亚东想了想说，太大了。建工集团建过 400 多个车站，雄安站的体量数一数二。

雄安站建筑面积达 47.52 万平方米，规模相当于 6 个北京站。整体规划是站城一体化设计，集高铁、轨道交通、市政公交于一体的综合交通枢纽，结构超级复杂。

吴亚东所在的建工集团负责二标段，单层最大面积就有 10 万平方米，按 5 个作业区划分，最多的一层光流水段就分了 100 多个。如何保证施工无缝衔接，全面快速推进，是雄安站如期建成的关键。

就拿工地道路设计来说吧，做建筑的都知道，施工组织第一要务也是交通先行，它决定整个施工现场是否血脉畅通，高效灵活。

雄安站基坑深、面积大，结构复杂，可利用的场地狭小，而超长超大构件运输多，施工道路设计本就复杂，工地中还有未完成征地拆迁的遗留地块，规划基坑和道路方案就得绕着走，难度加倍。

第一次任车站项目总工的吴亚东，那段时间压力最大。一向冷静沉着的她也有些不淡定了：我真的行吗？

想是这么想，活儿还是按部就班地干起来了。特别是那一天，习近平总书记给建设者们打来了连线电话。习近平总书记可说了，咱们是千年大计的"开路先锋"啊！这话犹如春风雨露滋润心田，吴亚东焦虑顿消。

那天晚上，吴亚东站在办公室窗前，难得地望了会儿星空。雄安的夜空真美，月亮又快圆了，温柔的月辉从深邃的夜空倾泻而下，她听见一个倔强的声音在对自己说：

"怕什么？开路先锋嘛，不就是白纸上作画，从无到有，从有到精么！"

"怕什么？答案不都在现场吗？今天没找到，明天接着找嘛！"

"吴亚东，建一座伟大的车站不一直都是你的梦想吗？"

从那天起，吴亚东的眼神更加炽热，步子迈得更坚定。对于常年南征北战的吴亚东来说，办法都在现场中。于是，数九寒天，她带队，在雄安的旷野上，一趟趟走现场，一米米反复量，一遍遍去协调，一次次做调整，最终设计出"1主5从"通道网，圆满完成方案制定。

就这样，未来之城的旷野上，风越大，她的头昂得越高：

"吴亚东，你一定行！这个开路先锋，一定要当好！"

为什么是她？

采访时，雄安站已经交付使用。吴亚东穿着便装，带领我们走在长长的明亮的光谷长廊上。旅客还很少，谁能想到，几年后这里将会是怎样一幅繁忙的景象呢？那些旅客和车站工作人员也不知道，眼前这位普通旅客一样的女子，就是这偌大工地上的女总工。每一处建造，每一个细节，都凝结着她和团队的心血和汗水。她边走边如数家珍似的讲述着这里发生的故事，语调平和，声音温婉，却把我们带回那些热火朝天、兵马喧闹的工地岁月。

我们心里一直有个疑问，雄安站项目部总工，为什么会选择吴亚东呢？毕竟，这么一场硬仗，对于男子汉来说都是巨大挑战，更何况一位文静女子呢？

于是，沿着她的成长足迹追溯，我们看到了一个骨子里浸润着水文化和铁文化的塞北姑娘。

延庆多雪，吴亚东出生在延庆一个小镇，延庆的风雪塑造了她骨子里的硬朗。吴亚东喜欢雪，她最推崇的哲学理念是"上善若水"。在她看来，雪是水的一个童话，她的微信名叫作"塞北的雪"。

吴亚东在一个幸福的家庭里长大，从小父母疼，姐姐爱。她笑称，直到现在，姐姐还把她看成当年的跟屁虫一样护着，啥都替她操心。

妈妈是村里的赤脚医生，最爱说"医者父母心，治病救人是责任"。因为医术好，待人真诚，价格公道，经常照顾困难户，所以十里八乡的乡亲提起妈妈来都竖大拇指。父亲在几十里外的县城当厂长，天天忙，顾不着家，他常说的是"公事为大"。家里的活儿就全落在母亲身上，里外一把手，也成了姐俩要强的人生样本。孝顺的小姐俩早早就当了家：姐姐是做饭主力，她是小跟班，五六岁就开始拉风箱。那灶膛里的火苗，就像她的童年，光明、温暖，充满了爱的温度。

从记事起，吴亚东就从父母身上懂得了敬业：爸爸全心扑在厂里是一种敬业，妈妈一颗心，热气腾腾地全扑在家和诊所上，自己给自己加码，累且快乐着，又是另一种敬业。

1992年，吴亚东考上了渭南铁路工程学校（简称陕铁院）。陕铁院的校徽元素来自路徽，从第一天戴上它，吴亚东就记住了"你是铁路人"。而"德修身、技立业"的校训，更像是带着詹天佑的嘱托。在陕铁院，不爱和人打交道的吴亚东，不但在和建筑的对话中找到了乐趣，也认识了偶像詹天佑，成了她未来职业生涯最明显的精神印记。

进入陕铁院的吴亚东，迅速成为学霸，成绩一直名列前茅。"参考"吴亚东作业的同学太多，她错一道题，一堆同学被带进"沟"里。1996年毕业时，吴亚东不仅拿到了毕业设计优秀奖，胸前还多了一枚党徽——对于一名中专生来说，这太珍贵了。

不能不说，吴亚东被分配到中铁建工集团，是巧合也是缘分。中铁建工集团的源头，来自100多年前的京张铁路，其前身是詹天佑1905年亲手组建的京张铁路厂房设计事务所。把詹公《敬告青年工学家》烂熟于心的吴亚东，如溪流归海，成了具有京张血统的建工人。

上班第二年，吴亚东就被行政办公室要去了。作为一名刚毕业的女生，这是多让人羡慕的好事啊！可她却不想待在机关。几天后就去找领导，非要去现场。

伙伴们劝，老妈埋怨。她却很坚决。"凡初卒业于学校者，无论成绩如何，必先居以下位，待其阅历渐近，逐次提升。"詹天佑说得多明白，干工程，必须从基础做起，从铁路工程建设最一线的实际工作中做起。

领导看着她欣慰地笑了：这个文静却执拗的小姑娘，明明是新人，却处处透着老建工人的影子，是棵好苗子！

吴亚东第一次正式负责技术是北京铁路局调度楼项目，是上班的第三年。

早上上班，吴亚东迎面碰上项目经理卢卫平："卢总早！"

卢总看看表，冲她笑笑没说话。后来她才发现，对于卢总来说，这个时间一点都不早，那是他转完工地才来上班。怪不得，他能对工程进度、现场状况门儿清！

吴亚东自告奋勇跟着卢总去转工地，第一次的经历至今难忘。

正是三九天，早上 7 点，滴水成冰啊！她戴着新买的皮手套都嫌冷，卢卫平却光手抓着脚手架往上爬，上去检查外墙砖铺贴质量。她不理解一个项目经理为啥要亲自爬上去看——有质检员啊！可是，他都上了，自己咋办？心一横，上吧！头一回啊，30 多米的脚手架啊！一紧张，"哧啦"一声，心爱的新手套被挂了个大口子。

下来后，卢总看到她煞白的小脸和眼里的不解，对她说："你只是空手爬，就觉得这么难，可这就是工人们干活的通路，你不爬，怎么能设计出最合适工况的方案呢？况且，一个工程技术人员，离现场远了，也就离真理远了！"

卢总另一个特点是胆大。一个从未上手真刀实枪干过的新人，他就敢放手："小吴，你只管去干，出了问题有我呢！"

想不到第一次下钢筋料表，吴亚东就出了错。当时工程市场上普遍的做法是由具体施工的劳务方全包，包括下料这样的事，项目部只负责审核。卢总却不，他对吴亚东说："人在事中磨，方能立得住。干技术，你不自己上手从基础干起，怎么摸清门道？将来别说指导劳务方，连跟人对话的资格都没有，那就只能被对方牵着鼻子走！"

学霸吴亚东很自信地完成了第一份钢筋料表："按公式计算的，没毛病！"等第一批钢筋加工完拉工地一看，糟了！没考虑现场实际变化，钢筋安不上去！吴亚东吓坏了：这料废了不说，还会影响工期啊！

结果卢卫平连一句重话都没说，踢了踢那些钢筋："咋错的？想明白啦？错了，就赶紧去想办法解决！"

当然，聪明的吴亚东已经想到了妥善的解决方案。

这件事直接教会吴亚东面对现场的态度和笃定：理论结合实际，现场是最好的老师；多难的问题，答案一定在现场；如果一时没找到，是不够专注和努力，继续找就是了！

当时项目部的总工吴长路是对吴亚东影响深远的另一位师父。

当时吴亚东做的技术方案，都交由吴长路来审核。每一次，学霸吴亚东左检查右核对，自认为很完美才上交。结果师父一看就是一堆问题，等把这些问题改完再交，她以为这一遍应该是只看修改的部分，不，师父说方案环环相扣，每一遍必须从头看起，不论审过几遍，都当成第一次，这让年轻的吴亚东心服口服。严谨，细致，全盘思维，是吴长路传给她的无价之宝。

最后，北京铁路局调度楼工程获得北京市结构长城杯样板工地的荣誉。

就这样，吴亚东一出道就学到了老建工人的优良传统。一边在工地现场摸爬滚打，一边业余自学了专业本科，业务上不断创新思维，改进施工工艺，参建工程多次被评为优质工程，她先后获得 12 项专利，8 项省部级工法，17 项科技进步奖，4 次 BIM 大赛奖；获得优秀共产党员、先进工作者、知识性员工、十大岗位标兵等荣誉称号。领导们一提起吴亚东，异口同声："工作交给小吴，放心！"

吴亚东说，在现场扎实的历练很重要，是打地基；机关经历也很重要，学会谋全局。2010 年，吴亚东任北京分公司工程部副部长、部长后，作为技术主管先后参与大连站、京沪高铁 6 标段站房、兰州西站、哈尔滨站、清河站等项目技术管理，其中兰州西站、哈尔滨站获得了建筑工程鲁班奖。这些车站不同地域、不同线路、不同风格特点，是她宝贵的经历。以至于在建设雄安站过程中，遇到一

◆ 吴亚东在图书馆学习（杨亚荣　摄）

些共性问题，她很快就能想出三四个解决方案，要面对的不是怎么做，而是选哪个。

难怪由她出任雄安站总工的消息一出，熟悉她的人都不约而同点头："嗯，亚东，靠谱！"

千年轮下，争分夺秒

在雄安站的候车大厅，有一座斗转星移的千年轮，年轮转完一圈需要整整 1000 年。千年轮有着深刻的寓意：既要有"千年大计"的定力和耐心，又要有"只争朝夕"的速度与激情，在一慢一快中体会时光与岁月的深意。

城市建设，经济发展，交通要先行。雄安站的建设，分秒必争。

那么，什么是雄安速度？来，带您领略一下：

北京南站建筑面积 32 万平方米，工期 2 年 3 个月；

南京南站建筑面积 45 万平方米，工期 3 年 5 个月；

雄安站建筑面积为 47 万平方米，工期 2 年！

吴亚东和伙伴们，为雄安速度创造了一个标杆。

建筑业是一个古老的产业，太传统，有时候那些老经验、惯用的技术和工具反倒会成为创新的羁绊。经验需要累积与传承，技术需要熟练与创新，工具则需要准确与效率，这是现今建筑业追求的六大目标，也是吴亚东团队打造雄安速度的秘诀之一。

2019 年 5 月的一天，雄安站项目部会议室，大家正在讨论地下室超长大体积混凝土结构施工方案。

气氛略有些紧张。

雄安站地下室底板最长的 321 米，最大厚度 4 米，属于超长大体积混凝土，原给定的设计方案是业界惯用的后浇带法：为避免混凝土出现裂缝，施工时每隔 40 米左右要设置一条后浇带，也就是等两侧结构沉降稳定后再浇筑。工序多、工期长，后期处理较费时，而且存在渗漏隐患。由于结构复杂，地下二层部分结构还无法实施。

等待，是工程最不能忍受的时间成本。

有没有其他方法可以既保证质量又加快进度？有，跳仓法。大家讨论的，就是要不要改后浇带法为跳仓法，意见分歧很大。

对新生事物，很多人的第一反应是质疑与拒绝。

后浇带法是传统的保守做法，一步一步推着走，设计方更有把握。积极创新的跳仓法是跳棋一样跳格走，步骤少，效率高。但是在铁路站房施工设计中，尤其是大体量工程中，很少选用跳仓法——稳字当头嘛！这可是雄安站，稳点儿好！改设计方案可不是小事，还有专家论证，添不少工作量呢！

干活的劳务方也不乐意。因为两相比较，跳仓法要求高，工人的朴素想法，自然愿意怎么好干怎么来。

争执声逐渐低下去，谁也说服不了谁，大家都把目光投向了吴亚东。

这些反应都在预料中。吴亚东微微一笑，不紧不慢、柔声细语地说："习近平总书记说我们是开路先锋，如果缩手缩脚，怕这怕那的，咋当先锋呢？"

"跳仓法虽然是新事物，但也已经很成熟了。只要我们认真去做，肯定没问题！我们多费点心，多担点责，就能'赚'回两个月的宝贵工期，划算！"

"我是总工，可以负这个责任，就采用跳仓法吧！"

定是定下来了，怎么运用得万无一失？吴亚东的脑子总在高速运转着。是的，吴亚东有大丈夫气，更有女性的细致。经多方打听，她辗转联系到跳仓法创始人王铁梦教授，准备三顾茅庐，没想到刚"一顾"一老一小就一见如故，相见恨晚了。吴亚东心里偷着乐。

听完吴亚东对雄安站建设情况的详细汇报后，88 岁高龄的王铁梦教授同意亲自指导。这下大家都有了定心丸，吴亚东也更有底气了。

功夫不负有心人。经过团队一番苦战，反复调整原材料和配比，跳仓法施工方案顺利通过专家论证。最终实际施工中，还突破跳仓法分格间隔 40 米的最大值，一举做到了 47 米。完工后，14 万立方米混凝土未发现一条有害裂缝。工期也一下子压缩了 57 天！57 天，对世人瞩目的雄安站建设来说，是比金子还宝贵的工期啊！

不爱说话的吴亚东只是偷着乐，尝到了胆大心细的甜头。

几次采访的相处，我们感受到了女工程人独有的表达魅力：逻辑清晰，直奔主题，言简意赅，又总那么娓娓道来，从容不迫。这个话不多的人一谈起建筑，声调不高却滔滔不绝。于是，没几天，我们被成功地熏陶成了半个建筑通。

随着时代发展，信息技术在建筑业的发展与应用是大势所趋，这是吴亚东她们保证雄安速度的另一个秘诀。吴亚东一提起这些高新技术，眼神就格外明亮。

比如，被称为建筑业未来的 BIM 技术，就是运用信息技术的最好实践之一。BIM 技术进入国内大概 10 年，中文翻译为建筑信息模型，是由数字技术支撑的对建筑环境的生命周期管理。

换言之，工程开始前，相关各方一起在计算机里先模拟一遍，成为带着各种可应用信息的"成品模型"去指导施工和后期管理维护。这样，一个建筑从设计、施工、入驻维护甚至到最后拆除，只要留着这个模型，谁都可以轻松找到依据和指导。

雄安站的建设全过程都有智能建造理念介入，基于 BIM 技术理念，GIS 技术、"5G+ 边缘计算"、物联网等智能技术的应用与叠加，虽然刚起步，也已经在安全、效率、成本等方面带来了大惊喜和大超越。

信息是死的，信息化是活的，决策永远要由人来做。

2020 年年初，突如其来的新冠肺炎疫情打乱了雄安站日夜不停工的节奏。复工后，工期已经滞后一个月。

转眼到了 4 月，到了钢结构屋盖施工这个关键节点，它意味着主体结构即将封顶。钢屋盖宽 82 米，跨度 78 米，投影面积达 7280 平方米，由 8 榀大跨度拱形箱梁组成，这个庞然大物，总重 3000 吨，相当于 24 架波音 767 客机的重量。

在原设计中，钢屋盖封顶施工采用的是原位散拼方法，也就是说把 333 个构件一件一件吊上去，在 33 米的高空进行焊接拼装。这也是传统做法，稳妥，但它施工期间，别的施工就要停下来。

吴亚东最不能忍受的就是等待。于是，早在春节前，她就着手查阅资料，萌生了一个大胆的想法：可不可以在下面先组装好构件，再整体吊装？这样组装与其他施工就可以同步进行了，预计节省工期 20 天左右。整体吊装有不少成熟先例，国家图书馆的屋顶吊装可是万吨提升，我们才是它的 1/3 不到啊！

说干就干！

她采用了成熟且先进的液压法，在整个屋顶盖上设了 24 个吊装点，24 台液压设备同步提升。整个屋盖仅焊缝长度就达 1600 米，安全必须保证；改吊装后，杆件受力方向发生了变化，既要保证承受度，又要能控制吊装中的变形范围。吴亚东需要带着团队重新计算这些受力数据，然后在电脑里进行模拟吊装：该补强的补强，该调整的调整，保证构件安全。

现在，就等实践来验证这一切了！

4 月 26 日上午，雄安站工地现场。

24 个提升点的焊缝检测完毕，正常！

24 台提升设备安装验收完毕，工况良好！

现场安全防护就位，提升区人员已清空！

9 时整，随着指挥长一声令下，钢结构屋盖提升开始！下顶上拉，钢屋盖开始缓缓提升。

大家不错眼珠，紧盯屏幕。

这次吊装采用先进的计算机同步控制系统，多台设备逐级加载，24 个吊点同步提升，32 个结构变形监测点分级监控，精度控制在毫米级。在 96 个提升阶段的循环调整中，22 个小时过去了。

4 月 27 日 7 时，迎着初升的太阳，钢屋盖顺利就位！

吴亚东嘴角含笑，轻轻地舒了一口气。

没有几个人知道：如果没有春节前的果断决策，调整方案，那么钢屋盖就位的日子将是 20 天后！在新冠肺炎疫情背景下，这是多么宝贵的 20 天哪！

吴亚东后来从媒体报道中才知道，雄安站钢屋盖施工的提升高度、提升重量、技术难度，都在雄安新区建设中开了先河。

应用信息技术的例子比比皆是。比如，管理方面的智慧工地管理平台，通过笔记本上的智慧工地系统，就能监看一公里以外工地上各种实时状况。现场有多少工人、都在什么位置、塔吊的运行状况如何、现场环境指标高低都一目了然，相当于给工地安了一个"智慧大脑"。

"畅通融合、绿色温馨、经济艺术、智能便捷"，要想把握住这些客站建设新特征，把雄安站建设成为新时代中国高铁精品工程、智能客站示范性工程和标志性工程，必须要有立潮头、瞄准世界铁路先进技术和管理水平的眼界，更要有中流击水的胆略。

这些，吴亚东和她的团队都做到了。

清水出芙蓉

在雄安规划建设座谈会上，习近平总书记指出，雄安新区必须坚持"世界眼光、国际标准、中国特色、高点定位"理念。作为雄安新区的门户，雄安站就是要按照最高标准，打造又美又靓的样板工程。

到过雄安站的人，第一眼都对候车厅和通廊那一排排清水混凝土柱方阵赞叹不已：高大开阔的空间，巨大的灰白色柱梁静静矗立，这些柱子的设计非常精巧——本来是上下同宽的廊柱，由于棱角线条的变化，下宽上窄的视觉感受削弱了笨重感，只感觉挺拔向上，那种稳稳的支撑感，让空间瞬间扩大，又无比安心。最难得的是，这些柱梁是清水混凝土一次成形，未经任何后期装饰，却光滑细腻、色泽柔和，顶端开花的曲线造型流畅自然，宛若亭亭玉立的出水莲，极具艺术感。配上同色系的地面，营造出一种清新、静谧、典雅的现代殿堂氛围，让你的呼吸不由自主都放轻了。原来，这就是久负盛名的清水混凝土——建筑界的"素颜女王"啊！

吴亚东不喜欢化妆，工作生活中都是素面朝天。她开玩笑说，没想到，来到雄安站，面临的最大挑战就是怎么将"素颜"进行到底——清水混凝土项目是两年鏖战中最大的挑战。

"清水出芙蓉，天然去雕饰"，用李白这句诗来形容清水混凝土再贴切不过了。清水混凝土工艺是浇筑一次成形，后期无涂装、瓷砖、石材等装修和粉饰，做成什么样，拆模就是什么样，完全本色呈现。所以，这种现代主义的表现手法是建筑界最朴素最自然的表达：极简、高级、环保。因其独特而出色的美学表现受到设计大师们推崇，尤其受教育和艺术界青睐。中国十大清水混凝土建筑，有7座属于美术展览博物馆及院校。所以有人说，其本身就是艺术品。

艺术品的创造自然很艰难。清水混凝土项目因为需要高超的施工技术和完工精度，是建筑界精细施工的最高挑战之一，发包者、施工者对它都是又爱又怕，敬而远之。就连著名清水混凝土大师安藤忠雄都说："30多年了，到今天，我仍不断和清水混凝土搏斗。它的特性就是，模板拆下之前，不知成败。"

在雄安站的设计中，清水混凝土项目体量之大，在国内前所未有。这之前，清水混凝土在铁路站房只有站台柱之类的少量应用，如京张高铁各站等，造型相对简单、体量较小。

在雄安站，清水混凝土项目是绝对C位主角。整个车站共有192根清水柱、500道清水梁应用在首层候车厅和通廊这些高大空间，梁柱展开面积约10万平方米，混凝土用量近8万立方米，属国内首例。其中候车大厅因为位于承轨层下，承重要求高，尺寸和造型都突破了"四梁八柱"的传统设计。一根清水柱2.7米见方，高14米，为避免超大尺寸带来的突兀笨重感，提升韵律美感，设计成柱顶开花、顶梁横竖都有弧度的双曲面造型——雄安站由此也成为国内首例三维度曲面的候车大厅。

从超大体量到复杂造型，国内均无先例，难！

而雄安站的风格基调很大程度上就取决于清水混凝土项目的成败。候车大厅相当于家里的会客厅，这些柱梁相当于客厅"脸面"，光泽、色度、线条等，哪一方面不到位，都会失去艺术美感，显得傻大笨粗——它们之间有时只隔着"精细"两个字。

吴亚东的标段有96根清水开花柱、256道清水梁。虽然施工从2019年10月才开始，但方案先行，她带领团队攻关早在2019年1月就开始了。

这是一块前所未有的硬骨头啊！设计不允许清水柱表面留下孔

眼，不能使用对拉螺栓，那么模板体系怎么选？要达到鹅卵石的色泽、细度，配比怎么调？脱模剂怎么定？全是曲线弧度，尖对尖，硬碰硬，怎么保证模板拼缝不渗漏……

每一个问题都前所未有，每一步都要大量摸索实验，每一次方案制定都无比艰难。研制出新型清水模板体系后，要为开花柱完美塑形，面临的问题就是脱膜剂的选择。那段时间，她和团队心心念念的，都是怎样做到"清水出芙蓉"。机油、柴油、液压油、色拉油、花生油，还有水性脱膜剂，这些能想到的，全都试验过，却达不到理想效果。

吴亚东给我们讲了一个追讨脱模剂的故事。

一次，到构件厂去考察，本来跟清水混凝土无关。结果无意中发现这家预制件打出来格外干净，吴亚东立马联想：这是谁家的脱模剂？

◆ 吴亚东在施工现场巡视检查（张权 摄）

软磨硬泡地去问厂家技术人员，事关商业机密，人家哪儿能说啊！人人都说不可能问出结果，吴亚东偏不放弃，一路找到了负责人。刚开始人家根本不接话茬，于是就聊。聊中铁，聊京雄，聊雄安。

最后负责人拿这个笑眯眯、文文静静却执着得让人没脾气的女总工没法子，说给你一个联系电话吧。

如获至宝的吴亚东一路追踪。最后找到了北京某单位一个退休的老工程师。电话打过去，对方一口回绝：年纪大，不缺钱，这买卖早就不做了！一般人到这儿也就止步了，她是咬定青山不放松。

吴亚东说："前辈，我能见您一面吗？您经验丰富，哪怕随便指点几句都能帮大忙啊！"对方反问："你们到底做什么的？""我们建雄安站，遇到了脱模难题……"

对方略一沉吟："雄安站啊，那行，见个面吧。"

在老人家门口的肯德基，吴亚东终于见到了老专家。于是就聊。聊起交通先行就眉飞色舞，聊起雄安站就满含深情，聊起清水混凝土就滔滔不绝。老人被她深深打动，最后说，我先帮你配一桶试试吧！如果能成，也算我这个老知识分子为雄安出一份力！

老专家配制的水性脱模剂效果很不错。由于真正施工在隆冬，水性脱模剂受限，到最后没能用上。但是和脱模剂老专家的一番交谈，给了吴亚东很多启发，促进了后续的一系列创新。

清水混凝土项目的挑战不仅来自质量要求，复杂造型也带来了一系列难题。比如箍筋加工。

为降低大构件带来的沉闷感，清水开花柱的设计还有一项创新——开花柱平面设有 20 厘米宽、5 厘米深的纵向凹槽，有的是一面有凹槽，还有两面、三面、四面的。这样箍筋就要跟着凹槽连续弯折。这个弯折太过精细，现有机器加工不了；人工太慢，精度也达不到，人们束手无策。发动了全部力量攻关，也迟迟不能攻克。眼看着预定工期逼近，大家都心急如焚。

设计院的设计师不好意思了："确实太难为你们了，要不我改一下设计？"

吴亚东摆摆手："事关开花柱的颜值效果，不能轻言放弃，一定有法子！"

一天，吴亚东和小伙伴去昝岗镇理发。途中加油，吴亚东无意间抬头，看见了加油站房顶折扇一样的彩钢板，灵光一现，激动地连声喊道："看！快看！像什么？"

两人对视了一眼，异口同声地喊："顶弯！"

于是，发也不理了，立马掉头回工地。

于是技术部顺着彩钢板的思路开始研制顶弯机。数次试验，三次迭代，专利产品小截面异型箍筋顶弯机终于成功问世。可别小看这个顶弯机，它加工了近12万支异形箍筋，立了大功。

一根通高开花柱14米，4层楼高，截面2.7米，从钢筋加工到模板拼装，再到混凝土配制浇筑，要经历45道工序，遇到有夹层的部位就是90道工序。每道工序都要精雕细琢，才能达到前所未有的精度要求。

吴亚东就这样和团队一关一关闯，一步一步磨，死磕质量，从钢筋加工到模板拼装，再到混凝土配制浇筑，一项一项地进行研究攻关。经过上千次反复试验，攻克了大小40多项难题，在成功打造1∶1比例样品柱之后才进行施工，最终有了"素颜女王"几近完美的呈现。

雄安站清水混凝土施工，是中铁建工集团项目精致施工、精细管理的结晶，更是以吴亚东为首的建设者精心、匠心、细心的集中显现。

把团队拧成一股绳

从影像资料中我们看到，几千名工人，成百上千的设备，彻夜通明的灯火，雄安站从大地上飞速"生长"出来，繁忙而有序，多像一首气势恢宏的交响乐！我们不由感慨，雄安站就是一个艺术殿堂，吴亚东就是那个高明的指挥家。吴亚东却说，指挥家不是一个人，而是她这支优秀的团队。项目部工作到了尾声，分别临近时在食堂聚餐，技术部每个人对她说一句话，都是受她帮助或影响的日常点滴，一件件吴亚东已经不记得或根本就没往心里记的往事被重新提起，让她既感动又惭愧。她说自己没觉得为大家做过多少，反而是感觉跟着自己干活，要求苛刻标准高，让大伙儿跟着受累了。而她的小伙伴们公认，自己在这个团队中锻炼得越来越成熟，打心里爱这个"队长"和团队。

在电话中，我们结识了泼辣能干的重庆妹子沈萍，她在雄安站项目部先后任技术部副部长、部长。沈萍快人快语，第一句话就是："吴姐是我师父，没有师父，就没有我的今天。"

原来是师徒俩。吴亚东说，名为师徒，情同姐妹，沈萍是自己最可信赖的伙伴之一，聪明、细致，手头出活快。

沈萍提起师父是赞不绝口。一上班，就跟着吴姐，从手把手画好每一个方案细节图，到食堂就餐教导自己"粒粒皆辛苦"，从搬家热心帮忙到指导孩子戒手机……自己是在吴姐 360 度的关怀引导下成长起来的，影响也是 360 度无死角。

沈萍并不是一开始就来了雄安项目部，她的加盟，既偶然又必然。

到雄安后，吴亚东就深刻地体会到了平时文件里说的"人才断层"问题。技术人员少，成熟的技术人才更少。那会儿，正着手攻关清水混凝土，眼看着很多想法不能及时形成方案，她心急如焚。

有一天趁开会回了趟家，跟爱人胡祖顺念叨起来。老胡心疼地看着她嘴上的火泡问，不能从公司调人手过去吗？吴亚东想了想说，就沈萍最合适！可她孩子还没断奶怎么能来雄安？老胡一拍大腿，别自个儿瞎琢磨，现在就打电话，兴许人家愿意去呢？

讲到这儿，吴亚东笑得有点甜：关键时候，都靠我家老胡推一把！

于是，那天晚上吴亚东打通了电话。沈萍说，吴姐，我跟我家小冬商量一下哈！第二天一大早，答复就来了：去雄安！

沈萍的爱人小冬也是工程人。在工程这一行，双职工很普遍，原因很简单，全国各地干项目，出差是家常便饭，一个项目短则一年半载，长则三五年。就是守家待地，加班是常态，不加班才不正常。所以，外行很难理解和接受这样的爱人：成年累月不着家，还十得一往情深乐此不疲，这不是疯魔是什么？所以双职工格外多。

在吴亚东家里，我们问老胡，怎么那么笃定沈萍会去。他憨憨一笑说，雄安站这样的项目千载难逢，心里装事业的人都会动心。虽然要作出点牺牲，辛苦一些，但是我们这好日子不都是单位和铁路给的吗？为事业作点奉献，不算啥！

看着眼前这对相濡以沫的工程人，我们好像看到了不曾谋面的沈萍夫妻俩。心相通，爱，也相通。当深爱的事业与国家连在一起，它在无数人的小家里，就有了至高无上的地位。

沈萍说，师父说大工程最锻炼人，确实这两年自己成长最快。在跳仓法攻关时，由于计算非常复杂，一个系数变更，都得全部重新计算，特别繁琐，大伙儿叫苦连天。喜欢钻研的沈萍就自己用一天时间鼓捣出一个小程序，实现自动计算。沈萍说都是师父一直在背后鼓励她，每当遇到困难，吴亚东最多的一句话就是：你肯定行！相信自己，放开手脚去干，我给你兜底！

谈到沈萍，吴亚东也笑了：咳！是她自己优秀！会算能写手头快，特别细致，技术上沟通一说就明白，两个人特别默契。雄安站嘛，谁压力不大啊，放手和撑腰算我们建工传统了吧——我们常务指挥长石成刚石总，也是这样给我撑腰呢！

想了想，她又说，其实年轻人只要肯干，成长空间特别大。很多年轻人能力没问题，就是存在依赖思想，不喜欢独立思考，该推你就得推一把。我是这样被师父们带过来的，现在我有责任帮年轻人更好地成长。

雄安站项目部技术部平均年龄 27 岁左右，正是职业成长关键期。给他们机会和舞台，让他们发光发热和出彩，人在事中磨是最好的培养方式。

装配式站台墙是雄安站的又一亮点，开了国内站房建设的先河，也是基于 BIM 技术与预制装配技术结合的一次大胆创新。

现阶段的铁路建筑市场，站台基本为现浇钢筋混凝土结构，装

◆ 吴亚东在京雄城际铁路雄安站施工现场检查（张权　摄）

配式技术刚蹒跚起步。随着 BIM 技术应用的逐渐加深，高铁站房"绿色、环保、节能"的要求越来越高，建筑工业化迫在眉睫，发展装配式建筑是重要措施之一。在雄安站，第 9—11 站台承轨层至站台层主体结构采用装配式站台墙，这也是国内首创。

由于雄安站站台下方为首层候车厅，降噪如果不理想，将会直接影响候车环境。当时国内站台常用的降噪方法，是在站台墙上贴附吸声板材，这种做法耐久性不高。

在和设计院沟通过程中，吴亚东和设计想到了一块儿：既然怕脱落，那能不能把吸声材料和装配式站台墙做成一体？思路有了，但这个创新攻关要具体落实到项目部，谁来干呢？

技术部部长杨月新是一个踏实肯干的年轻人，刚到雄安时，面对高起点、高标准，也一度缺少自信。在按照瓦楞铁原理研制钢筋顶弯机时，杨月新起初认为那是异想天开，技术部不可能做得出来。

在吴亚东耐心引导和鼓励下，他按吴总传授的秘诀：虚心向钢筋加工厂的师傅学习，调动各方积极性，合力攻坚，最终大获成功，从而信心大振。于是，当装配式吸声站台墙要立项攻关，杨月新迎难而上，组建了3人攻关小组，在吴亚东指导和鼓励下，几经对比，最后确定了方案：以混凝土为基料，通过中部设吸声材料、表面穿孔来达到吸声效果。从模型上看，新式吸声墙就像一块大大的三明治，只不过食材有点"硬"。很快加工图、流程图就画好了，模具制作、原材采购、联系预制构件厂家，一切都有条不紊地进行着。

理想很丰满，现实就不那么美好了。混凝土三明治得分层做，工人掌握不好每层间隔时间：间隔短了，上层和下层溶在一起，界线不清；间隔长了，三层又结合不到一起。经过反复试验，用了将近两天时间，第一块吸声板终于成形。但问题又来了：模具拆不下来！连砸带撬，模具下来了，混凝土已经面目全非。

首战失败！

我们都有生活经验，要从物体表面揭一层下来，平面远比有孔洞要好揭。而一块不足2.5平方米的吸声板上，要开出220个5.5厘米见方、4厘米深的方孔，模具和混凝土是紧紧咬在一起的，还是一次成形的清水混凝土工艺，要实现顺利脱模太难了！

创造一个新生事物确实要比想象中难太多。

一次次失败，把杨月新磨炼成了打不倒的小强！调整顺序、更换模具、更改吸声材料，历经4个月的试验，终于摸到了窍门。大家都对试验件翘首以盼。胜负在此一举！杨月新直接住进了构件加工厂。

因为临近春节，只有少数工人留驻，空旷的厂房特别冷。为了干好这个细致活儿，杨月新不敢穿太厚重的大衣，结果第二天就冻成了重感冒，小伙子愣是不吭声咬牙坚持到样品顺利下线。

吸声板顺利通过测试，各项指标和观感都达到了预期。这项国家专利降噪系数 0.8，比设计要求提高了一倍，推动铁路客站降噪技术又前进了一步。

为更好地培养年轻人，吴亚东依托集团公司技术专家的身份，在项目部获批成立了吴亚东创新工作室。短短两年，这支年轻的团队攻克了数十个技术难题，像装配式站台吸音墙这样的国家专利，一口气得了 6 项，还有 5 项省级工法、4 项 BIM 大奖、7 项省部级 QC 成果，赢得行业协会工程质量信得过班组荣誉称号。

吴亚东提起她的团队，说得最多的一句话就是：都是好样儿的！多少次开会到深夜，回办公室，总能看到自己的小伙伴们整整齐齐地都在灯下鏖战，她的心里就既感动又温暖，浑身力量倍增。

但吴亚东仍然很担心。她从雄安站项目中真切地感受到了人才荒、技术荒，她为公司，为行业担忧。

工程人苦，干技术有点费力不讨好，技术岗位留人难，能安心钻研技术的太少。常年泡在项目上，有时项目在荒郊野外，谈恋爱都受影响。好不容易来一批大学生，没几天就走一半。最夸张的一个，背着行李走到工地，大门都没进，扭头就走。好不容易培养成熟，又面临着很高的流失率。

吴亚东很担忧：搞工程，技术人才是基础啊，基础不牢，地动山摇。她只能尽自己所能去培育、影响身边的年轻人。

在培训会上，她苦口婆心：看事情一定往远了看，用打工者的视角，还是用老板的视角看工作那不一样。是技术员，要站总工、公司领导角度甚至集团角度看遇到的问题，站位越高，你的眼界和路就越宽。

在和急着奔机关的年轻人谈心时，她推心置腹：机关和项目，对人才成长来说，各有利弊，都是必需。机关接触层次高，见多识广，格局大，但待久了容易被框住；项目实战，比机关自由，待久了，做事容易不严谨和短视，眼界狭窄；最理想的成长路径是两者相结合。

吴亚东深知学习的重要性，她想方设法鼓励、支持大家参加各种培训、比赛和取证。工科出身的技术人员普遍表达能力差，她就在雄安站技术评比竞赛中增加面试环节，还要求每月技术人员对工作进行述职演讲。

她不知道自己的努力能起多大作用，但她尽力而为，问心无愧。事实上，吴亚东直接影响了一批年轻人，先后有 4 人被提拔为项目经理、7 人进入公司项目管理人才储备库。甚至同一个办公区的兄弟单位也不乏她的粉丝。比如，楼下另一个标段的资料员杨星梅，就是铁杆"迷妹"。

2017 年刚参加工作的杨星梅，实习期满就赶上了雄安站建设。刚入驻这大野地时也不习惯。听说楼上有个女总工特好奇，等一见面一交往，小姑娘对吴亚东直呼"女神"，找到了人生偶像。

杨星梅对我们说，吴姐让我懂得了使命，还有对工程建设的那种信仰，让我变得坚定：我要成为吴姐那样的人！

看着小姑娘眼里的星星，好像看见了一条源自百余年前京张铁路的河流，蜿蜒至今。仿佛看见了刚毕业的吴亚东，耳边仿佛响起歌声：长大后，我就成了你……

上善若水，润物无声

冬天的一个夜晚，雄安站项目部的会议室里，技术讨论会正在进行。

一个脾气暴躁的工长拍着桌子说："这个活不能改！根本就没地方下振捣棒！工人也都有意见！"气氛一时有些尴尬。

吴亚东不急不恼，拿过技术图纸，往桌上一铺，言辞温柔却坚定：

"傅工长您看，工人们有意见，是嫌麻烦，我相信您一定比他们会算账——这样干工期短啊，你们这一队就能多干活，多干活就能多拿钱，这不好吗？"傅工长挠了挠头。

"再来说没法下振捣棒的事儿。是，有钢筋不好下，可钢筋有密就有疏，您干了这么多年，是这行的专家，现场经验比我们丰富，一定能找到通道对不对？"对方不由自主点头。

"我有个思路，您可以参考，就是能不能考虑预设通道……"听到"预设通道"，傅工长眼前一亮："哎，我咋没想到？那我们再试试！"

第二天，吴亚东去看落实。一进工作区，傅工长就兴奋地跑过来："吴总，通道解决啦！得亏你提醒，从钢筋疏的地方找——正面不行，但侧面行！"

吴亚东笑着竖起大拇指："您真行！什么都难不住你！"

看过通道，她有些顾虑："这个高度，导管怕是不够长吧？"

傅工长有点儿得意："放心吧，吴总！市面上常规导管只有4—

6 米，我认识一个供应商，有 8 米加强超长导管，已经在路上啦！"

吴亚东瞪大了眼睛，毫不掩饰自己的惊喜："哎呀，傅工长您就是厉害！我们都解决不了的问题，您这一个电话就办了啊！"

这是采访中我们听到的故事之一。在雄安站这部恢宏的交响乐中，负责具体施工的劳务方是很关键的一部分，他们和项目部之间的关系很微妙：一方是出方案，管理监督，一方是具体干活被管理；一方考虑局部利益，喜欢多快好省，一方要顾全局，综合衡量。博弈，还是共赢，关键在于拿指挥棒的人。你既要精通业务镇得住，又要能拢人心，发挥这些能工巧匠们的积极性。

劳务队周经理告诉我们，起初大家看这个女总工，瘦瘦弱弱，文文静静，以为好应付。可一相处，发现她有种春风化雨的魔力。业务杠杠过硬却从来不拿身份压人，说话和和气气却有理有据，令人在回味中服气。大伙儿都说，脾气再暴躁的人，到吴总面前，不知怎的说着说着就气也顺了，事也顺了，积极性就上来了，你说怪不怪？

我们去问吴亚东这魔法是怎么变的，她笑着说，哪儿有什么魔法？以技服人是基本，以诚待人是根本，人心换人心嘛！

吴亚东对一线工人的尊重，每一个工长都有深切的体会。他们都忘不了第一次参加技术讨论会的心情。

那天，吴亚东让经理们把工长都请进会议室。这可是前所未有啊！他们干过这么多工程，没文化的泥腿子，就是听吆喝干活，哪儿有他们进会议室谈技术的分儿。

让去，就去呗！看看这个女总工葫芦里卖什么药。木工工长、混凝土工长、瓦工工长……一个个都局促地挤成一个疙瘩，不敢往会议桌前就座。

吴亚东进了会议室，看到大家这样，她真诚地招呼道："来，各位工长快请坐！往后就习惯了，咱们相关的技术会议你们都得参加，指着你们多帮忙出主意呢！为啥？你们可都是专家啊，对工地最有发言权！你看，你们要不坐，那咱们站着开会喽？"

工长们不好意思地笑了。坐在工程师们坐的椅子上，一个个腰杆子明显直了。再看吴亚东时，眼神里有了温度。

吴亚东是真心尊重这些"土专家"。办公室王斌告诉我们，吴总在项目部各种内部会议上都反复强调：工地上他们比我们有经验，千万不要居高临下指手画脚，你把他当行家，他情绪顺了自然会掏心掏肺对你。群众是真正的英雄，工人们最实在。

虽说如此，该拿本事说话的时候，吴亚东也压得住阵。

◆ 吴亚东组织各专业联合检查现场分析问题（杨鹏 摄）

干到承轨层时，工长们凭经验预估工期，说 20 天能干一个流水段。吴亚东仔细梳理了每道工序的难度，感觉雄安站框架梁截面大、配筋复杂，工人们都没干过，前期至少需要一个月。

事关工程进度编排，以谁为准呢？吴亚东决定实地观察记录，数据说话。她拿上本和笔就上了工地，正值隆冬，四处透风的户外工地上，滴水成冰。吴亚东的过敏性鼻炎对冷空气很敏感，室外待得久了，整个鼻腔就火辣辣地疼，又像塞着团棉花，只能张嘴呼吸。可是一观察起来，就全忘了。工人们一直在劳动，不会觉得特别冷，她却要全神贯注，几乎一动不动地记录每一个工步用时。吴亚东一边费力地吐着哈气，一边认真记录细心计算。

"……钢筋绑扎，1 个小时 6 个人，只能绑扎五六道，还只是箍筋就位没做成型。那么这个效率，这个人员安排……一个流水段确实需要 30 天！这样的人员配置 20 天可不成啊！"

回办公室时她已经冻得像根冰棍，手里的笔都拿不住。可是一等暖和过来，耳朵开始奇痒无比：这耳朵又被冻伤了！她不知道的是，离开现场后，那些工长就纷纷告诫伙计们：看见没，人家一个女的，瞅着风一吹就刮跑了，可那股子认真肯吃苦的劲儿，你们谁比得了？手里的活儿都给我干规矩点儿，那点小聪明，瞒不过她！

人与人之间有条河，在交往中流动，活水和感动来自用心和真情。这是吴亚东和现场工人打交道的深刻体会。

想不到的困难和挑战还在后头。2020 年年初，突如其来的新冠肺炎疫情打乱了工程施工计划。劳务队 2/3 来自湖北，复工复产压力巨大。终于等到 3 月，湖北解禁，周经理等一批劳务管理人员率先返场。项目部经理石成刚和书记王星运忧心如焚，一手抓防疫工作，一手抓抢工期。耽误的工期成为压在大家心头的一块大石头。

一天，吴亚东和同事在现场碰到周经理，同事跟以前一样，很随意地开玩笑说："嘿，终于放出来了哈！"对方咧咧嘴，笑得很勉强，眼神也躲闪着自卑。

细心的吴亚东看在眼里，记在心里。联想到有些地方歧视疫区人员的新闻，于是，她当即在项目部的微信工作群里发了一条消息："现场各位管理人员，随着疫情形势好转，湖北籍工友将陆续返回，请大家注意言行，关于疫情的玩笑不要开，面对疫情，湖北人民比我们付出和承担的要多得多，要记住比病毒更可怕的是人的冷漠，比阳光更温暖的是朋友的关心，希望大家共同努力，取得抗疫复工双战双胜利！"

这条信息很快就传到了周经理那里。

第二天，在工地现场再见面时，周经理异常激动，一个大老爷们，搓着大手眼含泪光："吴总，他们把你那条微信也发给我了！我也转发到工人群里了！大伙儿都说，就冲这份情，拼了命也要把活儿赶回来！"

吴亚东至今提起这个画面还很感动，她没想到，一份真诚的关爱能够带给人们这样巨大的能量。

那段战疫情抢工期的日子令人难忘：

工人师傅们拼了！

劳务经理们拼了！

项目部 70 多名管理人员拼了！

最终，大家 1 个月干了 3 个月的工程量，创造了又一个奇迹。

港湾，柔情似水

让我们把时光轴调到雄安站开工前，2018 年 11 月的一天，在北京丰台八中，个子高高的阳光男孩吴威今天很开心，因为大忙人妈妈吴亚东答应了他，以后可以不住校，天天回家吃妈妈做的饭啦！应战中考，有这个理工专家的贴心辅导，他感觉离自己心仪的高中更近了！

说实话，对自己的父母，小帅哥吴威表示有点无奈：两个人都是早出晚归，一走十天半个月是家常便饭，打小吴威就是姥爷管，跟姨妈比跟父母还亲。吐槽归吐槽，吴威很爱自己的父母。

可惜，他的开心只维持了一周。

这回，妈妈要出一个两年多的差，去建雄安站。他知道妈妈爱自己，但也爱她的事业，怎么办？只能放行呗！自己继续住校好了！

吴威是个懂事的小男子汉。小小年纪不但厨艺了得，还是会照顾人的小暖男——私底下，他被妈妈既亲昵又平等地尊称为威哥。别人家孩子在考试前，是妈妈侍候左右大餐待遇，而威哥的考前放松方式很独特，他会让妈妈去休息，自己去超市采购一直到饭菜上桌，一条龙宠妈服务。

在吴亚东朋友圈，朋友们经常会见她没心没肺地显摆威哥厨艺说"小暖男暖出新高度"，然后，自己还很自觉地在评论区回复众亲友：因为妈懒。

懂事的威哥知道，妈妈不懒，这个风里来雨里去盖大楼的妈妈很让人心疼。

从妈妈朋友圈里，他知道，妈妈出差忙起来有多忙，有时候 3 天 3 个城市连轴转，每天 24 点至 "26" 点间睡觉。

他知道，妈妈庆祝结婚纪念日的方式："我选择了最浪漫最浪漫的那种，加班加班加班……"

他还知道，大年三十一大早，妈妈就收到施工资料，一审就到了中午。

在吴威的眼里，她一面是最了不起的妈妈，一面又是需要自己和爸爸好好照顾的弱女子。而吴亚东心里最大的遗憾，就是儿子中考时只差了 5 分没能考上心仪的高中。她常常忍不住自责。

在吴亚东的朋友圈里，寻常的生活片段，透着温暖。我们最喜欢那一组母子俩大小对比的照片：阳台上的两件 T 恤，地上的两只鞋子，院里两辆自行车，月光下两个身影。大的是吴威。她配的文字是：我伴你长大，但我依然年轻。

让吴亚东愧疚的，除了儿子就是父母了。这两年，父亲两次生病住院，她只在病房待了半天。快走时，姐姐来了。这个姐姐虽然只大她 4 岁，但从小就宠得她在家里没有操心的习惯。吴亚东倚着病房门框看姐姐仔仔细细地给父亲洗脚、擦防裂油，突然就鼻子发酸，眼睛泛雾。父亲啊，那个山一样的男人，什么时候一下子衰老成这个样子了？给父亲洗个脚，姐姐都比自己做得好。自己啊，真的是一直都活在亲人们的呵护下，生活中为他们做的，实在太少了！

在吴亚东的家里，不大的客厅布置得温馨舒适。一排小玩偶，不是情侣就是合家欢，这些，都是丈夫胡祖顺买的。虽然不像别的夫妻能天天见面，但共同的事业让两颗心很近很暖。

胡祖顺翻看近期的朋友圈，大都跟妻子和雄安有关。在他心中，妻子就是一株腊梅：看上去柔弱，骨子里却透着力量。

一个女人在工程建筑行业里能做出这样的成就，背后的付出和辛苦，身为丈夫的胡祖顺最清楚：那年因为北京站改造施工，她推迟了婚期；1年后好不容易要结婚，这位新娘子又一直忙到婚礼前一天才就位。后来怀上了儿子，她挺着大肚子，坚守在施工现场，无人不竖大拇指。而他，只剩下心疼啊！在雄安，她的囊肿旧病复发，为了节省时间，她挂了完全自费的特需门诊（因为这个快），返回工地后没一个人知道她刚刚做完手术。他这个做丈夫的，连打个电话问候都排不上队——在雄安这两年，家里人基本打不通她的电话，他们只能等。

但是胡祖顺乐呵呵地对我们说："没啥辛苦的，现在日子这么好，国家给了这么好的事业舞台，还不知足啊，我们是赶上了好时代啊！"

2020年12月27日，雄安站开通那天，吴亚东作为雄安站建设者先进代表登上了首发列车。她避开热闹的人群和记者，坐在一个角落里，给母亲发了一张照片：妈，开通了。

然后，轻轻舒了一口气，心情格外平静，大战过后的那种平静。她看见，陪着父母去公园、陪着爷儿俩去购物的日子不远了。再然后，在这么激动人心的时刻，她竟然睡着了。冬日的暖阳温柔地倾洒在她身上，她像一尾疲惫的小鱼进入了港湾。

她梦见开通前抢工期的日子。

"到底还剩多少工作量？到底能不能按期开通？"

11月底，眼看着距开通就剩下一个月了，现场还是一个大工地的模样，各级领导都急了，都亲自上阵督战来了。雄安站的空气似乎凝固了，有些喘不过气来。

那段日子，她白天跑现场，晚上连轴开会，从晚上七点开到凌晨一两点。可也怪，大伙儿一个个都赛神仙——不吃也不饿、不睡也不困。就像上满了弦的钟表，日夜连续奋战。央视的记者采访，都只能在晚上会议空隙里突击进行。

苦吗？累吗？只有一腔战斗的激情！

她梦见雄安的老乡们，那一张张迎向建设者们的淳朴笑脸，写满感激。

12月，正是冰天雪地的时节。一个老兵出身的老乡来到工地，在门卫给吴亚东留下一封信和一个包裹。原来，从电视上，他得知这个女总工放下家里中考的孩子来建设他的家乡，感动之余就想代表乡亲们做点什么。他在信里说，天气冷了，送来一套围巾和手套，下工地时戴好就不冷啦！

鱼水情深，一条围巾连起铁路建设者和老百姓的情，一副手套暖了建设者的心。大家觉得所有的付出都值了。

老百姓的笑脸就是共产党员充电蓄力的港湾。一个"利万物而不争"的政党，是老百姓幸福生活的港湾！

最后一次采访告别时，在她的车上我发现了一个礼品袋：里面是一支英雄钢笔和一条丝巾，还有一本项目部制作的雄安站建设年历。一问才知道，送走我们，她要赶着去看望那个送她围巾手套的老乡——再有几天，项目部就撤离了，临走前她要去见一见这个暖了众人心的老乡。

◆ 吴亚东辅导孩子功课（胡祖顺 摄）

"这个老乡是退伍老兵，我事先从微信上就打探到他喜欢书法，所以送支钢笔，老兵配'英雄'嘛！"说这话的吴亚东略带调皮，笑得眉眼弯弯。

水静波远

"十四五"开局之年，是雄安新区大规模开发建设的关键一年。

雄安站开通，雄安融入京津冀高铁网。明珠灼灼放光华，在她的照耀和辐射下，在雄安新区1770平方公里的土地上，每天有16万名建设者在200多个建筑工地同时开展作业。雄安，每一天都在拔节生长。

在"建工京雄"的视频号上，打开雄安站的视频。塔吊林立，机器轰鸣。在震撼的音乐中，吴亚东向我们走来，一张张目光坚毅、激情洋溢的年轻脸庞在我们眼前微笑，一个个特效处理过的加速镜头，让雄安站飞速从一片荒野中"长"起来。

播了一遍又一遍，看得热泪盈眶。

吴亚东的故事让我们更深刻地理解了习近平总书记说过的话："平凡铸就伟大，英雄来自人民。""每个人都了不起。"这个最美铁路人，让我们看到，在新时代，这广阔的天空和坚实的大地，托起无数平凡人的不凡人生。

人的时间是有限的，而水的时间无限，白洋淀有多少颗露珠，中国这片热土上就有多少奇迹，就有多少个不忘初心的吴亚东。每一颗露珠都是闪亮通透的大千世界，折射着这个伟大的时代。

雄安新区，每一天都是新的。白洋淀碧波荡漾，千年秀林绿意正浓。吴亚东此刻依然在雄安站忙碌着，她正和她的伙伴们要坚守好最后一分钟，把这颗雄安明珠变得更美、擦得更亮，以一个共产党员的初心为雄安新区作贡献，向建党 100 周年献上最真诚的祝福。

陈志强

最美铁路人

ZUIMEI TIELUREN

给高铁装上"智慧大脑"

——记中国通号研究设计院集团公司安控院总工程师陈志强

王一臻

引　子

当横空出世、刷亮人们眼球的高铁列车以 350 公里时速，在祖国广袤大地上纵横驰骋，人们在享受高铁列车安全快捷的时候，在惊奇、赞叹之余往往会情不自禁地想，高速度、大运量和安全可靠的高铁列车，是用怎样神奇的方式进行指挥的？是用什么办法，让高铁列车在怎么跑和跑多快之间围绕安全、高效、平稳和准点运行而有机转换的？大家笃信，强健奔跑的高铁列车像一个巨人，一定有一个超强的"智慧人脑"。

风驰电掣的高铁列车，350 公里的时速，相当于每秒钟向前飞速推进约 100 米，是超强台风的两倍。在这样的速度之下，指挥高铁列车安全运行谈何容易！就拿制动停车来说，高铁列车紧急制动的距离是 6 公里以上。如何及时准确感知前方的线路情况并在可能存在风险时自动输出制动指令，控制高铁列车安全精准地停下来？如何万无一失地保证高铁列车的安全性、稳定性和舒适性？

高铁列车的速度之快，不可能仅靠人工瞭望、人工驾驶来保证行车安全。科学实验证明，当列车时速大于 160 公里时，人的反应能力受限，必须装配一个叫作"列车运行控制系统"的设备，以实现对列车间隔和速度的自动控制，确保高铁列车的安全运行。

"列车运行控制系统"简称列控系统，与轨道技术、动车组技术并列为高铁最关键的三大核心技术，被称为决定高铁运行表现的"定海神针"。列控系统综合运用计算机、通信、信号等技术，指挥和控制列车的一举一动，堪称高铁列车的"智慧大脑"。

有人曾打比方，如果高铁列车没有列控系统，就是一匹脱缰的野马，乃至像发射出去的一枚失控的导弹，后果不堪设想。

当前，我国高铁列车列控系统以技术先进成熟、功能全面稳定、装备规模最大等优势，在国际上独树一帜，多项技术处于世界领先水平。其背后是我国无数铁路信号专业科研人员付出的聪明智慧和辛勤劳动。中国通号研究设计院集团公司安控院总工程师陈志强，就是一位响当当的研究列控系统的行家里手。

陈志强作为我国列控系统研发的领军人物，14 年来，他借鉴先进成果，刻苦钻研，大胆创新，带领团队在列控系统国产化、自主化和智能化研发方面取得了重大突破。先后荣获铁道科技特等奖、铁路重大科技创新成果奖、茅以升铁道科技奖、中国专利奖、中国智能交通科技奖、中华全国铁路总工会火车头奖杯等诸多荣誉，被中共中央宣传部、中国国家铁路集团有限公司授予 2020 年"最美铁路人"称号。

在领导们心中，他是风华正茂、年轻有为的得力干将，急难险重的工作交给他绝对能够保质保量完成。在同事们眼中，他是当之无愧的"列控一哥"，工作中遇到任何难题，只要与他交流探讨总能找到科学合理的解决办法。

作为一个 1980 年出生的年轻人，工作十几年就能拥有这么多耀眼的荣誉和标签，似乎处处都能投射出"神秘"的光芒，难免会引起大家对陈志强满满的敬佩、好奇与疑问。为了能够深入、直观地了解列控系统，揭开高铁安全、快捷、舒适、正点率高的秘密，我踏着新年的初雪，一路来到北京，准备到陈志强工作的通号院实验室一探究竟。

跨领域的专业人

刚踏进通号院的列控系统实验室，一股春风般的暖流迎面扑来。与室外凛冽的寒冬形成鲜明对比，让人倍感亲切。

实验室里首先映入眼帘的，是一排排整齐得像长城一样的双排显示屏，还有玻璃隔断后隐约能够看到一列列错落有致的设备机柜。转过玻璃隔断我惊奇地发现，里面居然还"隐藏"着一个 1 : 1 比例的仿真动车组车头。负责接洽的小宋告诉我："很多实验室模拟实验就是在这个车头上完成的。"

整个实验室宽敞明亮，像极了科幻电影里呈现的未来世界。里面安静异常，除了科研人员灵动地敲击键盘的声音外，就只剩下设备机柜中的电子设备偶尔发出的"嘟嘟"声响。

就在我无比赞叹时，一位中等身材但身形挺拔的男子，穿着白大褂，边打电话边快步走进实验室。随即，他停在一个员工身后，神情严肃地边看身前的电脑屏幕边与电话另一边进行交流。

小宋说："他，就是陈总。"

陈志强语速特别快，尽管我站得离他很近，可还是有好几句话听不真切。

等他打完电话，我急忙心怀忐忑地上前表达了来意，本以为他会以工作忙为由拒绝采访，可没想到他微笑着爽快地答应了。

我在采访过程中发现，陈志强不仅语速快，而且还特别爱笑，是一个乐观的"小哥哥"，与他交流显得十分轻松。他告诉我，能够与铁路结缘，也算是机缘巧合。因为他本科和研究生时期所学的专业是计算机，跟铁路信号和列控系统基本不沾边。

"啊？您在做列控系统研发工作之前，完全没有接触过这一专业领域？"当得知陈志强并非科班出身时，我十分震惊。

◆ 陈志强研究海外列控系统标准

隔行如隔山，我十分好奇地问他："您究竟出于什么原因，让您放弃了计算机专业更加对口、当时看来发展前景和工资收入更占优势的 IT 行业，转而投身到高铁列控系统的研发呢？"

面对我的疑问和困惑，陈志强靠在椅背上，双臂当胸环抱，然后微笑着对我说："这一切就要从我学生时代说起了。"

陈志强出生在山东省菏泽市曹县普连集镇的武陈楼村。这里水草丰盈，林木茂盛，虽地处北方，却丝毫不比江南逊色。正所谓"万亩荷塘吐芬芳，柳编传承是故乡"。每当仲春时节，漫天杨絮随风飞舞，给刚刚复苏、还是嫩绿嫩绿的大地铺上一层朦胧的白色，给人一种不同寻常的纯洁与浪漫。

陈志强在兄弟姐妹中排行老大，父母是踏实勤奋的农民，在务农的同时还兼顾做些小生意。所以他小时候家里条件虽然并不宽裕，但日子过得也不算太紧。

对于陈志强的父母来说，最大的愿望就是供几个孩子考大学，到外面广袤的天地去走一走看一看。因此，在小志强的心中早早就埋下了一颗梦想的种子，那就是考上大学，做一个全村人眼中有出息的人。

事实上，小志强一直是老师和同学们心目中的学习"强人"。读小学时，他就常代表学校参加镇里组织的"拔尖赛"，初中时还被评为菏泽市"三好学生"。要知道一个农村的孩子能获得市里的荣誉是要付出多大的努力啊！到过他们家的人都会惊叹于他家堂屋西侧房间墙上，贴的全是陈志强获得的各种奖状，就像一抹明亮的彩虹照亮了原本略显昏暗的房子。再后来，陈志强以全校第一名的成绩，当仁不让地考入了市重点曹县一中。

1996 年 9 月一个周末的上午，陈志强像往常一样，骑着自行车从学校宿舍回家。刚到村口，他就看到不远处一列长长的绿皮火车呼啸着向他驶来。他兴奋极了，急忙跳下车，欢呼着向火车热烈地挥舞双臂，就像在迎接一个许久未见的老朋友。虽然他早就见过有工人在这里铺路基，架钢轨，也早就听说这条铁路叫作"京九铁路"，但是长长的真火车可是第一次亲眼见到。

时隔 20 多年，回忆起第一次见到火车时的情景，陈志强依然非常兴奋地说："当时看着火车从身边'呼'地一下跑过去，眼睛都看得晕了，感觉火车的速度好快啊！"

从那以后，只要周末回家，他总会抽出时间到村口的大石头上坐一会儿，一边背英语单词一边看经过的火车，心里暗自盘算着，将来一定要坐着这条线路上的火车，去北大上学。

然而每个人的人生总会遇到挫折。由于高考作文没写好，导致陈志强高考成绩并不理想。北大是去不成了，他索性选择了离家远一点的西南交通大学，在班主任老师的指导下，报了当时十分热门的计算机专业。

背上行囊，告别家人，他与父亲一路辗转来到河南商丘站，这里是他从家出发去往天府之国——成都最近的一个火车站。虽然排了好几个小时的队才买到一张站票，但陈志强依然显得十分兴奋。

检票进站前，一向严厉的父亲第一次紧紧握住他的手，有力地冲他点点头。

陈志强心里懂父亲的心思，他笑着安慰父亲："爸，我都这么大了，能照顾好自己，您放心吧！"

看着父亲宽大衬衫下略显消瘦的背影逐渐远去，湮没在茫茫人海中，陈志强的眼眶湿润了。

不过，毕竟这是自己第一次出远门，更是第一次坐火车，收起眼泪的他看啥都新鲜。终于可以亲身体验火车飞驰的感觉了，这样想着，竟觉得心情和手中的行李都轻松了许多。

在站台上等车的时候，旅客们根本不知道火车各个车厢会停到哪个位置，只能散乱地站着，前呼后拥挤作一团。等火车到了，大家便提着沉重的行李涌向自己的车厢。

看着眼前的情景，陈志强有些慌了，心情一下子变得无比沉重。车厢里，身边的乘客更是一个挨着一个。山高路远，实在站得困倦了，头一歪，也不知道靠在谁身上就能打个盹儿，醒来后才发现时间并没有过去太多。20多个小时的车程，在他当时看来过得竟是如此漫长。

回忆起自己第一次乘坐火车的感受，陈志强笑着摇摇头："那时候旅客们为了上车，双向交错乱哄哄的，既不安全也不方便，全靠站台值班员维持秩序。上车后不论是过道还是车厢接合部，都密密麻麻地挤满了人和行李，就连车座底下都随时可能钻出一个小孩子来。跟现在干净整洁、宽敞明亮的高铁列车比起来简直相差太多。"

听他讲第一次坐火车的情景，我不禁感慨自己曾经有过类似经历。其实，在动车组列车出现前，我国铁路客运一旦碰到客流量大就是这种状态。想要坐在火车上，轻松悠闲地一边欣赏窗外的景色一边喝着茶水，那简直就是一种奢望。

从走进西南交大那一刻起，陈志强就励志读研。4年间，自习室和图书馆成了他课余时间最常去的地方。凭着这股勤奋和钻劲儿，每次期末考试他都能在全专业300多名同学中轻松取得第一名，奖学金和证书更是得了一大堆，是同学们口中名副其实的"学霸"。几乎每个暑假他都是在学校度过的，不仅可以在安静的校园里读书学习，还能有充足的时间去勤工俭学，用以减轻家庭负担。

大四那年，选择考研的同学们还在埋头苦读之际，陈志强接到了自己保研本校计算机专业的通知，同学们都向他投来了羡慕的目光。

研究生阶段，他的导师得知他本科毕业设计是《基于遗传算法研究列车运行图的优化铺画》，就邀请他一起参加了很多与铁路相关的研发项目。

岁月更替，四季轮回，转眼间到了研究生毕业季。有的同学已经成功签约知名互联网公司，没签约的则焦急万状，四处投递简历。陈志强仍然保持着他那招牌式的轻松微笑，没有心急，更没有慌张，而是像在等一位早已约定好时间，必将会如约到来的老友一样从容淡定。

机会总是留给有准备的人，当通号研究设计院列控所的招聘团队到来后，他终于郑重地递出了自己的第一份简历。当时，列控系统在国内还是个新生事物，通号研究设计院列控所也刚成立不久。所长在宣讲会上向大家描绘了铁路发展的宏伟蓝图，讲解了列控系统对于客专和高铁建设的重要作用。这极大地激发了陈志强的学习兴趣，几乎瞬间点燃了他对列控系统的研究热情。

面试官问他："咋这么坚定地想来研究列控呢？"

陈志强面带微笑："我心目中的列车就应该是安全舒适又快又稳，列控系统刚好可以实现这些。"

最后，凭借优异的学习成绩以及与铁路相关的部分研究成果，陈志强如愿以偿签约了通号研究设计院集团。从此，他便与高铁和列控紧紧拴在了一起，成了工作生活中的绝对重心。

就在同学们陆陆续续签约了各自心仪的企业、开始沉浸在解脱与喜悦之中时，陈志强却"消失"不见了。他又一次把自己"关"进了图书馆和自习室，像孤傲的侠客，纵情遨游在新知识领域的海洋里。

陈志强说："想要研究列控系统，必须先掌握好铁路信号领域的基础知识，我之前并没有接触过，如果不抓好毕业前的这段时间，真正走上工作岗位后会给团队拖后腿。"

多年积累下来的学习功底，让他在这一刻集中爆发出磅礴的能量。短短 7 个月时间，陈志强有如神助，从一个信号领域里的"门外汉"摇身一变成了"大明白"。就连当初面试他的所长也经常感叹，士别三日当刮目相看。如果信号领域有段位，我想，当时的陈志强应该已经完成了由青铜到黄金的完美逆袭。

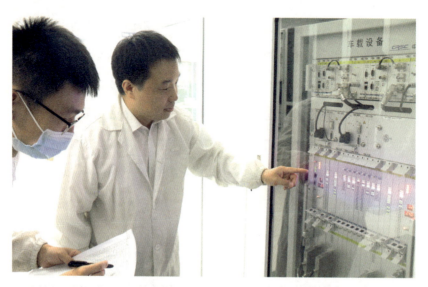

◆ 陈志强与同事分析列控车载设备工作状态

演绎"北欧神话"

短短的十几分钟采访后，陈志强接到电话，便急匆匆离开了。但我已经从陈志强身上找到专属于科研人的那种对知识的渴求和对未知领域无限探索的钻劲儿，也许正是这种无形的力量造就了陈志强今天的成功。

后来，陈志强到北京铁路局职工培训中心参加 2020"最美铁路人"发布的筹备，这让我有了大量的时间来对他进行采访，但他依旧每天忙碌和操心着工作上的事情，有时一打电话就根本停不下来。每次谈及工作方面的内容，陈志强总是谦虚地微笑着对我说："工作跟学生时代不一样，我的工作很普通，也很平常，没什么特别的事迹可讲。"

一天下午，暖阳明媚，我们坐到会议室里，一起聆听其他榜样人物的先进事迹。也许是在这个过程中，他受到其他榜样事迹的启发，又或是其他榜样的故事激起了他内心深处那股不服输的劲儿。他把我叫到了另外一间会议室，短暂沉吟后，终于微笑着敞开了记忆的大门，将曾经的往事一幕幕呈现到了我的面前。

在我看来，这些故事并没有多么跌宕起伏，也没有什么豪情壮语，更没有史诗般的波澜壮阔，有的只是朴实无华的赤诚和坚韧，从而铸就了一座我国列控研发从无到有的时代丰碑……

用陈志强的话说，我国的列控系统研发走过了一条"引进、消化、吸收再创新到自主创新"的发展之路。在我国高铁发展初期，列控技术仅掌握在德国、法国、瑞典、日本等少数几个发达国家手中，就连我国首条时速 350 公里的京津城际铁路，在开通之初所装配的列控系统也是从外国引进的。

2007 年，中国通号已经研发出具有完全自主知识产权的 CTCS-2 级列控系统，可以让高速列车达到 250 公里的时速，可这个速度远远无法满足我国高速铁路长远发展要求。于是，按照当时铁道部"中外联合设计、打造自主品牌"的顶层设计原则，引进欧洲 ETCS-2 级列控系统技术平台，融合中国 CTCS-2 系统，创造全新的 CTCS-3 级列控系统，以满足武广高铁时速 350 公里列车运行控制需求。中国通号迅速组建了武广高铁 CTCS-3 级列控系统攻关实施组，陈志强就是其中一员。

接到公司安排自己去欧洲开展列控系统联合设计和技术攻关的通知时，陈志强心里既紧张又激动，同时也有一点点的害怕。

领导看出了他的心思，专门找到他说："你学的专业是计算机，这很好，软件基础扎实。参加工作的这 1 年时间，你也展现出良好的信号专业功底，已经是新员工里的佼佼者。这次出国，时间紧，任务重，工期不等人。你要多思考，大胆去做，相信你能行！"

1 个月后，陈志强与团队成员刘岭、崔俊锋、张国振、马麟一行 5 人前往瑞典负责列控设计及主机软件开发。王怀江、郝晓燕、高志辉 3 人前往德国负责人机软件开发。

瑞典首都斯德哥尔摩是瑞典的第一大城市，也是政治、经济、文化、交通中心和主要港口，位于瑞典东海岸，濒临波罗的海，风景秀丽，是著名的旅游胜地，被誉为世界最美丽的首都之一。

刚抵达的时候，陈志强等人便被这里旖旎的风光和街道两边典雅的欧式建筑深深吸引，相约闲暇时一睹这北欧的异域风情，然而这个约定直到他们完成任务顺利回国也没能实现。

来到庞巴迪实验室后，本想着按早已制定好的工作计划快马加鞭投入到研发工作中，可现实却给了他们一个下马威。

陈志强 5 个人平均年龄才二十几岁，这让平均年龄超过 40 岁的庞巴迪实验室工程师们非常不以为意，每天只给他们讲解最基础的 ETCS-2 理论知识，深层次的技术压根没让他们触及。最要命的是欧洲人的工作和生活习惯非常缓慢悠闲，每天上午 9 点上班，上下午还各有一次茶歇，下午 4 点左右就下班了，工作时间没有处理完的问题会留到第二天再继续。更让人头疼的是断电，本来大家心想你们不加班我们自己来，可是他们发现庞巴迪实验室工程师们下班半小时后，保安就会准时拉断办公楼电闸。

面对诸多困难，必须全力克服才能不辱使命完成好研发任务。大家聚在一起，重新分工，分头行动。他们递交申请，反复与庞巴迪公司交涉，几经周折终于获准下班后为中国团队单独保留用电。

负责对接工作的工程师艾妮卡对陈志强说："你们为什么要加班工作呢？你看同期来合作的西班牙团队就很轻松，他们可是制定了 5 年的项目计划。"当时，陈志强只是微笑却并没有说话。

解决了用电问题，陈志强和同伴们像攒足了劲儿的骏马，撒开四蹄开始在科研攻关的原野上奋力奔跑起来。每天晚上中国团队实验室的灯总是亮着的，甚至有时还会亮一个通宵。最后一个离开的总是陈志强，他会把这一天的成果全部整理出来，然后再思考第二天需要攻克的难点。他认真细致分析记录的样子，像极了足球场上协调攻防的战术大师。

首次 CTCS-2 与 ETCS-2 联调时，发生人机界面与主机通信偶发数据丢包问题，陈志强急忙找到庞巴迪软件工程师斯达芬，希望双方能够共同对问题展开分析检查。

但斯达芬自信满满地对陈志强说："我们的 ETCS-2 系统已经运行很多年了，技术先进成熟，欧洲国家都在用，问题一定是在你们那里，去查吧！"

看着神态笃定的斯达芬，陈志强低着头默默回到实验室。沉思片刻后，他坚定地站起身，干脆就让我们自己对 CTCS-2 和 ETCS-2 两套系统同时进行检测。这一忙，就是两个通宵。最后，在大家反复验证下，终于发现问题的根源，原来是庞巴迪的 ETCS-2 系统 TSG（列车信号网关）不支持非整字节处理导致的设计漏洞。于是陈志强连夜将问题报告写好，顺便还将如何修补漏洞的办法与步骤逐一列明。

第二天，当陈志强将格式工整的报告恭敬地摆到斯达芬办公桌上的时候，斯达芬一手端着咖啡，一手漫不经心地随手翻看着。没一会儿，他便放下手中的咖啡抬起头来，用不可思议的目光看着面前这位年轻的中国小伙子，然后郑重地点点头，向他伸出了大拇指。

自此以后，庞巴迪技术团队与陈志强等人的配合越来越默契，并在斯达芬带领下，经常主动留下来与中国团队一起加班，将 CTCS-3 的研发节奏提升了一大截。一年多时间，他们就这样每天通宵达旦研究方案、设计软件、编码调试和场景试验，完成了 100 多万行各类代码编写，仅设计与测试文档就装满了 5 大箱，摞起来估计都要顶到天花板。

就在陈志强等人在瑞典不断实现技术突破的同时，德国布伦瑞克人机软件开发团队也取得了新进展。他们之间通常使用电子邮件来进行沟通，遇到不好表达或特别紧急的问题，他们也会用语音电话进行交流。

在当时，语音电话是用来跨国通话的"宝贵资源"，每个月的通话时间十分有限，因此两个团队非常默契地将通话时间都用在了工作交流上，与国内亲人们的联系则全凭电子邮件。

一次，王怀江带着他们团队在德国新研发出来的软件，到瑞典找陈志强等人进行软件调试。已经连续两周都没好好休息的王怀江与陈志强刚碰上面，就急忙投入到软件组装和调试工作中。

然而调试过程并不顺利，机箱上频繁闪烁的小红灯警示着他们，人机软件与主机系统一直存在问题。就在大家焦头烂额闷闷不乐，苦于找不到问题根源的时候，王怀江的电脑提醒他收到一封电子邮件。

没想到，他刚点开邮件，"病危通知书"几个醒目的大字就赫然出现在电脑屏幕上。他心急如焚打开查看，是女儿水痘感染引发炎症，导致出现各类衰竭症状，医院和家人无法联系到他只好给他发电子邮件。

起初，王怀江没有将这件事说出来，回复邮件后独自一人躲到楼梯间一根接一根抽着烟。最后，还是陈志强最先发现了他不太对劲，赶忙来到他身边询问情况。

王怀江说："没事儿，就是发愁咱们一直找不到问题。"

陈志强看出他有心事，反复追问下王怀江这才道出实情。

他带陈志强来到自己电脑跟前，指着屏幕告诉他："这已经是今天第三封病危邮件了。"

陈志强劝他赶紧回国。

王怀江摇摇头："现在研发工期这么紧，系统调试关键期又是这样一种胶着局面，我怎能……"

后来同伴们都知道了这件事，也都劝他回国，但他始终没有答应。

这时，陈志强拿出那个被他们视作"宝贝"的语音电话塞到他手中，让他无论如何给家里打个电话，安抚一下家人的情绪。

在大家关切的目光下，王怀江犹豫着接过电话。他知道，这部语音电话是第一次与非研发人员的跨国连线。他也知道，这根空气中看不到的无线电，牵动的却是整个研发团队与自己女儿的心。

短短几分钟，王怀江只是跟家人做了简短的对话，就匆匆回来了。放下电话，他明显轻松了许多，还不断招呼大家别因为这事儿耽误了研发进度。

一周后，主机箱上的小灯变成了频率稳定的黄绿交替闪烁，标志着这次系统调试圆满成功。大家击掌相庆之余，王怀江急忙打开自己一直没敢再看的邮箱，第一封信是妻子前一天发来的，里面只有简短的一句话："手术成功，女儿没事！"他的眼中顿时噙满欣慰的泪水……

回忆起这段往事，陈志强说："当时在国外的一年里，我们团队成员相互加油打气，鼓励支持。科研人都是这样，有一颗坚定、坚强、坚决的心，关键时刻站得出来、危急关头豁得出去，舍小家为大家，再加上家人们的支持与理解，才有了我们今天的技术进步。"

2008年10月，陈志强等人带着研发成功的具有中国自主品牌

◆ 陈志强与同事进行技术交流（佟一博　摄）

的 CTCS-3 系统告别庞巴迪实验室时，艾妮卡感慨万千：“没有人能在这么短的时间研发出全新的系统，你们简直创造了奇迹，就像一个神话。”

陈志强微笑着告诉她：“这不是神话，这是一种精神，属于中国科研人员的钻研精神和工匠精神，这才是我们成功的法宝。”

其实在这之前，我曾不止一次独自冥想，人们口中常说的“大国工匠”究竟应该是怎样一种精神？我想这应该不仅体现在老工匠们精益求精的工艺追求上，这种精神该有更加丰富的内涵。直到听完陈志强在异国他乡的种种经历，我才突然明白，这种精神应该还包含了敢于在权威面前挺直腰杆，坚定顽强的精神，还有在逆境中不断成长，不断耕耘希望，锲而不舍的高贵品质。就像时刻洋溢在陈志强脸上的这种微笑，看似简单平常，实则蕴含了强大的自信与力量。

武广，南国飞虹

刚刚研发出来的 CTCS-3 级列控系统就像一颗珍贵的种子，急需回到国内，适应中国"土壤"。陈志强等人马不停蹄赶回北京，按照项目要求，配合仿真验证平台研发团队快速开发系统全场景、全功能测试环境，实现功能由点到面、线路由短到长、单车运行到多车追踪等各种场景及工况条件下的模拟运行，完成涵盖数据、接口和系统功能等上万案例的数十轮验证。

说到这，相信很多人与我一样，对科研工作者有一个普遍误区，认为他们就是穿着白大褂，在实验室里对着电脑或者拿着模型搞研发的专家学者。可陈志强等人的经历，让我感到由衷地敬佩，更让我对科研人员有了一个全新的认识。因为科研人的工作永远不只是局限在实验室里，各种场景下的现场检测才是最艰苦的战场。

陈志强与王怀江、张振兴等人在结束了实验室繁杂的验证工作后，直奔武广高铁进行现场测试。

每天早上 6 点，陈志强和同伴们穿戴整齐，拿好检测设备，准时登上首发高铁试验列车，从武汉站出发，前往 1000 多公里以外的广州站，开启每天 2 个来回的列控系统检测工作。细算一下，每天他们要跟着列车毫不停歇地奔波 4000 多公里，差不多一周就要绕赤道跑一圈，真称得上是科研界里的"环球行者"。

陈志强在车上的主要工作是站在驾驶室里，观察系统的反应并对司机的操作进行指导。所以每次上车，陈志强就像是化身为活雕塑一般，双眼紧盯 DMI 屏幕，耳中听着司机有节奏地喊着"律动"

口号。如果在正常行驶的情况下，DMI 屏幕上突然出现"制动"指示，那就要赶紧启动应急处理程序马上停车。停稳后，软件工程师们会结合设备诊断记录，检查确认故障原因并将问题一一记录在案。

多数情况下，这种问题是车载设备和地面设备不适配导致的，但陈志强他们不敢大意，因为一旦处理不好，就会影响每天试验的排点工期，耗时过长会导致所有进度滞后，甚至造成几百万元经济损失。

长时间高强度的工作，对陈志强和同伴们都是不小的考验。一天下来，他们都会感觉手脚酸麻，脑袋嗡嗡直响。但最难熬的还不在于此，武广高铁全线途经多条长隧道，在列车缺少保压减压措施的条件下，只要过隧道，车上人员都要忍受长时间的巨大耳鸣，比飞机起降带来的不适更为强烈。

每天晚上 10 点左右，大家拖着疲惫的身躯下车，回到住处倒头便睡。只有陈志强回去后坚持坐在桌前汇总这一天出现的问题，并将解决办法和经验工工整整地记录下来。

周而复始的规律性工作让陈志强半开玩笑地说："每天要是不上车听一天轰隆隆的声音，晚上根本睡不踏实。"

很难想象当年陈志强他们是怎样在那么嘈杂的环境下聚精会神开展科研工作的。如今，我们能够十分安静地坐在舒适的高铁车厢里，或听着舒缓柔和的音乐，或看着手中不同类型风格的书籍，又或闭目养神悠然地小憩，自然全都离不开像陈志强这样的高铁科研人员默默辛勤的努力与付出。

2009 年春节，正当全国人民其乐融融地沉浸在团圆的喜悦氛围中时，陈志强和同伴们依旧驻守在咸宁的试验现场，加班加点地进行着检测工作。

除夕的夜晚，陈志强端着从食堂打回来的饺子，独自一人回到宿舍与家人视频连线。看着视频另一边，一大家子就缺他一个，听着不远处传来的阵阵爆竹声，心里有些不是滋味。最后，父亲坐到摄像头前，似乎看出了他的心思，沉稳地对他说："家里都好，吃的用的啥都有，不用惦记，你好好干！"

父亲的话虽然简短，但充满了理解与支持，让身在异乡的陈志强倍感温暖和鼓舞。

时光倏忽，进入南方梅雨季节，淅淅沥沥的小雨一下一周，让各个检测现场变得泥泞不堪。为了不被零星散落在地上的钉子和木条划伤，他们每天都要穿上特别沉重，具备防滑、防水、防扎伤的防护鞋进行检测作业。

陈志强对我说："那段时间，大伙每天体力消耗特别大，因为当时很多车站还没有建好，想要前往装配了信号设备的房间，往往需要横穿整个工地现场，到的时候不仅浑身湿透，而且双脚都沾满了厚厚的一层泥。有时候前往一个维护点，甚至还要徒手攀爬障碍物，稍有不慎就有跌落的风险。"

这就是我们科研人员在施工现场最真实的写照。他们没有耀眼光环，穿着与建筑工人一样的工装和反光背心，以最接地气的形式置身在人来人往、昼夜不休的铁路建设一线。人群中，没有人知道这些拎着工具箱和检测设备的人是搞科研的，现场的所有人，都在以各自不同的力量和方式为祖国的高铁事业添砖加瓦。

在武广高铁忙碌奔波的一年多时间里，陈志强与团队成员完成了从单项功能到多项功能，从低速到高速的现场测试，获取和分析了大量数据，解决了一系列技术难题。

聊到这里，我问陈志强："武广期间，你们有没有遇到什么特别棘手，让人特别紧张的难题？"

陈志强眯着眼看向远处，思索片刻，然后微笑着对我讲起一段故事。

在进入日趋紧张的收尾阶段时，眼看一切现场工作即将全部完成，列车突然出现了一次主机莫名其妙死机的状况。这下可让陈志强吃惊不小，因为所有检测和调试项目即将收官，武广高铁也开通在即，列控系统主机死机可是一个致命的隐患。

陈志强急得上火，嘴角鼓起了巨大的水泡。他仍然带着大伙在车上反复检查软件代码，全力还原出现死机时的场景，还连线北京实验室进行远程测试。连续熬了3个通宵后，他们终于解决了这个在多种极端组合条件下才会触发死机的问题。看着大家全都熬得通红的双眼，陈志强一屁股坐倒在车厢里，长舒了口气。

我知道，那是一种由内而外仿佛重生般的解脱，那是在神经高强度紧张得到瞬间释放后的极度虚脱。想来当时陈志强脸上依旧挂着招牌般的微笑，只是那一丝笑意中隐含着多少苦涩与艰辛谁又能够真正体味呢！

想想CTCS-3系统终于顺利调试成功，那些吃过的苦、受过的累又都不算什么了吧！

2009年12月26日，装载着首套中国标准CTCS-3级列控系统的高速列车，在武广高铁正式开通运营。当天，陈志强的任务就是站在首发G1001次列车的驾驶室里，为CTCS-3系统的商运首发保驾护航。

列车开动了，陈志强站在司机身后，看着自己团队研发的

CTCS-3 系统就像一个神秘的智慧大脑，行云流水般向司机发出一条条正确的操作指令，第一次真正体会到那种风驰电掣穿山越岭的感觉。那是一种如同置身在大歌剧院聆听音乐会高潮的酣畅感觉；是一种如同置身在广阔无垠的草原万马奔腾的豪迈感觉；是一种如同置身在虚无太空纵情遨游的梦幻感觉……

此刻，求学时乘坐绿皮车、瑞典研发和武广现场调试的种种往事就像剪辑好的电影片段，在眼前一幕幕转换，那里有欢笑，有泪水，有被汗水和雨水浸透的衣裤，有磨出老茧的双手，有晒得黝黑的面庞，还有坚持不懈的感动……

列车顺利到达广州北站，陈志强顾不得下车，像冲锋的战士拿下了阵地一样，第一时间拿起手机，激动地向指挥部报告："CTCS-3 系统全程运行稳定，G1001 次列车安全正点到达！"

那一刻，陈志强激动的心情久久不能平复。因为他知道，多年的付出与心血没有白费，这不仅标志着他们研发的 CTCS-3 级列控系统取得了成功，更标志着中国高铁列控技术已经基本达到世界先进水平！

虽然没有置身于当时令人欢欣鼓舞的现场，但从陈志强略显兴奋的描述中，我依然能够感受到那种平淡中隐藏着的激情与力量。我想，如果再次按照段位排序，当时的陈志强应该已经完成了由黄金到钻石的完美转变。

CTCS-3 系统，想说爱你有多难

CTCS-3 级列控系统在武广高铁的成功应用，让陈志强和同伴倍

感振奋。按照上级的统一部署和安排，团队接下来的主要工作就是将 CTCS-3 系统在国内进行全面推广应用。

由于有了武广高铁这条长大干线的经验积累，陈志强等人在面对这项艰巨而又庞大的推广任务时，并没有显得太过紧张。然而在实际推广过程中，大家再次遭遇了各种各样预料不到的现实困难。这个在他们手中诞生的 CTCS-3 系统就像一个顽皮的孩童，让人又是疼爱又是可气。

陈志强对我说："当时设计院为了不耽误 CTCS-3 系统的推广应用，还要保证正在进行的科研项目及时推进，就将有限的人手分成两组，以两周为期限，两组人员进行轮换。这样减轻了大伙的工作压力，也不用为长期出差发愁。"

2010 年 5 月底，陈志强作为第一组 CTCS-3 系统推广调试牵头人，带队来到上海，开始进行沪宁城际铁路列控系统推广调试。

刚到上海，大家心情都很愉悦，认为第二组人员前来接替他们的时候，就能将这条小小的沪宁城际铁路调试完成大半。

可仅仅过了 5 天，第二组人员便匆匆忙忙地赶来与他们会合了。陈志强无奈地告诉大家："是我们轻敌了，这里的新问题太多。现在两组要合并到一起，联合进行推广调试。"

我急切地问："究竟是什么原因，能让沪宁城际这条小线路将刚刚参加完武广大考的研发团队难住呢？"

陈志强微笑着说："其实沪宁城际长度不算太长，但这条线路条件错综复杂，坡度变化点特别多，限速条件也是忽高忽低，对信号控制要求非常高。而且铁路沿线地区经济发达，民用设施众多，铁路信号常受到外部民用信号干扰，导致 CTCS-3 系统运行出现不少

◆ 陈志强在综合实验室对系统设备进行测试（佟一博　摄）

问题。"

原来如此，所有问题的根源就在于如何破解信号干扰。

6月的上海，艳阳高照，气温骤升。陈志强带领大家顶着烈日，拿着信号接收设备，在铁路沿线开始了拉网式大排查。汗水顺着大家的脸颊滴落到明亮的钢轨上，发出"滋滋"声响，衣裤更是早已被汗水浸透，但大家依然坚持着将信号强弱点一一标注。

白天，他们查找问题，分析问题。晚上7点多赶去参加指挥部全体系统的大分析会，交流分享和探讨联调问题。10点多他们自己开会总结经验，研究解决办法。等列车回库后，便马不停蹄上车调试，当天发现的问题必须在第二天三四点钟列车出库前调试完毕。

当时恰逢南非世界杯开赛，大家每天忙完，最开心的一件事就是可以第一时间看到当天世界杯小组赛结果，然后开启下一轮小组赛猜测。幸运的话，还能赶上看凌晨最后一场小组赛的下半场，给紧张的工作带来些许轻松，也给巨大的压力带来短暂释放。

就在大家按部就班努力向前推进的过程中，突然出现 ATP（列车超速防护系统）车载系统死机的情况。沪宁城际虽然线路短，但属于四电集成项目，一个子系统出现问题就会直接影响整个大系统准时开通。

陈志强赶紧带领两组成员轮班查找问题，自己则一直坚守在岗位上没有休息。最终发现是特殊场景下 MRSP（最不利限制速度曲线）变化点较多导致的。

不到 48 小时，问题得到迅速解决，没有耽误大系统的整体进度，压在陈志强心头的大石头终于落了下来，他伏在电脑桌上睡着了。

当他伸着懒腰醒来时，张振兴惊愕地问他："你睡着了？"

陈志强揉揉眼睛看了看手表说："可不是嘛，一下子昏睡了 1 个多小时，没说梦话吧？"

张振兴"扑哧"一声笑了出来说："梦话没说，就是你这手指头一直在像点鼠标一样敲着桌面，我还以为你没睡呢！你呀，真是一个睡觉都在工作的人！"

就是这样，陈志强等人十分艰难却出色地完成了 CTCS-3 系统的首次推广应用。紧接着，京沪、沪杭、哈大等高铁线路在他们的不懈努力下，先后顺利完成了 CTCS-3 系统开通应用。

一时间，中国广袤的大地上，高铁纵横，飞驰往来，一张巨大的高铁网络慢慢织就起来。

在进行 CTCS-3 系统推广的同时，陈志强等人还有另外一项繁重工作需要开展，那就是给 CTCS-3 系统当"保姆"和"客服"。毕竟 CTCS-3 系统在推广应用之初与高铁一样，都是"新生儿"，它们偶尔使个小性子闹个小脾气都是再正常不过的事。

陈志强团队人手有限，平时还要正常上班，不可能随时前往现场处理各条线路出现的问题。因此，一部兼顾列控系统问题反馈和设备运维技术支持的热线手机就此诞生，成为架在陈志强团队与各高铁线路之间的有效桥梁。

最开始，这部手机被大家称作值班手机，因为大家要像值班员一样，以一周为期限，轮流拿在手中，负责接听手机，记录和汇总问题，出具解决方案等。

可是人员轮了一圈之后，大家就不约而同对这部手机产生了"恐惧"心理。因为各条线路的高速列车每天晚上回库后才会进行检修，检查出问题时，最早也要到午夜 12 点左右。为了不影响第二天列车的正常运行，只要出现与列控系统设备相关的问题，不论何时，这部手机定然会响起铃声。

一个个午夜，当人们沉浸在睡梦之中，突然"炸响"的电话铃声无疑会让每一个值班人员神经为之一紧。接到电话后，值班人员要尽快对问题进行分析，然后编写一份问题处理报告，赶在凌晨 4 点动车出库前反馈回去。

有一次半夜两点多，值班员于晓娜接到了一个非常复杂的问题。由于她刚上班不久，很多具体情况并不了解，只好求助团队其他成员，可问了一圈下来，大家虽然积极查找资料帮忙解决，但都无法第一时间解释清楚。时间紧迫，于晓娜思虑再三，还是忐忑地拨通了陈志强的电话。

陈志强了解问题后，稍作思考，随即就向于晓娜进行解答，迅速给出两套具体解决方案。说完一遍后，他怕自己语速过快于晓娜听不清楚，还特意放慢语速又说了一遍。

果然，当于晓娜将处理报告递交过去后，问题得到顺利解决。第二天，大家来上班，看着每个人脸上淡淡的黑眼圈，不约而同笑了起来。

后来于晓娜才知道，大家轮流拿着这部"鬼来电"手机时，陈志强才是他们之中最辛苦的一个。因为团队里每一位成员在遇到实在处理不了的难题的时候，都会选择给陈志强打电话。不论多急多难，陈志强始终会十分沉着冷静地给出准确的解决方案。就是从那个时候起，陈志强逐渐成为大家心目中的"列控大拿"和"列控一哥"。

陈志强说："那时候孩子小，半夜电话经常响，我就一个人睡到客厅，不打扰母子休息。科研人的工作就是这样，从来没有朝九晚五一说。在创新和研发面前，加班加点甚至几个通宵都是家常便饭。投身科研，就是要把毕生的感情和心血倾注进去才能换来想要的成果。"

我想，每一个科研人的背后，注定会有一个默默鼓励和支持他们的家庭吧，才能让他们专心致志全身心地投入到工作中去。这可能也就是科研人在平凡的工作岗位上凸显出来的不平凡之处。科研的道路哪里有什么捷径，只是有人在这条道路上披星戴月砥砺前行罢了。

给 CTCS-3 装上"中国脑"

CTCS-3 系统的不断推广应用，让高铁线路上越来越多的列车奔驰起来，列控系统研发取得的成绩大家也是有目共睹。在我看来，作为列控系统研发核心人物的陈志强在看到这些成绩时应该满心欢喜才对。可实际上，陈志强对我摇了摇头，紧皱双眉对我说道："到这个时候，我们才真正开始尝到'卡脖子'的难受滋味。"

在 CTCS-3 系统推广和维护的过程中，陈志强就已经清醒认识到，CTCS-3 系统是借助外国软件平台，融合了中国 CTCS-2 系统技术和欧洲 ETCS-2 系统技术的产物，其技术的核心仍然牢牢掌握在外国人手中，很多关键元器件都要从国外购买，限制了我们进一步扩展系统功能和实现技术改进，遇到紧急情况时，还要不断向外方发出请求。

这种被人牵着鼻子甚至卡着脖子的感觉让陈志强十分苦恼，如何能够让 CTCS-3 系统真正 100% 自主化，成为萦绕在他脑海中的一个重大课题。

没过多久，一份红头文件落到陈志强的办公桌上，文件明确要求：要快速研发出具有完全自主知识产权、更加先进、满足时速 350 公里高铁动车组列车需求的自主化 CTCS-3 级列控系统。

得到最新指示的陈志强内心十分激动，迅速组建专项研发团队，进行自主化 CTCS-3 系统的研发和攻关。

对此，陈志强十分感慨："科技研发中的核心技术永远不是等来的，更不可能从别人那里要过来。就算我们虚心向外国人请教，对于这种核心技术他们也是守口如瓶，根本无从借鉴。所以对于自主化 CTCS-3 系统的研发来说，我们就是要以狭路相逢勇者胜的精神来战胜面前的一切困难。"

很快，陈志强带领团队将高速列车测速测距算法这一关键技术作为第一个主攻目标。测速测距算法可以实时提供列车的运行速度、加速度、距离、运行方向和空转打滑等诸多信息，可谓列控系统基础中的基础。

2016 年 7 月，陈志强带领团队来到大西高铁，进行自主化 CTCS-3 系统试验。可是，在实验室推演无误的测速测距算法，在现场测试的前几天便遭遇了"滑铁卢"。

张友兵十分无奈地说："我们的测速测距算法还是存在一些缺陷，计算得到的速度总是跳变。"

如果不能计算出精确的列车速度，就不能推演出准确的列车位置，想实现安全控车更是空中楼阁。为此，大家全都食之无味，夜不能眠，无时无刻不在思考问题的根源和攻克问题的办法。

然而连续几天，大家仍然毫无进展。

一天晚上，陈志强做了一个奇怪的梦。梦境中，他带领大家来到动车库，像检修工人一样逐个查看列控系统车载设备各个部件。可不知为什么，负责计算列车与轨面间相对运动速度的雷达传感器，怎么看都是模糊的。

头两天，陈志强没将这个梦放心上，以为就是日有所思夜有所梦，仍然照常带领大家上车检测。

第三天，陈志强一早起床后，联想到前天做的梦，干脆就带领大家检查起列控设备来。没想到，这一次还真就在雷达传感器上发现了问题。

原来，之前大家仅仅是对设备是否损坏进行检查。而这次陈志强突然意识到，如果雷达传感器的安装角度存在细微偏差，那就很可能直接影响雷达测速的准确性，进而产生速度跳变问题。

◆ 陈志强带领同事在高铁列控系统模拟驾驶实验

　　想到这，陈志强赶紧组织大家调整雷达传感器角度，采集试验数据。晚上，他带领团队成员从原理到算法再到代码，一步步严谨细致地分析，使用试验数据一遍遍复现白天列车的运行过程。当晚，他们就优化了测速测距算法，解决了这个雷达传感器安装角度偏差造成的问题。

　　那是一个无眠的夜晚，解决完问题后，天已经快亮了。同事们都劝陈志强回宾馆好好睡一觉。

　　可陈志强却微笑着说："我得亲眼见证咱们攻破第一个难关才放心啊！"随后，陈志强稳稳地站在列车驾驶室里，像射击运动员瞄准靶心一样，全神贯注盯着显示屏上的列车速度。

　　当列车安全平稳地跑完这趟试验时，陈志强双眼湿润了。他缓缓地回过头，望向身后的同伴，发现大家也全都热泪盈眶。他抬手擦了擦眼泪，这才发现，手心中流淌的已不知是泪水还是汗水。这是他们在自主化道路上迈出的第一步，也是最宝贵、最关键、最有意义、最有成就感的一步。

对于睡梦中解决难题这种事，我曾经并不太在意，毕竟梦境这种玄而又玄的事总感觉没有什么靠谱的科学依据。而此时此刻听到陈志强的这段描述，我感慨万千，想来日有所思夜有所梦并非只是一般的梦境理论，我们没有在睡梦中获得灵感也许是思考得还不够系统和深入。

测速测距算法实现突破后，陈志强继续带领团队先后攻克多源融合列车定位技术、适应高速和长大下坡道运行的列车制动模型及曲线计算技术、车地无线安全通信协议等难题。然而最令人骄傲的，是他在车载热备技术上的创新和突破。

列控系统涉及的设备极其复杂和庞大，世界上任何一个国家的列控系统车载设备在实际运营中都会出现一些问题。当时各国对于车载设备出现故障的通常做法是先停车，然后再启动冷备设备，待正常运转后继续开车。这种做法不仅浪费时间，直接影响整条线路的列车运行效率，而且风险程度极高，容易造成乘客不必要的恐慌。

面对这个世界难题，陈志强陷入了沉思。他在想：能不能有什么好办法，让车载列控设备不出现故障，或者一旦出现故障不需要停车就能切换到备用设备呢？

那段时间，他时常坐在办公桌前，面无表情，一言不发，脸上不再洋溢着标志性的微笑。

一天，陈志强中午在食堂与负责地面列控设备的同事坐到了一起，边吃饭边闲聊。不经意间，陈志强提出了自己这段时间的困惑。

同事听完开玩笑说："你看，我们地面设备就能实现无缝切换，因为我们的备用设备采用的是热备方式。你想让车载设备无缝切换，把冷备换成热备不就得了！"

没想到正是同事的这一句玩笑话，触发了陈志强的灵感。他兴奋得赶紧组织人员对课题进行立项，按照车载列控系统双套热备的基本思路开始了研发攻关。

可这毕竟是一项世界性课题，说起来容易做起来难。他们一遍遍失败，又一遍遍尝试，简直到了废寝忘食的地步。历经数月，他们终于成功研发出全世界独一无二的列控车载设备全功能双套热备冗余设计，让车载设备各单元发生故障后，均可在不停车的情况下自动实时无缝切换到另一系，大大提高了列控系统的可靠性，一举拿下了国家发明专利和国际专利。

面对这项举世无双的成绩，陈志强只是微笑道："想要实现创新，首先就要敢想，然后用饱满的热情投入进去。就算全世界都在质疑，但只要方法和思路对了，那就没有什么是不可能的。现在，我们仍然可以很自豪地说，列控车载设备全功能双套热备冗余设计，到现在仍然没有被任何一个国家超越！"

多年来，陈志强就是以这种不服输和蚂蚁啃骨头的精神，逐步实现了 CTCS-3 级列控系统平台及关键技术 100% 自主化，核心软件 100% 自主化，成套列控装备 100% 自主化，让"卡脖子"问题彻底成为历史。

能够想象得到，实现自主化的感受是一种挣脱了束缚的自由，是一种天高任鸟飞的解放，更是一种改变中国高铁发展命运的突破。在经济与科技飞速发展的今天，我们对于这种自由、解放和突破的需求是多么的迫切，陈志强和他的团队显然已经走在了前列。

高铁，"爱上"人工智能

随着科学技术的不断创新，人工智能快速发展的大时代已然到来。按照国铁集团统一部署和"精品工程、智能京张"建设需要，陈志强又将目光聚焦到人工智能大背景下，以智能高铁为代表的自动驾驶系统研发上来，也就是业内人士常说的高铁ATO。

所谓高铁ATO，必须实现高速列车车站自动发车、区间自动运行、进站自动停车、停车自动开门及车门站台门联动控制。同时，还要实现列车平稳、舒适及绿色节能运行。

在21世纪初，全自动无人驾驶技术就开始逐步应用到汽车领域。可汽车毕竟体型小，行驶速度受道路交通管制不算太快，实现无人驾驶比较容易。但想让时速350公里的高速列车也实现全自动无人驾驶，还要按照线路要求提速降速、准时发车停车、精准停靠到站，就连科幻片都没敢这么拍。

面对高铁ATO这一全新课题，陈志强带领团队经过认真细致的分析和研究，将难度较大的乘车舒适度和停车精度作为智能化列控系统研发的突破口。

虽然各项指标在实验室进行了反复验证，但是现场测试才是决定成败的关键。来到现场后，每次上车陈志强都选择站立姿态来体验最直观的乘车舒适度，精确感受自动驾驶的列车运行是否平稳。一次，他发现列车每次进出分相区时，身体总会略微晃动，便立刻组织人员查找原因。这才发现，在分相区内列车不能从接触网取电，进分相区时，正在加速的列车突然失去牵引力，出分相区时，自动驾驶设备又突然给列车施加牵引力，出于惯性，就会让人产生晃动。后来，他们采取逐级切除和增加牵引力的方式优化软件，解决了这个问题。

同样，精确停车的测试结果也让大家有些失望，因为经过数个站台的停车测试，实际停车精度始终与理论推导存在 20 多厘米的偏差。

我问陈志强："停车差这 20 多厘米，能有什么关系呀？"

陈志强急忙说道："可别小看这 20 厘米，因为高速列车的门是单向门，比较小，现在看影响不大。但如果每个站台都加装屏蔽门的话，里外两个门 20 厘米的偏差就会影响乘客手中大件行李的搬运。"

为了解决这个问题，陈志强带着大家大半夜到动车库，趴在地上测量天线的安装偏差，冒着大雨去每个车站测量站台定位应答器的安装位置与设计值是否有偏差。终于，他们发现问题的症结。原来他们从实验室仿真模拟到现场测试的移植过程中，为了减少嵌入式处理器的计算量，测速测距算法仅保留了小数点后两位的精度，这就造成了微小的误差。虽然每 20 毫秒的误差仅有不到 0.01 厘米，但在靠站停车的几十秒内，这种误差就能累积到 20 多厘米。

为此，陈志强提出并实现了一套系统自适应智能控制算法，在同时满足舒适度和节能环保要求的前提下，将停车精度控制在理论推导范围内。

回忆起这段往事，陈志强说："ATO 测试刚开始的那段时间，我们几乎每天都工作 15 个小时以上，有时甚至还要夜以继日连轴转，大家都咬牙坚持了下来。"

在我看来，研发高铁 ATO 的他们更像是一个个精益求精的赶路人，那种对待科学的严谨和出于对安全防控的高度责任感，正指引着他们义无反顾地永攀科技高峰。

2018 年，陈志强团队转战来到京沈高铁，开始为高铁 ATO 的测试和评审做最后准备。

一天，一支地方政府的调研团队临时要从沈阳到朝阳开会，时间非常紧张，正在运营的列车没有合适的时间。经过相关部门协调，安排他们临时搭乘陈志强团队正在进行 ATO 测试的这趟高速列车。

得知这一突如其来的消息，陈志强吃了一惊，这无疑是对高铁 ATO 准点到站的一次突击检查，于是他赶紧按照会议时间来制定 ATO 运营计划。

调研团队成员全部上车后，秘书小赵找到陈志强，向他进一步强调了会议的重要性和时间的紧迫性，并一直与陈志强团队待在车头。不过那时陈志强他们已经在京沈高铁上经过了一个多月的试验，虽然任务来得突然，但大家对于准点到达这件事还是很有信心。

可就在列车行驶还不到一半路程的时候，突然降速了。地面调度通过 GSM-R 电话告知司机，铁路巡检摄像头发现有一只小狗闯入铁路线，为确保安全，自动系统向列车下达了一段临时限速。

听到这，小赵和陈志强团队都紧张了起来，这样的场景在前期试验中是从来没有遇到过的，大家都担心列车会因此晚点，影响会议正常召开。不太理解其中原委的小赵，更是不断催促陈志强赶快想解决办法。后来列车驶出临时限速区，ATO 按照列车准点控制算法，控制列车加速，贴着最大允许速度赶点运行，最终按正点计划到达了朝阳站。

当列车停稳，这段有惊无险的旅程总算结束了。坐在乘客舱里的调研人员自然不知道中途发生的事，各自拿着行李有序下车。小赵擦了一把额头上渗出的汗珠，提着电脑包匆匆走了出去。刚走两步似乎又想到什么，转过身对着陈志强，伸出双手比了个心，然后愉快地说："给你手动点个赞，谢谢你们！"

我对陈志强说："当时赵秘书合手送给您的这颗小红心是对当时研发团队所有人最直接、最真实、最接地气的肯定了吧！"

陈志强微笑道："当时光顾着擦汗，还真没想别的！不过这倒是给后来专家团队评审提前来了个练兵，还真是意义非凡！"

2018年6月7日，陈志强团队高铁ATO项目终极大考的序幕终于缓缓拉开了。

◆ 陈志强为团队科研人员授课（佟一博　摄）

那天，天气晴朗，微风不燥，在场的所有人精神都为之一振。随着专家组成员下达出发指令，时速 350 公里高铁自动驾驶试验正式拉开帷幕。

列车缓缓启动了，速度一点点攀升，稳稳的，静静的。此时的列控系统在自动驾驶设备的帮助下，似乎已经不再只是一个单纯的"智慧大脑"，而是像充满魔法一样，长出了身子和手脚，摇身一变成为一个经验丰富的司机，在亲自驾驶着列车。

陈志强站在专家们的身后，看着他们将注意力都集中在显示屏上，仿佛一下子穿越回到了武广高铁开通运营的那一天。只是这一次，多年扎根在列控系统研发一线的他，面对这种现场考评，内心早已波澜不惊，充满平静。他非常自信地知道，经历过无数次失败和挫折仍然坚挺的他和他的团队，在大量的、前期的、精细的准备工作积累下，必将迎来胜利的曙光。这种自信来源于陈志强及团队的勤奋与努力，来源于他们对新知识、新技术的渴求，也来源于中国高铁"黄金十年"的发展。

数小时后，陈志强团队研发的高铁 ATO 系统在京沈高铁，以零缺陷的高水平表现，顺利完成时速 350 公里高速列车自动驾驶全球首秀。同伴们跑过来与他紧紧相拥，很多专家更是向他伸出大拇指。

我好奇地问他当时的心情，陈志强坦言道："当时自己很平静，因为对科研人员来讲，最大的喜悦就是把自己研发的成果谱写在中国大地上，为社会作贡献。"

星光不问赶路人，时光不负有心人。其实那一刻，我知道陈志强平静的面庞下，正极力地掩饰着一颗像火山即将喷发一样的、激动澎湃的、热烈的心。就在这颗心的最深处，他就像一个金盔金甲的王者般站在世界之巅，仰望苍穹，俯视一切。

没错！那一刻，他就是列控系统领域里真正的王者；那一刻，他证明了一个科研工作者在集中了担当、奉献、专注、创新、工匠等多种精神后，所爆发出来的磅礴力量；那一刻，他用自己的成果无声地庄严宣布，率先掌握高速列车自动驾驶技术的国家，是中国！

"中国标准"走出国门

所谓中国标准，就是中国技术的国际话语权。中国高铁想要走出去，中国标准必须先行。高铁列控技术取得的一个又一个辉煌成绩，为我国列控系统"走出去"做足了准备，提供了必然。

2020 年 12 月的一天，通号院实验室一片欢腾。陈志强团队自主研发的列控系统自动防护产品通过了最高版本标准 TSI（欧盟铁路信号系统互联互通技术规范）认证，标志着他们列控产品走在了国内所有同行的前列，率先拿到了进军欧盟乃至全球的海外"通行证"。但陈志强同伴们纷纷表示，整个认证的过程就像坐过山车一样。

其实，这项认证工作早在 2019 年中旬就开始在不断推进。

起初，Multitel 实验室负责认证测试工作的外方工程师们并不积极为我方产品进行测试，经常拿出他们的技术标准，说我方的产品不符合要求。实际上，陈志强团队早就把这些标准吃透了。张友兵见外方拿标准来搪塞，于是与他们展开了持久的辩论，还从外方制定的标准中找出关键条款，有理有据进行反驳。在这场近乎严谨到苛刻的学术辩论中，我方获得了最终的胜利。外方的工程师们撇撇嘴，摇摇头，双手一摊，尽显无奈。

本来剩下的对接工作应该会很顺利，但 2020 年年初，一场突如其来的新冠肺炎疫情，彻底打乱了大家的工作节奏。外方认证工作商务负责人洪兰和测试经理本杰明先后告知陈志强，疫情防控期间，他们所有员工都要居家隔离，不能为我方开展认证工作。

陈志强心急如焚，如果得不到及时有效的认证，即将走出国门的几个高铁建设项目都将受到极大影响。决不能让疫情成为阻挡我们前进路上的绊脚石，这是陈志强当时心里最真切的想法。

好在这时与海外的沟通和联络方式不再只有语音电话和电子邮件两种形式。陈志强安排团队成员每天坚持给外方发邮件，说明开展认证工作对双方的必要性和紧迫性，描绘通过认证后将会达到的合作共赢局面。此外，他还克服时差影响，每天坚持在半夜与洪兰用微信进行视频连线，不厌其烦地与他沟通协调。

苦心人天不负，外方认证人员被他这种锲而不舍的精神所打动，打破常规以远程视频的方式为我方开展认证工作，甚至在看到我方员工昼夜不休地积极推进认证工作时，还破天荒地将自己的员工安排成三班倒，就是为了与我方员工实现 24 小时无缝衔接。结果，原本需要 3 个月才能完成的认证测试工作，仅用一个月就顺利收官了。

截至 2020 年 12 月底，中国通号列控系统各产品（ATP、RBC、LEU、应答器）已全部通过欧盟基线 2 和基线 3TSI 认证，实现了"全家福"和"大团圆"。

陈志强说："我们的列控系统装备即将在塞尔维亚、德国、奥地利等国家落地，印尼雅万高铁等一批海外项目还专门参考了我国的列控技术标准。相信不久的将来，中国的列控系统将大踏步进军国际市场。"

在这十几年时间里，陈志强以其超强的毅力和智慧，带领团队将列控系统这个高铁"智慧大脑"一步步推向科技的前沿和巅峰，由他领衔和参与编写的《CTCS-3级列控系统总体技术规范》《CTCS-3级列控车载设备技术条件》《高速铁路ATO系统总体技术规范》等列控系统相关标准共有27项，申请发明专利22项。同事们对陈志强的评价如出一辙：如果说列控系统是高铁的"智慧大脑"，那陈总就是列控系统的"最强大脑"。

没错！在最强中孕育智慧，陈志强是中国高铁列控领域里名副其实的领军人。遥想十几年前，我们需要引进国外先进的列控技术，发展自己的高铁事业还要看别人的脸色。现如今，我们已经掌握了完全自主知识产权的列控技术，相关的列控产品也已远销海外，赢得了越来越多的国外用户。自主创新让我们实现了华丽转身，互换的身份让我们无比自豪！

对于科研人来说，走出国门只是一个新的起点，在谈到对未来的展望时，陈志强说："我热爱自己的这份工作和这份事业。我非常庆幸，自己能伴随着中国高铁和列控系统的发展轨迹，一步步成长起来。也很高兴自己的研究成果能够应用到中国高铁中，为中国高铁的建设和发展贡献自己的一份力量。科技研发只有起点，没有终点，我们对列控系统的研发更不会停滞不前，交通强国的使命和中国高铁发展的新需求还等着我们去创新，去设计。未来，随着5G-R无线移动通信系统、人工智能、大数据等新技术的逐渐应用，我们下一步将在智能、绿色、安全、高效上持续提升，充分利用北斗卫星定位技术、5G通信技术、人工智能算法等，逐步构建下一代具有自动驾驶功能的、空天地一体化的智能列车运行自动控制系统。"

是啊！梦想的种子被种下后，只要经过精心的培育和悉心的照料，再配合坚韧不拔的信念和毅力，就必然会发芽、开花、结果。陈志强就是这样一个人，他用自己不断的努力，向我们展现了新时代铁路科研工作者自立自强、攻坚克难、创新求进的大国工匠精神。

采访结束了，我们一同走出会议室，这时我才惊诧地注意到，原来外面早已繁星璀璨，浓墨的夜色浸染了天地万物，不知不觉间，一个下午的时光就这样在我们身边倏忽而过。可是纵然光阴飞逝，但过滤的时间总会沉淀下无法替代的精华，晶莹剔透如同泉水冲刷过的宝石。这精华就是我记录在笔记本上厚厚的采访笔记，里面的每一个故事似乎都印刻着陈志强从容的微笑，那笑容永远是那样的坚定而又充满智慧。

其实，在整个采访过程中，陈志强仍然在不停接打电话，迅速果断地处理每一件突如其来又或他早已深思熟虑的工作事项，这些早已成为他工作、生活甚至生命中最不可分割的部分。如今，站在中国共产党成立100周年的新时代起点上，陈志强一定还会带着招牌式的微笑，用沉着与冷静，果敢与坚毅，率领他的团队一路乘风破浪、披荆斩棘，完成一个个全新挑战，让我国高速列车的"智慧大脑"在全世界持续领跑！

周荣亮

最美铁路人

ZUIMEI TIELUREN

铁血丹心

——记上海铁路公安局上海公安处虹桥站公安派出所副所长周荣亮

杨洪军

阳春三月的上海，刚刚下了一阵雨。雨后的天空很蓝，一条七彩颜色织成的虹，气势雄伟地横卧天际，像一座美丽的桥。

彩虹下的上海虹桥高铁站，人流涌动，一片繁忙。一列列动车组从全国各地而来，又从这里驶向四面八方。这里每天到发列车600多趟，平均每分钟就有一趟高速列车发出。客流大时，每天到发旅客超过60万人，相当于一个中等县城的人口。

虹桥站公安派出所副所长周荣亮，精神抖擞地穿行在人群里，春风和煦地回答着旅客们的提问，提醒大家排好队，带好随身携带物品，洞察秋毫地巡视着车站的治安情况。虹桥站公安派出所从建所以来就一直采取这种不间断巡逻模式，用忠诚温暖着南来北往的旅客，用浩然正气护佑着一方平安。

突然，电话响了。值班室告知周荣亮，浙江某大学一名姓成的同学因为学业受挫，产生厌世情绪，给老师同学留下一封信，乘动车到上海虹桥站来了，杭州警方请虹桥站派出所帮助查找。

周荣亮撒腿就往站台跑，可惜已人去车空。

这一天，周荣亮给成同学打了无数电话，直到晚上 10 点多，成同学才接了电话。周荣亮告诉对方自己是虹桥站派出所民警，苦口婆心与他足足谈了近一个小时，成同学才说出自己所在旅馆。此时，周荣亮已经下班回家。他毫不犹豫地驱车前往，并将消息告知其父母。在宾馆里，周荣亮一直陪伴着成同学，直至他的父母从温州赶来。

入警 15 年来，周荣亮始终凭着对事业的忠诚和对旅客负责的使命感，认真践行人民公安的入警誓言，始终战斗在维护治安防范的第一线，用勇气智慧，用火眼金睛，抓获违法犯罪人员 3637 名，真正做到了为警一任，保一方平安。被广大旅客群众誉为"铁腕队长""人民的守护神"。

周荣亮先后荣获全国优秀人民警察、全路我为改革作贡献百名标兵、全路优秀共产党员、上海市春运工作先进个人荣誉称号，10 多次立功受奖。2017 年，公安部评选 50 名"情满万家·全国公安派出所好民警"，周荣亮是铁路公安系统唯一的代表。2021 年 1 月，中共中央宣传部、中国国家铁路集团有限公司联合在中央电视台举行 2020"最美铁路人"发布仪式，周荣亮榜上有名，接受了央视主持人的采访。当晚，他"用慧眼和铁腕守护铁路车站安全"的先进事迹传遍了千里铁道线……

男儿笃志

2002 年 8 月 20 日一早，周荣亮就跟着父亲出了村。父亲弯着腰，扛着包袱，茕茕前行；周荣亮扛着包袱紧随其后。父亲才 40 岁多一点，头发就花白了，背也开始驼了。周荣亮在身后望着父亲，情不自禁地想起了这次的远行，想起了中学时学过的那篇课文——《背影》，眼泪不知不觉就流了下来。

他怕父亲看见，也怕别人看见。赶紧拭干了泪。

男儿立志出乡关，学不成名誓不还。此次出崇明，一定好好读书，好好成长，早日作为树的形象和父亲站在一起。周荣亮暗暗发誓。

那时候，日色很慢，车、马、邮件都慢。爷儿俩先乘汽车，再乘船，再乘汽车……他们从村头冒着热气的卖豆浆小店走过时，太阳才刚刚升起，待坐上北上中原的火车时，上海站的大喇叭里正播放着那首耳熟能详的歌曲：西边的太阳就要落山了……

这是周荣亮人生第一次远行。第一次离开上海、离开崇明，也是第一次乘坐火车。

以前，周荣亮只在电影、电视里见过火车。他喜欢火车墨绿墨绿的颜色，喜欢一格一格的窗户，喜欢火车哐当哐当的声音……感觉火车就是一块巨大的不知疲倦的磁铁，时时刻刻吸引着他。只是，每一次，都还没容他数清楚几节车厢呢，就呼呼啦啦地从屏幕里蹿过去了。比长江口里的轮船快多了。

来去匆匆的火车看的周荣亮眼热，让他的心头呼呼啦啦地长出一个愿望：啥时候咱也能坐一回火车。

他的心里还生发过一个愿望，长大以后要做一名人民警察。

这个愿望，源于周荣亮小学二年级时，同村的一位伯伯赶集时被偷走了3000多元救命钱，本就重病在身的伯伯受不了这个打击，悬梁自尽。孩子因此辍学。这孩子和周荣亮同班。周荣亮至今还清晰地记得这位同学依依不舍的眼神和痛哭流涕的样子。

这件事，触动了周荣亮幼小的心灵，更让他萌生了行侠仗义、除暴安良，为国为民、惩恶扬善的警察情结。

如今，这两个愿望搁在一块儿实现了——

高考时，凭着对警察这份职业的向往和崇敬，周荣亮毫不犹豫地选择了铁道警察学院并被幸运录取。正是这份机缘，让他和父亲梦境一般"爬上飞快的火车，像骑上奔驰的骏马……"

远行，是为了离梦想更近。梦想的旗帜在头上飘扬，报国的重任扛在了肩上，为圆梦，周荣亮愿把青春彻底挥洒。

初入校门，警察学院的一切，对周荣亮来说，都是那么的新奇。特别是校园里那一棵棵郁郁葱葱、苍翠挺拔的梧桐，蓬勃丰盈，如绿色的海。微风吹过，校园里充满生机，到处闪烁着生命的光。周荣亮经常在万木吐翠的林荫下徜徉，与梧桐树交心，听梧桐树倾吐，向梧桐树诉说。

相较于古木参天的梧桐，周荣亮更惊异于学校的课程。

第一堂课是《警察概论》。讲台上，老师侃侃而谈，听讲的周荣亮睁大了惊奇的眼睛：原来，警察也是一门博大精深的学问啊！

新时期人民警察，不光要具有较高的政治、心理、文化、身体等素质，还要有丰富广博的公安业务知识和较强的文字和口语表达能力。并不是说谁穿上了这身警服就是警察了。

◆ 周荣亮（左）在车站查验旅客身份信息（刘鹏远　摄）

　　周荣亮心里有种火星噼噼啪啪要迸发的感觉。他满脸神往地望着远方，蓝天之下，"至诚、至公、敏学、笃行"的校训熠熠生辉。

　　周荣亮心潮澎湃，热血沸腾，浑身上下充满了力量。

　　天将降大任于斯人，必将苦其心志，劳其筋骨，饿其体肤，空乏其身。周荣亮立下愚公移山志：一定读好书、练好兵。读书练兵不仅是一种人生使命，一种责任担当，也是一种精神支柱。他将"有志者、事竟成，破釜沉舟，百二秦关终属楚；苦心人、天不负，卧薪尝胆，三千越甲可吞吴"做成小贴士，贴在书桌、床头、课本……

　　学院 3 年，周荣亮把整个身心几乎全都投入到了全新的学习中去。从不虚掷时光，分分秒秒都用在课程钻研上。课堂上，他专心听、用心记；课后认真复习，撰写心得；操场上，他龙腾虎跃，挥汗如雨，练射击、练体能、练擒拿、练格斗……不论是在宿舍、在教室还是在图书馆、军体馆，只要可以获得知识，获得技能，他一定会悬梁刺股，孜孜以求，弄懂弄通，学深学透，从不囫囵吞枣满足于一知半解。他的心里就一个誓愿：不管千难万难，都要把自己锻造成为一名"全能型选手"。

2005 年，周荣亮以优异的成绩毕业，被分配到上海铁路公安处。实习期间，周荣亮先后到上海所客运值勤、无锡所线路值守、乘警队列车值乘、参加蓝盾打击倒票行动、参加上海站治安整治……直到一年实习结束，到上海站派出所工作，后又到上海站派出所任治安刑警大队大队长，再到虹桥站派出所任副所长……

如果说，警察学院的学习，让周荣亮意识到了"警察也是一门博大精深的学问"，那么，现场的工作实习，则又让周荣亮对警察有了新的认识——

周荣亮小的时候，看过一部叫做《铁道卫士》的电影，抗美援朝时期，美帝国主义派遣特务潜入东北，企图炸毁长岭隧道，破坏铁路运输线。公安科科长高健将计就计，与特务在列车上进行激烈的搏斗，千钧一发之际，排除了定时炸弹，保证了人民铁道的安全。那时的周荣亮觉得铁路警察是那么的英勇、那么的威武、那么的潇洒。心中第一次对警察——特别是对铁路警察有了无限的向往。后来，周荣亮又陆陆续续看了《喋血双雄》《辣手神探》《傲气雄鹰》《大事件》，对警察就更心驰神往了。他想，做警察，就应该像李修贤、像周润发、像刘德华和张家辉，舞马长枪、果决勇敢、桀骜不驯、烈性似火，闲庭信步于枪林弹雨之中，谈笑间把敌人轰得灰飞烟灭。

周荣亮打心眼里喜欢他们。

　　而现实中的警察却是那么普通，那么平常，根本不似影视作品中那么高深莫测、神圣威武。没有艺术夸张，没有刀光剑影，也没有剑拔弩张，倒是形形色色的日常琐碎在时时刻刻检验着一个警察的血性与担当。在旅客的眼里心里，警察就是什么都要管。有了困难，受了委屈，遭了侵害，等等，都要找警察。

　　周荣亮无论如何都没有想到，自己从警后受理的第一起"案件"，是一个怀抱小孩的妇女向他求助：孩子的玩具在候车室丢了，哭闹不止，请他帮忙找一找。

　　周荣亮啼笑皆非：这样的事也能报案？刚要拒绝，身后一位早周荣亮几年入警的青年民警已接过话头：别着急这位大姐，我帮你去找。说着，带着那位"报案"的妈妈直奔"案件现场"。忙活了大半天，累得满头大汗，终于在候车室的一张座位下面找到了小旅客失而复得的"奥特曼"。

　　听着旅客不胜感激的话语，望着孩子喜笑颜开的样子，望着同行波澜不惊的笑颜，周荣亮明白了，为什么有人说，警察不是天，警察不是地，但是，有了警察，他们可以帮你顶天立地；警察不是风，警察不是雨，当你有了困难，警察帮你遮风挡雨！看来，做警察，不光要有一张让犯罪分子闻风丧胆的"黑脸膛"，同时还要有一副乐善好施的"热心肠"。

　　父亲也时时关心着他的学习与进步。每次通话，父亲都不厌其烦地叮嘱他要一心一意干工作，立志不要怕大，做事不要怕小；工作不要怕重，利益不要怕少；心思不要怕细，准备不要怕早……靠着这样的信心和信念，这么多年来，周荣亮不论在哪个岗位，都是"踏石留印、抓铁有痕"，撸起袖子加油干。以饱满的精神状态、以踏实的工作作风、以精细的工作态度，在干中学，学中干，干一行爱一行、专一行精一行。在各种工作历练中充实自己，补齐不足，提高素养。

论起工作干劲，跟周荣亮一起共过事的，甭管是新同事还是老同事，无不啧啧称赞：周荣亮的字典里，似乎就没有"疲倦"这两个字。安排他在哪个岗位做事，做什么工作，不说让他休息，他就一直坚守在那里。就没一次听见他主动提出要下班。真是服了！

虹桥站派出所政委孙雷说：曾经有人说，如果让一个人每天擦6遍桌子，第一天，应该会不折不扣地执行。第二天，也可能会擦6遍。但到了第三天、第四天，可能就会擦5遍、4遍、3遍，最后是不了了之。但周荣亮一定会是那个能够善始善终坚持擦6遍甚至是7遍桌子的人。

火眼金睛

生活的一切原本都是由细节构成的，如果一切归于有序，决定成败的无疑将是微若沙粒的细节。

车站人来人往，过客匆匆。周荣亮知道，做查堵工作不能搞人人过关。他总是不声不响地站在一个不引人注目的地方，炯炯有神的目光观察着擦肩而过的滚滚人流，从镇定自若的表情上，从转瞬即逝的动作上，从心平气和的言语中，从一闪而过的眼神里，从最不容易露出马脚的地方，去发现和捕捉蛛丝马迹。一根毛发、一枚指纹、一个眼神，甚至一块烧焦的衣角，都充当过他屡破大案屡建奇功的关键媒介。

周荣亮至今还清楚地记得陆程珂的模样：30 岁左右的年纪，身体四四方方，胸脯宽宽大大，一头短发黑黑亮亮，走起路来脚步生风。那天，在前面旅客很自然地掏出身份证接受检查时，陆程珂却如泥鳅一般，"哧溜"一下子躲到了一根廊柱的后面，然后从另一面转出，顺利躲过民警的视线和盘查。

同时，陆程珂长舒了一口气。

这个细节被周荣亮看在了眼里。

周荣亮上前将陆程珂拦住：你好这位旅客，请问坐哪趟车？准备去哪？陆程珂十分不情愿地站住了：从成都来，去厦门打工。陆程珂一口纯正的成都方言。说着，从外衣口袋里摸出了一张揉搓得皱皱巴巴的身份证。周荣亮接过证件，仔细地辨别着：马金山，哈尔滨市南岗区松花江街道人。周荣亮犯了嘀咕，此人明明是四川口音，怎么户籍是哈尔滨？他将男子身份资料往"警务宝典"里一输入，立马现了原形：姓名、性别、年龄、居住地址都是真的，但形象上，此马金山和照片上的马金山就差大了，不仅脸型不一样，鼻子、嘴巴、眼睛、眉毛等无一处相像。

周荣亮毫不犹豫地将此人带至派出所：说说吧，身份证怎么回事？

男子满脸堆笑：自己的真实姓名叫陆程珂，身份证丢失了，因急着去外地打工，一念之差，花 200 块钱办了张假的。一再说自己错了，下次再不这样做了。

周荣亮不听他唠叨，他按照"陆程珂"提供的信息再次上网查询，身份证资料全都对，但面貌上还是略有差异。当然，这种情况并不鲜见。多少年过去，发生点脸部胖瘦、须发长短等也在情理之中。可他为何要躲避检查并且还如释重负地长舒一口气？这口气里面到底隐藏着什么不可告人的秘密？

周荣亮告诫自己，一定要破解这层疑窦丛生的烟幕，绝不能半途而废草草收兵。世界上怕就怕"认真"二字，周荣亮就最讲"认真"。

"我没偷没抢，你凭什么扣我？耽误了我的事你能负责吗？"

周荣亮和风细雨："没人扣你，只是请你协助调查。你的车票我看了，离开车时间还有两个小时，不会耽搁你上车的。"

周荣亮将电话直接打到了哈尔滨市南岗区松花江街道派出所。管区民警说，松花江街道确实有一个马金山，但此马金山非彼马金山。松花江街道的马金山此时此刻就在管区民警眼前。"看来你们那儿的那位是李鬼。"

周荣亮看着陆程珂，目光如电：说吧，为什么盗用马金山的身份证？你的真实姓名叫什么？

这么快就露馅了？陆程珂大惊失色、恐慌万状。

半年前，陆程珂在哈尔滨市南岗区红旗满族乡的某夜市吃饭时，与邻桌发生争吵，持刀将邻桌男子捅伤致死。此后，一直冒用表哥马金山之名逃亡在外。

陆程珂成了周荣亮警察生涯抓获的第一个逃犯。

紧接着，另一场警情大剧悄然展现——

汪莉莉一觉醒来，已是日升三竿。

多少年了，汪莉莉从没像今夜睡得这么沉，醒得这么迟。而且，还是在一张陌生的大床上。怎么会在这儿？到底发生了什么？

汪莉莉摇头，苦思冥想。

汪莉莉最后的印象，应该是和一位自称沪上教授的男人在一家叫作皇冠假日的酒店里。

汪莉莉和教授是在网上相识的，在那个虚拟的世界里，二人情意绵绵、缱绻羡爱、相见恨晚。连面都还没见上一见呢，就一步到位，直接进入了谈婚论嫁环节。

教授借此由沪上来到了太原。

本来，有情人相见，推杯换盏是固定模式。而且，汪莉莉也是有些酒量的，可她却没有喝。说不上是为了一个女人的矜持，还是怕自己"金樽清酒斗十千"的豪气吓退了这个上海的精致男人。就连教授提议为千里之缘举杯相庆，她也只是优雅地抿了几口教授递过来的碳酸饮料。可是，几口饮料，咋就稀里糊涂的"梦里不知身是客，醒来已是梦中人"了呢？是自己被爱情冲昏了头脑，还是那饮料本就是"魔鬼的迷魂汤"？再检查，汪莉莉又发现自己脖颈上的一条价值 3 万多元的项链不知去向，苹果手机也没了踪影，皮包里的 3300 元现金也不翼而飞……拨打教授的手机被告知："您拨打的电话已关机。"

汪莉莉不用想也明白是咋回事了。

周荣亮接到"协查通报"时，已是上午 9 点多了。

周荣亮思虑：一般情况下，嫌疑人得手后第一念头就是尽快离开案发地。根据铁路运行图和"协查通报"提供的时间，当时应该有一班太原直达上海的 Z95 次列车。如果这个被称之为教授的男子确是上海人并且又盘算迅速远离现场的话，Z95 次尤疑就是最快捷的选择。

此时，距离 Z95 次列车进站，已经不到半个小时了。

周荣亮迅速集结队伍，张网以待。

这是一场类似于盲人摸象的查堵。"教授"姓什么叫什么不知道，做什么住哪儿不知道，个头不高不矮，体态不胖不瘦，肤色不黑不白，也可能穿西装，也可能穿衬衣……这样子的旅客，漫天遍地。

周荣亮给大家伙儿鼓劲：疑犯头上要是贴着帖，还能等到我们去抓？越是艰难，越检验我们的聪明才智。打起精神来，如果"教授"确实在车上，哪怕人潮如水，我们也要大海捞针把他给拎出来！

Z95次列车进站了，众旅客从车上下来，行色匆匆地向出口涌去。

周荣亮离老远就看见一名穿着很有腔调的男子闲庭信步般走来，当看到周荣亮正在注意他时，身不由己地打了一个愣，顿了顿，然后缓步走来。

周荣亮一眼就瞥见了男子脖颈上的那条金灿灿的项链。于是，一步向前拦住这位旅客。周荣亮一边检查男子的证件和车票一边察言观色："这条项链不错？"

"朋友的，我替她戴着。"男子神色自若。

周荣亮从男子包里拿出手机："这台苹果手机呢，也是朋友的吗？"

男子面不改色："是，也是朋友的。"

周荣亮又拿出一沓现金："够富裕的啊。""也没多少，3000多吧。"周荣亮唰唰一点：3300。与通报上的数字一样，一分不多，一分不少。

"还演戏吗'教授'先生？平白无故我们会兴师动众在这儿等

你入瓮吗？"男子一屁股瘫坐到了地上，他没想到，都到家门口了，还是栽了。

2016年1月9日晚间，上海市公安局110指挥中心，短短半小时内，连续接到两起爆炸警情，有人用固话先是报称："上海站东南出口有两颗炸弹"，后又扬言"要在上海站六号候车室实施爆炸"。

◆ 周荣亮（左）在站内例行开包核验（孙启凤 摄）

虽然收到的有效信息寥寥可数，但事关公共安危，一旦出现重大险情，将严重威胁广大旅客的人身、财产安全。上海铁路公安局、处闻警而来，立即赶赴现场开展布控、疏散、排查等应急工作。地方公安也派出警力驰援策应。该做的工作全都做了，然而现场并没有发现爆炸装置和可疑物品。

谁这么胆大妄为，竟敢滑天下之大稽地跟警方开超级玩笑？

周荣亮受命侦破这起故意编造、传播虚假恐怖信息案。

周荣亮一看报警电话就确定，这是上海站南广场东西两侧公用电话亭的号码。

锁定地点，周荣亮开始一遍遍地调看南广场的监控录像。嫌疑人拨打电话时是在夜间，旅客不多，满打满算有六七个人。周荣亮记住了每个人的体貌特征。其中最引他怀疑的，是一个身穿白色T恤衫，肩挎白布包、手拿"百岁山"矿泉水的青年男子。此外，还因为他是这些人中唯一一个在东西公用电话亭都出现过的人。

做足了案头，周荣亮信心满满地与同事一起来到了南广场。他们一边行走，一边查看，不放过每一处角落。路过南广场地下车库时，周荣亮的眼皮突然莫名其妙地跳了一下，这时，一个个熟悉的元素跳跃着映入他的眼帘：白色T恤衫、白布包、"百岁山"矿泉水……

周荣亮抑制住内心的激动，大步向着躺在台阶上呼呼大睡的青年男子走去。"醒一醒，怎么在这儿睡呢？"周荣亮推了推青年。青年睁开眼，说："没地儿去，在这里歇一歇。"周荣亮不动声色，说："这地儿咋好歇，出来几天了？"

"到上海站都两天了。"

"那咋还不回家呢？"

"哪有钱回家，都两天没吃饭了。"

周荣亮计上心来："跟我走吧，我先带你吃饱饭，再联系救助站帮你买票回家。"

青年半信半疑，望着周荣亮，说："会有这等好事？"

周荣亮把青年男子带到派出所以后，真的给青年端上了热水，端来了饭菜。香味扑鼻，忍饥挨饿多日的青年来不及推让，就狼吞虎咽起来。周荣亮也不吭声，直到青年男子风卷残云，满意地抹干净嘴巴，才漫不经心地与之攀谈起来，问他叫什么名字，这些天都和哪些人有过联系？青年说："手机都没有跟谁联系？"周荣亮出其不意："那也不该用公用电话跟警察开玩笑啊？"青年笑了："不是故意的，我只是觉得好玩……"

啊！青年男子一下子发觉说漏了嘴，赶紧闭上了嘴巴。

周荣亮盯着男子："老老实实交代吧，你以为还能隐瞒得下去吗？"

青年男子像泄了气的皮球，乖乖交代——

该青年男子曾因犯妨害公务罪被判处拘役4个月，1月7日刚刚出狱。1月9日夜，闲逛到南广场时，突然起了恶作剧的念头：警察不是三番五次捉拿我吗，我也捉弄捉弄你们。于是，两次摸起公用电话拨通了110，称上海站有炸弹要引爆。本来，青年男子还想再拨打119的，但见公安机关闻风而动，雷霆万钧，便放弃了念头。青年还交代，自己之所以选择谎称"爆炸"而不是其他方式，是因为其早年曾在矿山干过，对火药和爆破技术有所掌握和了解，家里到现在还藏有自己偷偷拿回来的火药呢。周荣亮立即带人赶往江苏新沂市，在其家中的厕所里找到了半袋黑火药。

有人说，周荣亮最大的优点就是会用眼看，练就了一双火眼金睛。其实，周荣亮最大的优点是会用心看。大千世界，芸芸众生，每个人的脸上都长着一双眼，却很少有人知道，其实自己的心里也长着一双眼。心里那双眼叫心目。

只有心目看到了，才算真正看到了。

铁杵磨针

　　车站是一个城市的窗口，也是一个城市的名片。车站的环境，关乎旅客群众的候车环境，关乎城市的文化文明，还关乎社会的评价评判。因而，对治安乱象毫不留情地予以重拳整治，促进建立良好的铁路运输秩序，提升旅客群众的获得感、幸福感、安全感尤为重要。

　　随着铁路网的不断完善和发展，火车已经成为温馨、速度、舒适、快捷的代名词，正不知不觉改变着人们的出行方式。不法分子从人头攒动、人员密集的车站里看到了商机，把车站当成了牟利的风水宝地。曾经有段时间，人们形容上海站的治安乱象：三步一个"黄牛"，五步一个票贩，没进广场，"发票"的叫卖声已先声夺人，刚出车站早被接客拉客的司机商贩活拖生拽。候车室内更是不法人员、闲散人员、讨要人员、小商小贩牛骥同皂龙蛇混杂。

　　作为车站的通病，这些年来，上海站派出所多次整治，也一直在整治。此番再次集中优势兵力重点整治，足见其难、其顽固。然而越难越能看出公安干警们的态度与果敢、担当与作为。治乱持危，最需要的是敢碰硬的精神。

　　整治的任务毫无悬念地落到了治安刑警大队大队长周荣亮的肩头。

　　周荣亮一头扎进站区，带领专项整治小组以"不获全胜决不收兵"的决心和毅力，对各类乱象进行"地毯式"清查、"零容忍"打击、"无死角"整治，依法打、深入查、强化管、全面清……治安整治是一场拉锯战，拼的就是"铁杵磨针"的硬功夫。

在此期间，有一位号称"老四川"的商贩，占据上海站七号候车室（乌鲁木齐、成都方向候车区）卖钵钵鸡、串串香、玩具等已3年有余，连旅客候车都要让其三分。更过分的是，卖着卖着又玩起了"碰瓷"的把戏：将玩具往旅客脚下投，将商品往旅客身上碰，不买就别想走。猖獗得很。旅客只能自认倒霉。有一次，他竟然嚣张到跑到派出所门前借酒发疯。在其影响下，那些长期"靠路吃路"的小商小贩们也蠢蠢欲动起来：反正你周荣亮不是铁人，总要有吃饭睡觉的时候，你进我就退，你退我就进，你白我就黑，你明我就暗。看谁斗得过谁？

周荣亮看穿了这伙人的把戏，你们不是要打"游击战"吗？我就跟你们打"持久战"。周荣亮说："治安整治本来就是一个久久为功的活，谁都不要指望一蹴而就，谁挑战底线，就给谁当头一棒。"

周荣亮亲自上阵对"老四川"实施紧逼盯人战术：你躲闪腾挪，周荣亮就蹿蹦跳跃；你小步快跑，周荣亮步步紧跟。一举一动全都给你记录在案。老狐狸斗不过好猎人。一月内，"老四川"被行政拘留了6次。

"老四川"低头认输，退出"上海滩"。

另有一个"小阜阳"，常年在上海站北广场围站叫卖、接客拉客、倒卖车票。但从不顶风作案，都是利用民警交接班、就餐等警力薄弱时段进行。车站警力加大时，他就到路地结合部活动，力度减弱时，再返回站区。凭着这点小聪明，屡屡逃过打击。小商小贩们都跟在他身后邯郸学步。周荣亮吃透了"小阜阳"的把戏，对症下药，追着"打"、围着"打"、挖着"打"、串着"打"，露头就"打"，半月间就将其行政拘留了两回。"小阜阳"举手投降。

整治过程中，最让周荣亮头痛的就是那些"两怀"（怀孕和怀抱自己不满周岁婴儿的妇女）人员。法律明确规定，对怀孕或者哺乳自己不满一周岁婴儿的，"应当给予行政拘留处罚的，不执行行政拘留"。扎根上海站接客拉客、带客进站的周翠翠、周苗苗姐妹可谓这类人群的代表。

你不是魔高三尺吗？周荣亮就道高一丈。

对周氏姐妹，周荣亮专门施策，人盯人跟踪，一对一防控，目标不变，镜头不换，咬定青山不放松，让其无机可乘，无缝可钻。一天天的空手而归，一次次的无功而返，周氏姐妹终于意识到，遇到强硬对手了！

权衡再三，退出上海站。

◆ 周荣亮带领青年民警突击队在站区巡逻（刘鹏远　摄）

对小商小贩的违法行为，周荣亮毫不留情，焚巢捣穴，斩草除根。而对小商小贩本人，周荣亮却总是给予足够的理解和尊重，经常跟他们讲法律、论形势、话危害、指出路，晓之以理，动之以情。

一次次试探、一次次挑战、一次次较量、一次次失败，活动空间越来越小，活动时间越来越少，商贩们终于偃旗息鼓，乖乖地退出了上海站。

周荣亮太厉害了！走吧，咱斗不过躲得过。

"铁腕队长"的赫赫威名也不胫而走。

2018 年 5 月，周荣亮被任命为虹桥站派出所副所长，分管治安。

周荣亮说，他这一生跟治安真是有着不解之缘：在警官学院学的是治安管理，做民警干的是治安，在治安刑警大队，无论是做副大队长、做教导员、做大队长，管的都是治安，现在做副所长，管的还是治安。

"有你周荣亮守着，我们生意都做不下去了。以后再不来这里了！"这是一名长期混迹于上海虹桥站倒票行骗的"黄牛"发给周荣亮的一条微信。

周荣亮实施盯人防守，"黄牛"无缝可钻，多少次眼看得手，警察如神兵天降，到手的生意"黄"了。成了名副其实的"黄牛"。

因为磨不过周荣亮的盯人功夫，一大批带客进站、高价代买、倒买倒卖的"黄牛"们萌生退意，心有不甘却又无可奈何地离开了虹桥站。最喜剧的是一名绰号"46 路"——因其从家中到上海站须乘 46 路公交车而得名的中年妇女，早年坐镇上海站兜售玩具，周荣亮率队对上海站集中整治，没了立足之地。上海站待不下就移师虹桥站。"46 路"在暗度陈仓时，满脑子里想的都是山不转水转，水不转人转。她忘了，还有不是冤家不聚首。"46路"在虹桥站刚刚站稳脚跟，周荣亮也来到了虹桥站。那还说啥？撤呗。

虹桥站2010年7月1日开站运营，是一座现代化、国际化的高铁枢纽大客站，日均发送旅客48万左右，是全国客流量最大的特等站之一。但是，黄牛党、黑车党、售假者们从中看到的却是满满商机，可以让他们昧着良心赚黑钱。

最为猖獗的是"两头票"大行其道。

旅客急于出行，却苦于一票难求。善于察言观色的"黄牛"盯了上来：我有路子搞到票，半小时内发车，保有座位。

你正好瞌睡，他正好送枕头，没理由拒绝。至于交来的票是熬心熬神排队买的，还是通过路子搞来的都不重要了。只是，让他们做梦都想不到的是，自己眼巴眼望全额买来的，却是一张"两头票"。

"两头票"，顾名思义就是只有始发和终点两站的短程票。以"上海虹桥到北京南"为例，旅客买的是全程票，"黄牛"收的也是全款，而交到旅客手上的却是"上海虹桥—苏州北"和"天津南—北京南"的区段票。

面对这正月里的萝卜——空心的"两头票"，旅客们不是没有疑惑，但架不住"黄牛"连欺带蒙、连哄带骗、下保证、打包票，加之时间紧迫，只能走为上策。等到了车上，被追补"苏州北—天津南"区段票款时，始知上了"鬼子"的当。那还有啥用？八月十五种豆子——晚了三秋了。

周荣亮下定决心，为保护旅客利益，哪怕掉下10斤肉，也要让"两头票"在虹桥站销声匿迹。

虹桥火车站与虹桥汽车客运站、虹桥机场紧密相连，与多条轨道交通线路亲密相接，出入口繁多、人流量巨大。"黄牛"们混迹其中，或潜伏、或游走，穿梭于各售票窗、售票机之间与民警"打游击"，边防守边行骗。

周荣亮胸有成竹，用"绣花针"理念，使"水磨功"方法。只要"老面孔"现身，立刻盯上前去。"黄牛"振振有词："我又没犯法，不过在这里走走，你跟着我干吗？"周荣亮从容以对："散步是你的权利，巡逻更是我的职责。"

周荣亮始终保持着几步之遥，严密注视着对方的一举一动，不给一丝一毫可乘之机。在实施一对一防守盯人的同时，周荣亮巧妙利用车站智慧安防系统，将不法人员的资料信息输入程序，只要进入站区，监控系统就会自动报警。不法人员闻风而退。

周荣亮走马上任之时，还有一个治安问题也广受诟病：旅客打车屡屡被"宰"，报纸电视更是频频报道黑车"宰"客问题。

周荣亮带着 8 名民警披星戴月明察暗访，很快摸清了黑车团伙成员和团伙骨干"二蛋"的情况。擒贼先擒王！周荣亮决定先拔掉"二蛋"这根钉子。

周荣亮和战友们乔装打扮，在停车场蹲守，在活动地盯控，露头就抓。跑黑车的见派出所动真格了，一个个都收敛起来。"二蛋"不为所惧，继续顶风而上，且屡屡逃脱，逍遥法外。害群之马不除，治安顽症难解。周荣亮不懈怠、不气馁，瞪起火眼金睛，攥紧整治重拳，严阵以待，请君入瓮。

这晚，"二蛋"又在出站口明目张胆拉客。周荣亮假装旅客，拖着行李箱，挤在等车队伍中，不露声色地向"二蛋"靠近。就在

"二蛋"推着一个上当受骗的旅客要上车时，周荣亮大步冲上前去，牢牢将其擒住。

"二蛋"先是一愣，然后瞪着周荣亮恶狠狠地说："怎么就躲不开你呢？你已经拘了我们那么多人，这对你有什么好呢？"

一民警乘机上前协助周荣亮擒住"二蛋"的胳臂，被歇斯底里的"二蛋"一口咬住手掌，鲜血直流。"二蛋"因妨害公务被判处有期徒刑5个月。

上任3个月，周荣亮亲手抓获了46名扰乱车站治安秩序、侵害旅客群众利益的违法犯罪嫌疑人，挖掉了6个严重滋扰车站治安的"刺头"，违法人员作鸟兽散，黑车"宰"客和"两头票"现象杜门绝迹。

"梦想不是等得来、喊得来的，而是拼出来、干出来的。"

虹桥站派出所以旅客之心为心，以看得见的变化回应旅客期待，在创造虹桥精神、虹桥力量、虹桥速度、虹桥模式的同时，也让虹桥站发生着深刻的变化。这变化，一来一去都看在旅客眼里，一点一滴都记在群众心里。那种发自内心的安全感、舒适感、幸福感、自豪感，就在他们的心田里汩汩地流淌着……

常言说，只要功夫深，铁杵磨成针。周荣亮用他的毅力和决心让虹桥站再还旅客一个风恬月朗的候车佳境。

铮铮铁汉

那晚11点多，忙了一天的周荣亮疲惫不堪地来到广场停车场，准备开车回家。刚打开车门，一名不速之客不请自来，拉开后门上了他的车。周荣亮警惕地转过脸。黑夜里，一个30岁左右的男人仰靠在后排座椅上，凶神恶煞地注视着他。

周荣亮认识这个叫叶文福的男子，经常在上海站卖"两头票"，多次被打击处理，被劳动教养两次。上一次，被判处劳教一年半。应该是刚刚出来。"有事吗？"周荣亮不惊不惧。叶文福气势汹汹："你把我送劳教了，你说有事吗？我现在没吃没喝，家里家外都白眼看我。我跟定你了。你到哪我到哪，你吃啥我吃啥。"周荣亮说："管你吃住都没有问题，但我们必须弄明白一个问题，你是怎么走到今天这个地步的？""还不是你的事？如果不是你一次次抓我，把我送劳教，我会有今天？""你有没有想过为什么被送劳教？"叶文福支吾了："就……就是在火车站卖'两头票'，挣点小钱。"周荣亮义正辞严："挣点小钱？那是坑害旅客，是违法的。"叶文福百般狡辩："我……我……我不是没有办法吗？"周荣亮步步紧逼："怎

◆ 周荣亮在站区对进站人员进行身份核验（刘鹏远　摄）

么叫没有办法？都是你自己主动做的，没有人逼你。"叶文福振振有词："我总得养家糊口吧？我又没有正经工作。"

"你是从来就没有过正经工作吗？是谁不好好干工作，把存款全都打了水漂？"

叶文福不敢回答了。

叶文福在火车站做"黄牛"可是有历史了，周荣亮走马上任后，打击处理的第一批违法人员里就有他。那以后，周荣亮每一次看见他，都要苦口婆心地劝慰一通，希望他早日找一份正当职业做，甚至还帮他介绍过一份工作。那份工作，叶文福起初干得还不错，家里生活也得到了明显改善。哪想他竟然中邪似的迷上了赌博，家里的积蓄全被他扔到了麻将桌上。工作也因此丢了。走投无路之际再操旧业。

周荣亮见叶文福不说话了，循循善诱道："你年龄也不小了，还是找个正当职业。有一天，你孩子长大了，问你做什么工作，你敢对他说在火车站卖'两头票'吗？"

那晚，周荣亮苦口相劝，语重心长，跟叶文福说了很多很多，从子夜直说到东方欲晓。叶文福满脸羞愧，说："我错了。我今天就带老婆孩子回老家，踏踏实实做一个好行当。没有钱是困难，可是不争气，谁都瞧不起！"

另外，有一个被称为"小贵州"的贵阳青年，几年前，携妻带子来上海打工，一时无着，流落上海站。眼看有人带客进站、卖"两头票"或强买强卖，虽说屡遭打击，但坚持下去倒也吃穿不愁。于是，动了心思。几年下来竟也小有盈余。当然，这期间也是屡犯屡罚。刚被劳动教养半年，竟再被劳动教养一年半。妻子跟人跑了，儿子也被带走了，成了名副其实的孤家寡人。

"小贵州"把这一切全都归罪到了周荣亮的身上。

你不是让我妻离子散吗？你也别想好过！

"小贵州"买了一把刀，揣在怀里，每当周荣亮下班时，他就悄悄跟在后面，伺机作案。周荣亮乘公交，他也乘公交；周荣亮转地铁，他也转地铁。前前后后跟了不下十几次。这期间，周荣亮有几次和"小贵州"在汽车站不期而遇，问他来做什么。"小贵州"支支吾吾，什么都不做，就是来坐一坐。周荣亮不相信小贵州会只是"坐一坐"这么简单。但通过自己观察和了解别人，对方确实什么都没有做。

周荣亮心里嘀咕，搞什么东西？后来才知道，"小贵州"那是来盯他的梢呢。

跟踪的次数多了，观察的时间久了，"小贵州"不仅没有动手，对周荣亮的看法也在不知不觉间发生了改变：首先是周荣亮乘车，车厢里只要有一个人站着，他就不会坐下。其次是周荣亮从来不闲着，男女老幼，谁有不便他都要帮衬一把。最让他动容的是，一次一名和他一样长期在候车室强买强卖的妇女刘志兰在跟旅客讨价还价时突然昏厥。周荣亮闻讯赶来，一边开展急救一边拨打120，医生赶到后又帮着一道将刘志兰抬到救护车上。刘志兰醒来后，医生告诉她如果晚来5分钟，极有可能就没命了。出院以后，刘志兰专门拿着锦旗到派出所感谢。以前在车站做违法的事，周荣亮管她，她跟周荣亮吵、闹，百般纠缠。没想到，生命攸关之时，竟是周荣亮以德报怨救了她。

"小贵州"还有一个考量，那就是伤害一个警察，绝不似带一个无票旅客进站这么轻描淡写。不可能置身事外。即便侥幸留下半条命，也一定会把牢狱坐穿。两年多的劳教经历，一想起这些，"小贵州"就不寒而栗。

最终，理智让他放下了执念。

离开上海前，"小贵州"专门找到周荣亮，坦白自己怒从心头起，恶向胆边生，差点儿一念之差对周荣亮拔刀相向，以及悬崖勒马迷途而返的心路历程。他说是周荣亮感化了他，教育了他，让他知道了该怎样做人，该做怎样的人！

我问周荣亮："面对一个一个的叶文福、'小贵州'，你害怕过吗？"

周荣亮说："不担心是假的，但总不能因为担心就畏首畏尾不做工作吧？那还是人民警察吗？"周荣亮说，这么多年，威胁恐吓他的人多了去了，有人放话："你断了我的财路，我也要你不得好死！"有人扬言："你敢拘留我，就跟你同归于尽！"甚至有人拿着他爱人、孩子的照片，威胁说："我知道你老婆在哪儿上班，你儿子在哪个学校上学。你要不让我们好过，那就大家都不好过！"警告他要知进退，给大家也给自己都留条后路。至于亲朋好友，更不知有多少人好心地提醒他，温润一生不用强，退一步，想一想，毕竟来路匆匆去路长，苦苦人生还要细思量。

周荣亮意志如铁、信念如磐、迎难而上、正气凛然："我是为人民守车站，只要车站安全、旅客安稳，我不惧怕任何魑魅魍魉！"

我再问周荣亮："有后悔过选择警察吗？""真没有过。"周荣亮摇摇头，"既然选择了前方，就不能辜负梦想；说要逆行而上，便不在乎一路跌跌撞撞。"

是啊，世上哪有所谓岁月静好，如果有，也是有人在替我们负重前行。

打铁还需自身硬，干事更要本领强。

对周荣亮来说，练就一副百毒不侵的金刚之身尤为重要。

为了对付周荣亮，那些心怀叵测的人，可谓机关算尽：黑脸不行，就唱红脸；硬的挫败，软的再来；"炮弹"失效，"糖衣"跟上。

"乱哄哄，你方唱罢我登场。"

周荣亮当上治安刑警大队大队长后，经常会接到一些电话或当面宴请，要与他交朋友。周荣亮深知"天底下没有免费的午餐"，事出反常必有妖。每次都是毫不犹豫地予以拒绝。那些人毫不气馁，不是请不到吗？那就趁你不备，眼疾手快将烟酒塞到你车里，然后转身便跑。不怕你不收。周荣亮每一次都是毫不犹豫地直接打包上交。

周荣亮不吃他们的饭，不抽他们的烟，不喝他们的酒，不拿他们的钱，连水都不喝他们一口。都说烟酒不分家，可周荣亮就是信守"勿以恶小而为之"。为此，干脆连烟酒都戒了。

上海站常年活动着4个女人，人送绰号"四大美女"。说是美女，其实早已人老珠黄，年龄最大者已近70，最小的也都40往上了。站区治安整治阻碍了"四大美女"的生意，她们找上门来跟周荣亮谈条件："你只要睁一只眼闭一只眼，我们每人每月给你5000块钱。不方便的时候，你也尽可以处罚我们几次，做做样子。"周荣亮说："你们这是想让我掉饭碗吗？""美女"们早有对策："你不说我们不说，这事没人能知道。"周荣亮义正辞严："天知、地知、你知、我知，怎能说没有人知道呢？收起这一套想法吧。我在一大，你们就别想干坑害旅客的事！"

2016年春运，周荣亮巡逻时不慎手机从口袋滑落。一名商贩十分"有心"，第二天就买了一部据说价值六七千元的手机，送到他眼前，周荣亮严词拒绝。那人不死心，又往周荣亮的手机里存了几百元话费。周荣亮用自己的钱如数奉还。

周荣亮老家在农村，妻子没有固定工作，孩子上学。家里并不富裕。他说，印度人捕捉猴子时，制作一种木笼，笼中放着食物。猴子想拿食物手就拿不出来，想拿出手来就必须放下食物。猴子舍不得食物。所以，轻而易举被抓。人也一样。被欲望拿捏，只能失去自由，任人摆布。欲望是个无底洞，越陷越深。守得住初心，人生才有安宁幸福。

2012年以来，周荣亮先后拒礼拒贿200余次，折合金额10余万元。

"治人者必先自治，责人者必先自责，成人者必先自成。"周荣亮慎微慎独、慎始慎终，自架"高压线"、自设"防火墙"、自念"紧箍咒"，胸怀坦荡、心有戒尺，常在河边走，就是不湿鞋，以实际行动彰显了人民警察的清廉本质。

铁壁铜墙

"走，巡站去。"这是周荣亮来虹桥站派出所后最常说的一句话。

只要不外出，每天从早上5点开站，到晚上10点多发最后一趟车，哪怕车站只剩下一名旅客，你都别指望周荣亮提前离开，真可谓是"两眼一睁，忙到熄灯"。连候车室商铺里的那些老板们都不敢跟他飙时间。

为了实时准确掌握辖区治安动态，周荣亮每天不知要通过监控对车站全方位巡控多少遍，不知道要将站区的每个角角落落走上多少遍。站内哪个位置有巡逻民警、保安有多少人，巡逻车有几台，义警巡逻的区域在哪里，他心里跟明镜似的。有时，巡完站内还延伸范围到站外看看，以防不法分子走进辖区滋扰旅客。

一位在虹桥站做保洁的大妈把周荣亮的忙忙碌碌全看在眼里，感觉他比那些奔忙逐利的商人都要勤勉。只是，他的生意是一座车站。如何把车站守卫好，他为此废寝忘食。大妈说："周所长比设计师都晓得虹桥站，车站的边角旮旯就没有他没到过的地方。"周荣亮呵呵一笑："不只是我，每位民警都有一双铁脚板，每天微信 3 万步以上那可不是吹出来的。"

是的，软肩膀挑不起硬担子。绳短不能汲深井，浅水难以载大舟。要想扛得了重活、打得了硬仗、担得起重任，就必须"苦其心志"，千锤百炼。

还在上海站派出所的时候，周荣亮就主持建立过一个"站区违法人员档案库"，那些受到过打击处理的违法犯罪人员全都记录在案。不光如此，他的手机里也装满了"黄牛"和"刺头"的照片。周荣亮没事就翻看这份"黑名单"，牢记每一个高危人员的长相和信息，时刻保持警戒，不容任何不法人员危害车站安全。久而久之，车站每一个角落，每一名有违法前科的人员，都在他的头脑里有了"成像"，他俨然成了一张打击和防范犯罪的"活地图"。

2012 年 10 月 3 日凌晨，上海站一候车室发生纵火案，犯罪嫌疑人用打火机将候车室的报纸、卫生纸和塑料袋点燃后逃离现场。周荣亮通过视频回放，根据犯罪嫌疑人的身体特征，立马在手机里找到了线索，当日上午就将其抓获。

◆ 周荣亮（左三）为青年民警答疑解惑（孙启凤　摄）

2016 年 9 月 13 日，上海南站发生一起聋哑人被伤害致死案。虽然警方在监控里发现了疑似嫌疑人的模糊身影，也做了艰苦细致的排摸走访，但是，案件侦破工作始终没有实质性进展。周荣亮是从"协查通报"上看到嫌疑人照片的，顿时就有一种"似曾相识"的感觉，隐隐觉得这个嫌犯应该就隐藏在他的宝库里。周荣亮一刻也不敢耽搁，赶紧打开"站区违法人员档案库"大海捞针，5 分钟不到，嫌疑人就浮出了水面。当日就被缉拿归案。

一起看似无解的悬案就这样落了地。

周荣亮做工作，总习惯把风险估计得更大一点，把困难估计得更多一点。从上海站到虹桥站一路走来，周荣亮深深体会到，治安整治同强身健体一样，决不能头痛医头，脚痛医脚，更不能蜻蜓点水，得过且过。必须整体把握通盘考虑，围绕"面子"与"里子"、长期与阶段、打击与防范一隅三反，找准"牵一发而动全身"的重点，抓住"落一子而满盘活"的关键，集中力量在法治、精治和共治上下更大功夫。

虹桥站是上海高铁主客站，集高铁、航空、地铁、城市公交、长途汽车等多种运输方式于一体，也是中国占地面积最大的火车站。仅候车大厅就达 1.134 万平方米，最多可同时容纳 1 万人候车。这么一个举足轻重地位非凡之地，每个班仅有 18 名执勤民警，平均每人要看管 630 平方米，相当于人均一亩地。难免有时应接不暇。

如何把控好车站安全，成了周荣亮的一块心病。

有人开导周荣亮：有多少人出多少力，有多大钱干多大活。

周荣亮摇头。治安管理不是打得赢就打、打不赢就跑的游击战、运动战，而是一场来之能战战之必胜的阵地战、歼灭战，不能输也输不起。对国家、对铁路、对旅客来说，打不赢就可能会带来一场灾难。只要开动脑筋，总有办法解决。

世间本无东西南北，因人才有。东西南北在哪？在脚下。

治安管理本来就是一场人民战争，人民战争就必须发动人民、依靠人民。警力有限怕什么？我们民力无穷。如果能把站区的安检员、客运员、保洁员、快递员、商铺售货员人人都发动起来担当"义警"，人不就多了吗？势不就大了吗？一只拳头微不足道，1000只拳头绑在一起，就能形成奇伟磅礴的强大力量。

周荣亮一人一人去劝说，一家一家去动员。起初，有些人抱着各人自扫门前雪的态度，事不关己高高挂起。不愿参与。周荣亮不厌其烦，苦口婆心，反复上门沟通，终于说服几家商铺率先加入进来。商铺员工穿着统一颜色、统一标识的"铁路虹桥义警"马甲，男的硬朗有精神，女的端庄显气质。旅客们看了，既觉养眼又有安全感。一时间，顾客盈门，生意不降反而蒸蒸日上。其他商铺见状纷纷要求加入，义警队伍很快就壮大到了 160 多人。

队伍建起来，这仅仅是万里长征走完了第一步。还要把素质提起来、业务强起来、屏障竖起来，让他们真正成为铁路保卫战中一股不可忽视的力量，一支不穿警服的铁军。周荣亮持续跟进，组织培训，讲铁路基本安全常识、讲相关法律法规、讲治安管理规范、讲突发事件处置……要大家不做心不在焉者，不做得过且过者，更不做心无良善者，要以高度的政治责任感和强烈的工作责任心投身"虹桥安保战"，不获全胜决不收兵。

在周荣亮的奔走呼号下，"铁路虹桥义警"从无到有，从有到优，从优到精，一步一个脚印，终于建了起来。如今，走在虹桥站候车室，你会发现无论走进哪一家店面，都能看到一位身着橙色马甲的店员，目光炯炯，犹如哨兵一般。

2019 年 9 月 12 日，"铁路虹桥义警"在虹桥火车站广场举行"携手护虹桥、'义'齐保大庆，铁路虹桥义警安保誓师会"，表达警民携手，共保高铁平安的决心。

作为继虹桥站区民警、辅警、保安之外的第四支力量，"铁路虹桥义警"成立以来，在车站的治安管理中担负了不可替代的责任和使命。

2019 年 8 月 27 日凌晨，旅客王先生在虹桥火车站到达层熟睡时，被一名扒手将手机偷走。这一幕恰巧被正在旅游柜台巡视的"义警"高先生看到，他与同伴立即追上前将扒手拦住，并及时通知执勤民警，从案发到破案，用时不到 90 秒。

堵住一个漏点就能避免一次损失，对旅客来说，那就是一次胜利。

2019 年 10 月 19 日，车站"义警"小艾在巡逻时观察到一名 10 岁左右的小男孩独自窝在 25A 检票口附近的座位上昏睡，周围始终没有家长出现过。小艾立即将情况报告给执勤民警将小男孩带回值班室。经反复询问，得知男孩家住昆山，因和母亲负气离家出走，准备转道虹桥站到甘肃投奔爷爷奶奶去。昆山警方接报后一路寻踪觅迹，最终在上海 11 号地铁线发现了孩子行踪。这时，虹桥站派出所的电话也到了。其父立刻驱车赶赴上海。

在男孩走失的这几天里，这位爸爸一直心急如焚坐立不安，特别是最后这段时间，整整 37 个小时没合过眼。他感激地说：家里都快急疯了，多亏了车站的这些好心人。

"众人拾柴火焰高，众人划桨开大船"。周荣亮说："我们为什么要发动群众和依靠群众，因为群众的眼睛是雪亮的。在中国革命和建设的伟大征程中，没有人能否认人民群众的力量。在战胜邪恶和维护法治的治安保卫战中，仅靠公安一家单打独斗是不能取得全胜的！"

2019 年，"铁路虹桥义警"协助派出所抓获各类违法人员 78 人，提供破案线索 50 余条，发现和消除隐患 37 处，化解旅客矛盾纠纷 300 余起，寻找走失老人、儿童 120 余人，找回丢失财物 230 余起，价值 60 余万元。虹桥站派出所报警数下降了 80%，日均不足 5 起。

虹桥站派出所被命名为全国首批"枫桥式"公安派出所。

侠骨柔情

"总有一个心愿不能忘，总有一个热爱不能凉，总有一种激情常年留心上。"

周荣亮对"警察"这个称号，有一种发乎内心的崇敬和热爱；对"警察"这个职业，有一种来自内心的责任和担当。正是将这种崇敬和热爱、这份责任和担当注入了心灵，把旅客群众的平安和幸福融入了血液，才展现出了那种矢志不渝坚韧不拔的坚守和执着。

作为一名人民警察，他时刻提醒自己：对旅客群众要像春天般温暖，对违法犯罪分子要像秋风扫落叶一样残酷无情，时时刻刻将旅客群众放到心上。

一名叫李晓的女孩儿因急着赶车，从地铁一号线下车后，一路狂奔赶到上海站，刚取好票，突然一阵头晕目眩失去了知觉，直挺挺地倒了下去。当她有意识时，早已被一位警察扶坐在座椅上。那天，她一直在呕吐。那位民警热心地给她端来了热水，给她吃巧克力，帮助清理呕吐物，还请来了一位保洁阿姨专门照顾她。直到家里人接到电话赶来将她送至医院。还躺在医院的病床上，李晓就想好了，等她病愈出院，第一件事就是去感谢那位素不相识的好警察。

一个月后，李晓在妈妈的陪伴下来到车站派出所。在墙上的警务栏里，李晓一眼就认出了周荣亮。她告诉妈妈，这就是自己要找的救命恩人！

面对李晓母女的感激涕零，周荣亮觉得很平常，说："你们客气了！那天巧了，是我遇上了。这样的事情，不管是谁遇到都会热心帮助你的。"

李晓临走时，记下了周荣亮的名字、警号和手机号。她说，她要永远永远为古道热肠的好警察祈福！

商贩范小帝像许文强一样单枪匹马来闯上海滩时，把一切都想得过于美好且简单了。他从义乌进小商品，拿到虹桥站销售。先自购自销，再既批发也自销。有一阵虹桥站违规经营的小商品90%都出自他手。他在车站附近租了房，把母亲、妻子、儿子全都接到了上海。连姐姐、姐夫都跟了过来。彼时，范小帝如果见好就收转手正当生意，凭着他灵活的脑瓜儿，应该有不错的发展。可惜的是，"男人有钱要学坏"。游戏厅里，范小帝一掷千金，老虎机里扔个三万两万，眼皮都不带眨一下的。坐吃山空早晚坐吃山崩。不足一月，范小帝就把老本扔了个精光。

赌场失意的范小帝重返虹桥站，什么赚钱干什么，只要能赚钱，不惜触犯法律。攻"钱"一点，不及其余。在多次被行政拘留、劳动教养后，再被刑事处罚。在被送监的时候，范小帝后悔不迭：你们把我抓起来了，我的家怎么办啊？

范小帝追悔莫及的泪水触动了周荣亮的恻隐之心。他想：抓人不是目的，教化人才能保证长治久安。我们所做的一切工作，都是为了让文明成为习惯，让规矩成为自觉。如果范小帝能从这次处罚中得到教训，回心向道，岂不善莫大焉？

周荣亮主动来到范小帝家，看到范家上有80岁的老母瘫痪在床，下有3岁的儿子牙牙学语，姐姐和妻子都没有正当工作，家徒四壁、一贫如洗。温饱都难。周荣亮在心里感慨：生活真是就像淋浴，方向转错，水深火热。范小帝要是走正道，这个家何以会到这个地步？此后，周荣亮一次次到范家嘘寒问暖，自己掏钱为范家买米面粮油，买日常用品，还四处张罗帮其妻子找到了一份有稳定收入的工作。

范小帝在监狱里琢磨的都是怎样报复周荣亮。出狱后听家人述说周荣亮如何乐善好义，打死都不敢相信。这些年，他对周荣亮骂过、揍过，更明目张胆放言"要跟周荣亮刀刃相见"，周荣亮恐怕都要恨死自己了，怎可能不念旧恶施以援手？但事实都写在母亲、妻儿的脸上，由不得他不相信。特别是老娘的那句话更是让他心惊胆战：你要是再给这样的好人添乱，你就不是我的儿子！

人间自有善意在。一个人应该学会存善去恶，对帮助我们的人要学会感恩，不能以怨报德。痛定思痛，范小帝决定举家回山西老家。临行前，专程来跟周荣亮道别。范小帝说，是周荣亮感化了他，让他明白了怎样做才能成为一个男人、一个好男人。

2019 年 9 月 10 日，周荣亮接到一个任务：为无锡人民医院护送肺源。

器官转运其实就是一场生命与时间的赛跑。虹桥站派出所从 2016 年起就已经在做这项工作。一次，周荣亮在巡逻时发现有几个人拖着拉杆箱在候车室里大步狂奔。上前一问才知道原来是无锡人民医院医生在为躺在病床上等待器官移植的病人抢运器官，刚刚从虹桥机场转道而来。周荣亮听闻，立刻以最便捷的方式将他们送上了开往无锡的高铁并互留电话，约定再有这样的转运，将尽最大可能提供便利。

从虹桥机场到虹桥站，需步行约 1 公里，其间至少要乘坐 4 部自动扶梯，还要实名验证、安检、候车，遇有飞机晚点、安检队伍长等突发情况，时间很难控制。这时候，时间就是生命。一分一秒都可能危及患者生命。

大义面前无小我，大义面前有大爱。人命关天，我们怎么就不能为生命让行，给患者开辟一条"绿色通道"？虹桥站派出所所长

◆ 周荣亮（右一）对站区治安防控进行现场教学（刘鹏远　摄）

张雷亲自挂帅与医院、车站、民航、机场等部门协调协商，开启了最佳转运通道。"生命驼峰线"就此打通。

周荣亮这次接受的任务，病人是一位年仅 12 岁的女孩。半年前，刚完成造血干细胞移植手术，又出现了闭塞性细支气管炎呼吸衰竭，挽救女孩生命的唯一办法就是进行肺移植。为了寻找合适的肺源，女孩已在病床上苦苦等待了 6 个月。

冰块和灌注液的低温保护仅有 6 个小时，而转运的时间长短，则直接关系到手术成功及病人的后续恢复。所以说，6 小时内，必须将这个珍贵的肺源从 2000 多里以外的天津捐献者体内移出，运送至无锡并移植到女孩体内。

院方选择的路线是乘航班从天津飞抵虹桥机场，再换乘高铁到无锡。这是目前他们能够想到的最快捷的交通方式。前提是，必须确保虹桥机场至虹桥站之间畅行无阻，必须确保在最短最快的时间内登上最近一班高铁。任何一个环节发生问题，都可能导致供体器官发生变化。

女孩命悬一线。

周荣亮带领大家一遍遍进行实地模拟测算，精心选择最佳路线，把转运的每一个步骤都精确到秒。

然而，人算不如天算。由于天气原因，那天，飞机延误了近20分钟。而此时，无锡医院已将女孩胸腔提前打开了……

危急存亡，必须把女孩从死神手中抢回来！周荣亮接上医生，来不及说话就驾驶警车长驱直入，直达出站口反向进入车站、进入站台、送上高铁。中间穿越了5道屏蔽门，换乘3次电梯，所有关口全都安排有专人疏通接应。

这是一次真正的"生死时速"。平常15分钟的路程，只用了8分钟。

当晚，无锡市人民医院副院长、国际肺移植顶尖专家陈静瑜打电话给派出所，说手术很成功，孩子恢复得特别好。这次器官转运创造了"中国纪录"。

听到这个消息，在场的每一位民警都流下了激动的泪水。

几年来，周荣亮和全所民警以一颗金子般的心，不辜负每一份爱与等待，不放弃每一次拼搏和努力，为百余条生命插上了希望的翅膀，一次次践行着"人民公安为人民"的庄严承诺。

一个人是不是一个好人，是不是一个好警察，不是自封的，老百姓有嘴，他们会说。多少年来，周荣亮始终坚持把旅客群众放到心中最高处。他这一份极致用心，除了让人感受到了一位人民警察的责任与担当，还让人感受到了一个血性男儿心灵深处的柔软与善良。也正是这份刚柔相济的担当与善良，让他在平凡的岗位上书写了不平凡的人生华章，在治安管理这个并不容易出彩的工作中绽放出了与众不同的绚丽色彩。

这个世界上，没有人不希望被温柔以待，可周荣亮对家人的温柔和关爱总是让妻子让儿子感到是那么的奢侈……

儿子从小到大，他很少带着去公园，每次儿子提出，他总是用一个美丽的谎言安抚："儿子要乖，爸爸要去打怪兽！"儿子从入学到小学毕业，他只参加过一次家长会。因为面临毕业，需要确认相关信息和择校，学校要求学生父母必须双双到齐。就这样，只参加了半个小时，所里有事，当了"逃兵"。儿子感染手足口病，住了一周的医院，他只送了一顿饭……

2008年，奥运会在中国举行，周荣亮被抽调参加上海赛区安保工作。这晚不到9点，一场激烈的比赛正在上海万体馆如火如荼地进行，电话响了：妻子高烧不退想去医院，可惜动弹不得。问周荣亮能不能请个假，回家带她去医院。妻子怀孕3个多月了，妊娠反应强烈，不敢乱用药。周荣亮沉吟了半天，说：等下，我来想办法。直到家门被敲响，妻子才知道，原来周荣亮想的办法，竟然是让邻居夫妻带自己去医院。

请邻居带老婆去医院，对周荣亮来说，这也是一个没有办法的办法。安保任务艰巨，大家都是一个萝卜一个坑。他走了，岗位就要空着。所以，他必须坚守岗位！只能抽空就给妻子打个电话，问下就医情况。直到临近0点，比赛完毕，安检结束，周荣亮这才跟领导告了假，匆匆忙忙打上车往家里赶。

周荣亮赶到家时，邻居正在给妻子喝水吃药。

看到妻子安然无恙，周荣亮的心思又动了起来。

"知夫莫若妻。你是不是想着回去？"妻问。

"是的，看到你平安无事，我就放心了。我还得赶回去。"

周荣亮的回答差点儿没惊掉邻居的下巴：这还是一个丈夫吗？

妻子看出了邻居的不悦，替他打圆场，说："让他去吧，他工作忙……"

周荣亮说，他的妻子永远有两颗心：一颗心流泪，一颗心体谅。

为此，周荣亮总是怀着深深的愧疚：对家庭来说，他确实不是一个合格的丈夫、合格的爸爸。他说，作为一名铁路人民警察，车站需要他或是旅客需要他的时候，他一定会在。而当家人需要他的时候，就不一定了……他希望日后可以好好弥补，不要留下后悔和遗憾。但是，再遇到这样的情况，他依然还会这样做。因为，这从来就不是一道选择题。

曾经有位记者电话采访周荣亮妻子，想听这位"好警嫂"倒倒苦水。从丈夫和父亲的角度来衡量，周荣亮的确挺"不靠谱"。周妻心如止水，说出的话也水波不惊："我对周荣亮从来没有更高的要求，他只要能把警察做好，这就够了。"

优秀的女人都爱英雄。爱是逆境中一双温暖的手，爱是委屈时一颗宽容的心。他的妻子知道，爱本来就是幸福和痛苦的结合物。任何爱都不只有幸福和美满，还有磨炼和煎熬。爱需要理解、需要包容、需要担待。

愿意为爱的人付出，这才是最真的爱。

有一种责任，叫"为旅客站岗"，有一种使命，叫"为铁路守岁"，他们就是时刻保卫着共和国铁路平安的铁路人民警察。把青春献给铁路，把安宁留给大家。从警十几年来，周荣亮始终保持箭在弦上、引而待发的精神状态，在坚守中积蓄能量，耐得住"时间磨"，抗得了"重担压"，经得起"困难砸"，以水滴石穿的坚守，久久为功的韧劲，勇挑重担，敢打硬仗，"逢事想在前面、干在实处，关键时刻坚决顶起自己该顶的那片天"，用实际行动诠释了共产党员的生命价值，诠释了人民警察的忠诚信仰。

周荣亮守的不是站，而是魂，是铁路之魂，更是时代之魂。

亚库甫·阿沙木都

最美铁路人

ZUIMEI TIELUREN

铁路书记，亚克西

——记中国铁路乌鲁木齐局集团有限公司派驻和田县工作队第一书记亚库甫·阿沙木都

关拥军　沈学武

引　子

新疆和田，南抵昆仑，北临大漠，古称"于阗"。

新疆和田县地处塔克拉玛干沙漠南缘，这里自然条件差，长期遭受风沙、盐碱、春旱、夏洪及各种地方病的侵害，是全国"三区三州"重点贫困地区，破旧的村落里尘土飞扬，贫困户连穿衣吃饭都困难，这里也是新疆脱贫攻坚的主战场。

2015 年年初，时任中国铁路乌鲁木齐局集团有限公司阿克苏车务段俄霍布拉克车间副站长的亚库甫·阿沙木都，因具有较强的工作能力和实干精神，被组织上选拔为派驻和田县驻村工作队队员，继而又担当了驻村第一书记，这一驻就是 6 年。

寒来暑往，春华秋实。从 34 岁到 40 岁，2000 余个日日夜夜，在人生青春最美的年华里，亚库甫·阿沙木都把"根"扎在贫瘠的乡村里，把全部的情和爱，倾注在扶贫工作中。他带领村民修水渠、种核桃、建蔬菜大棚、花卉大棚、搞养殖、建工厂、办企业，踏踏实实把平凡的工作做到了极致，截至 2018 年年底，他所负责的两个村都率先脱贫。

新年伊始，我们来到和田县吉格代艾日克村采访，一派美丽乡村景象。乡亲们告诉我们，这些年，铁路给村子投入了好多，驻村干部带着村民脱贫致富，发生了翻天覆地的变化，乡亲们的生活越来越好了。我们看到，广袤的田野上绿意盎然，一栋栋房屋漂亮整齐；笔直的柏油路上车来车往，村办企业生产的电器产品源源不断地运往外地；村子里到处都是一张张幸福的笑脸……

亚库甫·阿沙木都有着一张帅气、严肃的面孔，熟悉他的人说，他做事细致认真、雷厉风行，敢闯敢拼，严肃的面容背后，有一颗温暖的心。他每天都忙着村子的事，已经把村子当成了他自己的家。乡亲们都称赞他：铁路书记，亚克西（维吾尔语"好"的意思）！

亚库甫·阿沙木都在付出的同时，也收获了许多。他先后荣获开发建设新疆奖章、自治区脱贫攻坚贡献奖、自治区劳动模范等多项殊荣。2021 年 1 月，被中共中央宣传部、中国国家铁路集团有限公司联合授予 2020"最美铁路人"荣誉称号。

一个人与一条渠的故事

2014 年年末的一天，亚库甫·阿沙木都在小站上接到路局组织部打来的电话，通知他做好去和田县驻村进行扶贫工作的准备。"突如其来的消息让我感到有点懵。驻村？扶贫？我都不知道咋回事，那天晚上一夜没有睡好。"在村里接受我们采访时，说起与驻村扶贫的结缘，亚库甫·阿沙木都回忆说。

贫困是人类社会的顽疾。2012 年，党中央拉开了新时代脱贫攻坚的序幕，并提出精准扶贫理念和创新扶贫工作机制。

翻看着铁路驻村工作队的照片，亚库甫·阿沙木都对我们说，乌鲁木齐局集团公司特别重视扶贫工作，加大了对和田县的精准帮扶力度，挑选了一批素质过硬的同志驻村扶贫，配强帮扶力量。

亚库甫·阿沙木都说，可能是自己在一线工作十几年的丰富工作经历和良好的处理问题能力，以及有担当、有魄力的工作作风，才被选上当驻村干部。

2015 年 3 月，34 岁的亚库甫·阿沙木都告别家人，踏上了千里之外的和田县驻村之路。没想到，这一去就是 6 年。

亚库甫·阿沙木都被分配到和田县拉依喀乡达奎村，成为一名铁路"访惠聚"工作队队员。"要把扶贫工作干好，必须用心用情用力，把村民装在心里。"亚库甫·阿沙木都说道。

我们和亚库甫·阿沙木都站在达奎村广场上，望着广场上悠闲自得的老人和快乐玩耍的孩子们，亚库甫·阿沙木都告诉我们，达奎村位于和田县拉依喀乡乡政府东部 2.5 公里，经济发展主要以林果业为主，全村总面积 3200 亩，耕地面积 2200 亩，人均耕地面积 1.1 亩，7 个村民小组，总人口 527 户 2239 人，其中贫困户 185 户。

亚库甫·阿沙木都和我们说，达奎村贫困人口比较多，村民收入主要来源是种核桃，农业设施基础很差，村子没有一家实体经济。当时，存在着基层组织软弱涣散、战斗力不强；产业基础薄弱、集体经济脆弱；矛盾纠纷突出、发展滞后的突出困难和问题。

刚到村里的3天，亚库甫·阿沙木都发现扶贫工作不简单。走在村里的田间地头、街头巷尾，让亚库甫·阿沙木都有点犯愁，"破旧的村落里尘土飞扬，几个光着脚的孩子追逐着一只破皮球，有的贫困户连穿衣吃饭都困难"。

必须尽快把村里的情况摸清楚，亚库甫·阿沙木都暗暗地在心里对自己说。每天大清早，亚库甫·阿沙木都早早就开始在村子里转悠。村民们说，装一杯水，带一个本子、一支笔，亚库甫·阿沙木都走家串户了解情况。哪几家适合家庭养殖、哪几家适合外出打工，本子里记得密密麻麻，也记在了他的心里。

村民说，亚库甫·阿沙木都的灯是村里熄的最晚的，他白天调查完了以后，晚上整理档案一直忙到后半夜。规划村子的发展，寻找解决困难的方案，亚库甫·阿沙木都夜以继日地琢磨，一个个想法和规划提上了驻村工作队的议程。

和田干旱少雨，年平均降水量只有5毫米左右。亚库甫·阿沙木都说："达奎村的主要经济来源就靠核桃，但核桃林得不到有效灌溉，再加上村民对种植的科学认知浅而又薄，遇到病虫害，核桃产量极低，一年忙到头，混个温饱都困难。"

亚库甫·阿沙木都所在的达奎村距离喀拉喀什河不到10公里，这条浪花滚滚的河担负着两岸90万亩耕地的灌溉和数十万人畜用水的引水任务，村里的灌溉用水全部来自于此。

亚库甫·阿沙木都至今都记得当时村里的现状，"全村里没有一条像样的灌溉渠，都是在地边挖一条沟，本来就缺水，很多水流不到地里就渗完了"。

　　"我把给村里修一条防渗干渠的想法汇报给了驻村工作队，得到了乌鲁木齐局集团公司的大力支持，决定投资 30 万元为达奎村修建一条灌溉干渠。"

　　午后，我们和亚库甫·阿沙木都来到穿越村子的干渠，由水泥修建的这条干渠笔直伸向远方。这条干渠是达奎村最大的人工引水工程，要穿越沙漠、村庄，总长 1.5 公里，有 3 座桥梁及渡槽、6 座水闸。对达奎村来说，修建这条水渠工程量大，还要占用良田，困难非常多。亚库甫·阿沙木都被任命为修建干渠施工总指挥。

◆ 亚库甫·阿沙木都驾驶农用电动车带领村民去修水渠（关拥军　摄）

　　正值春耕，亚库甫·阿沙木都天天跑到村里的核桃地里，和设计人员一起仔细研究干渠的走向，设计工程规划。

　　村里要修渠的消息不胫而走，村民们将信将疑。"好多人觉得我在吹牛，我就是要先干出个样子让村民们看看。"亚库甫·阿沙木都回忆。

修渠要占良田，很多村民脑子转不过弯来，亚库甫·阿沙木都遇到了很大阻力，他有一股不达目的不罢休的韧劲，这些得益于铁道兵出身的父亲的影响和他自己学生时代的努力拼搏。

1981 年 7 月，亚库甫·阿沙木都在乌鲁木齐出生，3 岁的时候，随着当铁道兵的父亲举家迁往南疆鱼儿沟。此后，他和哥哥弟弟一起，在这里的铁路子弟学校读完了小学和初中。后来，他考上了新疆乌鲁木齐竞技体育学院。体院的系统训练，让他的竞技能力得到质的飞跃。他用世界上励志的名人故事来激励自己的斗志。从体院毕业后，他被定向分配进了阿克苏车务段管辖的库车站干连接员工作。

"当铁道兵的父亲转业成了一名铁路职工，小时候就看着干车务工作的父亲挥动一面小旗，就能指挥一列火车，感觉极为神奇，曾经想过自己长大了也要去挥着小旗指挥火车，那该是多么威风，没想到，愿望真的实现了。"

亚库甫·阿沙木都对我们说，既然已经来到了村里，就要设身处地替乡亲们着想，换位思考，带领乡亲们脱贫攻坚。

与其他驻村工作队成员一样，亚库甫·阿沙木都牢记使命，热情似火，他把以往对铁路工作的感情融入村民的生产生活中，积极发挥自身优势，改变当地的落后面貌。

为了把群众发动起来，亚库甫·阿沙木都与村干部一起做群众工作，在开工动员大会上，他带着铺盖卷，对村民发誓说："我们大家一起干，水渠不修好，我亚库甫·阿沙木都决不离开你们。"

在工地上，亚库甫·阿沙木都是个大忙人。他既是指挥员，又是突击队长。平时，他见啥学啥，从设计测量到开汽车修机器，样样工作都能干。关键时刻，他无所畏惧，碰到困难，他想方设法去克服。

3个多月，和村民们吃住在一起，搬水泥、卸材料，一身泥一身汗，灰头土脸的亚库甫·阿沙木都得到了村民的认可，一条1500米的防渗渠顺利完工，解决了185户贫困户1000亩核桃树的节水灌溉问题，村民给他竖起了大拇指。

7月的一天，一向干旱的和田突降暴雨，喀拉喀什河河水暴涨，大水漫过河堤顺着灌溉渠奔涌而来，刚刚修建的防渗渠随时都有被冲垮的危险。

亚库甫·阿沙木都立即召集村民，冒着大雨赶到现场。为防不测，他不让别人下去，扔下去的沙袋已经堵不住汹涌的洪水，眼看河堤缺口越来越大，此时，亚库甫·阿沙木都只身跳入了齐腰深的水里，"快把沙袋扔下来。"十几个沙袋齐刷刷落到了他的身边，亚库甫·阿沙木都用身体挡住洪水，把沙袋一个个压紧垫实，在大家的齐心协力下，缺口被堵住了。

当一身泥水的亚库甫·阿沙木都被村民们拉上岸时，村民们和他紧紧拥抱在一起。从那以后，村民开始对这个铁路小伙子刮目相看了。

在随后的3年时间，亚库甫·阿沙木都先后组织修建了3条重要的防渗引水干渠，解决了贫困户核桃树的节水灌溉问题，为全村耕地实现水利灌溉网络化奠定了基础。

同时，亚库甫·阿沙木都多次与有关部门沟通，为达奎村联系架设了高压线，平整修建了一条通向外界的公路，为开发建设和田县立下了大功。

为了乡亲们的微笑

带领人民创造美好生活，是我们党始终不渝的奋斗目标，满足人民对美好生活的向往，关键要靠发展。

驻村扶贫工作千头万绪，要想真正干好，必须要把乡亲们放在心里，除了要亲力亲为办好事实事，还需要更多的智慧和勇气。

就拿做群众工作来说，亚库甫·阿沙木都认为：不光要眼睛看得见，心里装得下，手上的工作更要忙得实。

亚库甫·阿沙木都对我们说："扶贫干部的责任就是帮着乡亲们解难题，在村里任驻村书记，我总觉得肩膀很沉，就像昆仑山压在身上一样。但我想，自己是带着铁路人的使命和责任来的，必须全力以赴。"亚库甫·阿沙木都总是希望时间过得慢点再慢点，这样就能在驻村期间干更多的工作了。

2015年3月的一天，早春的气息已经笼罩在达奎村的田野里，清晨的阳光洒在平整的马路上，也洒在核桃树泛着绿意的枝条上。

"这个埂子要打30厘米高，像这样的就不够。""核桃树要想结果多，必须有充足的光照条件，你看这排树，间距太近，相互影响，两棵树都长不好。"在吉格代艾日克村村民艾买提家核桃地边，亚库甫·阿沙木都正在给围拢过来的村民讲核桃种植管理的知识。

"这个铁路人懂得还不少呢。"有的村民心里暗自嘀咕，也有的村民开始频频点头。

"春季产卵孵化的害虫预防，要定期喷洒灭幼脲，这个药药性长，一个半月喷一次就行。"因为2014年的核桃树发生了病虫害，村民的收成不好，2015 年开春，预防病虫害相继在各个村里大范围开展了起来，亚库甫·阿沙木都正忙着给村民讲核桃树防治病虫害的知识。

核桃是达奎村的主要经济来源，多年来却因树虫害和种植技术的原因，产量始终不高。解决了灌溉问题后，亚库甫·阿沙木都还要解决管理技术问题，可村里却没有一个真正懂核桃种植管理技术的人。

采访中，谈到给村民讲核桃种植管理的知识，亚库甫·阿沙木都说："我买来了核桃种植书籍，拿着书本去核桃地里对照学习，把疑问和不理解的问题记录下来上网查询，回家休息的时候，就去自治区农科院找专家求助。有了基础知识，我一家一家地去指导，修正村民之前的管理模式。"

后来，农科院专家被亚库甫·阿沙木都的学习精神打动了，当得知亚库甫·阿沙木都是一名驻村扶贫的铁路人后，被他的学习精神感动，先后 3 次派人到村里实地指导，向村民传授核桃种植知识。2016 年，达奎村全村核桃产量较 2015 年增加了 10 吨，收入增加了 13.5 万元；2017 年核桃产量 122.56 吨，创下全村历史之最。

肩负重托，在亚库甫·阿沙木都面前没有克服不了的困难。

驻村时间长了，亚库甫·阿沙木都也会想起在小站工作的难忘时光。

刚工作时，他在阿克苏车务段管辖的库车站干连接员。连接员的工作危险，要求责任心强，正是那时兢兢业业的工作，让他快速成长。

几年下来，亚库甫·阿沙木都在行车岗位上做出的成绩再次被组织认可，他被提干，当上了车间技术员，奔忙在车间管辖的周边十几个小站，哪个站工作薄弱，亚库甫·阿沙木都就驻在哪个站。

在铁路小站工作的那段时光，锻炼了亚库甫·阿沙木都的品格，提高了综合能力和素质，磨炼了意志，也为他今后的成长奠定了良好的基础。

达奎村的村民肉孜买买提·萨依提永远忘不了，正是由于亚库甫·阿沙木都的帮助，让他走上了脱贫路。

在一次入户走访中，肉孜买买提·萨依提告诉亚库甫·阿沙木都，他家院子角落里种的十几丛玫瑰卖了 200 元钱。"这花这么值钱？""我当时心里一震，立即将这个信息报告给了铁路驻村工作队总领队。"亚库甫·阿沙木都回忆说。

在采访中，亚库甫·阿沙木都告诉我们："和田地区种植的是可以食用的大马士革玫瑰花，花蕊做茶、花瓣做酱，每年四月中旬到六月中旬是玫瑰花收获的季节。驻村工作队立即组织人员走访和田县的种玫瑰大户，请教种植经验，打听市场行情。没想到一亩地的玫瑰花就能卖 1 万多元，市场需求量大，很好销售，这个消息让工作队员们都特别激动。"

玫瑰花种植方法简单，生长速度快，经济效益见效快。驻村工作队立即在乡村庭院经济建设中大力推广种玫瑰花项目。"现在各村几乎家家户户种玫瑰，玫瑰花成了村民脱贫的幸福花。"亚库甫·阿沙木都说道。

在小产业里孕育大梦想，只为乡亲们过上好日子。

亚库甫·阿沙木都因地制宜持续拓宽庭院经济农产品种类，利用帮扶资金资助村民养鸡、养鹅，种植红枣、土桃，实施葡萄立架改造，建起了核桃加工厂和 210 座葡萄晾干房，搭建与市场接轨的销售渠道，让村民的收获及时转化成金钱。

对于亚库甫·阿沙木都给予的帮助，曾是贫困户、现在富起来的达奎村村民奥布力艾山·奥布力感激不尽，"多亏了亚库甫书记的帮助，帮助我们家开展家庭养殖、种植，还赠送 1 台地毯编织架，为我们家申请了国家富民安居房，介绍我们夫妻俩到铁路希望中学当炊事员，我们家很快富了起来，日子过得红红火火，亚库甫书记是个大好人"。

平时的亚库甫·阿沙木都看上去严肃不爱笑，但和贫困村民在一起时，他简直像换了一个人，说话也慢了，笑容也有了。大家说，亚库甫书记这个人就是实在、实干，他这么多年就是用心地坚守、奉献，踏实地为乡亲们办实事，赢得了乡亲们的信任，走进了乡亲们的心里。

在吉格代艾日克村，有一片在和田县闻名的大花房，扶贫专干、来自乌鲁木齐局集团有限公司库尔勒货运中心的帕哈提·努尔买提说，形成今天规模的大花房，都是亚库甫·阿沙木都书记的功劳。

40 岁的阿布都·艾则孜是花卉大棚的主人，我们来到花卉大棚时，他正忙着给周边乡镇发货。就在前一天，他从广州购买的 15 万元的十几个品种花卉到货了，门口堆满了包装箱。

"很感谢亚库甫书记，我的生意才做大了。"阿布都·艾则孜打开了一座大棚的门，让我们进去观赏。三角梅、君子兰、绿萝，一地姹紫嫣红、满棚香气弥漫。"现在有 180 多种花卉，18 个大棚总数有 100 万株。"阿布都·艾则孜说道。

阿布都·艾则孜告诉我们，2018 年之前，他只有两个花卉大棚，花卉品种也比较少。亚库甫·阿沙木都担任驻村第一书记后，了解到这个村里总共建有 18 个大棚，分别由 8 家村民承包，种植蔬菜及花卉。除了阿布都·艾则孜的花卉大棚在正常经营外，其余的大棚基本荒废。

"我当时想扩大经营，但其他村民却不愿意转让。"阿布都·艾则孜说。亚库甫·阿沙木都了解到情况后，他立即组织村委会成员召开会议，决定收回其他大棚的经营权，全部交由阿布都·艾则孜经营花卉，解决了 15 名无法外出打工村民的就业问题。

"现在每年的利润有 40 万元，给打工的村民每月 2000 到 3000 元的工资。"阿布都·艾则孜算了一笔账。这两年，他家里购买了小汽车和 7 辆电动三轮车、1 辆小货车，成了村里名副其实的富裕户，也带动了其他村民脱贫致富。

达奎村村委会出纳买提亚森·买买提纳斯尔和亚库甫·阿沙木都一起共事了 3 年，让他记忆犹新的是亚库甫·阿沙木都刚来村里修水渠，"他天天一身土，和施工的村民们一起扛水泥、搬石头。""我们村是最先脱贫的，这与亚库甫书记的贡献是分不开的。""他真真的是党的好干部，村民们的啥事都操心，这样的干部太好了。"买提亚森·买买提纳斯尔说："他的故事太多了，多的像树上的核桃一样数不完。"

精准帮助产业扶贫

扶贫攻坚是一场持久战，困难和难题会接踵而来，要真正带领乡亲们脱贫，得找到贫困的病根儿，才能对症下药。

◆ 村民开垦了菜地，请亚库甫·阿沙木都来指导（关拥军 摄）

"人多地少，仅靠农业种不出多少粮食，种核桃也产不出多少果，要想脱贫致富必须要有自己的产业，只有大力发展实体经济，外输劳动就业人员，来增加村民的就业岗位。"亚库甫·阿沙木都说。

亚库甫·阿沙木都在村里待的时间长了，逐渐摸透了村里的底数，他慢慢地懂了，脱贫攻坚是一场持久战，更是一场攻坚战。要让乡亲们富起来必须要有自己的主打产业和稳定的收入来源。

在打造产业的时候，亚库甫·阿沙木都使出了几招，先后办了养殖场、蔬菜大棚、配电箱厂、花卉大棚，实施精准产业扶贫。

2015年7月，时任驻达奎村工作队副队长的亚库甫·阿沙木都，接到了村里新建的木材加工厂厂长的救急电话。"队长，能不能再买一台雕刻机，现在忙不过来了。"

原来，当年正赶上村里进行大范围的安居房建设，这个通过铁路援助刚建好的木材加工厂生意火爆，村民们的庭院养殖、种植需要做门窗框架，新盖的房子要做工艺门窗，原有的一台雕刻机不够使，得排好几天队，村民有了怨言。

这种稀有的机器和田市区没有卖的，其他地方更不好找。亚库甫·阿沙木都到周边各乡村四处打听，终于在一个开过木材加工厂的村民家里搜寻到一台闲置的雕刻机。拉回雕刻机安装完毕后，木材加工厂又增加了3个人的就业岗位。

"只交个电费就行。"村民沙依提·肉孜把做好的门窗装上车后，把剩余的木料和边角料都装车运走，"以前你要把木头拉回去非常困难，太远了，现在厂子开到了村里面，拉回去冬天生火用。"

建产业的同时，要增加村民的就业，让村民有事做。解决了木材加工厂的问题，亚库甫·阿沙木都和队员又赶到铁路援建的面粉加工厂，为村民找工作，解决了两家贫困户的劳动力就业。"我的工作是亚库甫书记给我找的，现在每月能挣2000—2500元，我们家兜里头有钱了，我从心里感谢亚库甫书记。"买买提·艾力说道。

开对药方子，才能拔掉穷根子。

根据扶贫项目安排部署，驻村工作队通过打造"庭院文化"，实施村民居住环境进行统一规划，组织村民开展生活区、种植区、养殖区、储物区庭院"四区"人物分离整治工作，通过砌墙、搭建葡萄架、新增羊圈等方式，组织村民对居住环境进行改善，户户修建了风格统一的门廊、栅栏、葡萄架，种植区里种上了蔬菜，养殖区养起了家禽，庭院经济搞得红红火火。生活区接通上下水，干净整洁的室内卫生间瓷砖一贴到底，水冲式卫生间、电热淋浴器一应俱全。

只有把产业丰富起来，致富的路子才能更宽广。

亚库甫·阿沙木都感慨地说，吉格代艾日克村富余劳动力多，要把这部分力量用起来，就能蹚出致富的路子。为了让村民早日脱贫，亚库甫·阿沙木都四处寻找商机，为村里找产业、谋发展，为贫困户想方设法找路子尽快脱贫。

找路子尽快脱贫，开办配电箱厂就是亚库甫·阿沙木都扶贫工作中精彩的一笔。

2018 年年初，亚库甫·阿沙木都担任吉格代艾日克村第一书记不久，打听到本村一位村民在市郊开了一个小型的配电箱厂，生意做得很红火。

"我当时就有个想法，如果把这个厂子搬到村里来扩大生产，就能解决一部分村民的就近就业问题，是一举两得的好事。"亚库甫·阿沙木都回忆说。然而事实不像他想得那么简单，他一出手就吃了闭门羹，对方发愁资金不足，也担心村民们学不会技术，直接就拒绝了。

碰到挫折，不怕困难，一定要完成的执着劲儿，一直是亚库甫·阿沙木都延续至今的性格。

一定要做通厂长的思想工作。亚库甫·阿沙木都没有泄气，一有空就去他家里做工作，没想到这个厂长看见他就躲。

为了让村民早日脱贫，再难也要往前冲。亚库甫·阿沙木都先制定一套成熟详细的方案，反复给厂长讲党的扶贫政策和市场前景，以及铁路为和田扶贫所作的贡献。一句句感人肺腑的话语，终于打动了这个厂长："你们为村民做的太多了，我得向你们学习，这个合同我签。"

"村里终于要有企业了，太好了！"亚库甫·阿沙木都立即联系乌鲁木齐局集团公司扶贫办公室，利用铁路专项扶贫资金，3个月内在吉格代艾日克村建起了4000平方米的配电箱厂，成立了吉克代艾日克村火车头电气控制设备有限公司，吸纳了村里60名贫困村民与困难村民就业，实现了就近务工的梦想。配电箱厂当年营业额就超过了200万元。残疾贫困户麦图送·依明也在这里找到了工作，他高兴地说："多亏了亚库甫书记把厂子搬进了村里，我才有了工作，每月有了最低1500元的固定收入，效益好了能收入5000元，我们家脱贫了。"

通过建配电箱厂，亚库甫·阿沙木都尝到了甜头，乘势而上大干起来。建完配电箱厂，亚库甫·阿沙木都马上把精力投入到建养殖场的项目上来。

在吉格代艾日克村里，42岁的买买提·阿布拉多年来走南闯北贩卖干果，有了一定的积蓄。2020年，他入股30万元，承包了火车头养殖场里的一个牛棚，一年能收入15万元，解决了3名贫困户就业。"后面我还要扩大养殖数量，还能解决一些村民就业。"买买提·阿布拉高兴地说，"有亚库甫书记带领我们，大家的生活一天比一天好。"

走在规划整齐的养殖场，亚库甫·阿沙木都告诉我们，早年，铁路驻村工作队进驻和田县12个村子后，每家每户都得到过"扶贫羊"。各级政府、组织本想通过鸡生蛋、蛋生鸡的办法，让养羊成为村民家里的"银行"。然而，村民把羊领了回去都有些措手不及，很多村民家并没有养过羊，即使养一只，家里也必有一人整天围着羊转，其他什么也干不成。

亚库甫·阿沙木都在扶贫工作中越干越懂门道，他懂得了庭院经济要大发展，庭院里养羊不合适——一是形不成规模，二是浪费了劳动力。亚库甫·阿沙木都一边干一边琢磨，"我们能办托儿所，也能办托老所，那我们为什么不能办个'托羊所'呢？"亚库甫·阿沙木都的这个想法得到了驻村工作队领导的肯定。

方案上报乌鲁木齐局集团公司后，各村的援助建设迅速铺开。拥有牛、羊、兔子、鸡、鹅的火车头养殖基地相继在各村建成投入使用，村民的羊在这里托管后，每年还能得到一笔收入。各家的院子也腾了出来，搞种植、养殖，发展经济附加值更高，效率也更高的项目。

在吉格代艾日克村火车头养殖场里，我们见到了被人们称为"羊所长"的买吐肉孜·马木提，他承包了该村"托羊所"，除了解决 5 名村民的就业，还是全村托羊户的摇钱树。

村民阿布力克木·吉力力把 15 只羊交给"托羊所"后，每年能分红 1500 元钱，家人再也不用为养羊的事发愁，想把羊卖钱，可随时去"托羊所"处理。"我把小儿子放在托儿所，自己也能去打工挣钱，老婆现在也有工作了。"像阿布力克木·吉力力这样的事，在很多村民身上发生着。

蔬菜大棚的计划，是亚库甫·阿沙木都情之所至的收获。亚库甫·阿沙木都刚来吉格代艾日克村的时候，发现村委会还有 6 亩闲置土地，于是想到了先搭建示范、后学习推广的家庭经济蔬菜大棚计划。他带着村民收集村路两旁、田间地头丢弃的废旧木料，搭起了一个个蔬菜大棚。之后带着村民到大棚种植点现场学习参观，在村委会的蔬菜大棚里进行实践教学，让村民掌握各种蔬菜种植技术。

蔬菜种植大棚里，西红柿、黄瓜、辣椒、茄子等 10 余种蔬菜泛着绿油油的光，大棚年收入突破 10 万元时，变成了村民脱贫的摇钱树项目。

如今，走进农户院落，大大小小的蔬菜暖棚，在满足日常自己需求的前提下，还能创造收益，村民们乐在嘴上，甜在心里。

后来，在乌鲁木齐局集团公司的支持下，驻村工作队在村里先后办起了烤馕餐厅、火车头饭馆、火锅店等"铁字号"产业，村民们纷纷加入，生意非常好，大家尝到了脱贫致富的甜头。

不让一个人掉队

修了水渠、种了地、办了企业、开展了庭院养殖，亚库甫·阿沙木都在扶贫的岗位上越干越起劲，对扶贫工作越干认识越深。亚

◆ 亚库甫·阿沙木都和驻村工作队队员们在一起研究工作（关拥军　摄）

库甫·阿沙木都说，全面脱贫就是要让那些最穷的人脱贫，只有啃下这个硬骨头，脱贫攻坚才能算完成任务。

贫困村的艰苦环境和条件没有吓住亚库甫·阿沙木都，他把目光聚集到了最贫困的人身上。

在吉格代艾日克村村部食堂里，厨师吐尼萨·买吐尔孙在干净整洁的厨房忙碌着。午饭时刻，吐尼萨·买吐尔孙满脸笑容地端上了香喷喷的抓饭，我们和来自 4 个单位的 12 名驻村干部围坐在一起边吃边聊。

"2018 年年初，我上任吉格代艾日克村第一书记后，把驻村人员召集在一起定了一个规矩，每天大家在一起吃饭。"亚库甫·阿沙木都说，"在一个锅里搅勺子，相互拉近了距离，工作中大家就像一家人一样一起使劲。""亚库甫书记带着我们团结拼搏，扶贫工作从不懈怠，大家全力以赴。"驻村干部帕哈提·努尔买提说道。

"大家尝尝意大利面，味道不亚于外面的餐厅，吐尼萨·买吐尔孙的手艺很棒的。"亚库甫·阿沙木都说："之前我从来没见她笑过。"

原来，在食堂做饭的吐尼萨·买吐尔孙，家里全靠她一人支撑，年迈的婆婆需要人照看，3 个子女正在上学，她无法出门打工，只能靠微薄的农业收入生活，日子过得捉襟见肘。

"安排她到村部食堂做饭，每月发 2000 元工资。"了解到情况后，亚库甫·阿沙木都主动帮扶吐尼萨·买吐尔孙一家。平时，给孩子带些衣服、学习用具上门看望，每个月给每个孩子 100 元零花钱，让他们不要为家里操心，好好安心上学。2020 年新冠肺炎疫情防控期间，亚库甫·阿沙木都得知吐尼萨的小女儿上网课没有电脑，耽误学习进程，他把自己的笔记本电脑送到了孩子的手里。

"我感动哭了。"这个坚强的女人再难的时候也没掉过眼泪，第一次在亚库甫·阿沙木都面前流下了眼泪。"我一辈子都会认这个哥哥。"吐尼萨·买吐尔孙说出了肺腑之言，"我把饭做好，让工作队的干部吃好，就是我最好的报答，他们太辛苦了。"

在吉格代艾日克村，有一个养牛脱贫的贫困户，他家情况有点特殊。

艾合塔木·买合木提家中大女儿患有先天性心脏病、小女儿患有肾衰竭，夫妻二人因孩子的病情，无法外出就业，属于村里的重点帮困对象。

2018年，亚库甫·阿沙木都来到吉格代艾日克村后，利用铁路专项扶贫资金为他家申请到了3头奶牛，以制售鲜奶和酸奶来作日常生活经济来源。为拓宽销售渠道，亚库甫·阿沙木都主动与周边的乡村合作社、小商店联系，让这个贫困的家庭每年有了5万元的收入，并成为村内远近闻名的鲜奶、酸奶批发户。艾合塔木·买合木提说，现在日子好了，想多养几头牛，把生意做好，不辜负党的恩情。

亚库甫·阿沙木都还帮助了小姑娘祖丽皮耶·阿卜杜拉。这个在达奎村贫困家庭出生的女孩子，在铁路驻村工作队的资助下，考上了新疆农业大学政法系。

大二的时候，因家庭变故，祖丽皮耶·阿卜杜拉的家庭没有了经济来源，她不想再读下去，有了退学的念头。

时任达奎村驻村工作队队长的亚库甫·阿沙木都得知消息后，上门去做她的工作，但祖丽皮耶·阿卜杜拉什么都听不进，铁了心要去打工，顶起家里的大梁。一次次苦口婆心的劝说，和她的学杂费全部由铁路驻村工作队承担，以及家里的困难由铁路驻村工作队解决的承诺，终于将这只迷失方向的"小羔羊"拉回了正途。

在得知她学习需要一台笔记本电脑，亚库甫·阿沙木都把刚买的笔记本电脑送给了她，又给她买了火车票，还联系乌鲁木齐的朋友把她送到了学校。

"现在回想起来，真的太感谢亚库甫哥哥了，他就是我的亲哥哥，没有他，我的命运不知道会咋样。"祖丽皮耶·阿卜杜拉的眼里含着泪花。她说，去了两次吉格代艾日克村都没有见到亚库甫哥哥，他太忙了。

2015年以来，乌鲁木齐局集团有限公司在和田县驻村实施"美丽庭院、幸福人家"庭院经济发展工程，资助5个村528个贫困户发展庭院经济，按照"五个一"标准规划庭院（建一座畜禽棚圈、搭一个葡萄架子、开一畦菜地、种一片果树、养一群鸡羊），实施特色养殖种植，让贫困户增收，走上脱贫致富路。

帅小伙阿卜杜沙拉木·依明和小美女夏来绯提·吾麦尔，也是在亚库甫·阿沙木都的帮助下改变了命运，他们是吉格代艾日克村上过大学的村民，而现在，他们的身份是中国铁路乌鲁木齐局集团有限公司喀什车务段的职工。

"2020年年底，工资加奖金发了1万多块钱，比我们家以前一年的收入都多，我把工资交给爸爸的时候，他都哭了，叮嘱我要好好干，要对得起党，对得起铁路驻村工作队的帮助。"阿卜杜沙拉木·依明目前在和田站运转车间担任连接员，成为一名铁路职工后，他最大的变化就是见的世面多了。

阿卜杜沙拉木·依明从小在吉格代艾日克这个深度贫困村长大，他见证了亚库甫·阿沙木都来到村里后，带领大家给村里修水渠、盖新房、办工厂、建养殖场，村里的环境大变样，村里的人们也大变样。

2018 年年底，吉格代艾日克村成功摘掉了"深度贫困村"的帽子，这使得两名年轻人对铁路行业有了崇拜之情，一心向往着有一天能到铁路上工作。尤其是亚库甫·阿沙木都每年都会组织村里的大学毕业生到村委会座谈，了解今后的理想和工作生活状况，对于无法就业、在家待业和家庭困难的村内大中专毕业生，做好思想帮扶和就业指导。

阿卜杜沙拉木·依明和夏来绯提·吾麦尔毕业后，立即找到亚库甫·阿沙木都，希望能为他们联系铁路单位工作。

2019 年起，中国铁路乌鲁木齐局集团有限公司积极响应党中央、自治区"稳就业""保就业"的决策部署，每年定向招聘南疆贫困地区的大学毕业生。亚库甫·阿沙木都帮助两个年轻人在铁路招聘网上报名、投简历，2020 年 9 月，两人通过了招聘考试，穿上了梦寐以求的铁路制服。

"我们的成功，也激励了村里更多的学生，要为了梦想去拼搏奋斗，用行动来回报社会。"在喀什站担任车号员的夏来绯提·吾麦尔在电话里总不忘对亚库甫书记的感谢。

温馨家庭有大爱

采访中，亚库甫·阿沙木都对我们说："我获得了很多荣誉，捧奖状戴红花又露脸，光荣都让我得了，我媳妇在家受累了，我驻村6年，一家老小都是媳妇操心的，我愧对妻子。"

为了了解亚库甫·阿沙木都和妻子的爱情故事，我们来到他妻子工作的地方。在乌鲁木齐局集团有限公司乌鲁木齐电务段的检修基地，穿着工装的阿得来提·牙生双眼紧盯着左手握着的一台继电器弹片，然后用右手握住专用"绣花钳"，屏住呼吸，在1毫米厚的弹片上轻轻地弹拨……

继电器检修是个细致活儿，看似不大的继电器，检修起来却需要60多道工序，检修工具就有35种，每一道检修工序都需要绣花一样精细的检修调整。

阿得来提·牙生刚调来不久，她原来在库尔勒电务段南疆电务检测服务中心的继电器检修作业组里，从事着和目前同一工种，虽然换了地方，但工作起来得心应手。

2001年，阿得来提·牙生从乌鲁木齐铁路运输学校毕业后，分配至阿克苏电务段库车信号工区，在这里，她认识了在车站上班的亚库甫·阿沙木都。"阳光、帅气，他的工作服都是所有人里最干净的。"这是亚库甫·阿沙木都给阿得来提·牙生留下的第一印象。

"有一天，一位大姐叫我们两个一起去吃饭，那一天是我们第一次一起吃饭。"回忆起第一次见面，亚库甫·阿沙木都的脸上荡漾起了幸福的笑容。在南疆铁路这个偏远的地方，两个人相互帮助、相互支持，并在此结婚生子。

"孩子4岁的时候，有一天发高烧，我一个人抱着孩子往医院跑，整整三天三夜我一个人守着，他在山里面的小站上。"阿得来提·牙生说，"现在孩子已经14岁，长成了大小伙子，时间过得好快。"

阿得来提·牙生无法忘记，一家有两个铁路人的艰辛。

2011年，亚库甫·阿沙木都担任库车车间技术员后，大部分时间都在一线小站进行生产作业指导，从那时候两个人就过着离多聚少的日子。

2012年，阿得来提·牙生调转至库尔勒电务段后，把家也搬迁至库尔勒，亚库甫·阿沙木都回家的路程又远了很多。

2019年7月，乌鲁木齐局集团有限公司集约化工作全面铺开，原来的库尔勒铁路公园划归库尔勒电务段管理，阿得来提·牙生所在的班组负责植树工作，挖坑种树，10多名"娘子军"进行了一个月的重体力劳动。

"回到家赶紧给孩子做饭，还要操心孩子的功课，人累得散架了一样。"阿得来提·牙生感慨地说，"有时候真想给丈夫诉诉苦，但又怕影响他的工作，这些苦只能一个人默默地承担。"

也就是当年，孩子小学毕业后，要去乌鲁木齐上中学，怎么办？亚库甫·阿沙木都在和田驻村，距离乌鲁木齐近2000公里，阿得来提·牙生在库尔勒工作，距离乌鲁木齐500公里，而且在乌鲁木齐连个房子都没有。阿得来提·牙生一筹莫展，实在想不出什么好办法了，她咬咬牙想辞职，去陪着孩子上学。

不能让英雄流血再流泪。组织上得知情况后，将她调到了乌鲁木齐工作。

"一到周末就先去学校附近找房子，折腾了一个月才租上，然后赶紧搬家。"快人快语的阿得来提·牙生突然哽咽，随即抽泣了起来。"就我一个人，联系搬家公司，收拾了一天一夜的东西。"她一边说一边轻轻地摇头。

◆ 亚库甫·阿沙木都与村民交谈，帮助村民推销丰收的核桃（关拥军 摄）

在乌鲁木齐因为单位离家很远，阿得来提·牙生叮嘱亚库甫·阿沙木都休息的时候，把家里的车从库尔勒开回乌鲁木齐，但等了两个月了也没等到。从来没有开车去过乌鲁木齐的阿得来提·牙生一咬牙，一个人开了8个小时才回到乌鲁木齐。她清楚地记得，那天正好是中秋节，举家团圆的日子，天空中的明月好圆。

驻村6年，亚库甫·阿沙木都在村里度过了两千多个日夜，而在家可能不到100天。聊起在家待过的时间，亚库甫·阿沙木都有点心酸地对我们说，有时候三四个月休息不了，即使偶尔回家，也总有接不完的电话，老婆就说，你还是回你们村去吧，在家也放不下那里的大小事儿。

对于家庭，亚库甫·阿沙木都也感到特别愧疚。亚库甫·阿沙木都说："在儿子7岁的时候，我就去了和田县驻村，从小学三年级到初二，我没有参加过一次家长会，没有为儿子庆祝过一次生日。""爸爸，你能经常到我们家来看我吗？"亚库甫·阿沙木都永远记得他离开家时，儿子的这句话。

2019年暑假，儿子到村里看爸爸，把铁路驻村工作队修的渠、建的厂转了个遍，他理解了爸爸为什么不回家，原来，他操心着几千口人的一个大"家"。回到家，儿子对妈妈说，村里人人都夸爸爸，对他很尊敬，"他真了不起！我也很骄傲！"

亚库甫·阿沙木都不但愧对妻子，还忽略了儿子的成长，老母亲也照顾不上。"有时候难得回家一次，家里的活儿我全包了，做点拿手菜，就想着尽点义务。"亚库甫·阿沙木都说道。

一位教育家说，从小在勤劳、互助、和睦家风中成长起来的孩子，日后会成为健康正直、乐观向上、有所作为的人。

在亚库甫·阿沙木都的记忆里，母亲含辛茹苦，友爱和睦，从小教育他们要自立、自律，尤其是男子汉更要严格要求自己，在大风大浪中锤炼自己。

一辈子保持着健康的生活方式，亚库甫·阿沙木都67岁的母亲走路带风，思维敏捷，虽然3个儿子都在为扶贫工作而远离家庭，不能经常来看她，但却是她心里最美丽的一分骄傲。"我保持好身体健康，就是给孩子们最大的爱。"对孩子们，老母亲从未有过抱怨，想的是如何更多地不让孩子们因为担心自己的身体而影响工作。

2019年夏季，老母亲在铁路驻村工作队总队的帮助下，乘坐汽车行驶560多公里，悄悄来到亚库甫·阿沙木都所驻的村里，来看一眼这个久未谋面的孩子工作生活得如何。

"我听到队长叫我出来一下，一出门竟然是我妈妈在门口，当时惊呆了。"老母亲的到来，让亚库甫·阿沙木都十分内疚，这么多年未能对母亲尽孝，反而让老母亲风尘仆仆来看他。

"妈妈你看这是我们铁路人建起来的厂子；妈妈你看这个是我们修的路，这个水渠也是我们修的……"汽车行驶在吉格代艾日克村里平整笔直的柏油马路上，看着一个个变化，看着村民一张张笑脸，老妈妈留给亚库甫·阿沙木都几句话："孩子，你们铁路驻村工作队太伟大了，你是党员，你是书记，你一定要记住，让村民们过上好日子你再回来。"

为了不打扰孩子的工作，老妈妈当日又乘坐火车离开了和田。2020年，亚库甫·阿沙木都家搬到乌鲁木齐后，老妈妈执意告别亲朋好友，在人生地不熟的乌鲁木齐来照顾她的孙子。"给孩子分担一点后顾之忧，就算对他工作的支持吧。"

扶贫路上三兄弟

如果说一人参与扶贫全家光荣，那么三兄弟齐上阵应该是扶贫战线上的一道靓丽的风景。

受到亚库甫·阿沙木都的感召，哥哥和弟弟也走上了扶贫工作岗位。三兄弟同时驻村的故事被人们传为佳话。

三兄弟中，老大是帕拉提·阿沙木都，在和田县拉依喀乡库木艾日克村驻村当扶贫专干；老二是亚库甫·阿沙木都，在和田县吉格代艾日克村当驻村第一书记；老三是阿布都克里木·阿沙木都，在喀什市阿瓦提乡喀塔尔克拉克什村当扶贫专干。他们三兄弟近的相距10多公里，远的相距250多公里。

从吉格代艾日克村出发，汽车穿行在柏油铺设的乡间小路上，经达奎村、葡萄公园，10多公里的路程，就到了亚库甫·阿沙木都的同胞哥哥帕拉提·阿沙木都驻村所在地——和田县拉依喀乡库木艾日克村。

我们在宽敞、整洁的村委会大门口遇到了帕拉提·阿沙木都，说明来意，阳光帅气的帕拉提·阿沙木都非常高兴，他说着一口标准的普通话。

2018年年初，在亚库甫·阿沙木都驻村的第四个年头，时任喀什车务段墨玉站站长的帕拉提·阿沙木都主动向乌鲁木齐局集团公司申请，开始了他的驻村生涯，挑起了拉依喀乡库木艾日克村扶贫专干的担子。

1998年，从乌鲁木齐铁路运输学校毕业后，帕拉提·阿沙木都被分配到南疆铁路沿线小站。2003年，他调到了库车站，和早一年在此工作的弟弟亚库甫·阿沙木都并肩战斗，一同担任连接员工作，后来，兄弟俩又一起担任了调车长职务，可谓打虎亲兄弟。

2006年，还在工作岗位上的父亲因病去世，为了照顾母亲生活，帕拉提·阿沙木都申请调转到了距离家近一点儿的喀什车务段，在喀什站从事过调车长、值班员、值班主任等工作。

"我认为扶贫就是把羊啊、牛啊送给贫困户，让他们养就行了。"说起最初对扶贫工作的认知，帕拉提·阿沙木都自己先笑了起来。等自己也切身投入其中时，才体会到工作的压力、艰辛和劳累。

库木艾日克村有458户村民，人均耕地面积不到一亩，扶贫工作的艰难可以想象。通过县乡两级政府的培训后，帕拉提·阿沙木都对扶贫工作才有了新的认识，对如何才能干好自己的工作，他心里有了数。

2018 年，脱贫攻坚进入决战关键时期，每户村民有多少耕地、家里几口人、有没有养殖、种植产业等，要全部摸清楚，制定出一户一档的脱贫方案。一户一户地排查，几天下来，帕拉提·阿沙木都就感受到了工作的劳累。

"有时候，我真想给弟弟诉诉苦，可想到弟弟驻村四年，带领驻村干部和村民完成脱贫一个村的脱贫任务后，又担起了另一个村的任务，自己吃的这点苦算得了什么呢？"帕拉提·阿沙木都说道。

帕拉提·阿沙木都给我们讲了一个事，"弟弟去吉格代艾日克村村委会担任第一书记不久的一天，工作队总队派他们几个驻村干部去弟弟村里帮忙干活。在弟弟的宿舍，发现他床上覆盖着一层尘土，就问他咋不清扫一下卫生。弟弟说，他一个月没回过宿舍住了，每天工作到深夜，困得招架不住就在办公室沙发上睡了。帕拉提·阿沙木都说："这件事给我触动很大，我暗下决心，把弟弟当成榜样，绝不能在工作上拖后腿，给弟弟丢脸。"

"有一天凌晨两点，从乡里开完会回来的路上，突然听到了远处一声火车汽笛，心里感觉一酸，眼泪就流了下来。"从天亮忙到天黑，刚驻村时，帕拉提·阿沙木都已经半年没有休息了，一声汽笛勾起了他的思家情和铁路情。

帕拉提·阿沙木都家在乌鲁木齐，他在和田，妻子在喀什基础设施段上班，孩子交给姥姥姥爷照看，一家人见个面都难，乌鲁木齐的这个家成了摆设，常年空置。

转眼间，帕拉提·阿沙木都驻村已过了 4 年，他所在的库木艾日克村在 2019 年实现脱贫，兄弟俩现在最操心的就是巩固既有产业，在发展实体经济、持续增加村民收入上想办法、下功夫。

2021年1月，亚库甫·阿沙木都的弟弟阿布都克里木·阿沙木都再一次正式加入到了驻村的"访惠聚"队伍，在新疆喀什农村商业银行股份有限公司工作的他，来到喀什市阿瓦提乡喀塔尔克拉克什村，和大哥一样，担任了扶贫专干工作。前几年，阿布都克里木·阿沙木都参加过两次短期的驻村工作，对这项工作有所了解，再次被选定为驻村干部，对今后的工作他胸有成竹。

"得到我也要长期驻村的消息后，两个哥哥都给我打气。"阿布都克里木·阿沙木都说，"有时候遇到难题，就向两个哥哥求助，他俩驻村时间长，经验丰富，给我快速进入角色帮了很大的忙。"在他们驻村的"访惠聚"工作队，了解到阿布都克里木·阿沙木都两个哥哥都在和田驻村，对他更多了一分尊重和关照。

兄弟情深，心心相通。三兄弟虽然很难见一次面，却一直是互相挂念鼓励。

亚库甫·阿沙木都告诉我们，刚工作分配到阿克苏车务段库车站工作不久，他的哥哥也从别的小站调到了库车站干连接员，没想到命运将这哥俩又捏合在了一起，而且是干同样的工作。

连接员的具体工作就是将车列或车辆进行编组或解体，工作内容包括取送车辆，摘解车辆的风管，提开车钩，做好防溜，属于铁路最一线的工作，劳动强度大、危险性高，被人们称为"钩子手"和"挂在火车上的人"。

不管春夏秋冬还是刮风下雨，在烈日下还是在寒风里，或许凌晨3点，在大多数人还在熟睡的时候，亚库甫·阿沙木都和哥哥依然进行着取送车作业。跟着师父摸爬滚打了半年后，亚库甫·阿沙木都就能独立作业了，不管干啥，他都爱琢磨，非要弄出个子丑寅卯。

亚库甫·阿沙木都开始琢磨调车作业里隐藏了哪些高深的技巧。两年后，亚库甫·阿沙木都和哥哥帕拉提·阿沙木都一起当上了调车长。肩上有了担子，亚库甫·阿沙木都更加努力。为确保调车人员的人身安全和作业安全，他每个班都要制定具体作业方法，确保每钩工作质量。他的工作方法和技能得到了段、车间的认可，又被安排到运转主任的岗位上，并提了干，开始新的锤炼。

"那是一段难忘的时光，哥哥经常照顾我。"回忆起往日的时光，亚库甫·阿沙木都露出了难得的笑容，"脱贫攻坚是党中央的决策，我们一定要完成肩负的职责和使命。"

还是 3 年前，阿布都克里木·阿沙木都结婚的时候，兄弟仨聚到了一起，而全家团圆已经是 10 年前的事情了。但三兄弟驻村的故事，却在他们母亲所在的社区传了开来。

2019 年夏季的一天，喀什火车站社区"访惠聚"工作人员在入户访问时，发现亚库甫·阿沙木都的母亲只身一人生活，就问她孩子们在哪里？母亲是一个人在生活吗？"我的 3 个孩子和你们一样，他们在驻村扶贫。"老母亲的回答，让社区工作人员颇为感动。"老妈妈，您的 3 个孩子都在为'访惠聚'工作照顾不上您，以后我们就是您的孩子，有啥困难就给我们说。"社区书记得知此事后，特地上门来慰问，并安排人员对老人的饮食起居做好帮助。

为此，老母亲专门和 3 个儿子通话，为 3 个儿子驻村感到很幸福、很自豪，要求他们绝不能辜负党组织的期望，一定要好好干，老大和老三要向老二学习，当一名优秀的驻村干部。

在采访中，亚库甫·阿沙木都感慨地对我们说："哥哥和弟弟也参与了扶贫工作，我感觉全家人干一件事，给我注入了一种力量。"

情注和田，扶贫先扶智

随着扶贫工作的深入，亚库甫·阿沙木都对扶贫工作思考越来越深了，越来越多了，他在村里面一直在想，物质生活上给乡亲们解决好了，那么精神生活呢，要想办法让乡亲们了解更多的中华民族文化，把文化融入乡亲们的生活中，让党的关心温暖进入乡亲们的心灵。

在村史馆里，亚库甫·阿沙木都指着墙上的老照片对我们说，以前的达奎村、吉格代艾日克村文化基础设施设备配置不全，村民文化生活相对匮乏。现在村民在物质上脱贫了，在文化方面的需求越来越多了。

◆ 亚库甫·阿沙木都向村民宣传社会主义核心价值观（关拥军　摄）

开展文体活动让乡亲们开心。每个周末的晚上，吉格代艾日克村的村民们早早就守候在"民族团结大舞台"前，品尝一顿驻村工作队和村民们带来的"文化大餐"。

平时，各驻村工作队每周一早晨组织村民举行唱国歌升国旗仪式，开展"我与国旗合个影"、"为祖国点赞"、"幸福阖家欢"、"我们的中国梦"、"文化进万家"、歌颂祖国诗朗诵等精彩纷呈、形式多样的活动，让村民在文化的熏陶中，思想和观念发生了质的变化，学技术、会挣钱的人多了，混日子、得过且过的人少了，村民们有了脱贫致富的精气神。

建立村里首支"火车头少年足球队"，让孩子们"美梦成真"。亚库甫·阿沙木都想尽办法通过各种渠道筹资，为村里爱踢球的孩子购置了足球、球衣、球鞋等运动装备。2018年，这支从未参加过比赛的"火车头少年足球队"，第一次参加和田县的足球比赛，就夺得了优秀奖，一时间在和田县里引起轰动。

学习国家通用语言文字，提高村民受教育程度。吉格代艾日克村村委会大会议室里，30多名村民随着亚库甫·阿沙木都的领读，一起学习着。从2014年驻村开始，每个周二和周六的20点至22点，亚库甫·阿沙木都的"双语课堂"从未间断。他还积极筹建文化活动室、广播室、阅览室等文化设施，每月组织开展文化活动，村民文化生活大为改观。

为了让村民得到较好的医疗支持，亚库甫·阿沙木都联系和田县友好医院为村民们免费体检，发放各类药品100余种，价值2万余元，为45名患有皮肤病的儿童免费医治，发放了价值1万余元的药品，让村民们第一次体验到了全程化医疗帮扶。六一儿童节为小学生赠送书包、文具千余支，给学校捐赠了多台电脑等办公用品和体育器材；村里的土路变成了柏油路；村委会学习室配备了桌椅、投影仪、电脑和打印机；贫困村民家领到了一台电视机。

在采访中，亚库甫·阿沙木都告诉我们，真正要解决的问题是改变村民的思想和观念。产业扶贫扶的是口袋，解决的是钱的问题；而文化扶贫扶的是脑袋，解决的是思想上的问题。

在吉格代艾日克村干净整洁的村委会办公室里，亚库甫·阿沙木都告诉我们："'等靠要'思想禁锢了村民脱贫致富的观念，也给扶贫工作带来了很大的阻力和障碍。精神上的贫穷比物质上的贫穷更可怕，只有抓基础教育，让帮扶工作真正扶在点上，达到'授之以渔'的效果。"

我们走在乡村漂亮的柏油路上，远处的学校楼里传来朗朗的读书声，亚库甫·阿沙木都指着学校说，铁路对口帮扶和田县以来，为和田县新建、扩建学校29所，新增教学面积12690平方米，配备电脑、投影仪、语音教学设备等各种教学设施1737套，资助1200余名教师进行业务培训，资助18475名学生完成了学业，用于改善当地教学环境和条件的投资达到2000多万元。

我们了解到，从2014年最初的帮扶工作开始，乌鲁木齐局集团公司就坚持将现代文化引领作为改变村民观念、提高村民素质的主要抓手，积极实施文化扶贫，开设"文化大讲堂"，举办"民族团结大舞台"文艺活动，对考入大学、家庭生活困难的学生给予学费资助，帮助改造修缮村文化活动室、卫生室、广播室、阅览室等，增设健身活动器材，配置图书报刊，开设红色健康网吧等，使村民的思想和观念逐步发生着变化。

艾力·吐尔迪是达奎村的致富能手，他见到我们高兴地说："致富的技术都是我在电视里学到的，铁路驻村工作队给我们发放了电视机，就是让我们了解政策，学习知识的，我通过看电视确实开阔了眼界，学到了技术。"

此前破旧不堪的达奎村小学，在铁路扶贫资金的扶持下，教学楼和校园环境发生了翻天覆地的变化，同学们第一次有了崭新的桌椅、电脑和书包，有了塑胶体育场和足球场。村里通了互联网，通过网络和电视，村民们看到了外面的精彩世界，听到了党中央的声音。

在亚库甫·阿沙木都的牵线搭桥下，铁道团委和社会力量连续4年向村里捐赠了价值近20万元的书籍、电视和笔记本电脑，一些村民第一次通过网络看到了外面世界，开阔了眼界。

"初到达奎村的时候，有的贫困户连一双完好的鞋子都没有。"亚库甫·阿沙木都说："我通过联系国内各慈善机构，远在千里之外的深圳花样盛年基金会派人实地调查后，为村里贫困户捐赠价值5万元的鞋，此后又给吉格代艾日克村捐献了13万元的生活物资。"

要做的事太多太多，亚库甫·阿沙木都总说时间不够用。他将捐助需求上报铁路驻村工作总队，得到了国铁集团、乌鲁木齐局集团公司干部职工和社会各界的爱心捐助。

爱心捐助不断涌来，亚库甫·阿沙木都说："温暖的力量激励着我不断前行，我热血沸腾。"后来，达奎村小学8名贫困学生每月得到了200元援助，并一直到18岁；每户村民发了一口新锅；家庭困难的学生都得到了一件棉衣。

作为一名共产党员，亚库甫·阿沙木都始终不忘初心，不忘党的培养，牢记着自己的使命，致力于把党的温暖传递给更多的人。

脱贫攻坚，重任在肩。不管是在达奎村，还是在吉格代艾日克村，亚库甫·阿沙木都精心指导驻村工作队党支部制订党员发展年度计划，将返乡青年、大学毕业生、致富能手等人群作为重点培养对象。他利用集中宣讲、入户走访，深入宣传党的十九大精神、党的理论和方针政策，鼓励和引导思想上进、表现积极的少数民族青年主动向党组织靠拢。2017 年，达奎村成功摘掉了"基层组织软弱涣散"的帽子，这一年，达奎村有 4 名积极分子发展为预备党员，15 名青年被列为积极分子，全村 26 名村民向党组织递交了入党申请书。

2018 年，亚库甫·阿沙木都担任吉格代艾日克村第一书记后，首先对涣散的村党支部进行了整顿，选拔了一些有文化、思想先进、积极向上的年轻人担任村干部，上半年，就有 4 人入了党。在他驻过的两个村里，累计有 183 人递交了入党申请书，21 人正式入党。

自党史学习教育开展以来，亚库甫·阿沙木都通过开展"感党恩、听党话、跟党走"系列活动，利用党员学习大会、村委会升国旗、党日活动等形式，组织村里老党员、致富能手，以自身感受为村民宣传党的各项惠民政策，给村里的年轻人讲过去的苦日子，教育他们要珍惜眼前来之不易的幸福日子。

为了培养和引导脱贫致富的村民感恩党、感恩社会、感恩国家意识，激发和鼓励村民提高自身发展能力，亚库甫·阿沙木都把党史学习教育与乡村振兴工作相结合，深入开展"我为群众办实事"实践活动，着力帮扶村办养殖场、种植大户形成"头雁"效应，推进养鸡场、花卉大棚等增收项目的扩大改造，坚持推进国家通用语

◆ 亚库甫·阿沙木都和村民商量防治核桃树病虫害问题（关拥军　摄）

言和技能培训，提升村民就业能力，推进富余劳动力转移就业、增收创收。

"我们住上了新房子，我退休了看病不发愁、小孩上学也不发愁了，党的恩情我们要牢记。"吉格代艾日克村原村支书、73 岁的老党员艾合麦提尼亚孜·麦斯提走上讲台，通过亲身经历讲述村里的大变化。"多亏工作队帮我整理了院子，还种上了玫瑰花，越变越漂亮了。"村民艾合买提·牙合甫打开大门，硬化了的院子里井然有序。

在亚库甫·阿沙木都的带领下，驻村工作队把"我为群众办实事"实践活动和美丽乡村建设、村民居住环境整治有机结合，组建村党团员志愿服务队，安路灯、清杂草、绘墙画，深入开展庭院卫生整治和农村环境美化工作，让村里越来越美。

在村里采访的日子里，我们能感受到亚库甫·阿沙木都每天的忙碌，连休息的时间都被压缩又压缩，看到他口袋里药瓶中的药又少了好多。

作为一名普通的铁路职工，直接参与到和田县扶贫攻坚、民族团结、人才引进等相关工作中，亚库甫·阿沙木都觉得很荣幸。"以前，从未把自己和国家的政策如此密切地联系到一起，扶贫工作特别有意义，所有的辛苦付出都无怨无悔，乡村振兴明天会更好！"亚库甫·阿沙木都说道。

没有说完的故事

带着初心去拼搏，艰辛付出终有回报。

在采访中，亚库甫·阿沙木都告诉我们，他只是乌鲁木齐局集团公司派驻和田县 70 多名扶贫干部中的一员，他外出开会时总能听到社会各界人士对铁路扶贫工作的称赞。

亚库甫·阿沙木都说，多年来乌鲁木齐局集团公司在驻村扶贫工作中，先后实施特色产业开发、文化教育普及、医疗卫生改善、基础设施建设等帮扶项目，特别是党的十八大以来，精准实施帮扶项目 87 个，帮扶贫困村 43 个，惠及贫困人口 3 万余人，重点帮扶的两个乡镇 12 个深度贫困村于 2019 年全部提前脱贫摘帽，基层党建得以全面加强，村民素质全面提升。

从昔日晴天尘土飞扬、雨天泥泞难行的搓板土路到平整笔直的柏油路，从破烂不堪的土坯房到红砖碧瓦白围墙的安居房，毛驴车变成了电动三轮车，家家户户用上了抽水马桶、洗衣机、淋浴器，家庭经济蒸蒸日上、村民日子红红火火，打造出了平安和谐的美丽乡村。

在村里采访的日子里，亚库甫·阿沙木都感慨地告诉我们："扶贫驻村 6 年，我忘不了小姑娘阿依努尔渴求知识的眼神，她经常到村里的'火车头'阅览室借书，跟我说将来一定要到北京上大学；忘不了我和孩子们在足球场上快乐奔跑，他们穿着崭新的球衣球鞋，头一次参加县里的足球比赛就得了奖；更忘不了达奎村村民脸上幸福的笑，他们年年都带着丰收的核桃来看我……我只是一名普通的铁路扶贫干部，乡亲们对我的感谢，其实是在感谢铁路的扶贫支持，更是在感恩党和国家的关怀。"

扶贫驻村 6 年来，亚库甫·阿沙木都用心用情用力，饱蘸心血作出牺牲与奉献，带领驻村干部扎根农村，帮助村民脱贫致富，也在不知不觉中，把自己变成了让群众摆脱困难的贴心人，并收获了众多荣誉。

脱贫攻坚取得举世瞩目的胜利，乡村振兴如火如荼开展起来，亚库甫·阿沙木都更忙了。亚库甫·阿沙木都说："我们的任务还没有完成，脱贫以后还要防止返贫，让乡亲们的日子越过越好。"

作为"最美铁路人"，亚库甫·阿沙木都把全部的爱和心血变成了拼搏进取的力量，把汗水洒在了乡村里，用朴实的行动走进了乡亲们的心里。乡亲们说，铁路书记，亚克西！我们期待着，在乡村振兴的热土上，亚库甫·阿沙木都续写驻村奉献的新篇章。

武汉站"头雁"党团员突击队

最美铁路人

ZUIMEI TIELUREN

楚天"头雁"

——记中国铁路武汉局集团有限公司
武汉站"头雁"党团员突击队

赵伟东

湖北武汉，东湖之滨，巍峨的武汉高铁站傲然矗立。

远远望去，站房屋顶由九片波浪形重檐组成，类似鸟的羽毛，演绎成一个"人"字形的大鸟图案，翱翔在蓝天白云之下。造型大气、厚重，实现了古典与现代的融合，彰显着楚风楚韵的灵动之美。有人说，这是展翅欲飞的黄鹤，寓意"千年鹤归"；有人说，这是远飞的大雁，将武汉人民的深情厚谊传向四面八方。

2020年元月，面对那场突如其来的新冠肺炎疫情，武汉封城。在这危急关头，武汉站活跃着一支由33名党团员组成的"头雁"突击队，他们以人民的利益为重，临危不惧，挺身而出，人拉肩扛抢运抗疫物资，精心接送医护人员，细心帮助重点旅客，迅速将客运大站转为货运中转站，谱写了一首生死考验的抗疫战歌。

2021年1月27日，中共中央宣传部、中国国家铁路集团有限公司联合发布 2020"最美铁路人"事迹，武汉站"头雁"党团员突击队获评"最美铁路人"先进集体。

4 月 8 日，我在武汉火车站采访。这里人声鼎沸，车水马龙、一片祥和景象。一列列动车组呼啸而过，旅客上下车井然有序。距离 2020 年 4 月 8 日武汉重启整整一年，人们依然还在传说关于"头雁"的故事。

请战书上的红手印

2020 年 1 月 23 日 10 时，为了阻止新冠肺炎疫情传播，武汉封城。这座拥有 1100 万人口的特大型城市，暂停了公交、轮渡、长途客运，关闭了所有离汉通道。

一时间，武汉人心惶惶，喧闹的武汉站，立刻寂静下来。

离汉通道关闭了，但通往祖国四面八方的列车要从武汉站经过，无数救援物资要源源不断地运抵武汉。铁路大动脉必须畅通，车站阵地必须守住，火车站必须畅通，关键岗位必须有职工坚守。

在这紧急时刻，武汉站将实现由旅客输送大站向货运中转站的转变，以完成非常时期的特殊任务。

1 月 24 日，在武汉站客运车间党总支会上，与会人员达成共识：整编"头雁"党团员突击队，作为非常行动的主力军负责车站的抢卸抢运工作。对突击队员实施集中管理，成立临时党支部。武汉站党委迅速批准了客运车间党总支的报告，组织精兵强将上一线。

武汉站"头雁"突击队是 2009 年武汉站开通后创建的一个党员服务品牌，建立 10 多年来形成了能打硬仗的优良传统和过硬作风。

客运车间的支委会刚结束，整编"头雁"突击队的消息就在车间微信群里沸腾了。

"我报名！"

"算我一个！"

"我必须参加！"

10多名职工来到车站办公区，找到车间领导，表达了要参战的决心。从共产党员到普通职工，没有一个人退却，纷纷要求参加"头雁"突击队，尽自己的力量，为国家分忧，为车站尽责。

正在度蜜月的客运员柴权，放弃婚假申请参加突击队，新娘还在新房盼他新年走亲戚。新婚妻子说："你要有个三长两短，我也随你而去……"柴权也曾有那么一丝丝犹豫，但仍坚定地按下红手印。他对新婚妻子说："我一个大男人，我不上，谁上？"毅然带着简单的生活用品住进车站。

青年职工张利民是家中独子，母亲患了白内障，一只眼已经失明。他本来准备利用春节假期陪母亲去做白内障手术的，看到疫情来势汹汹，毅然选择了车站留守。他说："我辈没有经历过战争，过惯了岁月静好。国家有几次需要我们的时候？这个时候我不冲上去，一辈子我都不会原谅自己。"

客运值班员张伟东听说要挑选"头雁"突击队员后，急着赶回车站。但是武汉封城了，公交停运，他硬是骑单车20多公里，风尘仆仆赶到武汉站。当他赶到车站时，内衣全被汗水浸透。张伟东笑着说："流汗排毒更健康。"一到车站，他便马不停蹄地忙碌开，帮着消毒并搬运物资。晚上脱下鞋袜，双脚被汗水浸得发白。

青年党员陈端结婚不到一个月，正在老家新洲休假。他执意要回到岗位。但沔阳到武汉的公路运输已经关闭,想回武汉非常困难。看到陈端着急的样子,父亲给村里写了"此次回武汉,疫情不结束陈端不回村"的保证书。一家人送他出村,在村里挖断的路口搭了两块木板方便通行,确保陈端稳稳当当开着私家车回到武汉站。

这时,一个艰难的抉择同样摆在客运值班员贾青青面前。身高一米六七的她,是同事眼里的"女汉子"。她1987年出生,上有老下有小。父亲刚刚去世,母亲患病在家。如果报名参加"头雁"突击队,老人没人管,小孩没人带。如果选择退缩,一定会后悔一辈子。她第一时间向党组织递交了请战书:留在车站抗击疫情!

作出决定后,贾青青赶紧回了一趟家。她看见丈夫王扬正在整理衣物,行李箱里装着口罩、消毒液、温度计。王扬拉住青青的手低声说:"刚接到通知,我要在单位被封闭管理,短时间内回不来。"

4岁的女儿朵朵蹦蹦跳跳好奇地跑过来说:"爸爸、妈妈,你们这是去旅行吗?"看着一脸疑惑的女儿,贾青青心里五味杂陈。她咬咬牙,扭过头悄声对丈夫说:"这两天车站挺忙的,要不……朵朵就送到她奶奶家吧。"

贾青青不敢看孩子的脸,不敢再多说一句话,转身收拾行李,将孩子的吃穿用学等各类物品装了两大箱。

次日天刚蒙蒙亮,朵朵被送到了武昌区的爷爷奶奶家。一脸稚气的朵朵戴着口罩,挥着肉嘟嘟的小手说:"妈妈,旅行别忘带上我呀。"

贾青青的眼泪快流下来了。小家终于安顿好了。但母亲又成了青青的牵挂。贾青青父亲刚刚意外离世,她本应陪患病的妈妈度过最伤心难熬的日子。可大敌当前,别无选择。青青只好在内心说:

"忠孝不能两全，忠孝不能两全……"她尽量压抑着心中的愧疚，用极度平缓的语气打电话给母亲说："妈，最近车站特别忙，我暂时回不去了。您要照顾好您自己。"沉默半晌母亲说："疫情太吓人了，你好我就放心了。"青青只好捂着嘴，任凭眼泪滑过脸颊。

党员井俊也递交了请战书。考虑到他的家庭状况，车间刚开始没同意让他加入突击队。井俊的母亲做过脑手术，父亲有高血压、高血脂，妻子换过肾，他是这个家里唯一的顶梁柱，万一有什么事岂不让全家雪上加霜？但执着的井俊打电话给车间党总支书记刘奎书说："刘书记，我母亲是铁路退休职工，这个时候，我要是怂了，家人都会鄙视我，突击队我一定要参加。"刘奎书心里明白，他是个犟脾气。不论其他，井俊工作认真细致，站台经验非常丰富，工作上从未发生过失误。这次关键时候需要的是有经验、有担当的职工。于是他和车间主任付静一商量，决定还是让井俊参加突击队。

井俊对离家的情境记忆犹新。全家人的表现让他惊讶。得知儿子要去参加抗击疫情的"头雁"突击队，全家人送他到了电梯口。看到电梯来了，一家人送他到楼下。听着电梯门"滴、滴"响起、关闭、下行，一种悲壮感、使命感涌上井俊的心头。

刹那间，井俊的眼睛湿润了。这种告别，有点"风萧萧兮易水寒，壮士一去兮不复还"的感觉。井俊看着心事重重的父亲，老人家啥也不说，只是依依不舍跟着他来到小区门口，然后看着他上车，关闭车门，发动车辆。汽车启动的那一瞬间，老父亲急趋向前，趴在车窗上说："俊俊，放心去吧，伢有我带。"井俊不敢看父亲，鼻子有点酸。走了100多米，井俊从后视镜里看见父亲依然站在小区门口，他的泪水不知不觉溢满眼眶……

2020年1月25日，大年初一上午，一份份按着红手印的请战书递到了刘奎书手里。这些鲜红的手印，有的力透纸背，有的凝重深沉，表明大家都经过了深思熟虑。刘奎书的眼角立马湿润了，他被职工火热的工作激情感动了：厚厚的一沓请战书，拿在手里沉甸甸的，贴在心口滚烫烫的，比以往任何时候都有分量。

刘奎书仔细数了数：103份请战书，103个红手印。武汉站客运车间共有342名职工，其中党员106人，团员34人。在这103个红手印里，有党员、有团员、有群众。有即将退休的老同志，也有刚参加工作的年轻人。有正在度蜜月的新婚职工，也有请了事假在家照顾父母的特困职工。

有的职工送来了请战书，按下了红手印，"赖"在党总支书记刘奎书的办公室里不走，他们急促地表白："书记，就让我上吧。让我上吧。"

100多个红手印，就是100多颗不计后果、不畏生死、热血沸腾的心啊！每颗心都在怦怦跳动、强健有力，充满了无畏和坚定。看到这些像睁着大眼睛的红手印，刘奎书无法取舍。他迅速来到车间主任付静的办公室。四目相对，都不知该说些什么。谁都知道这个时候站出来就是和死神共舞，稍有不慎就有可能被感染，但依然有这么多职工愿意以满腔热血申请出列。多好的职工队伍啊！

经过总支委员会反复研究，综合考虑防疫需要，用最小规模、最少岗位来开展工作，综合考虑报名者的体力、年龄、家庭状况等各种因素，最后决定由33人组成"头雁"党团员突击队，组建临时党支部，实行封闭式集中管理，精干高效地抓好作业组织。

有职工不干了，他们找到刘奎书书记申诉道："我本来就是突击队的一员，这时正是需要人手的时候，大家一起上吧，人多力量大。"也有人说："虽然我是群众，但这时候谁愿意当怂包，咋样也能出一些力吧。"看着大家急切的心情，刘书记道出了自己的想法："新冠肺炎疫情起病隐匿、传染性强、潜伏期长、确诊困难、传播源未知，人员不能过多集中。希望大家多多理解。"想参战的职工这才平静下来。

1月26日早上，武汉站一站台的授旗仪式上，红旗招展，手印鲜红，仿佛托举着必胜的信念！每名突击队员都站得笔直笔直，整齐的铁路制服坚挺亮丽。每名同志的心里都格外激动，时刻准备献身的崇高使命感和责任感让他们全身发热。那热血沸腾的时刻，仿佛每个人都是若干吨烈性炸药，时刻准备为人民利益去排险阻、炸碉堡，再续铁路荣光和辉煌。

◆"头雁"党团员突击队上午10点开始到晚上10点结束，开启全天候的转运速递模式（朱梦然 摄）

大家异口同声、声若洪钟地宣誓："我们听从指挥，服从命令，舍小家顾大家，不怕苦不怕累；我们不畏生死、英勇奋战，不胜不休，人在阵地在！"铿锵有力的宣誓过后，突击队队长彭开伟从站领导手中接过"头雁"党团员突击队队旗并使劲挥舞。那一刻，鲜艳的队旗随风舒展在武汉车站。

在采访过程中，武汉站客运车间主任付静对我说道："一张张请战书，是用最平凡的话语写下的铮铮誓言；一枚枚红手印，是用最坚定的信心按下的无悔选择；一只只头雁，就像春天的使者，又像跃动的火苗，驱散着冬日严寒。一枚枚红手印背后，有太多不为人知的深情故事，见证着铁路职工的情怀和大爱。"

付静说，这33名队员中，父送子、妻送夫，全家送一人，义无反顾支持职工回到岗位的事迹层出不穷。33名同志，就有33个故事，甚至330个故事。那按下的红手印，是双亲的期盼，是新娘的爱恋，是孩童的憧憬，是铁路职工英雄主义的心境……

若有战，召必应，战必胜！33只"头雁"不畏艰险、奋勇向前、甘于奉献。他们奔赴那前途未知的战场，顷刻间成为疫情面前的钢铁战士！

驰援！人拉肩扛我们来！

驰援！驰援！

不论是白天黑夜，雨雪晴天，党中央关心武汉，全国人民关心武汉。各地驰援武汉的一箱箱物资搭上动车组列车疾驰而来，一件件病患者急需的医疗设备纷纷抵达；一个个穿着白衣的战士执甲而行，逆流而来。尽管没有一名旅客，武汉站依然繁忙，很快成了医疗物资和医护人员的中转站。

奔忙的身影，日夜在站台上穿梭，来来往往的高速列车，见证着生死时刻。

武汉站是客运大站，不具备使用装卸设备的条件，到站的抗疫物资全靠肩扛手搬。这里只有人，只有手。每个人都戴着大口罩，跑几步就喘气。尽管大家有思想准备，但刚开始几天，高强度的体力付出确实让人吃不消。有的队员肩膀勒出红印子，有的腰肌劳损，有的手脚磨出了血泡。但看着救援物资和纸箱上"武汉加油！"的暖心标语，大家的干劲更足了。

列车站停时间短，工作人员必须尽快将物资搬上站台，再运到出站口，最后装上汽车。手提不动，就抱在胸前；抱不动，就扛在肩上；扛不动，就两三个人一起抬；抬起来，就小心翼翼，万无一失，分秒必争。党中央牵挂着湖北人民，举全国之力实施规模空前的生命大救援，大家吃点苦受点累算什么？就算脱层皮、掉几斤肉，也要第一时间把救命物资运出去！

凭着这种信念，平日里人流如织的武汉站，瞬间转换了角色。从 1 月 25 日农历大年初一开始，来自北京、上海、江苏、广东、贵州等省市和军队的医疗团队、防疫物资陆续乘动车组增援到了武汉站，一场场与疫情赛跑的快速转运战在武汉站打响了。

作为"头雁"突击队的骨干，贾青青主要负责与疫情防控部门协调联络。从 1 月 25 日开始，贾青青每天要提前与湖北省、武汉市、周围疫情较为严重的黄冈市、鄂州市等防控指挥部联系，提前掌握防疫人员和物资运输计划，精心设计转运方案，具体车次、数量、车厢，每个时间段高铁来往的频次并协助相关人员，及时调整列车停靠站台股道，做到快卸快转运。她每天至少打进打出电话 100 多个，多则接打 200 多个，保证人员数量、物资件数和接站车辆全面清晰，精准无误。

这是在与生命赛跑！每个人都必须跑！快跑一步就能多救一个人的生命。工作中，大家保持全力跑的姿态做好每件事情。当一列动车组列车的车门打开，突击队员都是一路小跑进入早以看准的车厢，小心翼翼将物资从车厢搬运下来，然后快速地你传给我、我传给他，形成了高效率的移动"传输带"。

这些看似简单的搬运工作，却要连续转运 3 次——物资从列车车厢搬下后，再装上小板车转运到站外，再搬上前来接收的货车驶离武汉站，运往定点医院和所需要的地方。很多防疫物资必须轻拿轻放，不能有一丁点儿损坏。大多数情况下，医疗队和防疫物资都是搭乘在武汉站短暂停留的过路车，而且动车组列车大都是中午 11 点至下午 3 点之间到站，停留时间一般只有 3—10 分钟。时间金贵，队员们中午吃饭和打仗一样，扒拉几口继续接着干。

1 月 31 日晚 7 点 53 分，572 箱用于救治新冠肺炎患者的应急药品由 G503 次列车准时运达武汉站。队员们仅用 8 分钟就将全部药品卸下列车。休息时取下口罩，发现口罩全部被汗水打湿。

2 月 1 日下午 5 点 30 分，载有 274 名军队医护人员及大量防疫物资的 G4633 次专列驶入武汉站。突击队队员将 700 余箱防疫物资有序卸下。这个过程，仅花费了 16 分钟。所有参战人员的秋衣秋裤几乎能拧出汗水来。

"不准拨打我的手机，只能等我的电话！"这个"绝情"的决定是"头雁"党团员突击队的联络员张利民对家人的要求。为确保电话随时畅通，不漏接任何一个联络电话，张利民将对家人的爱深深地埋在了心底。在站台上，常常可以看到他手持充电宝、清单，推着小推车，奔走在各个站台，与列车核准医护人员和物资具体信息。疫情防控期间，他平均每天拨打 100 多个电话，日行 2 万多步，高峰期达 4 万多步，对接的转运任务未出现任何差错，有效保障了人员、物资的及时中转。

2 月 3 日一大早，600 多箱配给雷神山医院的医疗物资紧急运抵武汉站。列车刚刚停稳，队长彭开伟马上带领 20 多名队员，从车厢到站台分成两列连起"人力传输带"，接力抢卸物资。贾青青顾不上喝口水、喘口气，胳膊酸疼难忍也不愿停下。身材娇小的胡雪婷一次次搬起 50 多斤重的箱子装上小车，几秒钟，眨眼间，一个箱子就在她手里从高铁车厢搬上小车。不到几分钟，她累得满头大汗却不吭一声。胖小伙张瑞兆拉小车又快又稳，一路飞奔，小跑着一趟趟把物资运到出站口。16 分钟后，突击队员们就将整整 4 节车厢物资全部卸完；又仅用 23 分钟让 6 辆汽车装运完毕疾驰而去。这时他们相视而笑，不知道刚才自己哪来的那么多力气。

那天，各地支援雷神山医院的物资特别多，所有人一直忙到晚上 11 点。大家累得没了一点力气，回到宿舍顾不上洗脸脱衣，一沾枕头就睡着了。几天后，突击队员们从电视上看到雷神山医院开始接诊患者，用上了武汉站抢运的医疗物资。能为战"疫"多出一分力，大家嘿嘿笑了，别提有多高兴。

2 月 13 日中午 12 点 30 分，从福州开往成都的 D2242 次列车抵达武汉站。102 位支援武汉的医护人员、350 箱援助物资，在 7 分钟内快速从车厢被送达指定地点。突击队员们送达速度平均每分钟 50 件，1.2 秒 1 件，这简直是风一样的速度。

就在这样的抢搬抢运中，看似简单的动作一趟接一趟重复，几乎没有停歇，完全是对体力、毅力的挑战和考验。寒冷的冬季，身上的衣服几趟下来就湿透了，风一吹，更加冰冷。天寒地冻的，没时间换衣，就一次次用自己的体温抵抗所有的冰凉。

任务繁重时，队员们没有时间多想，一身汗接着一身汗，口罩里甚至能倒出水来。手套磨破了，鞋子也变形了，这些对平时非常注重仪表仪容的他们来说都成了微不足道的小事。他们快速地换手套、鞋子继续干。武汉站20个站台，经常这边那边都有动车组列车停靠，搬完这趟还得通过楼梯转到那边站台搬另一趟，这中间几乎全是跑步前进！

累，能不累么！人又不是铁打的。但当初就是奔着一个信念而来，不能后悔，更不能懈怠。虽然听不见"隆隆"的枪炮声，看不见流血牺牲，但代替枪炮声的是一把把手术刀。在武汉和湖北保卫战这个大战场上，就在江城的一处处医院病房或手术室里，就在"雷神山""火神山"或者方舱医院里，战斗正在打响！运输必须保障！"岂曰无衣，与之同袍；岂曰无衣，与之同泽；岂曰无衣，与之同裳。"医护工作者是不顾生死奔着我们武汉和湖北来的呀，那么多在生死边缘挣扎的同胞急需救治，我们要是停下了，就可能失去一个同胞、一个亲人！千万不能停下，只有我们挺住了，他们才能挺得住。

本着这种信念，从1月25日至4月7日，"头雁"党团员突击队完成了500多趟动车组，接送医疗人员1万多名、物资3万余箱的人工运输中转工作，实现了零失误、零差错、零损坏的目标。静默无声的肉体之搏，大家气壮如牛，没有一人退缩抱怨。一干，就是70多天。

◆ 突击队员正在快速接力搬运支援武汉的医疗物资（朱梦然 摄）

　　尽管每天都在战斗，每天都很辛苦，但"头雁"突击队队员们没有一个叫苦叫累。他们在"火线"经受灵魂的洗礼和非凡考验，更见真心和信念，更显忠诚与使命。

　　那段艰难的日子，队员们每天都会开开玩笑，互相打气。笑容从来没有离开过武汉站。每当高铁列车的车门一打开，突击队员就生龙活虎地冲上去，在奔跑中形成高效率的"传输带"。

　　每天清晨的站台上，天刚蒙蒙亮，突击队队长彭开伟会组织大家唱歌。他健硕的身体，有力挥动双臂，声音洪亮地起个头："团结就是力量，预备——唱。""团结就是力量，这力量是铁、这力量是钢，比钢还硬，比铁更强"，歌声成了大家提振士气的兴奋剂。下午大家也会唱歌，常在一曲"日落西山红霞飞、战士打靶把营归"中安抚一天的劳累。空旷的东湖之畔，只有倒在水里的枯荷、藏在枯草中的小鸟、岸边迎风飘舞的芦苇能听见这来自站场里的人间沸腾。

站台上致敬时代英雄

抗疫期间,站台成了战场,站台上迎来了亲人。

从 2020 年 1 月 23 日起,全国各地的医护人员,有的取消了家庭旅行,有的来不及吃年夜饭,有的不顾亲友阻拦主动请缨,义无反顾踏上征程,驰援武汉。他们是白衣执甲的时代英雄。

截至 4 月 8 日武汉重启,76 天里,除了搬运物资,"头雁"突击队无数次在站台上迎候支援湖北的医护人员,服务英雄、致敬英雄,每次都有感人肺腑的故事。

这些支援武汉的医疗队来自全国各地,一节车厢的医护人员常常要赶往四五个不同的对口医院。"头雁"突击队每天都得提前与地方疫情防控指挥部、接站医院以及到达列车长联系,核准具体信息。

"快!再快些!"

"收到信息!请复述确认!"

"快!快!快!"

到站后,队员们忙着协助医疗队搬运行李,准确引导,把医护人员送到接站车辆。

一路小跑,停不下来的张利民负责联络工作,每一条信息都核实无误。突击队员刘琦拿着扩音喇叭,站内站外跑个不停,最多一天接送 600 多名医护人员,走了 4 万多步,鞋子底都跑坏了。

有一次,李兰娟院士经过武汉站,突击队员们迎上去致意,李院士微笑着向他们竖起了大拇指。那一刻,每名突击队员都感到,白衣天使的心与铁路人是相通的。他们在心中暗暗发誓:"李院士,我们向您学习，再累也要奋战到底。"

从除夕夜到 2 月 15 日，短短 23 天，国家、地方、部队等各级各类医院派出的 203 支医疗队、25424 名医疗队员来到武汉，援鄂医疗调动大大超过 2008 年汶川特大地震国家派出的规模和数量。

"北协和、南湘雅、东齐鲁、西华西"，四大"王炸"天团来了；对口支援湖北黄石的 13 支江苏省医疗队，甚至有来自县城的整编团队。这些医疗队，大部分要通过武汉中转才能到达所在的驰援地市。

2 月 4 日，武汉车站接到了首日共 4 批到汉驰援方舱医院的 300 名医护人员任务。

晚 7∶59，由郑州大学第一附属医院 38 名医护人员组成的医疗团队和 40 多箱医疗物资乘坐 G547 次高铁抵达武汉站。

7∶54，由上海华山、东方等 3 家医院 175 名医护人员组成的医疗团队和 140 多箱医疗物资乘坐 G1777 次高铁抵达武汉站。

8∶34，由广东省第二人民医院 51 名医护人员组成的医疗团队和 50 多箱医疗物资搭乘 G76 次高铁抵达武汉站。

8∶59，由中国医学科学院、北京中日友好医院 36 名医护人员组成的医疗团队和 48 箱医疗物资搭乘 G505 次高铁抵达武汉站。

针对这 4 趟列车间隔时间短、转运任务重、时间要求紧迫的特点，队长彭开伟把突击队员们分成两组进行"平行"转运服务，做到了人员配足、合理分工和职责分明。他们积极与 4 趟动车的列车长取得联系，核对医护人员所在车厢位置，详细掌握医疗物资件数、大小、重量等信息。在车站候车室开辟了专区并进行保洁和消毒，备足了开水等供应，方便驰援武汉方舱医院的医护人员在到站转乘时临时休息。

动车组列车刚停稳，队员们便迎上去，拿东西的拿东西，搬物资的搬物资，持续做好物资的搬运、集中、再搬上前来迎接医护人员的机动车辆，充满感恩地服务好每一位来汉驰援的医护人员。

客运副主任陈伟来了，突击队员张利民也来了，他们端来了热茶，手里有些抖，茶水递上去，深鞠一躬："医生你们辛苦了，湖北欢迎您，武汉欢迎您，我们竭诚搞好服务，感谢你们来支援……"

这是突击队员们发自肺腑的感谢。他们详细了解每一支医疗队的个性化需求，有的需要准备盒饭，有的爱吃辣的，有的不爱吃辣的；有的走得匆忙需要充电宝，有的需要数据线，有的需要送上毛巾和湿巾；有的需要酒精、消毒液……他们根据列车到达的站台精心设计和优化线路，有的从东广场出，有的从西广场出，医护人员太辛苦了，哪怕让他们少走 50 米也好。他们都是我们的亲人和恩人，每个服务细节都要提前想到，努力做到……

2 月 11 日 21 时 3 分，与湖北一衣带水的湖南 3 家医疗卫生单位医护人员"拼团"乘高铁抵达武汉，中转前去驰援疫情较为严重的黄冈地区。

得知他们一行乘坐 G548 次高铁抵达，队员们早早地做好了准备。这支医疗队共有 200 名医疗队员，分别来自湘潭、娄底、郴州、永州、益阳 5 个市州的二、三级公立医院，部分省直医疗卫生机构和社会办医疗机构共 43 家医疗卫生单位。因为来源地较多，为防止医护人员走错了队伍，在列车到达之前，突击队员们全力做好了预案。

这一天，突击队员们第一时间和黄冈市接站工作人员联络，确认他们搭乘的车辆，并快速转运行李、医疗物资，让医疗队员们放心奔赴黄冈市下辖的红安、麻城、罗田、英山、黄州 5 个县市区开展对口支援。突击队提出硬指标：人员不能带错车，医疗物资和个人行李不能搞混淆。队员们分组行动，通过联动包保的方式，一个地区对应一组，仔细地核对人员、细化物资分组，迅速快捷将所有人员带上车，将物资装载好，目送他们离去。

湖南妇女儿童医院重症医学专业护士长吕女士动情地说："为最大限度地支援黄冈，这次我们医护人员都携带了不少医疗物资和设备，很担心物资转运问题。没想到在'头雁'突击队有序给力的转运下，这么短的时间就帮我们把行李、物资都抢运下来了。感谢'头雁'，武汉加油！黄冈加油！"

2月17日，是一个让人难以忘记的日子。这一天，是全国各地医疗团队到达最多的一天。

来自北京、河南、江苏、广东、福建、湖南、山东等省市和解放军的医疗团队相继乘坐高铁驰援湖北武汉。总计22趟，605名医护人员，2588箱医疗物资。这也刷新了自承担到站转运任务以来武汉站的最高纪录。为此，从上午10点开始到晚上10点，突击队员们开启了全天候的转运速递模式。

他们针对每一趟车的组织重点和转运要求，在最短的时间内逐一确定了速递方案，安排全体突击队全部提前到岗到位，备足小推车等转运设备，密切做好与每一个医疗团队的对接。他们详细掌握每趟车接货汽车的行经路径、停靠转运等需求，充分考虑方便站台装卸作业等因素，将运送物资的高铁列车变更为停靠武汉站一站台，方便人员和物资快进快出。他们把突击队员分成了AB两个小组，明确了人员、分工和职责，所有人员在每趟车到达车站前半个小时在作业站台列队等候，对应做好人员引导和行李搬运。通过你传给我，我传给你，让力量在接力中涌现，责任在担当中展现。一场场与时间赛跑的快速转运战迅速打响！

晚8点34分，广东援助湖北的中医药医疗队乘坐 G76 次抵达武汉站。列车在一站台停稳后，突击队员们迅速进入车厢将行李物资搬运出来，稳健地放在一字排开的小推车上，然后有序装运至前来接站的汽车上，确保了接车不漏一箱、交接不错一件。当看到站台上突击队员有条不紊地引导医疗队员有序下车、快速转运医疗物资时，刚刚下车的医疗队队长、广东省中医院重症医学科专家邹旭说："我们这批 61 名医疗队员分别来自广东省中医院、深圳市的 5 个中医院的呼吸、重症医学、急诊等专科，将纳入第四批国家中医医疗队，主要任务是在武汉雷神山医院开展救治。中医药在中国历次疫情防治中都发挥了很好的作用，2003 年抗击非典疫情时就取得了很好的成效，现在许多病人主动要求中医治疗，我们这次来武汉准备了许多清热解毒的汤药、穴位贴敷等中医特色用品，现在战"疫"总攻的号角已经吹响，我们也要像"头雁"一样展示中医实力！"

晚9点3分，在车站"头雁"党团员突击队员的列队挥手致谢和祝福声中，运送广东支援医疗队的大巴车在夜色中缓缓驶离武汉站，踏上了奔往雷神山医院开展医疗救治工作的征程。

在武汉封城前期，钟南山院士乘坐动车组列车赶到武汉。由于时间紧急，票已售罄，因此，我们看到了那一张情动国人的院士在餐车小憩的照片。武汉站"头雁"突击队迅速搜集了钟院士高铁往返的相关信息，关注院士出行需求，随时准备做好服务工作。为更好服务医护人员，他们提前了解医疗队信息，他们从哪里来，准备到哪里去，行李有多少，心理状态怎么样，如何能让他们一下车就快速出站，如何让他们的心情更舒畅，如何减轻英雄们的负担，服务举措有哪些可以再优化，这些都是"头雁"突击队每天必须关注和做到位的工作。队员们暗自发誓：要通过自己的努力，绝不让英雄为出行这些事费心劳神。

2月上旬，一位山西的医生瞒着妻儿老小随医疗援助队抵达武汉。面对武汉严峻的疫情，感到有些压力。贾青青第一时间主动走上前为他送水、提行李，嘱咐他要保护好自己。贾青青真诚地对他说："我们欢迎您，湖北人民感谢您，我们一直在努力。"她代表"头雁"突击队向他深鞠一躬。看到身处武汉的人们如此坚强而温暖，并没有被疫情打垮，这位医生的心情随之放松了下来，迅速走上了抗疫一线。

南京医科大学附属逸夫医院援鄂医生贾凌有点儿脚步蹒跚地走过来了，为了抗击疫情，他已经有几天没有合过眼了，看起来十分疲惫。突击队员们立即迎上前去，为他送上鲜花和热水，拥簇他走上前来接他的专车，让他的疲惫感快速消除。

每接一名外地的医护人员时，只要条件允许，突击队员们会送上鲜花和卡片，卡片上有每个人亲手写的"感恩有您"4个字，每个人都戴着口罩、护目镜，大家相互看不到真面目，也不能过多的近距离交流，只能用简短的文字表达内心的崇敬和感激。以自己的实际行动向英雄们表达发自内心的敬意。

"青山一道同云雨，明月何曾是两乡。"全国各地医护人员的到达，成了2020年这个漫长冬季的一抹亮色，给寒冷黑暗的武汉注入了无限温暖。每一个武汉人、每一位"头雁"突击队队员都会将这份恩情牢牢记在心间。

◆ "头雁"突击队队员转运物资

生命时速的分分秒秒

分分秒秒，皆为生死时速。一秒钟，就可能阴阳两隔、生死之别。

"快，快这边走。"

"老陈，你提前去将平板车拖来，小张，你加强右边的防护！"

"老李，你在前面走稳点，绝对不能走斜了！"

这样的场景，几乎每天都在武汉站上映。

每名突击队员都在争分夺秒抢运特殊设备和物资。

如果不是新冠肺炎疫情，我们可能永远不知道有一种叫作ECMO（人工肺）的机器，是应对呼吸重症的"终极武器"，是新冠肺炎重症患者的"救命神器"。由于ECMO可以对重症心肺功能衰竭患者进行长时间心肺支持，为危重症患者的抢救赢得宝贵时间，是目前针对严重心肺功能衰竭最核心的支持手段，也被誉为重症患者的"最后救命稻草"。

2020年1月22日，武汉大学中南医院利用ECMO成功救治了一名新冠肺炎患者，患者最终康复出院，成为湖北省首例，为新冠肺炎救治提供了新方案。随着病例增多，湖北省多家医院多次利用该技术对危重症患者进行救治。但由于国内开展ECMO时间较短，全国存量较少。2月27日，中央应对新冠肺炎疫情工作领导小组会议要求紧急调用ECMO等医疗设备到达武汉，降低了新冠肺炎病亡率。在中央的指挥协调下，全国多地向武汉调集ECMO设备。

很多人都听说过病人用ECMO很贵，启动费用大概得7万元，一天下来，一台ECMO的使用成本约1万元。但机器终究是为人服务的，虽然昂贵，但在贯彻落实习近平总书记提出的"生命至上、人民至上"的抢救方针下，国家没有放弃一个重症新冠患者，只要能救命就必须用。突击队员们通过网络、新闻知晓这种设备极其昂贵，在工作中更加细心主动了。

2月27日，一台即将运送至武汉同济医院的ECMO被分装成了4个部件，"乘坐"高铁抵达了武汉站。其中3个部件约40公斤重，还有1个部件约100公斤重。看到这样拆分好的设备，贾青青迅速组织好了搬运方案，突击队员们几个人一组轻搬轻抬，较大的部件多加2个人手。于是，站台上上演了一出4堆"蚂蚁搬家"，大家小心翼翼地将ECMO的"分身"们抬下列车。又一步一步地搬上平板车，一个男的推、两个女的两边扶着，分四组运到车站外，再搬上前来接收的汽车上。最后的大部件放手之后，贾青青累得身体"哗"

一下子就软了，瞬间瘫坐在地上。

2月28日，"头雁"突击队队员们从华中科技大学同济医院获悉，光谷院区一名危重症新冠肺炎患者脱离ECMO体外心肺支持，成功恢复自主呼吸。这是光谷院区首例应用ECMO技术成功救治的新冠肺炎危重症患者。恢复自主呼吸后，该患者将转入普通病房。

得知这个消息，搬运ECMO的队员们甭提多开心了，能快速地发挥机器的救命作用，累也值了……

除了搬运ECMO，"头雁"突击队队员们还承担了搬运其他救命物资和活体器官的紧急任务。分秒必争，万无一失。

3月19日，一场移植手术需要的活体心脏运送接力赛开始了，武汉站再次上演了感人肺腑的"生命时速"。

四川乐山11岁的女孩欣欣，2019年9月被确诊为扩张性心肌病后出现心衰现象。2020年1月初，家人带她来到武汉协和医院。专家经过确诊发现，欣欣的左心室直径远超正常数值达到71毫米，左心室收缩功能严重不足，加之女孩的扩心病进展很快，心脏负荷越来越大，很容易发生猝死。唯一的希望就是尽快进行心脏移植。

然而，心脏供体却是万分难找，一家人四处寻求，苦苦等待。一个半月的等待，3月18日，武汉协和医院心外科医护人员得到消息，广东中山大学附属第一医院一个15岁男孩不幸去世，家属同意器官捐献。但这颗活体心脏如何到达武汉协和医院成了最大的问题。经过医学专家研究决定，直接由当地医生评估和摘取心脏，并保证供心状态良好，通过高铁运输提取到的活体心脏，再送达武汉协和进行手术移植。

武汉协和医院和武汉站多次沟通一再强调，无论如何一定确保这颗"心"运输的速度和运送安全，不然会功亏一篑。接到这个消

433

◆ 2021 年 1 月 28 日春运首日，"头雁"突击队开始集结（朱梦然　摄）

息，车站党委高度重视，尽管疫情形势有所好转，但也决不能掉以轻心，要救命，也要保护好大家的安全。经过研究，"心脏"高铁运输接力的任务又一次落在了沉着稳重、仔细认真的贾青青肩上。

2020 年 3 月 19 日下午，由器官捐助协调员乘坐贵阳北到武汉的 G404 次高铁到达武汉，下午 2 点 25 分准时停靠在武汉站一站台，由于器官捐助协调员不下车，这颗"心"经贾青青接取后，出站交给武汉协和医院前来接取的张教授。

贾青青早早地等在 2 号车厢门口，门一打开，她稳稳地从协调员手里接过装着心脏的箱体，捧着这颗"心"，青青的心"怦怦"的快要跳出嗓子眼。她在车站工作 9 年了，见过太多的人间喜怒哀乐，但却是第一次捧着一个还"活"着的心。"一点儿闪失都不能出啊！"那可是一位孩子生还的希望。

从站台到车站外，5 分钟的路程，贾青青的心里五味杂陈，既充满无限的悲悯，又充满了对生命的敬畏。那个需要救治的女孩和捐献心脏的男孩模糊的样子交替出现，但脚下却不能放慢速度。站台外不远，一个焦急的身影在等待。戴着口罩的贾青青飞快地跑了起来，平时的那 1000 多米路竟这样漫长，自己也从来没有跑得那么稳、那么快，那么神圣和庄严。当她气喘吁吁地将箱体双手送递给张教授，心里才彻底安静下来。她一个劲地向张教授敬礼，说着"麻烦您了，拜托您了"，直到张教授的专车远去……

这颗宝贵的心脏"出站"后，于当晚 8 点 55 分顺利到达协和医院手术室。一下，两下，三下……晚上 9 点 27 分，心脏慢慢地呈现出稳定的节律，跳动也越来越有力，这颗心脏在女孩的胸腔中重新有力地跳动起来。这是武汉关闭离汉通道后，湖北首例心脏移植手术。这也意味着，伴随疫情形势积极向好，正常的医疗秩序也在快速恢复中。

封城 76 天，突击队员们搬运过急用器官、急用药品、急用试剂、急用切片，33 名骨干人员坚信：自己快一点，才能多救人！拼了命，才能多救命。这正是他们戴着口罩持续奔跑、日夜奋战在武汉站的坚定信念！他们用一腔热血，一份初心，一己责任扛起了战"疫"的重担，为万家安康负重前行。

"头雁"，我们爱你们

"感谢大家对'头雁'的关心支持。"武汉重启后的 2020 年 4 月 8 日，接受记者采访的贾青青激动地说。

为了关心好"头雁"，各级组织成为他们的坚强后盾。支持"头雁"、关心"头雁"成为大家的日常自觉。

封城突然，33 名突击队员中，有很多家庭来不及储备生活物品，也买不到口罩、消毒液等防疫物资，甚至基本的日常生活成了困难。老人的常见病突然发作，小孩子在屋里憋闷久了又哭又闹或者是妻子刚刚怀孕，妊娠反应强烈，各种问题接踵而来。武汉站党委给了"头雁"突击队很多关心，为他们的家人买菜送药，解决后顾之忧；有队员过生日，车站食堂都会送上一碗热腾腾的长寿面。

突击队员刘黎家里没有口罩、药品和生活物资，车间连夜送货上门，为他们全家排忧解难。傅俊是汽车驾驶员，也是"头雁"突击队的一员。他一专多能，啥活能干就干，从不让自己闲着。车间的物资一般集中到市里采买。为了降低感染风险，一直由傅俊一人开车前往办理。10 多袋物资由他一个人搬上搬下。他几乎是早饭半晌午，午饭是黄昏，晚饭到凌晨，没正点吃过一顿饭。在他的辛勤工作下，突击队队员的日常需要基本得以满足。

随着时间推移，有的队员话少了，有的变得沉默了，有的无缘无故地发脾气。如何安抚他们的情绪，做好他们的思想工作，成了车间面临的最大问题。客运车间党总支开展了"三个一"活动：一封慰问信，一个慰问电话，一次家庭困难情况摸排。刘奎书拿着车间职工、劳务派遣工的电话联络本，一个一个电话拨打，询问职工及职工家属的情况，细微到微信、支付宝里有没有钱，如果没钱了车间来想办法，直到电话打得发烫。仅 2 月，刘奎书的电话费就花去 1000 多元。虽然只是一个简单的问候和叮嘱，但在特殊时期极大增强了大家战胜疫情的信心。也让全体"头雁"突击队员无后顾之忧地全身心投入战斗中。

2月8日，元宵节，春节后国人最在乎的传统节日，刘奎书和付静盘算着仅有的物资，合计着怎么让大家过好节，吃喝是次要的，主要是趁这个机会调节一下大家的心情。看着食堂的几瓶可乐，他们让师傅煮一大锅姜丝可乐，配上现有的瓜子、糖果以及车站送来的苹果，又简单做了几个菜摆上桌，吃饭之前刘奎书说："今天咱来个特别节目，每人录一段视频，说出疫情结束后自己最想做的事，来纪念这个特殊的节日、这段永远无法忘怀的时光。"

话音刚落，好几个女队员都偷偷地抹起了眼泪，她们年龄不大，几乎都是独生子女，在家受父母疼爱，很少受苦受累，日常工作波澜不惊，没有什么太大的落差。而今形势急转直下，无法预知结果。看不到头的疫情，忙碌的时候顾不上多想，现在一想起来真不容易。支部书记刘奎书的一句话，一下子戳中了她们内心最脆弱、最柔软的地方，但很快她们就像什么也没有发生过一样，拿起手机开始录制视频。

26岁的综控员朱琳高高的个头，俊俏的脸庞，常常忙得汗水盈盈，她未曾开口就眼角湿润，声音轻缓且满怀深情地说："我最想做的事就是回家吃饭。"

相貌英俊、身材修长的29岁的计划员崔致博说："老是睡不够，我最想做的事就是回家睡上三天三夜。"这些平常最为普通的事情，却成了此时他们最大的心愿。

敦实、憨厚的队长彭开伟未曾开口自己先笑出了声，他干脆直截了当表明心迹："嘿嘿，我最大的心愿就是等疫情过了赶紧找个媳妇。"顷刻间，周围的同事都笑得合不拢嘴，有的甚至笑弯了腰。

2月14日，西方的情人节，集团公司给每人慰问了一盒巧克力。疫情防控期间还能吃到甜蜜的巧克力，年轻队员们高兴得不得了，这个"浪漫"的情人节，没有心爱的人陪伴，但每一个人都是最美的"爱人"。物资匮乏，为了改善伙食，大家谁有空就会去食堂搭把手、帮帮忙，有时，队员们吃着自己亲手蒸的包子、炸的油饼，也能缓解一下压抑的心情。

2月28日，值班员张凯莹过生日，陈作文的生日也在不久后。于是车间决定给他们两人一起过生日，没有生日蛋糕，没有蜡烛，刘奎书亲自下厨给两人做了一碗手擀面，没有肉，但有鸡蛋和火腿肠，有来自同事的祝福，大家虽然不能聚集，但车间群里大伙不断送来了祝福、"拥抱"、"鲜花"以及互相加油鼓劲的话语，点名室的4位同事现场给他们唱了生日歌。看着群里大家的激励，听着身边几位同事唱着生日歌，吃着书记亲手擀的长寿面，张凯莹的眼泪一滴滴从脸颊滑落。

组织上的关心激励着大家奋勇担当。3月6日，在武汉站广场，突击队员张利民庄严宣誓"我志愿加入中国共产党，拥护党的纲领，遵守党的章程，履行党员义务……"从这天开始，他火线入党，成为一名光荣的中国共产党党员。

疫情防控初期，一心想加入突击队的张利民写了请战书。得到组织批准后，张利民看到了方向，信心更加坚定，一个月后，他向党组织递交了入党申请书："在这场没有硝烟的战场上，我郑重向组织承诺，一切行动听指挥，不计个人得失，不惧生死，坚决完成组织交给我的各项任务。请组织考验我。"

车站党组织考虑到张利民一贯表现良好，在这次疫情防控中表现特别突出，并且表达了强烈的加入党组织愿望，经过党委会研究，作出接受他火线入党的决定。张利民如愿以偿成为一名光荣的中国

◆ 武汉站"头雁"突击队队员为旅客快速查询检票口（朱梦然　摄）

共产党党员。

3月8日是女职工的节日，刘奎书组织了一个简单的庆祝会，宣读了集团公司女工部给全局女职工的慰问信后，他觉得还是得有点仪式感，毕竟这是一个非常特别的节日。于是，刘奎书拿来车站会议室的塑料花，给每位女职工发了一枝。让食堂加了一个菜，改善一下伙食。花是假的，但祝愿、关心、关爱是发自肺腑的。条件虽然艰苦，但大家始终心往一处想、劲往一处使，困难一起应对，欢乐一起分享，越是最严峻的时期，越是得守住心、挺住身。

组织的关爱，同事间的体贴，让武汉站春意融融。夜里，遥望着不远处城中的万家灯火，思念着已经分开快两个月的家人，突击队员中有人大声地哼起了歌曲：

> 小时候的民主路
>
> 没得那多人
>
> 外地人为了看大桥才来到汉阳门
>
> 汉阳门的轮渡可以坐船去汉口
>
> 汉阳门的花园
>
> 属于我们这些住家的人
>
> 冬天腊梅花
>
> 夏天石榴花
>
> 晴天都是人
>
> 雨天都是伢
>
> ……

　　劳累一天之后，突击队队员都会抽空和家人报个平安。肖铮的母亲有高血压，每次通话时她都说自己身体很好，要肖铮好好工作，别分心；韩涵的妻子是一名护士，视频里她满脸勒痕，却一脸疲惫地笑着说："防疫物资我们收到了，我给同事说这是我老公他们转运的"；陈伟的女儿从电视上看到他忙碌的身影，一脸自豪地说："爸爸你真是个大英雄……"这时候，突击队队员们会格外想家，却更懂得了坚守的意义。

　　党员吕展展的儿子病了，看见屏幕前的爸爸就哭喊着要爸爸抱，武汉站前方 400 米就是他家居住的白马新居小区，但他却只能听着孩子一声声撕心裂肺的呼唤，一次次地和孩子说对不起。这些守在车站"行走的运输机"，他们是谁的儿女、谁的爱人，又是谁的父母？他们的背后是来自妻子的支持和理解、父母的疼爱和关怀、儿女的温暖和感动，只有后方的安宁，他们才能在前方了无挂碍的奋战。

从雨雪纷飞到春暖花开，奋战不息的 76 个日夜，"头雁"翱翔在爱的天空。他们在站台上写下诗行，圆满完成 500 多趟动车组、1 万多名医护人员、3 万余箱防疫物资的转运任务，没出过一次差错。这是"头雁"创造的奇迹，也是人间大爱创造的奇迹。

冬天过后是春天

没有一个冬天不会过去，没有一个春天不会到来。不知不觉，车站外面的树木发出了新芽，枯败的草丛有几棵绿色的小草探出了脑袋，大自然一个新的轮回开始了。

2020 年 4 月 8 日，武汉重启。大街上有了人流，火车站迎来了旅客。武汉站焕发出新的生机。重启后的武汉，交通更加繁忙。"头雁"突击队的兄弟姐妹们在站台上紧紧拥抱，带有血泡的双手用力紧握，喜悦且又坚定的心情溢于言表。

早在 3 月中旬，武汉站已经开始悄然为湖北的复工复产忙碌了。武汉局集团公司通过开行"点对点"列车的方式，为务工人员返汉提供帮助。在加强防控的前提下，武汉站也相继做好复工复产、疫后重振的各项服务工作。

3 月 16 日晚 7 点 15 分，G6809 次列车缓缓驶入武汉站，来自河南信阳的 576 名务工人员依次下车后，早在这里等候接车的 10 多名"头雁"突击队队员忙碌起来。

"小刘，你扶一下那位老同志。"

"小张，你提醒他们戴好口罩。"

"老李，你引导一下带孩子的妈妈到哺乳室喂奶。"

他们帮助务工人员拿行李、搬物品，一车一策，尽最大努力为务工人员提供贴心服务。他们热情引导务工人员在出站口接受红外体温测量和身份核验，按照去向分区域引导交通接驳等服务保障工作，直到他们安全、安心、有序离站。

3月28日下午3点，由广州南站开来的G1112次列车顺利抵达武汉站，这是武汉运输通道解除管制后，全国首趟外省终到武汉的高铁列车，标志着这座沉睡的城市正在苏醒，意味着这座英雄的城市正迎来胜利的曙光。

4月8日0时起，武汉市17个铁路客运站解封，中国铁路武汉局117个客运站全面恢复客运业务。坚守了76天的"头雁"党团员突击队队员们可以轮换着回家与家人相聚、休息了。76天，他们事先并不知道哪一天才能和家人团聚，但他们爱身后生活着的城市、爱水泥钢轨组成的车站，喜欢听广播里传来的声音，喜爱看来回穿梭、线条流畅、优美的动车组列车。他们无怨无悔坚守下来，用行动践行着当初的诺言。

随着一趟趟动车组载着无数荆楚儿女和务工人员抵达武汉，武汉这座有着千万人口的城市焕发出明媚的色彩。面对疫情常态化防控、复工复产、学生返校大客流等一场场硬仗，"头雁"突击队队员们重整行装再出发。

他们坚持日常消杀、定期深度消杀，对站台、出站通道、电梯等公共区域彻底消杀，不留死角；科学规划旅客出站路径，降低防控安全风险，保障到站旅客快速有序出站；对检票闸机、红外线测温等设施设备加强检查维护，确保运营良好……武汉站一天天恢复如常。

湖北省是中国小龙虾主要产地，其产量占到了全国一半左右。为积极响应国家支持湖北发展措施，铁路部门与相关公司紧密配合、优势互补，共同启动"高铁极速达"服务，制定了针对性的运输方案，量身打造"湖北清水小龙虾，尝鲜高铁极速达"专车。突击队队员们迅速投入这项运输服务工作中。

"我的大武汉又满血复活了"，突击队队员田刚搬着一箱小龙虾跑得比谁都快。2020年6月9日，装载着100个集装袋、2吨湖北小龙虾的G1722次复兴号列车，从武汉火车站出发开往上海虹桥车站，当晚便送达上海市民的餐桌上。通过"高铁极速达"服务，约200吨湖北小龙虾被运到北京、上海、广州、深圳、杭州等19个城市。这一次，"头雁"的突击队队员们成了"龙虾搬运员"。

武汉，是80多所高等院校所在地，有近百万大学生。疫情暴发时，正值大学生们放寒假。疫情形势好转后，从6月8日开始，大学生们开始有序返校，武汉站陆续迎来了返校的学生流。为确保广大学子顺利返校，"头雁"突击队迅速接过这些艰巨任务。

他们根据学校所在区域划分了片区，为返校到达相对集中的学生安排最便捷的出站路线。在出站口开辟专用区域休息等候。协助华中科技大学、武汉大学、武汉理工大学等高校在武汉站设立接站点，通过客运站直通校园、班车接送、按校区分拨等多种方式将高等院校学生"点对点、一站式"安全有序地直接送达校园。引导过程中，继续做好疫情防控工作，落实好体温检测、佩戴口罩、通风消毒等疫情防控措施，确保毕业大学生便捷返校。

◆ "头雁"党团员突击队队员帮助重点旅客乘车（朱梦然　摄）

　　疫情阻击战取得初步胜利后，很多前来驰援湖北、武汉的医护人员也陆续撤离。一段时间内，武汉站又成了伤情的离别之地。"头雁"突击队队员们一趟趟送别英雄，倒一杯热水、说一声感谢，举起引导牌，带领着他们有序到达车厢所在位置，每一车次的医护人员离开时，所有突击队队员都会深深鞠一躬，代表湖北人民送别恩人。武汉站党委精心制作了一张张暖心的车票卡片送给他们，卡片的正面写着：武汉至美丽家乡站的凯旋号列车，出发日期是抗疫胜利日。背面写着：援鄂抗疫高铁纪念卡，下面一行"您用无畏书写诗篇　凯旋而归感恩此程"16个字。这16个字表达的不仅是铁路人满怀的谢意，也是整个湖北的集体心声。

　　"这是英雄的祖国，是我生长的地方……"2020年9月25日，一场快闪"燃爆"武汉火车站。武汉火车站瞬间成了欢乐的海洋。

在武汉站候车室里，突然响起了《我的祖国》这首优美舒缓的歌曲，唱着唱着，很多旅客认出来了："哦，张定宇！"他们把张定宇团团围住。"人民英雄"国家荣誉称号获得者、武汉金银潭医院院长张定宇眼含热泪，动情领唱。在他的带动下，突击队队员贾青青来了，队长彭开伟来了，新党员张利民也加入到人群中，旅客们也一传十，十传百唱起来。"这是美丽的祖国"，"这是强大的祖国"，悠扬的歌声回荡在武汉站内外。

2020年10月1日，疫情防控以来的第一个长假到来。这天上午11点8分，由上海方向开来的G1773次列车缓缓驶进武汉站。列车上下来一批特殊的客人：南京医科大学附属逸夫医院援鄂医生贾凌及他的战友们。他们一走下车，"头雁"队员们立刻送上鲜花，与他们紧紧拥抱在一起。贾凌激动地说："重回武汉，心里特别开心。看到站台上熙熙攘攘的人流，感受到满满的烟火气，看到一直为我们服务的这些铁路人，真好啊！这一次，我们一定要好好看一看，记住对方的笑脸。"

2020年10月1日，我再次到武汉站采访"头雁"突击队。一年多时间过去了，黄鹤楼仍然巍峨屹立在长江之畔，江汉关的钟声欢快地响彻人们心田。头雁的名字已经传遍了大江南北。武汉战"疫"，"头雁"不仅为武汉和湖北鼓劲，而且为铁路和全国鼓劲。大灾面前，火车头的担当，大动脉的担当，尽显其中。临危不惧、守土尽责、无愧时代、不负人民的"头雁精神"大放光芒。那大地上飞驰的高铁，风驰电掣。昂扬向上的火车头，日夜嘶鸣，铁路人在战"疫"中发挥"头雁精神"，体现了铁路人的铁肩担当。那一行行大雁映着红日奋力飞翔，这正是200万名铁路职工精神状态的写照。

这次疫情防控不仅是对国力的考验，而且是对集体和个体的考验。战斗在武汉的铁路职工，是中国200万名铁路职工的一员，是抗疫责任链条上的一环。"头雁"突击队的集体表现，是疫情防控期间铁路职工铁肩担当的缩影。作为中国铁路的先进代表，"头雁"是忠诚的信使，传递着深沉的情感；"头雁"是勇敢的战士，担负着神圣的使命；每只"头雁"都饱含深情，即使受尽千般磨炼，也要团结奋进，奋勇担当，凭着超人的毅力飞向远方。"头雁"体现的精神特质，正是铁路人团结奉献的见证。

完成这篇报告文学的时候，我再次来到长江之畔。千万年来，我们的母亲河奔腾不息，不舍昼夜。我在想，战"疫"虽然过去了，但200万铁路职工在国铁集团党组领导下，奋勇担当，群起响应，最终在荆楚大地写下光辉篇章。铁路职工不就是全国战"疫"的"头雁"吗？他们身上的责任担当，永远激励着我们战胜前进道路上的艰难险阻。

我站在武汉长江大桥之上，心潮久久不能平静。那疾驰的列车，一趟接着一趟，不也像翱翔天空的头雁吗？历史的潮流浩浩荡荡，新时代继续阔步向前。在伟大的民族复兴征程中，不正需要我们这种勇往直前、奋勇担当的"头雁精神"吗？"头雁"将继续坚守在武汉站，守护着铁路大动脉，守望着每一个日出日落。这一段历史将彪炳史册。永远的"头雁精神"，将激励我们砥砺前行。中国铁路的"头雁精神"将永远被历史铭记并在交通强国、铁路先行的伟大实践中发扬光大。

ZUIMEI TIELUREN

视频·链接

中共中央宣传部、中国国家铁路集团有限公司联合发布 2020 年 "最美铁路人" 先进事迹

　　为大力弘扬劳模精神、劳动精神、工匠精神，激励广大铁路干部职工努力在建设交通强国中当好先行者，在 2021 年春运即将到来之际，中共中央宣传部、中国国家铁路集团有限公司 1 月 27 日向全社会公开发布 2020 年 "最美铁路人" 的先进事迹。

　　邢云堂、刘晓燕、于本蕃、阿西阿呷、孟照林、张波、吴亚东、陈志强、周荣亮、亚库甫·阿沙木都等 10 位先进个人和武汉站 "头雁" 党团员突击队 1 个先进集体，是铁路行业 300 余万干部职工的优秀代表。他们奋斗在铁路工作基层一线，有的潜心钻研高寒高铁操纵方法和作业标准，填补了世界相关技术领域空白；有的年纪轻轻就成为 "工匠达人"，用勤学苦练证明 90 后不是 "娇滴滴的一代"；有的坚守在海拔 4800 米的唐古拉站区，用工作 "零误差" 保障青藏铁路安全畅通；有的常年在 "慢火车" 上为彝族老乡服务，被誉为大凉山美丽的索玛花；有的精准服务铁路疏港运输，在疫情

◆ 2021 年 1 月 27 日，中央宣传部、中国国家铁路集团有限公司联合发布 2020 "最美铁路人" 先进事迹。左起：刘晓燕、吴亚东、于本蕃、邢云堂、亚库甫·阿沙木都、阿西阿呷、武汉站"头雁"党团员突击队代表、孟照林、周荣亮、张波、陈志强

防控常态化条件下促进货运增量；有的将青春献给铁路科研，助力复兴号关键系统核心技术达到国际领先；有的投身"智慧京雄"建设，让雄安站熠熠生辉；有的矢志不渝科技攻关，为高铁装上"智慧大脑"；有的从警 15 年，用慧眼和铁腕守护铁路车站安全；有的在贫困村扑下身子一干 6 年，展示了铁路扶贫的"铁担当"；有的在疫情防控最严重的时候坚守武汉站，成为防疫物资转运的"头雁"……他们以实际行动诠释了人民铁路为人民的根本宗旨，践行了交通强国、铁路先行的历史使命，集中展示了铁路人的先行风采、服务本色、担当品格和奋斗精神。

发布仪式现场播放了"最美铁路人"先进事迹的视频短片，从不同角度讲述了他们的工作生活感悟和价值追求。中共中央宣传部、中国国家铁路集团有限公司负责同志为他们颁发"最美铁路人"证书。

　　"最美铁路人"获得者表示，新时代中国铁路领跑世界，奋斗其中，倍感自豪，面对全面建设社会主义现代化国家新征程，要坚持不懈以习近平新时代中国特色社会主义思想为指引，牢固增强"四个意识"，坚定"四个自信"，做到"两个维护"，立足岗位、笃定前行，积极投身交通强国铁路先行生动实践，为实现中华民族伟大复兴中国梦展现新作为、作出新贡献。

新华社北京 2021 年 1 月 27 日电

《闪亮的名字——2020 最美铁路人》，中央广播电视总台，2021 年 1 月 27 日。